U0884816

琥珀情缘

一位艺术大师的乌克兰情结

北京日报出版社

图书在版编目（CIP）数据

琥珀情缘 / 马吝著. — 北京 : 北京日报出版社,
2021.5
（宝石三部曲系列）
ISBN 978-7-5477-3527-5

Ⅰ. ①琥… Ⅱ. ①马… Ⅲ. ①长篇小说—中国—当代
Ⅳ. ①I247.5

中国版本图书馆CIP数据核字（2019）第246604号

琥珀情缘

出版发行：北京日报出版社
地　　址：北京市东城区东单三条8-16号东方广场东配楼四层
邮　　编：100005
电　　话：发行部：（010）65255876
　　　　　总编室：（010）65252135
印　　刷：廊坊市博林印务有限公司
经　　销：各地新华书店
版　　次：2021年5月第1版
印　　次：2021年5月第1次印刷
开　　本：710毫米×1000毫米　1/16
印　　张：23
字　　数：340千字
定　　价：58.00元

版权所有，侵权必究，未经许可，不得转载

目　录

第一章　琥珀，瑰异的中国传说

在中国，琥珀曾被称为“虎魄”，传说是“虎死亡之后精魄沉于地下幻化凝结成的宝石”。

传说在很久以前，有一位猎人想要打死一只老虎，因为在他们的村庄恶鬼经常出没，据说拥有老虎的皮和爪，就可以捉住恶鬼，所以他想获得老虎的皮和爪。他在山里搜寻到了老虎的踪迹，一位老者指点了猎人猎虎之法，猎人将老虎猎杀。他按老者的吩咐，记下老虎死去时虎头所在的位置，掘地尺余，得一宝石，宝光内蕴，入手温润，这正是老虎的精魄。猎人将“虎魄”佩戴在自己的颈上，身披虎皮，腰系虎爪，回到村庄。是夜，月黑风高，百鬼呜咽，摇曳而来。村民们吓得瑟瑟发抖，猎人一身虎皮虎爪站了出来，颈上虎魄金光四射，手持桃木剑向恶鬼砍去。大半恶鬼被猎人砍死，剩下的恶鬼走投无路，穷凶极恶向猎人扑来。这时，虎魄金光大盛，射向恶鬼，恶鬼被金光射中，立刻灰飞烟灭。从此村庄没有了恶鬼祸害，村民们过上了平安的生活。虎魄的传说也就流传下来。

还有一则传说，宋太宗时期，猎人李次口跟妻子路过都江堰，他的妻子被一只全身金光的老虎咬伤。李次口手持猎刀与老虎斗了三天三夜，砍下老虎的头。这时老虎身上的金光流到老虎眼内，虎眼突然金光四射，散发出神秘的力量。李次口挖下金色虎眼让妻子吃下，妻子的伤口竟神奇地痊愈了。李次口把金色虎眼称作虎魄，意思是老虎的魂魄。

李时珍在《本草纲目》中写道：“虎死则精魄入地化为石，此物状似之，故谓之虎魄。俗文从玉，以其类玉也。”

这就是琥珀名字的由来。

北京展览馆，珠宝展销会。恢宏堂皇的展览大厅，四周布满了展位。各个展位造型布局新颖别致，争奇斗艳。大平板液晶屏幕播放的视频中的珠宝新品，瑰丽尊贵，精彩绝艳。展柜里各种各样的珠宝饰品和宝石雕刻摆件挂件，五光十色，琳琅满目。

中央展区今天正在举办北京阳琪琥珀艺坊珠宝公司的新品发布会。发布会还没开始，展台上红色的丝绒幕布将要展示的产品遮藏起来，增加了几分神秘感。展台前面的上百把椅子已经坐了不少人，人们翘首期盼着一睹新品的真容。

音乐声突然响起，聚光灯打开，照亮了在幕布前不知何时现身的穿着盛装的一男一女两个人。人们定睛一看，两位竟然是家喻户晓的影视明星。他们虽然都已经五十多岁，但仍然活跃在影视屏幕上，男明星还导演过几部电视剧，有自己的影视公司。两位明星在台上风姿潇洒，光彩夺目。

“大家好!”“上午好!”他们手持话筒向观众打招呼。展厅里立刻一阵轰动。人们从大厅各处聚拢过来，到台前才发现前排座位上还坐着四五位影视歌界的明星，这更让大家惊奇，纷纷猜测今天的新品发布不寻常，不然怎么会有这么多的明星过来捧场。人们蜂拥着进入场地坐满座位。

“大家都在等待看今天阳琪琥珀艺坊的新品发布吧?”

“大家等了很久了，等得着急了吧?”

“今天大家没有白来，今天发布的产品大家肯定没有见过，是全新的，非常震撼!”

他们用平易近人的主持风格和观众互动，引来台下观众雷鸣般的呼应声和掌声。两位明星主持人用对话的方式主持开场，特意拉长一些时间，以吸引更多的观众。

“是什么珠宝，能不能先透露一下?”

“哎！这么珍贵的东西怎么能透露呢，要在众人的期盼中隆重地推出，闪亮登场的！”

“是吗？是什么宝物这么吊人家的胃口？”

“这可不是一般的宝物，这是绝世珍品！”

“哦！这么珍贵！是宝石吗？”

“当然是宝石了，绝对的天然宝石！”

“什么宝石这么珍贵？”

“不仅是宝石珍贵，还是精美的艺术品！”

“艺术品？戒指？吊坠？还是其他什么首饰？”

“都不是。”

“那是什么？你快急死我了！别卖关子了。”

男主持人对观众说道：“怎么样？大家想知道吗？大家想看吗？大家都等着急了吧？”

观众用雷鸣般的呼喊声和掌声回应着，更多的观众聚拢过来，坐满座位，外面还围站了两三排。

“那好吧！”两位明星主持人向两边闪身，伸手示意展台中间，“那就请大家睁大眼睛，看看我们期待已久的这件无与伦比的艺术精品吧！”

随着他们的话音落地，灯光熄灭，展台立刻暗了下来。激动人心的音乐轰然响起，同时聚光灯打开，灯光聚焦到展台中央，“砰”的一声，展台上飘满了色彩缤纷的花雨。在展台的中央，灯光的照耀处，一只偌大的色彩斑斓的老虎凸显出来……

这是一只下山虎，前腿直立，头昂起，双眼注视着前方；虎的额头上一个大大的“王”字形黑斑，脸上黄白毛色间布满了对称的黑色条纹，白嘴巴上长有长须；浑身是黄黑相间色彩鲜明的花纹，胸腹部和四肢内侧有几片白色毛斑；尾巴粗长，有黑黄色环纹；体型健硕雄壮，体态威武凶猛，双眼圆瞪，目光如炬，摄人魂魄。

台下一片赞叹声。这是一幅画，是一幅立体画，整只老虎是由宝石雕刻出来以浮雕的形式呈现的。宝石有的地方通透，有的地方微透，有的地方不透，色泽温润，璀璨华丽。在虎的周边还有褐色的山坡，黄绿色的植被和布满彩霞的天空，都是用宝石打造的。整幅画色彩鲜艳，光华四溢，看上去非常震撼！

两位明星主持人此时站在这幅画的两旁，欣赏着这幅画，欣喜地赞叹道。

“哇！太漂亮了！”

“啊！太美了！太美了！”

“这是什么材料做的？这么漂亮！”

“宝石啊！不是宝石会这么漂亮吗?！”

“这是什么宝石呢？这么漂亮！”

“你不知道吗？大家有没有知道的？”男主持人又和台下观众互动起来。

前排有观众回答：“是琥珀。”

“对！是琥珀，说对了！”

“哎呀！看来今天来的都是懂宝石的行家啊！”

“这就是流行于欧洲一些国家的琥珀画，不过这幅画是地地道道的中国制作。”

两位明星主持人凑到画前不时议论着。

“但这是怎么做出来的呢？”

“你看，这难道是由这么大一块琥珀雕刻的吗？有这么大的整块琥珀吗？”

“就算有这么大块的琥珀，颜色不可能是虎皮花纹呀？”

“对呀！而且你看这雕刻多细致，多像真虎啊！栩栩如生。”

“这是大师的作品，不是大师能做出这么精美绝伦的艺术品吗？而且不可复制，要不怎能称为绝世珍品呢。”

“这是哪位大师的作品？”

“想知道吗？”

“当然想知道了。”

“那我告诉大家，这不是一位大师的作品，而是两位大师共同创作的。”

“哦！两位大师？所以不可复制啊！”

“大家想知道是哪两位大师吗？”

台下一片呼应：“想！”

“好！今天我们很幸运，这两位大师就在我们现场。现在我们以热烈的掌声请两位大师上场。”

在热烈的掌声中，一对男女从第一排座位起身跨步上台，转身面向观众，招手示意。男士四十多岁，中等身材，面庞清朗，文质彬彬；女士三十多岁，苗条清秀，沉静高雅，看似有些孤傲，但不招人反感，颇有艺术范儿。男主持人对台下大声说：“我很荣幸地向大家介绍，这位是咱们北京的画家，国家级琥珀雕刻、琥珀画制作大师，国家一级美术师冯瑞阳老师；这位是国家级琥珀雕刻大师、国家一级美术师安琪老师。他们是艺术家伉俪，这幅作品就是他们共同创作的。”台下响起一片掌声和议论声。

女主持人介绍道：“他们夫妇就是阳琪琥珀艺坊的老板。冯老师，安老师，你们是怎么做出来这件珍品的？是在一整块琥珀上面雕刻出来的吗？”

“不，不可能有这么大的琥珀。是一块块拼装、镶嵌，然后雕刻出来的。”冯瑞阳微笑着答道。

“是吗？怎么一点儿都看不出来？”两位明星主持人贴近画仔细看，想寻找出拼接的痕迹。“根本看不到一点儿缝隙，完全就是一个整体。”男主持人用崇拜的语调对着观众大声地说。“冯大师，您是怎么做到的？天衣无缝啊！”

冯瑞阳解释道：“把拼接的地方放在自然褶皱的或花纹变化的地方，再经过雕刻就不容易看出来了。”

“太精细了！”

“是的。这件作品用了将近半年的时间。”

“啊！用了这么长时间！那真是精雕细琢。”女主持人对着观众赞叹道。

“那这颜色呢？这虎的颜色这么逼真，花纹这么漂亮。您是怎么做到的呢？是上的色吗？”

“用不同颜色的琥珀拼装成的。”冯瑞阳讲解说。

“这全部是天然琥珀的颜色吗？”

“对！这件作品全部是用天然琥珀，没有加色，没有优化。”

“哇！全部的天然琥珀！太珍贵了！”

“所以非常费料，这幅作品耗用了五十公斤的琥珀，而且都是大料，好料。”

“五十公斤！这么多！”两位明星主持人惊叹道，台下也是一片哗然。

“哎呀！我的心跳得太厉害……太珍贵了！太珍贵了！”女主持人故作惊恐状。

“全部的天然琥珀，制作又是如此精美，巧夺天工！这真是举世罕见的艺术品！”

“而且不可复制。太难得了！”

“今天大家来得正好，不但看到了难得一见的艺术品，而且有其他的好事等着大家。”

“噢！还有什么好事啊？”

“今天给大家出几道题，答对的观众有奖品。我告诉大家，奖品很珍贵啊！”礼仪小姐捧来一个礼盒，女主持人打开礼盒取出一幅三十厘米的小幅风景琥珀画，用不同颜色的琥珀制作的树林的秋景，托起来让台下观众看。

“这是阳琪琥珀艺坊制作的琥珀画，也是用天然琥珀制成的，非常珍贵啊！只要答对了，就送吗？”

“对呀！”

“大家今天来这里太幸运了，一定要抓住机会啊！”

“来，我们请冯瑞阳大师出题。”

冯瑞阳来到台前，拿起话筒问道：“大家都知道这种宝石叫琥珀，有谁知道琥珀这个名字的由来呢？”台下座位中有几人举手。

“好，我们请这位美女答题。”男主持人指着前排一位姑娘。姑娘站起身大方地说：“出自中国古代的传说，说是老虎死后魂魄入地后化成的宝石，所以叫琥珀。”

“答对了！”冯瑞阳笑着说道，“这位美女说对了，琥珀的称呼源自古代的传说故事，故事的版本有几个，其中都有老虎的魂魄或眼睛入地化作宝石，被称作琥珀的说法。”

两位主持人请这位姑娘上台，由冯瑞阳亲自给她颁奖，儿人合影留念。男主持人面对台下观众讲道：“大家看，这幅琥珀立体画，画得是什么？是老虎。用的是什么材质呢？是琥珀。这幅画就是用琥珀制作的老虎，完美地表现了中国古代美好的传说故事。”

女主持人看了一眼手卡继续提问：“第二个问题是——大家听好啊——琥珀是什么宝石？”

观众纷纷举手，女主持人请前排的一位男青年回答。男青年站起来答道：“琥珀是有机宝石，是三大有机宝石之一，是树脂在地下埋了五千年到一万年生成的。”

“答对了！”女主持人请男青年上台，颁发奖品合影。这时，观众聚集得越来越多，大家的情绪也被调动起来。冯瑞阳接过话筒，站到台子的中央，开始了他的主持讲话：“今天，我们举办这个推介会，专门介绍琥珀画。琥珀画这种艺术形式，是欧洲一些琥珀产区的国家的传统画作。来！大家请看！”他向后摆手，这时后面的幕布全部拉开，灯光全部开启，照亮了展台，一排三十几幅琥珀画展示出来。

展台上立刻变得华丽斑斓，多姿多彩，让人目眩，再次引起场上的惊叹声。

冯瑞阳用手示意他左边的三幅画，介绍说：“这三幅画来自东欧，是乌克兰著名琥珀画艺术家维克多的作品。维克多是我的琥珀画老师。令人遗憾的是，三年前他离世了。所以，现在大家看到的这三幅画已经是绝品了。”

冯瑞阳逐一介绍他老师的作品。一幅是风景画，写实风格，浓郁的树林，流淌的溪水，金色的秋季风光；一幅是人物画，现实的人物生活场景，抽象的美女和狗；另一幅是动物画，是几匹不同颜色的马在林间草地上悠闲吃草的画面，背景是森林和河流。三幅画作都是以油画作底，用各种颜色的琥珀细末和大小不等的琥珀碎块绘制粘贴而成。琥珀的颜色准确自然，宝光莹润，极大地美化了画面。

冯瑞阳介绍完老师的作品，回过身来介绍其他琥珀画。他说道：“这些琥珀画是我和我夫人共同创作的。”他逐一地展示给大家，有司马台长城、北京天坛、北海的琼华岛白塔、黄山风光等风景画，还有京剧脸谱人物等一些中国经典题材的画，全部由琥珀制作完成，这些常见的画面因宝石而增光添色，绚烂多姿。其他几幅为当代人物和古代人物画，有写实也有抽象画法，多数都采用雕刻技艺，呈现出立体效果。全部画作和琥珀装饰结合得浑然天成，所用的粘连、镶嵌、雕刻工艺精巧绝伦，让人叫绝。所有画作呈现出斑斓绚丽又美轮美奂的艺术效果，引起台下一片赞叹。

介绍完展品，两位明星主持人宣告展会结束：感谢大家来参加展会，观赏琥珀画。也感谢冯老师和安老师创作并提供这么珍贵、这么美丽的艺术品，让大家欣赏。希望大家赏识琥珀画，也希望大家到阳琪琥珀艺坊去采购琥珀画，收藏琥珀画。

展销会结束后，人们涌到台前，近距离观赏展示的琥珀画，继续询问关于琥珀画的各种问题，用手机和明星合影留念，长久地聚集在展台前。整个展示会开得盛大、热烈，非常成功。特别是琥珀画这种宝石画作，在中国是全新的艺术形式，这次引起了极大的轰动。冯瑞阳和安琪如众星捧月，和观众亲切交流。冯瑞阳的脸上洋溢着成就感和喜悦之情，面带微笑不厌其烦地向观众讲解，回答观众的问题。安琪很少讲话，保持着以往的沉静，但脸上难掩欣喜之色。

冯瑞阳是何许人？举办这么盛大的展示会，能请到这么几位一线明星前来主持助阵。人们一定会说，这冯瑞阳面子够大，也真够有钱的，一定付了足够多的出场费才请来这些明星。其实还真不是这么回事，这些明星是冯瑞阳请来的不假，但却没付钱。刚才两位明星主持人对冯瑞阳的介绍都是准确的，只是简单了些。

冯瑞阳，阳琪琥珀艺坊的老板，在潘家园和十里河各有一个专营琥珀的门店。他的确是画家，擅长油画，也有作品获奖。他是最早把琥珀画介绍到中国的人，也是得到国际认可的制作琥珀画的唯一中国人。当然他最著名的还是琥珀雕刻，他独立创作以及和妻子安琪合作的琥珀雕刻作品在国内获奖无数。对于文化遗产传承人的荣誉称号，只是资历和从业年头不够，获取也只是时间问题。

提起冯瑞阳，不能不提到他的妻子安琪。安琪毕业于北京工艺美术学校，又在比利时学习五年获得艺术硕士学位。安琪不仅琥珀雕刻技艺精湛，还在抽象画和工艺美术设计方面很有成就。夫妇两人相辅相成，相得益彰，很多重要的作品都是他们共同创作的。

这些身价不菲的艺术界大腕，义务为冯瑞阳的展会站台助阵，缘于他们都酷爱琥珀，又都喜爱阳琪琥珀艺坊的琥珀制品，因琥珀和冯瑞阳夫妇相识相交。他们身上戴的琥珀饰品挂件，家里摆的琥珀雕件和琥珀画，都出自阳琪琥珀艺坊，久而久之，与冯瑞阳、安琪成了好朋友。所以当冯瑞阳请他们前来站台时，他们二话没说，欣然前往。

不付出场费，饭还是要请的。发布会结束，观众自由参观，冯瑞阳夫妇选择在旁边高档豪华的餐厅宴请所有贵宾。席间，冯瑞阳表示了感谢，宾客们表达了祝贺，杯盏交错，祝酒谈笑，气氛友好热烈。几位名人谈论起展台上的琥珀画作品，赞不绝口，纷纷向冯瑞阳夫妇询问价格，提出购买意向。

冯瑞阳站起身，客气地说："感谢诸位的抬爱，本来我和安琪是不打算卖这些展品的，准备自己收藏。在座的不少朋友都知道，结婚前，我和安琪就有个愿望，要建立一座属于我们的琥珀屋，到现在这个愿望还没有实现。我们想用这些展品把我们的琥珀屋布置起来，圆我们一个梦。"他停顿了一下，继续说："但是，你们几位的面子实在不好驳，收藏我们的作品也是我们的荣幸。这样吧，过几天我们在香港还要举办琥珀画的展示会，香港陈记珠宝的陈老板已经在那里等候了。等我们从香港回来，专心把一些还没有完成的作品做出来，把我们的琥珀屋装扮起来，展览些日子，然后再满足几位的愿望，喜欢哪幅你们拿走。"

男主持人抢先道："好！没问题，等些天就等些天。但是冯老板，这幅虎的画，是我的，跟你订好了，你可不能卖给别人。"

其他几位明星也纷纷预订自己中意的作品。但这时却站起一个人，急忙伸手制止道："哎！这可不行！那幅虎的画我已经和冯老板预订好了，是我的。"

此人操着一口粤语腔调，正是刚才冯瑞阳提到的香港陈记珠宝的陈老板。男主持人一听，脸色大变，说道："怎么回事？冯老板，你这幅画还没完成我可就跟你说了，这你清楚啊！"

陈老板说："哎！冯先生，我是在你没做完这幅画时就跟你说过了啊！这幅画我可是要定了的。"

男主持人不高兴地问道："冯老板！你怎么把画许了两个人？这可不行啊！我不管，这幅画是我的，不行待会儿我就拿走。"

冯瑞阳赶紧站起身，朝双方摆手说道："是是，你们两位都跟我提过，但当时都没有说定，我也没有答应，对吧？当时画还没有完成，成本没有算，价格也没有定，所以没法说定。"

男主持人板着脸，继续说道："冯老板，咱们认识这么多年了，我什么时候说话不算话了？别提钱，这幅画多少钱我都要。"

陈老板紧接着说道："冯先生，我们合作这么多年了，几百万美元过手，我们条都不写，我说话从来没有反悔过，这幅画我可是要定了！"

两个人互不退让，都势在必得，话说得坚决，不容商量。

"冯老板，你一句话，我二话没说就过来了。认识这么多年了，咱们这关系你心里清楚，所以这事我也不说什么了，你看着办！"男主持人显然不高兴了。

陈老板笑着说："哎呀！要说关系呀，冯老板救过我的命，我和他那可是生死之交。"

男主持人更不高兴了，立即说："我和他的关系得从他老丈人那儿算起，我和他老丈人是多年的朋友，传到他这儿的。"

冯瑞阳看他们越谈气氛越紧张，忙赔着笑脸说："二位打住，都别说了。我先去香港，把展会办完，再和两位商量想办法尽量满足你们，好吧？"

"你只有这一幅画，怎么满足我们？"

"怎么会只有一幅？店里卖的不说，展出的这些高档的画也有二三十幅呢，到时候咱们一起商量看看怎么办。"

两个人同时摇摇头，说道："别的单说，看中的我们也要，但是这幅画不行。”

冯瑞阳见局面僵持，笑笑说：“我跟两位说啊，我正在做的几幅画，比这幅虎一点儿不差。这几幅一完工，我就把琥珀屋布置起来，你们去看看，我保证你们喜欢，先可你们两位挑。这总行了吧？”

两个人这才点了点头，算是达成一致了。大家举杯，谈笑喝酒，宴会又恢复了热烈欢乐的气氛。这次展销会不但推介了琥珀画，还取得了不错的商业效果，除了不出售的展品外，为这次展销会准备销售的几十幅各种档次的琥珀画几天之内销售一空。

北京的展销会一结束，冯瑞阳和安琪就随陈先生一起去了香港。

第二章　香港生意伙伴

香港的年度珠宝展销会在香港会展中心举办。参展单位除了香港的珠宝公司，还有内地和国际知名的珠宝公司。展览会场各类珠宝原石，首饰雕件，彩石钻玉，应有尽有，流光溢彩，琳琅满目。相比北京的展销会展品更加丰富，品质也更加高档。冯瑞阳夫妇是受陈先生的邀请来参展的，这里的活动都以香港陈记珠宝的名义，由陈先生安排。

展销会除了展示在北京展出过的琥珀画之外，还展出了几十件冯瑞阳和安琪这几年创作的雕刻精品。他们运过来专为这次展销会准备的二十多幅琥珀画和上百件琥珀雕刻卖品也全部交由陈先生公司代销。

在来香港的飞机上，陈先生对冯瑞阳说："你们这次到香港，就是休息来了。这么多年，我眼看着你们一直忙，从没有见你们休息过。这次好，你们夫妇一起过来了，趁这个机会，在香港好好休息几天。我都给你们安排好了，这次全听我的啊！"

冯瑞阳他们被安排在海岸边的五星级酒店的高层，整面墙的落地窗可以俯瞰著名的维多利亚港湾。两个人一进门便觉欣喜。冯瑞阳脱去外衣站在窗前俯视楼下蔚蓝的海水和岸上错落的漂亮楼群。安琪则把房间里面高档的卫生设施、桌椅壁柜、床榻卧具，看了个遍，赞叹道："这么高级！价格一定不低，是陈先生付钱？"

"当然，他请咱们来的，还能让咱们掏钱？"冯瑞阳和安琪很少去外地，即使外出，也从没住过这么高级的酒店——他们舍不得花这么多钱。冯瑞阳曾到过几次香港，也都是陈先生接待，但从未被安排在这么高档的酒店。这次显然是为他们夫妇特地安排的。

当天晚上，陈先生夫妇请冯瑞阳夫妇吃饭，为他们接风洗尘。陈先生应该是考虑到他们舟车劳顿，也可能是为了营造兄弟相聚的亲近氛围，没有邀请其他人出席，只有陈先生夫妇和冯瑞阳夫妇。别看他们人少，场面仍然十分排场，包下了这个饭店最豪华的单间。餐厅很宽绰，墙壁是丝绸装饰，四周有沙发茶几，大屏幕的影音播放，还有多宝槅，陈设着各种仿古的器具和艺术品，中间是一张偌大的桌心摆满鲜花的圆桌，一男一女两个服务员站立两侧为他们提供服务。这样的场面对于他们四个人来讲显得过于奢华隆重了，也多少降低了餐会的随意和亲近的气氛。

陈先生夫妇都是正装出席。陈先生一身欧版的咖啡色高档西装，系橘色领带，这身衣装就天气来讲有些热，但显示出对客人的重视。陈夫人身穿简洁版的淡黄色礼服裙，上身着短袖无领小坎肩，裙装上身和坎肩上镶有珍珠装饰。陈夫人五十岁出头，身材保持得很好，丰满而不臃肿，衣装非常合体。她的皮肤保养得也非常好，看上去至少比实际年龄小十几岁。她化着淡妆，头发梳在脑后绾成发髻，脖子上戴白金项链，项链中间是一枚长方形祖母绿吊坠，一对耳坠也是祖母绿的，颜色都十分纯正，手上的戒指镶嵌的却是一枚大颗半球形冰种翠绿的翡翠，几枚都是顶级宝石，价值不菲。陈夫人的穿戴雍容华贵又十分得体，并不会给人留下炫耀的印象。

相比之下，冯瑞阳和安琪的衣着就有些随意了，依然是平常的穿衣，长袖衬衣和平常的裤子。安琪甚至没有化妆，也没有佩戴首饰，素颜出席。当来到宴会厅时，看到宴会厅的档次和陈先生夫妇的着装，冯瑞阳觉得有些意外，意识到了他和安琪的穿戴欠妥，在和陈先生夫妇握手时，特地歉意地笑了笑。冯瑞阳还察觉到，在陈夫人亲切地和安琪握手问候时，安琪甚至脸色微微泛红，笑得有些尴尬，好像还有自觉寒酸的拘谨。这是安琪从未有过的。她在落座时特地板着脸瞪了冯瑞阳一眼，把这有些难堪的局面归罪于冯瑞阳。

安琪的怪罪是有根据的。在赴宴之前，安琪特意问过冯瑞阳："我们就穿这个过去吗?”她虽然说的是我们，但实际并没有包括冯瑞阳，指的是穿衣镜里面她自己穿的衣服。

冯瑞阳满不在乎地说:“穿这个就挺好。老陈是我多年的朋友，今天又没有外人参加，和见自己家里人一样，随便点儿就好。”他就是顺着安琪的话这么一说，没想到现在却落了埋怨。

其实这事也怨不得冯瑞阳。安琪从来不注重穿戴，衣服和其他女人比不算多。当然，说她不喜欢穿戴也不准确，但她的衣着确实与众不同，不是穿肥肥大大看起来有些邋遢的上衣和裤子，就是穿长裙风衣，和女人的妩媚风姿挨不上边儿，也从不像其他女人一样打扮得那么精致。不过倒也别具风格，奉承她的人都说她酷，有艺术家的范儿。冯瑞阳也不是注重穿戴的人，在这点上两人倒是“不是一家人，不入一家门”。当然，他们不注重穿衣打扮也和他们的生活、工作环境有关。

冯瑞阳和安琪虽说是宝石雕刻界的名人，但在人前露面的机会并不多，像北京和香港琥珀画展示会这样登台的机会是很少的。他们平时也很少与人交往，尽量少参加社交活动，原因很简单，他们没有时间，宝石雕刻还有琥珀画的创作，需要耗费大量的精力和时间。他们常年在工作室埋头工作，对穿着打扮自然也就忽略了。这次到香港来，他们各自带了一套场合上穿的服装——冯瑞阳的西服和安琪的西服套裙——准备在展示会上穿的，其他的就是休闲便装了。

不过冯瑞阳也觉得奇怪，安琪对自己的着装和行为方式一向充满自信，从来没有因为自己的穿衣觉得难堪过，他想很有可能是这豪华的宴会场面和陈夫人的穿戴触动了她。当然，这小小的尴尬很快就被陈夫人的聊天化解了。陈夫人很快察觉到了安琪的不悦，拉安琪在沙发上坐下，先问候了几句后，叫服务员把茶沏好摆上。

“我和老陈一直想请你们来香港，我们两家好好在一起坐坐。冯先生来过几次，都是为了生意，来去匆匆的。弟妹就从来没有来过，这次总算遂了我们的愿，把你们二位一起请过来了。我们两家不是一般的情分，这么多年生意上互相帮衬。我从心里特别佩服你们两位。你们生意做得这么好，还创作了这么多的艺术品。我和老陈可不行，光做生意就忙得受不了了。我特别崇拜像弟妹这样的大艺术家。”

她还奉上特地为安琪准备的礼物，一个精美的首饰盒，打开交给安琪。首饰盒里面摆放的是一条白金项链，一对耳饰和一只戒指，项链和耳环上的吊坠、戒指上镶嵌的宝石都是产自多米尼加的蓝珀。“这是我们送给弟妹的礼物。你们是做琥珀的，但我知道你们的原料多是来自波罗的海的琥珀，所以，我们特地选了多米尼加的蓝珀。”

冯瑞阳和安琪见这盒子里的一套蓝珀首饰，眼前一亮，惊讶得睁大了眼睛。这套首饰上镶嵌的几颗蓝珀宝石正是品质最高的天空蓝的蓝珀，纯净通透，颜色纯正。宝石的个头也大，项链和戒指上长球形的两颗，长的直径足有三厘米，项链上镶嵌的几颗小点儿的和耳坠上水滴形的两颗直径也有一厘米。这个大小，这种品质的蓝珀，极为稀有，价值不菲。两个人惊讶之后，都觉得这套首饰太过昂贵，受之不起，一起推托拒绝。

安琪说：“陈夫人，啊！嫂子！这个礼物太贵重了！我们不能收！”

冯瑞阳也说：“嫂子！这个不行！到香港来已经够麻烦你们了，怎么还送我们这么贵重的礼物！我们不能接受！”

陈夫人和陈先生自然是坚持送。陈夫人把安琪从茶几上推过来的首饰盒又推了过去，说：“这是我们的心意，怎么能不接受呢？这样的首饰才和弟妹的身份相配嘛。”

陈先生也说：“搞什么搞！怎么还能不接受呢？我们两家什么交情，这个礼物还算重吗？”

双方这样推托了几个来回，冯瑞阳看陈先生夫妇态度非常坚决诚恳，断无可能将礼物收回，再推辞下去反而不近情理了，就叫安琪把礼物收下了，两个人一起道了谢。

四人入席。菜一道道上来，服务员上菜时特地用普通话报菜名，有鲍鱼焖鸡煲，脆皮烧鸭，化皮乳猪，鸡汤干贝炖松茸，三色竹笙卷，香煎富贵虾，蟹黄青菜，鱼翅捞饭，道道都是精致的港式菜品，色香味俱全。酒则是法国拉菲葡萄酒。冯瑞阳和安琪酒还没品，菜还没吃，光看这席面已然感觉到一种莫大的享受。

陈先生和陈夫人先后举高脚杯祝酒，对他们做客香港表示欢迎，对他们事业的成就表示祝贺和钦佩，话说得既热情洋溢又亲近怡人。然后，他们几人边吃边轻松地聊天，聊他们交往的历史，聊生意，聊冯瑞阳和安琪创作的作品。他们喝酒，相互举杯示意，喝多喝少随意。在这种轻松随意的气氛中，冯瑞阳和安琪兴致盎然地享用着陈先生为他们精心准备的菜肴。港式菜品是他和安琪从没吃过的，那讲究的形色，丰富和鲜美的味道，给了他们美好的享受。

晚上，冯瑞阳夫妇俩回到宾馆。安琪仍然保持着愉快的心情，打开精致的首饰盒，拿出里面的几件首饰，在不同的光线下观察镶嵌的蓝珀的颜色变化，看宝石内部的纯净度。她说："这几块蓝珀的品质真高，纯净度真好，几颗琥珀的颜色变化完全一致。你看得多少钱？"

冯瑞阳拿过来看了一下说："这是顶级的蓝珀，这套首饰成本应该在十一万元以上。咱们是搞琥珀的，都是行家，老陈他们送的肯定是最好的。"

安琪把几件首饰戴上，对着镜子反复地端详，问冯瑞阳："怎么样？"

"非常好看！这蓝珀戴上真提气，显档次。"

安琪把几件首饰收好，问道："他们怎么送咱们这么贵重的礼物？是不是有事求咱们？"

冯瑞阳从冰箱里拿出一罐啤酒，想了想说："还是人情吧！你头一次过来，我跟老陈这交情，他肯定要送你礼物，一般的礼物他怎么好拿得出手？"他喝了一口啤酒，继续说："老陈也确实有事情求我。"

"想要那幅虎的琥珀画？"

"那倒不是。现在琥珀行情越来越好，竞争越来越激烈。琥珀的竞争，主要是货源的竞争。这三年我不是没有去乌克兰进料吗？他的料早就断了，从其他渠道进料他没有优势，竞争不过人家，也拿不到好料。他跟我说了好多次，想让我再过去进料。"

"那你要想通就去吧！……哎！咱们的大料可没多少了，后边也要进新料了。"

“再说吧。我再想想。”冯瑞阳喝着啤酒，看起了电视。

安琪的心情格外愉快，她对卫生间的豪华双人多功能的澡盆很感兴趣，拉了冯瑞阳和她共浴。她泡在澡盆中享受着各种功能，心情十分舒畅。浴后安琪吹干头发，躺在床上，感慨地说：“他们真会生活！买卖做得这么大，不耽误享受。我们俩成天就是做买卖干活了。”

展销会开得十分隆重，色彩缤纷，惊艳全场，和北京的展销会相当。冯瑞阳夫妇的琥珀艺术品在中心展示台上被隆重推出，闪亮登场，同在北京一样引起了轰动。陈先生还花高价请来了两位明星，吸引了众多的观众驻足。

当天晚上，陈先生夫妇专门为这次展示会举办了一场盛大的宴会。出席宴会的有香港珠宝界老板，陈先生在社会各界的朋友，还有几位影视歌明星。当然，冯瑞阳和安琪是宴会的主角，陈先生把他们推介给香港珠宝界的朋友。冯瑞阳和安琪只被安排参加了这一天的活动，其他就是陈先生为他们安排的休闲内容了。

陈夫人陪他们逛了一天街，看了看香港的城市风貌，采购了不少服装、鞋和包。对于安琪来说，这几乎是她有生以来最大规模的一次采购，有些是他们自己付的钱，有些是陈夫人抢先付的钱。陈先生夫妇又带他们去了一趟澳门，看看城市街景，还到赌场小玩了几把。在吃的方面，陈先生夫妇也是精心安排。每天早晨，陈先生夫妇都会陪他们去茶餐厅吃早茶，中午和晚上陪他们去餐厅赴餐会，每天去不同的餐厅，带他们吃遍了港式点心和菜品。这对于平日里很少参加饭局，常吃外购的盒饭和方便面的他们来讲，无疑大饱口福，是很奢侈的享受。虽然他们为了体面，脸上尽量保持着淡定，但他们内心充满了享受美食的愉悦。

陈先生还租了一条游艇，四人一起乘游艇出海玩了三天。游艇十分豪华，里面的设施甚至超过五星级酒店。他们在游艇上做饭，悠闲地吃喝聊天，伴随着海浪的摇摆躺在床上休息。他们下海游泳，在清澈的海水中舒展肢体和情绪。他们在游艇上钓鱼，享受那鱼儿上钩出水翻花的乐趣。他们亲自驾驶游艇，在辽阔的海面上犁起浪花，把心放飞在碧水蓝天间。

冯瑞阳和安琪志同道合，长期以来把自己的心固定在共同的事业中，生活封闭在他们的制作间和店铺里，难得有这样的休闲时光。他们此时都有了放飞的感觉，从日复一日的单调工作节奏中释放出来，从一个狭小的空间来到丰富色彩的梦幻般场景，无所顾忌地放松享乐。他们二人都非常开心。

冯瑞阳注意到，安琪到香港以来，除了把愉悦写在脸上以外还发生了许多有趣的变化。她开始爱玩手机了。过去她很少玩手机，也很少与人联系，顶多是用手机拍一些他们的琥珀雕刻和琥珀画作品，在朋友圈和公众号发布一下，作个宣传。这次来香港，她对拍照有了兴趣，把看到的和吃到的，都用手机拍了下来，所到之处都留个影，然后发朋友圈，用制作精致的影像晒他们在香港的活动，做得颇有兴致。再就是她注意穿戴了，从北京带的衣服虽少，但她逛街时买了不少，每天出门前，她都要在穿衣镜前不厌其烦地反复试穿，还征求冯瑞阳的意见。她的穿衣风格与以往明显不同了，现在她变得注重突出女性的腰身特点，追求优美高雅的着装品质。她开始认真地化妆，精致地打扮自己。另外，她在性情上也发生了变化，一夜之间变得小鸟依人，偎在冯瑞阳的肩膀，还经常撒娇耍赖，把自己变成个小女孩，似是身心全部放松，情感的闸门也完全打开。这次香港之旅，他们收获了许多甜蜜。

香港之行不足一周，很快就结束了，他们却感觉比实际时间要长，也让他们印象深刻，蓝天碧海很长时间在他们眼前明晃晃地闪现，豪华享受的感觉也留在他们身体的每一个细胞中。

第三章　美好的琥珀梦想

在俄罗斯的圣彼得堡有一座琥珀屋，冯瑞阳和安琪就相识在这座琥珀屋里。琥珀屋的富丽堂皇让他们震撼，也拓展了他们对美的想象空间。他们在里面观摩了两天，两天以后，爱情让他们把手挽在了一起。他们说："我们也要建一座属于我们的琥珀屋。"

不久，他们把这个关于琥珀的美丽梦想锁进了他们的婚姻里。俄罗斯的琥珀屋是用琥珀镶满整个房屋的墙壁，他们的琥珀屋是把他们创作的琥珀画挂满墙壁，琥珀雕刻精品摆满整个房间。结婚以后，他们一直努力去实现他们共同的人生理想，一直都在积极打造他们的梦想，至今已经九年多了。他们的目标是在结婚十周年的时候，拥有自己的琥珀屋。

他们在北京有两个经营场所。一个在潘家园珠宝大厦三层，是一个套间，两间各有四十平方米，外间是门店，里间是制作间。另一个在十里河珠宝古玩市场，是一个一百多平方米的套间，外间三十多平方米，作门店，里间又隔断成两间，大的一间作制作间，小的一间作库房。两个门店都经营琥珀，但各有侧重。潘家园门店以销售琥珀雕刻摆件和琥珀画为主，琥珀雕刻挂件和琥珀首饰少。十里河门店则以销售琥珀小件制品为主。

冯瑞阳夫妇为了建立琥珀屋，一直不间断地创作，并且把他们认为特别满意的作品收藏起来。陆续地，他们收藏的作品越来越多，都集中到了潘家园的制作间里。他们把十里河门店邻近的两间房子盘了过来，专门辟为制作间，把潘家园的制作间搬到了这里，腾出来的房间专门码放藏品，并准备把这个房间建成琥珀屋。在这之前，他们对房间进行了装修，安装了灯具，也定制了码放雕刻摆件的陈列柜。

冯瑞阳夫妇从香港回来，第二天上班时好像还在奢靡的享受中没缓过神来，身体和精神也还在休闲放松中。他们相视无奈地笑了笑，调整精神，让自己快速进入工作状态。他们和员工一起把从香港空运回来的琥珀画搬进房间，然后逐一检查，看看有没有破损，他们也顺便欣赏了一下自己的作品。最近他们为两地的展销会忙于事务性的工作，又在香港休闲享受了一番，长时间没有创作，头脑似乎跟他们从事的艺术有了隔阂，感觉上变得有些生疏了。他们翻看着这些琥珀画，感受宝石艺术的美感，重新点燃创作的激情。他们变得兴奋起来，索性把屋里所有的琥珀画翻看了一遍，又把柜子里存放的琥珀摆件欣赏了一遍。每一件作品都把宝石的光彩和艺术结合得非常完美，都是令人叫绝的构思与巧妙的技艺的完美融合。

别人欣赏这些琥珀艺术品，发现和享受这些宝石制品带来的艺术之美，没人了解或关心这艺术品产生时的智慧和为之付出的心血。他们不同。他们是这些艺术品的创造者。他们知道这些艺术品那些不为人知的故事。他们浏览这些作品，就像翻看他们近十年的人生轨迹。

“台上一分钟，台下十年功。”这应该是所有艺术的通则。他们的每件作品都是心血之作，这琥珀屋的作品凝结了他们九年的岁月。

宝石雕刻创作要有飞扬的情绪，对美的领悟和独特的想象，还要有经过长期训练而磨炼出来的纯熟的工艺水准。只有具备这些才能创作出独具魅力的艺术形象。创作一件宝石雕刻作品，创作者绝大多数时间需要埋头在工作台上雕琢研磨，这是一项极其枯燥单调的工作，几乎在考验人的耐心的极限。

宝石雕刻和其他材料的雕刻有很大不同。宝石雕刻需要非常巧妙地利用宝石自身的特点，充分体现宝石的价值，不能糟践原料。宝石是高价值的材料，在雕刻中不容许有任何闪失，宝石雕刻的失误是无法弥补的，细小的失误都会造成不可逆的损失。操作要非常专业和精细，还要特别专注细心。

冯瑞阳和安琪每天就是这样度过的，日复一日，年复一年。九年多的时间，他们创作出了摆满一屋子的琥珀画和琥珀雕刻艺术珍品，他们还创作出了许多深受人们喜爱的，为人们收购的琥珀雕件和琥珀画精品。除了时间以外，金钱的投入也是巨大的。这些琥珀画大多用的是大料和好料，琥珀雕刻摆件用料更是如此，而且为了追求完美的艺术效果，在用料上不惜耗损，所以琥珀屋里的作品，不算其他成本，仅材料成本就是天文数字。这些年，冯瑞阳和安琪经营潘家园和十里河两个店铺，卖琥珀原石、琥珀首饰、琥珀摆件和琥珀画，收益颇丰。可他们只是结婚后在安琪娘家附近买了一套七十多平方米的两居室二手楼房，买了一辆捷达车和一辆宝来车，除此之外就没再用钱，将全部收入投入到琥珀屋的创建中。说来没有人相信，琥珀屋里的这些艺术品价值连城，是一笔巨大的财富，但这财富的持有者口袋里却没有多少钱，平时省吃俭用，也不追求物质享受。他们是这财富的创造者，但在他们眼里并不觉得这是钱财。

他们也曾有过放弃琥珀屋的念头，在朋友要高价收买这些画或雕刻品的时候，在他们资金紧张的时候。但他们咬牙坚持下来了。圣彼得堡的琥珀屋给他们的印象太深刻，那琥珀聚集的辉煌给他们的感受太强烈，单独的艺术品再精美也不会营造那么大的震撼力。他们一定要打造琥珀屋，把他们创作的琥珀艺术品如群星聚集在一起，荟萃闪耀。那是梦，这个追逐了十年的梦，他们快要实现了。

冯瑞阳又想着创作了，还有一些为琥珀屋准备的作品没有完成。其中有两个作品最重要，一个是他一直想做的琥珀画，源于欧洲关于琥珀的一则传说，画的名字他都想好了，叫《琥珀，美人鱼的传说》。这是一幅他构思了很久的作品。底画他就做了很长时间，修改了很多次，还是不满意。他不想重复欧洲的美人鱼雕塑，想创作出更加生动，情感表现更加丰富，更能打动人的美人鱼形象。为此他绞尽脑汁，但总是找不对感觉。

另一个作品是一个雕刻摆件。那是他三年前也就是最后一次去乌克兰采购琥珀时得到的五公斤多的一整块蜜蜡，这么大块的天然琥珀非常罕见。这是他做琥珀生意以来得到的最大的一块琥珀，这块琥珀的来历让他痛彻心扉，是他平日里碰都不敢碰的一个伤疤，想起来就心痛不已。对这块蜜蜡他不敢轻易下手，怕把料糟践了。他考虑了很长时间，这块料虽大，但是呈扁片状，面上还有许多坑，最后和安琪商量，决定雕一条龙。他对这件作品的创作非常慎重，查阅了大量的龙的图像，寻找灵感，画了大量草图，基本图形确定之后又和安琪一起修改，然后做出效果图。雕刻时他更不敢懈怠，从打坯开始就不让别人插手，全部自己完成。由于忙这两次展销会，这件作品被搁置了，目前进行到一半。他们还有一些准备做和做了一半的作品，这些作品做成之后，他们的琥珀屋就算建成了。

他们还要处理生意上的事情，两地的展销会举办得都很成功，带动了门店的销售，还接下了大批订单，其中有不少是长期供货的订单。这样他们生产上面临的压力非常大，制作间扩大了，但干活的人手不够，而能上手做活的员工是招不上来的。冯瑞阳和安琪商量，想找两个师兄过来帮忙。冯瑞阳和安琪接手琥珀艺坊后，两个师兄借故出去单干了，各自在自由市场弄了门店，但生意一直萧条。两个师兄都带有两三个徒弟，手艺绝对没有问题，如果他们能过来帮忙，那就不愁活做不出来了。

冯瑞阳和安琪把两个师兄约到饭店，喝着酒把事情谈了。两个师兄年龄比冯瑞阳小几岁，只因入师门在前成了师兄，他们答应先带徒弟过来帮忙，至于回来工作干一段时间再说。当然，冯瑞阳也给他们提供相当不错的工资待遇。这样，人员的问题解决了，生产业务有保障了。不过他又为料发愁了，库房里琥珀原料虽然有很多，但都是小料碎料，做低档琥珀画、珠宝首饰够几年用，但做高档琥珀画和琥珀雕刻摆件的料没有多少了，他和安琪为琥珀屋准备创作的作品的料都凑不齐了。

安琪对他说："你得去进料了，不然这几件活儿出不来，咱们这琥珀屋可缺了一角。"

"好！我想办法。"冯瑞阳一面雕着那件龙的大件，一面答应着。

冯瑞阳过去做过琥珀原石的生意，在全国各地有不少业务关系。他先去北京的两家做琥珀生意的公司，因为跟老板都很熟，他亲自去库房选料。两家公司的库房看过，都是做珠子的小料，根本没有大料。一位老板对他说："这次在乌克兰进了将近一千万美元的琥珀，看样时不错，货到以后全是这个，大块好料根本进不来。"他又联系了几家外地公司，专门选了最近进了新料的公司，跑了一圈，看了几家公司的库房，也全是小料，三十克以上的很少，五十克以上的根本没有，而且形状和品质都很差，价格还贵得惊人，这让他很失望，也很意外。

这时陈先生来北京，到冯瑞阳的门店把代销的琥珀雕件的账兑了，再进一批。两个人长期这样合作，互相代销对方的琥珀制品，售后记账，一段时间兑一次账。他们在琥珀原料的采购上也是长期合作。不过这些常规业务一般是不用陈先生亲自过来的，冯瑞阳明白，他为琥珀原料而来。

晚上，两个人在陈先生下榻的酒店餐厅边吃饭边聊原料的事。冯瑞阳向陈先生说了原料采购的情况，询问陈先生的库房里或是香港其他珠宝公司是否有大块的琥珀原石。

陈先生笑着说："我早就跟你说过这种情况嘛！我那里现在哪有大料呀！现在大料从源头上就被选走了，进不来。另外，现在香港和内地做琥珀的都在做优化，小料一样使，一压模连雕刻都省了，现在市场上吊坠模样全一样，都是一个模子出来的。小料和大料价格差了十几倍甚至几十倍，这样商业上很划算。"

冯瑞阳点头说道："情况倒是知道，但没想到变化这么大、这么快。"

"你和我的好料都是你亲自从乌克兰进的，这样的料别人进不来。你不去进，在市场上是买不到的，更不用说价格上的差距了。咳！"陈先生摇头叹息着。

冯瑞阳有三年没有去乌克兰进琥珀了，原因陈先生是知道的。陈先生继续埋怨说："你不去，别人照样从乌克兰进琥珀，中国包括香港市场上的琥珀大多数来自东欧波罗的海，你进的琥珀和市场上的琥珀来源是一样的，你自己不去进，反而要多花几倍的钱从市场上拿，你这是何必呢？而且，你现在知道了吧，别人根本进不来大料好料。"

冯瑞阳苦笑了一下，呷了口酒，没有说话。陈先生摇摇头说："听我的，兄弟！别胡思乱想了。出山吧，给咱们进料去吧！现在琥珀市场形势多好啊，不能有钱不去赚呀！况且你现在好料也断档了，你的艺术创作也进行不下去了。"

冯瑞阳又喝了口酒，叹了口气说：“我再考虑考虑。”

“你还考虑什么呀？这都秋后了，再考虑就入冬了，就只能明年再说了。”陈先生催促道。

冯瑞阳点点头，说：“我再想想。”

陈先生无奈地摇了摇头。晚上回到家，冯瑞阳和安琪说了陈先生此次来的目的。安琪也催他说：“那你就去乌克兰进料吧。”

冯瑞阳没和安琪说过他不去乌克兰进货的原因，搪塞道：“先联系一下再说吧，很长时间没去了，情况不知道怎么样了。”

第四章　我们要有孩子了

冯瑞阳和安琪正为琥珀屋能在结婚十周年纪念日落成而紧锣密鼓地创作的时候，安琪发现自己有四十多天没来月经。安琪的生理周期一向紊乱，四十多天甚至更长时间没来月经是常事，但这次她感觉和往常不一样。她用早孕试纸自查了一下，证实了她的感觉。第二天她去医院检查，结果显示她怀孕了。

晚上，她对冯瑞阳说："我们要有孩子了！"

这消息对冯瑞阳以及冯、安两家不啻一个天大的喜讯。安琪在结婚后的第二年曾怀过一次孕。但在怀孕三个月时，她得了一场大病，孩子没能保住。医生对她能否再次怀孕持不乐观的态度。从这以后，她的肚子就再没有任何消息。时间长了，家人们慢慢就不抱希望了。安琪已经三十八岁，这时候怀孕，家人能不惊喜万分吗？

冯瑞阳的父母是在旅途中得知这个喜讯的。两位老人都已经六十五六岁了，但身体很好。父亲退休时，冯瑞阳特地送了一辆轿车给他。父亲退休前是司机，在单位开了一辈子公车，冯瑞阳想让父亲退休后开上属于他自己的车。得到这辆车可遂了父亲一辈子的愿，一年几次优哉游哉地拉着老伴满中国去旅游。这次准备去青海，刚走到太原游览晋祠，就收到了这个喜讯，立刻打道回府，直接上高速回了北京。

冯瑞阳家有两个孩子，他还有一个姐姐，姐姐有一个女儿，今年刚考上大学。冯瑞阳的父母虽然早有了孙子辈，但毕竟是外孙女，而且已经长大，想再有个孙子（女）绕膝，这愿望也很正常。而且他们觉得儿子没有孩子，家庭不圆满，生活有缺憾，幸福打折扣。两位老人退休后生活得无忧无虑，除了开车旅游摄影，就是在养生上下功夫，心里唯一发愁的就这么一件事。他们得知安琪怀孕的喜讯，长松了一口气，心里都觉得痛快了，脸上笑开了花，觉得高速路两边的风光格外秀丽。

最高兴的当数安琪的母亲，冯瑞阳的丈母娘。她晚上在小区花园跳广场舞时接到安琪的电话后，立马去了安琪家，向安琪询问情况。

安琪的父亲在安琪和冯瑞阳结婚前就去世了，安琪的母亲也已经退休。安琪是独生女。安琪和冯瑞阳结婚时，为方便照顾母亲，就在母亲的住房附近买的婚房，并且一直居住在这里。两家离得很近，就是前后楼。他们和安琪的母亲虽然分开居住，实际上和共同生活差不多。他们原本考虑住得近一些，方便照顾老人，但实际上大多时候是老人照顾他们。安琪母亲身体还好，平时他们工作忙，卫生都是由老人打扫。他们回家后，也都是老人做好了饭在一起吃。安琪母亲和冯瑞阳父母一样，生活上没什么要求了，就这么一档子愁事，而且都愁出心病了。她拉着安琪到处去看医生，还打听了一堆生孩子的偏方，熬了药给安琪喝。给安琪烦透了，熬的药也不敢喝，偷着全倒了。亏了老人不迷信，不然非得给送子观音磕破了头不可。可想而知，老人听到安琪怀孕的消息，会高兴成什么样子。

不过，三位老人的高兴劲儿没有持续多久，心情就紧张起来。因为他们意识到，从怀孕到生产还有很长一段时间，这期间什么事情都可能发生，安琪是高龄产妇，不能高兴得太早。他们意识到这其中的警讯——希望落空的可能性很大，这个新的生命牵扯到两家人的幸福，前车之鉴必须吸取，怀孕生产不只是安琪一个人的事情，他们也要负起责任，为安琪提供最大的帮助，保证孕期的安全和孩子的顺利出生。

安琪母亲和冯瑞阳父母不约而同地给对方打了电话，约定见面时间。当即冯瑞阳父母去了安琪母亲家里，召开了紧急碰头会。三位老人面色严肃，仿佛面对的不是喜事，而是一个严峻的局面。他们首先确认了一下安琪的情况，决定采取积极干预的政策——对安琪的日常起居、饮食、情绪等各个方面进行严格监管，和医生积极配合，随时掌握安琪的身体状况和胎儿的发育情况，采取最积极的措施，不允许出现任何闪失。从此以后，碰头会就成了两家老人的常态，三天两头就要开一次。

当天晚上，安琪母亲和冯瑞阳母亲就召集冯瑞阳和安琪开会。由于讨论的都是妇产科的内容，冯瑞阳父亲不便旁听，没有参与。两位母亲详细询问了安琪身体的各方面情况，然后宣布了她们的决定，要安琪立刻停止工作，在家休养。她们接手安琪的生活管理，包括吃喝拉撒睡穿行，涵盖了生活的全部细节。两位母亲别看学历不高——只有冯瑞阳的妈妈是大专毕业，但她们健康营养保胎的知识门儿清，说起来头头是道，安排得井井有条。

安琪自然是反对这种犹如对待“熊猫”似的管理方式，但也知道老人们态度坚决，拧不过她们，只好束手听命，兹事体大，小心为好，省得将来落埋怨。只是对于完全放弃工作，她坚持了自己的意见，说正是琥珀屋落成前的关键时期，有些工作她必须去做，在身体没有妊娠反应之前，可以适当地参加工作。老人们最后妥协了，同意让她在近期把手头工作结尾，交接工作，然后休假。对她在这期间的工作时间严格限制，不许干体力活。

冯瑞阳对老人们的安排自然是完全赞成。他正发愁怎么照顾安琪，老人们就主动把任务揽了过去，给他卸去了负担，何乐而不为？况且老人无微不至，比他更合适担负这项工作，对安琪孕期的平安和孩子的顺利生产也更有保证。所以，他积极配合。对于工作方面，两个师兄过来帮忙后业务正常运转，虽然琥珀屋安琪有的作品还没有完成，一些作品还在准备，但冯瑞阳完全可以替她做完，况且少一两件作品，不影响琥珀屋的布置。

老人们说干就干，第二天就开始行动。安琪母亲首先做出了一个痛苦的决定，把她的“小儿子”送人了。这个“小儿子”是她养了六年的哈巴狗，名字叫嘟嘟。这狗长得漂亮，养得也干净，还通人性，十分乖巧，讨人喜欢。安琪母亲对嘟嘟十分宠爱，常用“小儿子”称呼它，平时形影不离。但现在为了外孙的顺利出生，只得忍痛割爱。安琪母亲送嘟嘟走的时候，恋恋不舍，眼泪止不住地流。安琪见了劝说道：“就把它留下吧！它又不招人讨厌。就让它在这间房子待着，别串门不就完了吗。”

“那怎么行？你怎么可能不到这边来呢？等身子重了，你是要在这边住的。”母亲把嘟嘟送给了自己的妹妹，安琪的姨家，送过去时还特地买了几斤鸡胸肉。这狗平时只吃鸡胸肉。母亲离开时，嘟嘟在屋里对着关闭的房门叫得声嘶力竭。母亲在门外泪雨滂沱，最后狠了狠心还是走了。

然后，几位老人对安琪母亲的房子和安琪小两口的房子做了彻底的大扫除，扔掉了许多废物，添置了孕妇和婴儿用的东西，又做了全面消毒处理。从此，安琪就在母亲和婆婆的眼皮底下，开始了保胎生活。冯瑞阳打趣地说：“这下你享福了，一家子全围着你一个人转。”

安琪瞪了他一眼，说：“享福？关了我的禁闭，还享福呢？其实没有必要！”

冯瑞阳正色地说：“怎么没必要！你要保证我们家传人的安全。”

安琪拿手怼了冯瑞阳一下，说：“你们家传人？这是我的孩子！告诉你啊，我喜欢女孩啊！”

冯瑞阳点头嘻笑着说：“女孩也行，男孩女孩都好。”

他们这一阶段的生意大卖，两个门店日常销售也十分火爆，使他们银行账户里的金额增长到了一个多亿。两个人原打算在琥珀屋落成之后，改善一下居住条件，现在琥珀屋基本就绪，他们就准备提前办了。他们想买一套面积大房间多的高档别墅，不仅他们住，还可以把双方的老人接来住。他们做了调查，房源不少，房子也好，符合他们的要求，就是偏远，全在远郊。安琪这一怀孕，他们就犹豫了，住得那么偏远，将来有了孩子方方面面都不方便。两边的老人也不同意。老人们在这三环里面住惯了，不愿意到那远郊去，况且现在住的两居室条件不错，也挺宽敞，周围环境也好，花园一样，都没有过去居住的意愿。

恰在此时，房屋中介公司给他们提供了一个信息，就在他们现在居住的小区里有一套二手房准备出售——一套四室一厅双卫一百二十平方米的房子。他们立刻跑去看了。房子客厅大，结构很规整，厨房、卫生间和阳台都不小，房子不错。主要是位置好，没动地方，离两边老人和店铺都近。他们毫不犹豫就把这房子买了，打算装修好以后搬到这里居住，原来的两居室给员工做宿舍。他们公司有四个外地员工，一直在十八里店租住农民的出租房，居住条件不是很好，这样也可以改善一下外地员工的居住条件。

他们把房子买下之后就准备装修，却遭到了两边老人的一致反对。老人们认为装修有污染，会对安琪的身体和胎儿造成伤害。安琪解释，采用的全部是没污染的安全材料，定制的家具也是高档环保的，不会对人体造成伤害。老人们依然不同意，而且态度坚决，对他们讲，再安全也是化学材料，对人体没有好处，不允许装修，也不允许居住，等孩子出生以后再说。

冯瑞阳和安琪商量了一下，提出了他们的妥协方案：房子开始装修，家具也一起定做，但不让安琪接触，装修好一年以后检测达标再入住。老人们对他们的方案提出了修正，要求冯瑞阳也不许接触装修的房子，否则会把污染带到家里来，照样会影响安琪。冯瑞阳觉得这个要求太过严苛了，完全没有必要，但知道胳膊拧不过大腿，只好答应派一个员工负责装修。就这样，他们找了装修公司进行了设计规划，开始施工；找了家具公司设计制作了全套家具。派了一名员工三天两头去看看，监管质量。冯瑞阳和安琪通过员工的汇报和发来的图像遥控指挥和协商，整个过程进行得倒也顺利。另外，他们把旧车淘汰了，买了辆新车，考虑到公司的业务需要，他们又买了一辆别克商务车。

老人们对安琪生活上的管理严格而周密，不仅重视营养健康，还注意调节情绪和适量运动，包括看电视、看手机、电脑上网等也有时间限制，是不留死角的管理，没有空当的监控。就这样，老人们承揽了他们的全部家务，连安琪去医院也由冯瑞阳父亲开车接送。家里的事冯瑞阳不用做了，连心都不用操了。在工作方面，两个门店自有店长负责销售，制作间由两个师兄撑着，冯瑞阳也不用费心，工作也就是把琥珀屋的作品做完，他便专心搞起创作来了。

第五章　留学时的老师来了

冯瑞阳在乌克兰留学时的老师来北京了。冯瑞阳的老师叫尤里，现在是乌克兰的国会议员，这次是应中国政府的邀请随国会议员代表团到中国进行交流访问。尤里老师从乌克兰出发之前给冯瑞阳打了电话，说他在北京安排了一天的自由活动时间，想要冯瑞阳陪同。

尤里是个画家，不过这个身份现在很少有人提起，在他的所有身份中退居末位了。乌克兰原是苏联的加盟共和国，从20世纪90年代初苏联解体成为独立国家起，尤里就积极投身政治运动，参与选举，搞过街头运动，做过议员、政府部长、驻外大使、副州长。尤里在乌克兰是个政治人物，有一定的影响力，不过现在的影响力远不如90年代了。尤里是冯瑞阳到乌克兰留学的第一任老师，但只教了冯瑞阳一年，后来尤里投身政坛脱离了学院。分开后两人一直保持着来往。冯瑞阳在乌克兰经商时尤里给予了他许多帮助，所以两人的关系不错。

尤里到北京的第二天晚上，给冯瑞阳打来电话，说住在北京饭店的一个套间，要冯瑞阳现在过去见面。尤里讲话非常客气，对自己的学生也是这样，但话的内容往往缺少商量余地，只是在要求的前面加上个“请”字。冯瑞阳立刻开车到了北京饭店。尤里正在房间等他，见面的热情地和冯瑞阳握手拥抱，还在他的脸颊上亲了两口。

冯瑞阳闻到了酒气，看到尤里脸上的红晕，知道他晚饭喝酒了。他也承认喝酒了，说道：“你们国家接待得非常好，中国的酒，劲大。”

两人在沙发上落座，寒暄了几句。尤里指着冰箱说："想喝什么自己拿。"冯瑞阳拿了瓶矿泉水。

尤里将近六十岁，脸上已然有了老年人的特征，但仍然帅气十足，引人瞩目。他原本长得英俊，皱纹只是改变了他的神态，并没有削减他的风采。他身高一米八，体态适中，一头金色稍许泛白的长发齐刷刷地拢在脑后。他不仅有让人倾慕的身材和相貌，还有他神情中散发的艺术气息和举手投足间显示的潇洒气派。

尤里不仅是冯瑞阳的第一位外国老师，还是冯瑞阳的偶像，他的长相做派、仪表风度曾经长期占据冯瑞阳的头脑。在大学里崇拜尤里的可不只冯瑞阳一个学生，他几乎是艺术学院人气最高的老师。尤里画油画，是当时很有名的年轻画家，但他的英俊帅气比他的画家身份更加有名。人们对他身上散发的艺术气息，比对他的作品的艺术评价还高。他是大学里最早投入到政治运动中的教师。他的演讲听众最多，他振臂一呼，跟随的人也最多，很快就成了运动领袖。他投入选举后，选举制度就好像为他量身打造的，喊几句口号，比别人费劲口舌讲一堆道理得到的选票还多。所以他很快进入了国家领导层，据说正因为如此，他受到一些势力的排挤，没能走到国家的最高权力中心。

尤里约冯瑞阳来主要是安排明天的活动，他要冯瑞阳陪同到北京几个景点看看，另外提出要去冯瑞阳家里，晚餐就安排在家里。他和冯瑞阳谈话用俄语。他询问了冯瑞阳的生意和创作情况，很诧异地问为什么这两三年没有去乌克兰进琥珀。冯瑞阳没有正面回答，解释说是因为前几年进的货多，这两年主要消化库里的料了。

尤里又追问了一句："还在做琥珀的生意？"

冯瑞阳肯定地说："做！当然！"

说到这里，尤里放心地点点头。

冯瑞阳问了问乌克兰当前的局势，近期乌克兰首都和几个主要城市因总统拒绝签署和欧盟的协议而爆发了抗议示威，而且规模越来越大。尤里没有过多地说明，只是说他们这次到中国访问差点因为国内的局势取消，后来考虑到这是两国早就定好的年度交流活动，最近抗议活动的规模和声势也在下降，局势平稳了一些，就按计划来了。由于时间晚了，他们没有多聊，定好了明天的时间和行程，冯瑞阳就告辞了。

冯瑞阳回到小区停好车，就去了丈母娘家，今天安琪在那里住。他进门叫起来已经睡下的安琪和丈母娘，商议明天接待尤里的事。冯瑞阳母亲和丈母娘都做得一手好菜，明天叫母亲过来帮忙做菜没有问题。他们拟了一个菜谱。吃饭地点还是选在冯瑞阳他们的两居室，新买的四居室装修已经完成，家具也摆好了，但还没有收拾，明天收拾显然来不及。在安琪是否作陪上，冯瑞阳和丈母娘产生了分歧。冯瑞阳坚持，这么重要的客人来访，安琪是一定要出面接待的，况且安琪怀孕还不足三个月，身体虽有反应，但不是很严重，陪陪客人应该没有问题。最后和丈母娘达成一致，安琪陪一段时间，然后向客人说明身体情况，离席回来休息，而且不喝酒，不吃席面上的菜。

第二天早晨，冯瑞阳开着商务车，到北京饭店接上尤里，上午去故宫和天坛参观，中午在前门全聚德吃烤鸭，下午去秀水市场和燕莎商城购物。

尤里是画家，对美有着敏锐的感受力。他在参观中，对中国的宫殿建筑区别于西方建筑的独特的色彩造型和精致恢宏非常欣赏。他也注意观察城市的街区道路、高楼大厦，对北京现代化的城市风貌赞不绝口。中午用餐时，他颇有感触地说："我这是第二次来中国，上次是1995年来的，当时也看到了你们国家的发展和繁荣，但和世界其他国家比，和我们国家比，还不是很突出。我当时并不十分看好你们。这次来，可大不一样了。我每年都多次去欧洲，说实话，这里超过了欧洲的所有城市。"

冯瑞阳没有说话，他对乌克兰十分熟悉，城市新的公共建筑很少，原有的建筑越来越旧，城市不是变好了，而是更加差了，对比中国的城市反差很大。所以冯瑞阳觉得尤里的感触是真情实感，不是对访问国家的讨好奉承。

下午购物前，尤里掏出一沓美元，要冯瑞阳给他兑换成人民币，以便在商场付款。冯瑞阳没有给他换，让他收了起来。付款时，冯瑞阳都是用手机支付的。尤里对于手机支付觉得很新奇，认为很方便。他买了一件裘皮外衣，一件皮毛一体的长款大衣，两件皮衣等一些高档服装，还买了鞋和包，都是给家人和朋友带的礼物，一共花了五万多元人民币。

他们采购完，出了商城上了车。尤里又拿出那沓美元，交给冯瑞阳。冯瑞阳没有接受，说道："老师到北京来了，我理应买礼物送给老师的。"尤里欣然接受，道了谢，把钱收好。

一天的行程结束，冯瑞阳开车回家。等候在家的安琪和她的母亲对客人表示了欢迎。尤里特地和安琪拥抱吻了脸颊，还礼貌地夸赞女主人漂亮，说了一堆"十分荣幸"的客气话。他还参观了房屋，也夸赞了一番。尤里在沙发上坐下，从手提包里拿出一件礼物，送给安琪。这是一个琥珀首饰盒，盒子不大，但十分精美。

冯瑞阳拿过来看了看，盒子上镶满了琥珀，虽然不是一整块的琥珀，但价值不低。冯瑞阳想起刚才尤里并没有坚持把美元给自己，想必是因为他也备了重礼。

冯瑞阳请尤里坐到沙发用茶，观看他们的作品画册。画册里面是冯瑞阳和安琪近十年创作的油画、琥珀画、琥珀雕刻品的照片，其中有一些是获奖作品。尤里翻看着画册，十分惊讶，大为称赞，他对安琪说："冯是与我关系最好的学生，也是我所有学生里最有出息、成就最高的。"

冯瑞阳和安琪陪尤里在客厅聊天。安琪母亲则在厨房把菜炒好，摆上餐桌，然后请客人入席。面对一桌丰盛的菜品，尤里挑起眉毛，又是一番称赞。的确，虽然是家宴，菜的品质却不亚于餐厅，有清蒸鳜鱼、咕咾肉、香酥鸡、宫保鸡丁、糖醋里脊、油焖大虾、葱烧海参、葱爆羊肉。这些菜都是冯瑞阳从乌克兰人喜爱中餐的菜目中挑选的。使用的是细瓷金边成套的碗碟，让人赏心悦目。安琪母亲客套几句就告辞了。

冯瑞阳备了格鲁吉亚葡萄酒、俄罗斯的伏特加和中国的茅台，问尤里喝哪种，尤里思索了一下选择了茅台。冯瑞阳把酒斟上，他了解尤里一口一杯的喝酒习惯，准备的是小的高脚白酒杯。两个男人举起酒杯，安琪举起水杯，说着美好的祝酒词，然后尤里仰头把酒喝干。尤里使用刀叉，往嘴里传递着菜肴，品味的同时不住地摇头晃脑，用夸张的表情夸赞着美味，"我非常喜欢中餐，味美，而且品种丰富。相比之下，我们国家的人吃的就简单多了，就那几样。”

“据统计，我们中国人在吃上面投入最大，不怕花钱，变着法儿地吃，花样繁多，还不断地推陈出新。”冯瑞阳说道。

他们吃着喝着聊着，尤里很随意，兴致也高，对中国社会充满了好奇，提了方方面面的问题，冯瑞阳都简单地做了解答。

“你们城市里的居民都住这样的住宅吗？”尤里问。

“都是这样。我们这套住房在北京算是比较差的，房子老面积小，十年前装修的，也都比较旧了。家具和家用电器都老旧了，社会上早淘汰了。”冯瑞阳说他们买了新住宅，已经装修好了，只是还没有收拾好，没有搬过去。他描绘了一下新房子的情况。

尤里举杯祝贺他们有了新房子，和冯瑞阳干了一杯酒。他赞叹地说：“说明你们国家不仅仅是修了道路，盖了机场和高楼大厦，而且整个人民的生活水平都提高了，生活品质到了让世界羡慕的程度。”

他们又喝酒聊了一会儿，冯瑞阳用眼睛示意一下安琪，然后抱歉地对尤里说：“我的夫人怀孕了，坐的时间长了，身体可能不适，能不能允许她去休息？”

尤里听到安琪怀孕的消息，表现出惊喜，举杯和冯瑞阳碰杯祝贺他们，然后客气地请安琪去休息。安琪起身客气了几句之后，出门去母亲的房子休息。

两个人继续喝酒吃菜聊天，这时候，房间里的电视播放出乌克兰首都民众集会示威的影像，引起了他们的注意。这是中央电视台晚间新闻节目，影像显示示威民众和警察发生冲突，场面十分混乱，看上去抗议活动正在向激化方向发展。尤里看着电视画面，心情显得沉重，他喝了一杯酒，感叹道：“过去我们没有民主，我们拥抱了民主，可是我们却失去了稳定，失去了团结，失去了发展。”他的语调里含有一丝苦涩的味道。

冯瑞阳没有搭话。他和尤里交往中很少谈论政治，因为对政治问题定义不同，看法相左，完全是两个路数，对不上茬口，谈不到一块儿去。尤里也知道这点。还是在艺术学院当老师时，有一次，他以嘲笑的口吻说中国的政治，立刻遭到了冯瑞阳的不满，还顶撞了他，从那以后，两个人就回避谈政治话题。

不过现在尤里的话倒让冯瑞阳诧异，尤里把民主和稳定发展对立起来，好像是说追求民主而牺牲了稳定和发展。这和尤里过去的说法不同。冯瑞阳想起留学时听到的尤里的演讲。那时尤里年轻气盛，演讲激情澎湃，说话斩钉截铁。他说，独立和改制也就是民主宪政、民族国家是乌克兰成为发达国家的唯一途径。而且他说只有民主才有稳定和发展。二十多年的斗转星移，看来民主理论也被实践改变了，只是尤里对这个改变看起来有些心酸。

冯瑞阳谨慎地问道："老师！您估计这次乌克兰的局势会怎么发展？"

尤里咧了一下嘴，想要说什么，话到嘴边又咽了回去，苦笑了一下说："这次很难说。"

冯瑞阳看他不想谈论这个话题，就转移话题聊起了其他方面。两个人干了一杯酒，聊了几句闲天。这时尤里问道："你现在的生意做得还可以吗？"

冯瑞阳答道："是的，还可以。这几年中国的琥珀市场非常好，认可我们作品的人也越来越多，销售得还不错。"

"嗯！你合作的那个香港朋友生意怎么样？"

"他的生意也不错！我们一直在合作。"

尤里略微停顿了一下，郑重地说："我这次找你还有一件事情。是这样，我们国家的海关还有其他执法机关这几年查扣了很多琥珀。这次政府把各个部门缴获的琥珀集中起来，准备一次性拍卖。也就是说，整体拍卖，不分割，你明白吧？"

"我明白。有多大量？"

"量可不小，有不少吨吧。"

"哦！"冯瑞阳心里一阵惊喜，涌起了做笔大生意的冲动，但立即又压抑住兴奋心情，淡定下来。

"这是很难得的机会！你去收琥珀，要辛苦得多，还要冒很大风险，也拿不到这么多。所以，我特地找你，你要把握住这个机会。"

"老师！我明白。可是竞拍的单位一定不少，我拍到的可能性有多大呢?”

尤里举杯和冯瑞阳一起喝了一杯酒，嘴角露出了一丝笑，说道:“我来找你，就是让你有最大可能拿到这批琥珀。”

“哦！是这样。”冯瑞阳似乎有些明白了。

“你的签证还在有效期吗?”

“过期了。”

“这样，我给你写个条子，这两天你去我们国家驻华使馆找我的一个朋友，让他帮忙把你的签证办了。把钱尽快准备好，做好过去竞拍的准备。等事情一定下来，我通知你，你就立刻过去。”尤里讲话好像根本不用考虑冯瑞阳的意见，或是他认为冯瑞阳不可能反对，肯定会过去竞拍。冯瑞阳点了点头。他还来不及认真地思考，但他知道这是一次难得的机会，而且他此时需要大块琥珀。

“你和奥列格熟吧?”

“是啊!”

“奥列格现在当副部长了，他主持竞拍工作。你过去以后，他会派人和你商量，看看怎么在规则范围内，帮助你竞拍到这批琥珀。”

冯瑞阳好像又明白了一些，再次点了点头。两个人又聊了一会儿，尤里就告辞了。冯瑞阳因为喝了酒就叫来一个员工开车把尤里送回北京饭店。

之后，冯瑞阳想，尤里这次来北京，让他陪了一天，特地还要到家里吃饭，自然有着师生之情谊的正常的做客交往，但最后邀他去乌克兰竞拍琥珀，他却没有想到，可能这是尤里此次和他见面的主要目的，而且是来之前就计划好的。从尤里的话中可知，这次不仅仅是让他去竞拍，而且是会想办法帮助他竞拍成功，拿到这批货。不管在政治上和生活上别人对尤里评价如何，但在和冯瑞阳的交往中，他答应的事情，从来没有失信过。所以冯瑞阳认为拍到这批货的可能性很大。

冯瑞阳手头这几个作品正需要大块的琥珀，拍卖来得正是时候，作为以琥珀为原材料的艺术品创作，更是对琥珀有大量的需求，他没有不去的理由，当然还要和陈先生商议一下才能决定。因为过去他们都是一起进原料的。

第六章　噩梦引起的牵挂

水枪喷射出强烈的水柱，晶亮的发着白光的水柱如闪电般冲击着地面。那长着绿草的上层结构瞬间被摧毁，瓦解崩溃，变成向上翻涌的泥浆。很快荒草萋萋的土地变成了水洼，翻滚的泥水吞噬了绿色泛滥成黑灰色的泥淖。阴霾的天空笼罩着大地，浓浓的灰色云层封锁住人们的视线，把大地染得混混沌沌灰蒙蒙的一片，和地上的泥淖一起把整个世界变成了黑灰色。目光所及之处是大小不同的水洼，像一片片泛着脓水的溃疡，大地肌体上触目惊心的百孔千疮。远处可以看到森林的边缘，那里有被撂倒的已经枯黄的树木，和翻起的偌大的爪子一般狰狞的树的根部。

柴油发电机密集而有节奏地发着震颤声，水泵在强劲的抖动中轰鸣，为水枪提供着充足的动能和资源弹药。那水枪就像火焰喷射器，喷射出白色的冷酷的烈焰，所到之处，无坚不摧，所向披靡，打到哪里，哪里迅即消融。不仅如此，水枪还把枪口指向水下，那强烈的水柱力量直达水底，摧垮水底的土层，把水底继续化成浆水，让这水洼越来越深，深到几米，十几米，甚至二三十米。激流把水底的土层化成泥浆翻上水面，水洼就像沸腾的黑灰色的药汤。这时，天空越来越暗，云层中的黑色越来越重，还伴有隆隆的雷声。乌云聚拢起来，急剧地翻滚着，气势汹汹地奔腾而来，和地上的同一颜色的泥浆卷起的浪头相呼应，上下连成了一片黑灰色的惊涛骇浪，疯狂地冲击和改变着眼前的世界。近处大片的草地被击毁消融，高耸的树木被掀翻撂倒……

突然，水枪停止了喷射，水柱蓦然消失。泥塘翻滚的水面收敛起肆意的浪头，逐渐停止了波动，现出一洼洼平静的泥色水面。乌云也停止翻滚，消散开去，眼前的世界变得静寂，无声无息……

这时，神奇的现象出现了，那泥塘如镜子般的水面上，陆陆续续从水底冒出来一个个大小不等的块状物体。大的如砖头，小的如鸡蛋，多数如拳头大小，都是不规则的形状，漂浮在水面上。此刻天气也发生了变化，封锁住天幕的那灰黑色云层忽然消退得无影无踪。蓝天乍现，晴空万里，太阳迎头高照，洒下万道光芒，把这到处汪着泥水的沼泽般的地方照得通亮，也把那水面上的成百上千枚漂浮的物体清晰地映入人们的眼里。

那一个个形状各异的物体虽然挂着湿漉漉的泥水，还有褐色或黄色的皮子，但星星点点片片斑斑或多或少还是露出物体内部的晶体。那晶体或剔透或莹润，有金黄色、血红色、油黄色，颜色浓淡不同，深浅各异，在阳光的照射下闪烁出令人惊异的荧光和通透的色彩。人们在欢呼："太阳石！太阳石！"

太阳石就是琥珀，在乌克兰，人们把琥珀称作太阳石。在这泥塘水面上漂浮的就是琥珀原石！人们兴奋地冲进水塘，在泥水中用手努力划行，去捞取浮在水面上的琥珀。有个金发碧眼的白人姑娘，奋力地扑向一个大块的琥珀，她抓住这块金黄色的琥珀，兴高采烈地高举着喊道："看！多大的一块琥珀！"

在她的身后，有一个白人小女孩，穿白色的裙子，一副天使般的面容。小女孩在水面上奋力地划水前冲，也抓住了一块琥珀，高兴地举起琥珀，喊叫着："妈妈……"突然意外出现了！泥水的浪头打断了小女孩的喊叫，淹没了小女孩的笑脸……小女孩的妈妈惊恐地大叫："葛丽娜！……"奋勇地朝小女孩扑去，想要救出在浪头中时隐时现的小女孩。但就在她快要拉到小女孩的时候，她自己的身体也向下陷去，她惊慌地呼叫着，在泥水中挣扎着，但无济于事，身体仍然在一点点地下沉，马上就要淹没她使劲向上仰着的脸和那睁大的惶恐求救的双眼……

危急时刻，冯瑞阳出现了，他高叫着："拉丽萨！……"奋不顾身地扑进那泥塘，两臂尽全力划水向正在下沉的拉丽萨靠近，终于，他一只手抓住了拉丽萨，拽起了拉丽萨那即将被泥水淹没的身体，另一只手也努力向前，一把拉住了葛丽娜。拉丽萨仅仅舒了一口气，但危险并没有解除，因为冯瑞阳的拉拽停止下陷的身体又继续下沉，葛丽娜惊恐地叫着："救我！救我！……"

冯瑞阳拼命地拉拽住这母女二人，可是无济于事，因为他已经控制不了自己的身体，他的身体也在快速地下沉，只得无奈地松开了拉住两个人的手……葛丽娜最终被浪头卷走，她张着嘴没有叫出声就被吞噬在泥水里……

拉丽萨惊恐的脸最后也被泥水淹没，水面上只露出她那只举着的手和手中握着的琥珀。那琥珀不知道怎么变了颜色，变成了一块莹亮剔透的红色琥珀，一块上等的血珀。

冯瑞阳的双腿像被几只手在向下拽，身体快速地下沉。他悲痛地叫着那被泥水淹没的母女二人的名字："拉丽萨！葛丽娜！……"

冯瑞阳猛然惊醒！原来是一场梦。他满头大汗，气喘吁吁，被子已经被抓乱。他看到身旁的安琪已经被他吵醒，正瞪大眼睛诧异地看着他。

安琪问道："你怎么了？"

他抱歉地说："我做了一个梦。"

"你又拉又拽的，还叫喊，好像在喊什么人的名字。"

"梦到我掉水里了。"

"你是不是病了？有什么地方不舒服吗？"

"没有，没感觉什么。"

"要不就是累了？不行你休息两天？"

"没事，就是做个梦。"他看自己浑身湿漉漉的，还弄湿了被褥，起身去卫生间洗澡。"我去洗个澡，你睡吧！"

冯瑞阳打开淋浴冲洗着身上的汗水，思绪却还沉浸在刚才的梦境里。他不是一个爱做梦的人，即使做梦，醒来后也全忘了，可这个梦却历历在目，清晰得就像真实发生过一样。他洗完澡，感觉心脏跳得还是有些快，脑袋非常清醒，没有一丝睡意。他看安琪已经睡着了，便把卧室的门关好，到客厅倒了杯茶水，坐在沙发上，想让自己平静下来。

怎么做了这么一个梦？这梦中的情景是冯瑞阳熟悉的，三年前正是这可怕的场景刺痛了他，让他背负了沉重的精神负担。从此，他再也没有去乌克兰进过琥珀。

香港的陈先生一直和他合作做琥珀生意。他不去乌克兰进琥珀，陈先生也断了货源，生意大受影响，急得不得了。这三年陈先生苦口婆心，旁敲侧击，无数次做他的思想工作，想让他重新出山，用他的渠道，再去乌克兰进琥珀。陈先生说：宝石是一种特殊的商品，宝石生意是一种古老的特殊的生意。宝石之所以珍贵是因为稀有和好看，人世间的每一块宝石都不是轻易得到的，全都凝结着血汗。宝石生意，涉黑、涉恶、涉暴、血腥、涉及权力和贪腐，自古都是，做这行的谁都知道。欧洲的那些女王、王妃王冠上价值连城的宝石，哪一块的来历中敢说没有罪恶？贵妇明星，即使普罗大众身上戴的宝石无论贵贱哪一块在来源上没有污点？我们做宝石生意，只能保证我们这一段把生意做得正规合法，对得起良心，我们不可能保证我们的上游如何。你不去乌克兰进琥珀，乌克兰的琥珀照样进到中国，并不会因你不去而减少。你从中国市场采购琥珀，进的也是乌克兰的琥珀，多花钱进来源一样的二手货，你何必呢？

陈先生讲的道理冯瑞阳都懂，陈先生的话冯瑞阳全明白。这其实不是道理的问题，是那琥珀的开采场面让他触目惊心，难以磨灭，是他看到的情景让他深恶痛绝，不愿意再去蹚这浑水。是这场景和当天发生的事情让他精神受到刺激，有了沉重的负罪感，心里无法承受。当他创作的时候，他的内心被琥珀艺术品的光芒照得通明，淡忘了那些关于琥珀的泥泞和可怕的记忆。采购不到理想的琥珀，他的艺术创作会被迫搁浅，给了他去乌克兰进货的理由。尤里恰好提供了这样一个契机，重要的是这次是政府拍卖，和他以前去乌克兰收购琥珀不同，不触碰三年前他去产地采购琥珀形成的心结，躲开了他不去乌克兰采购琥珀的心理障碍。他心里肯定是想去参加竞拍的。

冯瑞阳给香港的陈先生打了电话，通报了尤里邀请他参加琥珀竞拍的事情。听完冯瑞阳的叙述，陈先生只说了一句话：“你，等着我！”几个小时后他就站到了冯瑞阳面前。

陈先生焦急又严肃地跟冯瑞阳讲:“这次竞拍你必须去！这是千载难逢的机会！要想办法拍到这批货！拿到这批货等于做成了几年的生意!”

响鼓重锤，陈先生话不多，但句句很重，表达的意思明确且强烈。冯瑞阳点头同意去。

陈先生没想到冯瑞阳这么爽快就同意去了，喜悦之情溢于言表，当即拉上冯瑞阳找了个饭馆，吃起了北京涮羊肉，还喝上了二锅头。陈先生吃得脸上淌汗，喝得面色通红，高兴地说:“我回去立刻筹备钱，把所有的准备工作做好。这些事情你都不要管。你专心去乌克兰，把关系疏通好，尽最大努力把这批琥珀拿下来！你出马就没有问题，你们关系那么铁，又是他们主动找的你。”

两个人边喝酒边把参加竞拍这件事定了下来。吃完饭，陈先生坐晚班飞机回了香港。就在当天夜里冯瑞阳做了这样一场梦。

冯瑞阳坐在沙发上，喝了几口水。梦境中，那淡忘的琥珀开采的场面又显现在他的眼前，清晰而惊心动魄，一下击溃了他神经中脆弱的节点。为什么这个时候做了这样的梦？他的心情又变得沉重起来，头脑里满是灰暗的色调，翻腾的依然是梦中那泥泞的情景……

他想这梦是不是在给他暗示，是不是良知在提醒他不要去乌克兰参加这次拍卖。他的内心又焦灼起来，对于去不去乌克兰变得犹豫了。他打开电视机，想看看新闻，换换脑子。

电视中恰好播放着乌克兰民众反政府示威的新闻，屏幕上是民众和警察冲突的场面。几万民众和穿着防暴服的警察拥挤成一团，就像他梦中水塘里泥浆涌动的画面……

冯瑞阳想，可能是乌克兰最近闹腾得厉害，看电视新闻多了，又赶上尤里来，脑子里想琥珀竞拍的事，这些思虑集中起来，做了这么个梦。冯瑞阳不是一个迷信的人，他试图把自己的思绪从梦中解脱出来。这时，梦中叫拉丽萨的姑娘和叫葛丽娜的女孩同时出现在他的脑际，两人的面目非常清晰，就像真人出现在他的眼前。她们二人在泥水中挣扎的情形，她们呼喊的“救命”声，和她们被泥浆吞噬的影像又清晰浮现在他的脑海里。清晰得不像是梦，就像是真实发生的一样。

他发现真正让他惊心的是这梦的后半部分，是这梦中的两个主角出现之后的情节，即便从梦中醒来这么久，现在想起来仍然觉得揪心，心绪难安。冯瑞阳想，他和她们之间已经是很久以前的事了，早已没有任何关系，十多年没有联系，也没有见过面，是已经淡忘的陈年旧事了，可能是他要去乌克兰，脑子里的那根弦把这远去的往事拉扯出来，组合到了梦里。仅仅是一个梦而已，何必让它来搅乱自己的心思。冯瑞阳想到这里，觉得自己有些可笑，心情也就平复了，又看了会儿电视，便回卧室上床睡了。

第二天早晨，冯瑞阳上班安排完公司的事务，就去乌克兰驻华使馆办签证。他拿着尤里写的条子找到了那位官员。官员看了条子，没有多说什么，简化了他的签证手续，答应给他一年多次往返签证，一周后来取。

冯瑞阳忙了一天的事情，那梦早就忘记了。但是到夜里他又做梦了，梦里还是乌云滚滚压来，还是森林中那强劲的水流冲击泛起的泥浆，还是泥塘里冒出一块块的琥珀。仍然是那金发碧眼名叫拉丽萨的漂亮姑娘奋不顾身去捞琥珀，仍然是那名叫葛丽娜的天使般的小女孩在剧烈动荡的泥浆中挣扎。梦中令人战栗的是森林中射出一阵爆响的子弹，水中的姑娘和小女孩都被打中，泥塘的水面满是鲜血，染红了那一块块漂浮的琥珀……

冯瑞阳又被自己的梦惊醒，梦的场景与昨日的梦类似，人物相同，只是结尾有些变化，但更让他惊心动魄。他庆幸安琪今夜在她母亲房里睡，不在他的身边，不然还会被他吵醒。他又惊出了一身冷汗。他起来洗了澡，又坐到沙发上，来平复一下心情。连续做同样的梦，他的情绪十分低落，也变得烦躁。他呆呆地坐着，不知道想什么，也不想思考什么，看了会儿电视，就又去睡了。

早晨上班，冯瑞阳又忙于公司的事务。公司的业务一直不错，除了两个门店的销售火爆外，外地的订单也持续增长。冯瑞阳和两位师兄商量，调整一下生产，把高价值的琥珀摆件和琥珀画的制作先放一放，全力制作琥珀挂件和低档琥珀画，满足门店销售和订单。他忙了一天，没有搞作品的创作，除了事务性的工作多以外，主要是没有心情，可能是夜里噩梦的作用。他今天可不像昨天，并没有因为天亮而把梦忘干净，梦的阴影一直笼罩着他的心境，让他情绪低沉，心里不安定。

晚上要下班的时候，尤里从乌克兰给冯瑞阳打来电话：“你的签证办了吗？其他方面做准备了吗？”

“签证办了，一周后取。其他方面……钱正在筹备，问题不大。”

“我通知你一下啊，拍卖的时间要提前。而且，我们国内的局势现在变化比较快，拍卖公示之后，很快就会进行，不会给太长的时间。所以，你要做好准备，最好提早过来。”

“好！签证办好之后，我尽快过去。”他答复得非常干脆，显然去乌克兰的决定没有改变。

夜里，噩梦如约而至。还是那场景，还是那人物，就像同一题材的电影，只是情节不同，但都是悲惨的结局。噩梦再次撕开了他神经的防线，他惊醒坐起，睁大了双眼，还冒出了一身的冷汗。总是做这样的梦，他深受困扰。想想自己是一个开通的人，从来不钻牛角尖，这次怎么就摆脱不开这个梦，心里纷纷扰扰的。很长时间都睡不着，直到快天亮了才又睡了一会儿。

白天，冯瑞阳在工作之余，梦中的影子不自觉地就冒了出来，这时梦的背景已然退去，只有梦中的两个人物浮现在他眼前，这让他的精神更不安定，心里就这样多了一份牵挂。下午他趁周边没人的时候，给在乌克兰的张斌打了个电话。张斌是他的哥们儿，在乌克兰开中餐馆。

“你最近怎么样？”两个人一直保持着联系，只是近一个多月没通电话，所以，冯瑞阳这样问道。

“不好！非常不好！”张斌说道。

“怎么？出事了？”

“唉！说来话长，电话里说不清楚。我正忙，以后有时间再和你说。你有什么事吗？”

冯瑞阳沉吟了一下，还是说了：“你有拉丽萨的消息吗？”

“你问她干吗？”

“随便问问吧。”冯瑞阳遮掩着。

“她曾经到饭馆找过你。”

“什么时候？”

“你上次来乌克兰是什么时候？”

“有三年多了。”

“大概就是那个时候。”

“你怎么没跟我说呀？”

“你跟她也没什么关系了，说这个干吗？”

“她都说什么了？”

“我没有见到她，是阿乐桑娜见的。她就问了问你在哪儿？阿乐桑娜说你早就回国了，只是偶尔过来。她没有多说什么就走了。”阿乐桑娜是张斌的老婆，是乌克兰籍俄罗斯人。

“她现在怎么样了？”

“说是从意大利回来了，具体情况她没说。阿乐桑娜说，看样子混得不怎么样。这不明摆着吗？混得好谁还回来呀。”

冯瑞阳停顿了一下说：“我过几天要去乌克兰一趟。”

“过来干什么？现在这里乱着呢。”

“还是办琥珀去。”

“行！来之前给我打电话，我去机场接你。”

挂了电话，冯瑞阳长出了一口气，仿佛找到了噩梦的缘由，但心情并没有因此而轻松，反而愈加沉重了，心里没着没落。同样的情景仍然在夜间正点出现他的睡梦里。

蓝天白云绿树花丛的背景下，金发碧眼的拉丽萨头上戴着绿叶鲜花扎成的花环，穿白色的礼服长裙，在拉小提琴，演奏的是冯瑞阳熟悉的一首非常好听的曲子《我可爱温柔的野兽》，那天籁之音从她拉动的小提琴琴弦中流淌出来。叫葛丽娜的漂亮小女孩背上长出了天使般的翅膀，飘然来到绿草花丛中。突然，天地发生剧变，乌云翻滚着压了过来，地上变成动荡的泥淖。拉丽萨又身陷泥溏里奋力地捞取漂浮的琥珀，葛丽娜也到水里去追逐琥珀，一排浊浪打来，两人双双被打翻在水里，挣扎着呼喊：“救命！……”

冯瑞阳变得烦躁不宁，长期的噩梦撕碎了他已经脆弱的神经，内心中一股情感仿佛被唤醒，冲击着他已然封闭的记忆的闸门，又像在那遥远的国度冥冥之中的呼唤不停地敲打他情感的大门。他觉得他已经把持不住自己精神的门槛，也可能是想一探究竟，让心灵不再受骚扰，能够安安静静地入眠。他现在想尽快去乌克兰，除了参加竞拍以外，也想解除噩梦带给他的困惑。

冯瑞阳安排好公司的事务，做好了出发的准备。安琪有家里三位老人照料，不用他分心。在拿到签证的第二天，他就坐上了去乌克兰的飞机。

乌克兰，是他生意起步的地方，也是他和琥珀结缘的地方。当飞机抵达乌克兰的上空时，他从飞机舷窗望着下面那绿色的大地，心里涌起了一股热潮，往事打开了多年记忆的尘封，不断地在他的脑海里涌现出来……

第七章　留学乌克兰，没想到练上摊了

冯瑞阳是20世纪90年代初来乌克兰留学的，那年他十九岁。

他从小学开始在北京少年宫学习绘画，后在北京美术中专学习并毕业，中央美术学院没有考上。是复读一年还是出国留学？他在两者之间纠结。没有考上，他觉得丢脸，复读一年第二年再考情面上过不去，所以他选择了留学。选择来乌克兰是因为他母亲是俄语教师，他跟母亲学习过一些俄语，有语言基础，乌克兰比其他国家学费低，手续简单。再有就是他对乌克兰一直怀有美好的印象，知道那里是苏联最发达的地方，黑海之滨，人美风光也美。

冯瑞阳初到乌克兰，亲历目睹之后，更加强了对这个国家的美好印象。乌克兰的首都是个很美丽的城市，河流穿行在城市中间，城市中一座座造型精巧别致的童话般的建筑，洁净又色彩丰富的街区，灿烂阳光下被植物的浓绿覆盖的河岸和田野；还有那雪白肤色的漂亮姑娘，帅气小伙，以及安详的永远挂着和蔼微笑的老人，都给冯瑞阳带来了异域风情的新鲜感受。

冯瑞阳留学的第一年，经历了苏联解体，乌克兰独立，政治制度的改变等一系列重大的历史事件。政治上的剧变造成社会的激烈动荡，但冯瑞阳没有看到过于剧烈的社会冲突，甚至暴乱、战争这种极端事态的发生。说到底苏联各个加盟共和国的独立，是都觉得凑在一起吃亏，自愿解体分开的，包括俄罗斯都认为各个加盟共和国拖累了他们的经济。政权的更迭也不是自下而上被推翻的，独立后的独联体国家领导人几乎都是原加盟共和国共产党的领导人，只是把共产党解散了，宣布为非法组织，他们自己成了合法总统而已。然后组建自己的执政团队，改变政治制度，举办程序性选举，推行私有化，把国有资产转变成私有资产。这样挺好，没有打打杀杀战争流血就从加盟共和国的大家庭分裂成了一个个民主国家，完成了从社会主义向资本主义的改造，或者建立了如一些人定义的民主社会。

民主是个好东西，那时的乌克兰国内弥漫着这样的情绪，乌克兰科技工业发达，还有号称“欧洲粮仓”的农业，人口素质高，缺的就是民主体制，有了这个好东西，几年之后乌克兰就是德国，就是法国。的确，相对平稳的转型，如果有一个向好的结果，那就再好不过，万事大吉了。可偏偏出人意料，事与愿违。乌克兰和独联体所有国家，还有东欧的转型国家无一例外地陷入货物紧缺、物价飞涨、货币贬值、大规模失业、经济崩溃的社会灾难中。人们吃不饱，穿得差，挣不到钱。连人均寿命都跟着凑热闹，那年头人们少活了好几岁，以后许多年所有的民生指标还一直下降，更加令人沮丧的是，即使有两三年好的光景较转型之前也差得好远。

独立的意识在乌克兰由来已久，虽然沉寂了很长时间，以为人们忘记了，没想到陈年旧账在记忆中很容易就被翻了出来，现在终于如愿以偿。相对于没有多大社会动荡的独立和转型，意识形态的改变，倒是迅速和剧烈。价值观发生了颠倒性转变，这在大学里表现得非常明显。随着过去领袖的雕像被推倒，人们头脑中已经建构的宏伟大厦瞬间倒塌，变得无拘无束。自由的花朵绽放在学生们的脸上，头脑里空出来的位置自然是要填补的，多元的声音进入学校，从民主自由到新纳粹性解放，五花八门什么都有。文化上全面接受西方，更多地放任，更多地尝试，学校的管理也松懈了，各种活动多了，校园里变得好玩了，变得热闹了，还多了许多惹眼的春意。最不能让人接受引起学生恐慌的是出现了暴力，有的是政见不合拳头相见，有的是黑社会寻衅滋事。有些人总说，放开了自然会百花盛开，可这校园一旦放开了，结果是不见了鲜花，映入眼帘的满是丛生的杂草。

当然，人们的命运也由此改变。少数人富了，飞黄腾达；多数人穷了，一塌糊涂，所有的改变都那么出人意料，跟之前的宣传截然相反。大学里老师们教学不那么专心了。他们发现自己不再享受过去那样社会的尊崇，在社会的普遍价值观里他们的地位明显下降，因为他们教给学生的知识已经丧失了改变命运的功能。另一方面他们也有了更多的选择，有的教师参与政治活动，步入了政坛，像冯瑞阳的老师尤里；有的教师从事经济活动或营利性工作，直接奔钱去了，因为学校总是拖欠工资。对学生的影响更大，国家不再负责学生毕业后的职业安排，社会没有给他们就业机会，学生们根据原有规则规划的人生道路就此中断，学习知识不再是人生向上走的阶梯。不过倒没有引起学生们的恐慌，大家全都这样也就没什么着急的了。

当然发生改变的还有中国留学生。意识形态对中国留学生的影响似乎不大，他们本是局外人，对那些鼓吹的民主自由虚头巴脑的东西没多大兴趣，掀不起什么头脑风暴。但他们的命运却也因此发生改变，这些中国留学生耳聪目明，善于观察，敢想敢干，把握住了时机。他们的改变也很让人意外。

这些中国留学生来乌克兰时苏联还没解体，开始时留学生们也都专心学习，为知识和文凭奋斗。但随着乌克兰社会形势的变化，一些留学生不安分了，开始有几个不在宿舍住，也不上课了，他们都离开了学校。有学生过一段时间还来学校照个面，有些人干脆就不辞而别退学了。

这些离校辍学的留学生，观察到乌克兰货物奇缺，物价飞涨，老百姓手里又没钱，判断出中国的货在这里肯定好卖。他们果断行动，或是自己回国弄些货过来，或是委托国内的亲戚朋友发货过来，相互谁都不告诉，偷偷地在街道上摆上摊卖上货了。到了大街上他们才看到，不约而同一些同学都在这里练上摊了。那时的摊十分简易，一些学生把一个塞满货的编织袋提包放在屁股底下一坐，前面铺上一块塑料布，摆上样品就齐了。货也好卖，学生们每天晚上回去编织袋瘪了，衣袋鼓了。这么赚钱，就这样他们把留学的事就撂一边了。大概他们做梦都没有想到乌克兰的留学之旅会让他们走上在异国他乡摆摊卖货的道路。

这群留学生里并不包括冯瑞阳，他是学绘画的，搞艺术的人对商业机会不大在意，对摆摊卖货更没有兴趣，甚至还有些不屑。他是在大街上写生偶尔看到这些中国留学生在练摊的，虽然和这些留学生不是一个学校的，但在乌克兰的中国留学生本就不多，大家都认识。其中有一个是北京来的，叫张斌。在这座城市的留学生中只有他和张斌是北京人，所以关系比较好。他到张斌的货摊前，打个招呼聊起天来："你怎么在这儿摆上摊卖起货来了？"

"你没看吗？这里什么都缺，咱们给乌克兰老百姓解决解决困难，帮帮他们。"张斌用京味调侃道。

"那你不上学了？"冯瑞阳问。

张斌眼睛睁圆，说："上什么学呀？挣钱要紧。"

冯瑞阳问："你不要大学文凭了？"

"要文凭干吗？这多好的机会，先挣钱吧！弄文凭不也是为了挣钱吗，费那劲干吗？"张斌比冯瑞阳大几岁，说出话来有些攀大。

冯瑞阳问道："怎么样，好卖吗？"

张斌眨着眼说："好卖，咱们中国货便宜，拿过来就卖。"

"那你一个月能赚多少钱？"

张斌笑着说："这才干几天，还没干到一个月呢。"

"那你现在赚了多少了？"

张斌笑着摇了摇头，他是觉得冯瑞阳问得过于直接，但还是回答说："赚了几百美元吧。"

冯瑞阳惊讶地睁大眼睛，回应说："几百美元！"

张斌说道："咱们本小，就两三千块钱人民币，上不来多少货，顶不上卖，不然比这挣得多多了。"

冯瑞阳和张斌聊了会儿天，知道了摆摊卖货能挣这么多钱，心里有些触动，但想想也就过去了。他是个有大志向的人，是想要成名成家的人，怎么可能为这点钱去改变人生的大目标：况且，他一直为没被中央美术学院录取而耿耿于怀，所以他依然坚持自己的规划，专心学习。画的内容是丰富的，画的表现是多样的，画的技法相对单调，却是长年累月的练习锻造的。他在课堂上汲取营养，用日复一日枯燥的练习累积艺术的成长，虽然环境从没间断对他的干扰。

社会从骚动到不安，从欢呼到沮丧，民主没有出现人们预期的结果。经济衰退，政治乱象，治安败坏，几乎没让老百姓看到一件顺心的事情。学校更是乱象丛生，老师和学生心里仿佛都长满了草。五花八门什么事情都在增加，唯独学习的气氛在消减。眼中看的耳中听的，都是对年轻人来说好看的好玩的充满诱惑的，冯瑞阳自然不胜其扰，心里未免骚动。

对冯瑞阳影响最大的还是那些自谋生路的留学生，这些人的生意火了，货卖到脱销，每天回家数钱数得手疼。苏联的解体和民主，没想到给中国“倒爷”创造了发财的机会。这里的城市也仿效莫斯科建了个集装箱市场。这伙人没犹豫，每人都花几千美元买了集装箱，紧接着成批量的货从北京或新疆运了过来。没多长时间，这帮人的生意就有了规模了，像模像样了。冯瑞阳有时也去看看他们，就在他的眼皮底下，不经意间，这些人从买不起烟的穷留学生摇身一变成大款了，让他瞠目结舌！这下对他的冲击可够大的，心理防线有些绷不住了。

他主要是去看张斌，或者到市场上张斌的集装箱坐一会儿，或者去张斌租住的房子吃饭喝酒。张斌对冯瑞阳一点儿不外道，生意上的事对他毫不防备，也加上冯瑞阳不做生意，两人没有利益纠葛，所以什么事都跟他讲，这让他了解了不少生意上的情况，从哪儿进货，怎么运输，利润多大。他觉得这生意可比学画画容易太多了，如此简单就赚了这么多钱，他这心里就不太平衡了！张斌常不解地问他：“哎！你怎么不弄货过来卖呀？多好的生意啊！”

他不知道怎么回答，应付说：“我怕耽误学习。”

张斌对此不屑一顾：“咳！学习不是为了以后挣钱吗？”

“这学画跟学其他的不一样，一耽误就荒废了，这么多年的工夫可惜了。再有，毕竟这辈子还想干出点名堂来嘛。”

张斌点着头说：“也对，现在忍着点，将来挣大钱。真是当了大画家，那钱可比这挣得容易多了。”

张斌有时候要亲自回北京拿货，就让冯瑞阳帮他盯几天市场上的集装箱。张斌雇用了一个当地的中年妇女卖货，只是让冯瑞阳每天下午过来收钱，然后把钱拿回家藏好。冯瑞阳每天点钱、收钱、记账，这下把他刺激坏了。他人生头一次接触这么多钱，点钱时他的手都哆嗦。可这不是他自己的钱。他心里难受极了，都是一块儿过来的穷学生，凭什么没几天的工夫别人这么有钱，他还一毛没有苦哈哈地艰苦奋斗啊！关键是这钱赚得太容易了，从国内拿过货来就赚钱，轻而易举，就像天上掉馅饼。冯瑞阳觉得自己没能把握这样的机会，他后悔了，后悔当初没弄点儿货，铺张塑料布到大街上跟他们一块儿练摊去，不然自己也这么有钱了！

对冯瑞阳产生诱惑的还有张斌那种工作和生活状态。每天站在市场自己的集装箱前卖货，像变戏法一样，把一堆货变成钱。再汇钱回国进货，钱变货货生钱，短期见效，看得见摸得着，财富就这样快速积累起来了。凭自己的智慧和努力挣钱，不求人、不靠人、不费力搞人际关系，自己做主，自行运作，简简单单，自然有些辛苦，却带给人更多的开心和快乐。他动心了，连着几天睡不着觉，画不了画，抽了不少烟。他觉得这些钱虽然不是自己的，却距离自己并不遥远。他了解张斌的生意，没有他做不到的，只要他想做，他可以轻而易举地像张斌这样赚钱。等张斌回来，两人一起吃饭喝酒。聊了几句后，冯瑞阳试探性地问："一般一个集装箱的生意得多少钱运作？"

张斌回答："当然是越多越好了，一般二三十万人民币应该就够了。"说完，他马上明白了冯瑞阳话的意思，问道："怎么？你想干啊？"

冯瑞阳喝了口酒，掩饰道："随便问问。"

张斌继续介绍："现在跟以前不一样了，现在生意大了，费用也高了，要干的话，最少得几万吧。"

"大概得几万？"

"怎么也得五万上下吧，低于这个数没法干，一部分钱打费用，一部分钱进货。而且还得周转快，慢了赚不着钱。"

冯瑞阳没有再问，这个生意的起步资金他没有，而且他认为自己搞不到。他刚升腾起的欲望被泼了一盆冷水，生意不是想干就能干的。但这次冯瑞阳心里确实活动了，心思被这生意所吸引，一直围绕着怎么把生意做起来打转、盘算。学习也没有了劲头，变得心不在焉。他想了半天也只有一条路，钱的问题想办法说动父母，由家里给。

暑假回家，冯瑞阳向父母提出了自己的想法，可家里不同意。他天天磨着爸妈做工作，说破了嘴，爸妈都不松口。他的爸妈坚决要求他把学上完，把文凭拿下来，不能半途而废。弄得他一点儿辙也没有，灰心又无奈，只好打消了这个念头。

他假期在京还见了几个中专同学，他们都考上了大学。他发现这些同学竞争意识非常强，都在拼命地学习，和他在乌克兰大学那种没什么压力的学习氛围完全不同。他看到这些同学的习作，进步之大，让他惊讶！这时，他头上冒汗了，心里懊恼不已，幡然醒悟。成名成家不是件容易的事，有很长的路要走，是长期奋斗的积累；也是抵御各种诱惑，专心致志才能实现的目标。

返回乌克兰后，冯瑞阳压下了想做生意的冲动，摒除了各种杂念，又重回过去的学习状态，比过去更加积极和刻苦，并且坚持完成了学业。

毕业后回到北京，冯瑞阳清楚自己离画家梦还有不小的距离，绘画还不能成为他挣钱的手段。他面临两种选择，一是继续深造，考美院研究生，向成名成家努力迈进；二是找个和画画有关的工作。这两个选择对他来说又都是难题，他不是在国内上的大学，在国内没有师承，没有人脉。西画这个圈子本就不大，他谁都不认识，没有任何关系，没人推荐没人接收他。不像他的那些中专同学，在毕业前都已经联系好了，方向早就定下了，而与画画相关的工作他也没有找到。两条路都没有走通。他除了绘画没有别的特长，很难在北京找到正式稳定的工作。

他十分沮丧，突然意识到他不仅深造的路不通，还面临生存问题。他开始头上冒汗，心里发慌。他已经老大不小，父母都已接近退休年龄，伸手跟父母要钱过日子，情何以堪？不用想长远的前途，眼前的事就已经够他难过了。人生是一个实际的过程，生存问题不解决，想什么都没用。况且，他所有的小学中学同学，几乎都已经上班工作，而且工作都还不错。只有他一个人在家待业，让他的脸往哪儿放啊！这时，过去想过的在乌克兰练摊的想法又在他脑子里冒了出来，并且一下子让他兴奋起来。那集装箱市场热闹兴旺的景象，商贩卖货时忙碌的情景，还有那每天收获的一堆钱……这一幕幕影像串联起来，像电影一样在他的脑海里反复地播放，让他眼睛发亮。

这不是摆在面前的一条现成的路吗？不仅能够解决生存问题，还能解决发展问题，解决致富问题。有钱多好啊！有钱就可以解决恼人的生存问题，就可以摆脱世俗的束缚，自由自在地做自己想做的事情。他可以毫无顾忌地作画，没有羁绊地到处采风写生，有更好的条件在艺术上发展提高自己。他决意重返乌克兰练摊。没有什么障碍，他都可以做到，唯一需要的是一笔启动资金。他准备跟家里要。他相信半年最多一年就会加倍还给父母。

他向父母提出了自己的想法。几次谈话之后，父母同意了，给了他三万块钱。他没有再向父母多要，他知道父母有他们的困难和担忧。他向姐姐借了两万块钱，凑足了五万元的启动资金。他的心像搬走了一座大山那样轻松。这桩生意的全套运作他都知道，他的眼前一片光明。他的心像长了翅膀一样在飞翔。他迅速地办了签证，在北京批发市场上采购了一批货发走。然后坐上火车绕道俄罗斯，重返乌克兰。

到了他留学的乌克兰首都基辅，看到那一座座漂亮别致的建筑，阳光明媚的街道，和那两岸草木繁茂的河流，他的热情像张开的双臂拥抱这熟悉的城市。他俄语好，加上对这里熟悉，轻车熟路很快租了房子，办了落地签和工作手续，在市场上租了集装箱，把北京发的货接了，开箱营业。

营业那天，冯瑞阳一大早就到了市场，打开集装箱，把发来的服装样品挂在打开的集装箱门上，然后站在门前，等待顾客的到来。这时他朝集装箱里看了一眼，里面堆了半个集装箱的货。他心里一阵忐忑，就像学生进考场的感觉，这些货能不能变成一沓沓的钱？现在正在接受考试，他信心十足，相信会取得好成绩。

他穿了件满身是兜的牛仔坎肩，下身是牛仔裤，一身准备在市场摸爬滚打、艰苦奋斗的打扮。他望着市场上络绎不绝的人群，时不时地躲闪别人的目光，有漂亮姑娘从他面前走过时，他会不由自主地低下头，脸色微微发红。但他很快就调整了自己的心态，放下了自己的脸面。他告诉自己，现在的摊贩不是他的固定职业，只是他成名成家的一个阶梯；现在的不顾脸面，是为了以后人生的辉煌。他这样想了，精神上变得开朗，脸上绽开了阳光般的笑容。

在他满怀希望的时候，第一天竟然没有开张，一件服装都没有卖出去！连过来看样品询价的人都很少。第二天还是没有卖货。这时他真的忐忑不安了。第三天虽然卖货了，但只卖了两件。这是个批发市场，零售两件和没卖货差不多，他心里慌张起来。他没有想到，"考试"是这个成绩。

他没有放弃希望。他早出晚归，延长开箱营业的时间，整天站在集装箱前，用勉强的笑容接待着每个前来看货问价的人。但销售没有因为他的主观努力而有多大的改变，每天虽然有销售，都卖得不多，最多的时候也就卖几件。到月底，他只卖出了几百美元。这时候，他再也强装不出笑容了，脸色变绿了。到了该付集装箱租金和房租的时间了，他的钱仅够付这两项租金的。是付租金继续在这里卖这些货，还是卷铺盖走人，他必须做出决断了！

他没有钱进新货，如果继续租集装箱卖这些货，从销售的状态看，销售收入会全部变成费用，用不了太久就会钱货两空。就此打住不租集装箱了，这些货怎么办？不管怎么处理这些货，都跟扔了差不多，也是钱货两空。在经过一夜的思考之后，他决定付租金继续卖货。是出于寄希望坚持一下的努力之后的反转，还是为了不到黄河不死心的了断，他自己也说不清。

作出决定后他当天就带着集装箱的租金去了市场，准备在市场上交给箱主。他乘公共汽车到了市场，刚一下车，迎面两个警察拦住了他。他心里一惊，意识到不是什么好事，心里这个晦气呀。

苏联解体改制对于在独联体国家生活和工作的中国人最明显的感受是警察变坏了。警察敲诈中国人是经常的事。乌克兰机场经常毫无缘由地拒绝签证手续正常的中国人入境，原机退回等，据说都是钱的原因。乌克兰各个城市的大街上警察见到中国人就追着要钱，弄得中国人不胜其扰。

冯瑞阳第一次被警察敲诈是在来乌克兰的火车上。乘警拿过冯瑞阳的护照，没查出任何问题。他把护照捏在手里，张口要五十美元。冯瑞阳不给。乘警指着车窗说："不给？我就把你的护照扔出去！"冯瑞阳被气坏了，这哪是警察呀？简直就是流氓！太不要脸了！可是没辙，如果警察真把护照扔出去，找都没法找，麻烦可就大了，他只得乖乖地给了乘警五十美元。

就是这次被警察敲诈，乌克兰的美好印象一下在冯瑞阳的头脑里全部消失，从喜欢这个国家变成厌恶这个国家。不过以后经历得多了倒也不那么气愤了，只是对这个国家的负面看法多了，感觉这个美丽的国家乱飞着许多“苍蝇”，心里有厌恶也有惋惜。

现在警察伸手要冯瑞阳的护照，冯瑞阳掏出护照递过去。警察看了看护照，没有还给他，而是把护照捏在手里，往一边一指，要带他走。他清楚肯定又是遇到敲诈了。他没有动，问道：“我的护照和签证都正常，为什么要带我走？”

警察眼睛一瞪，蛮横地说：“我们按法规对你进行检查，跟我们走！”

冯瑞阳心里这个骂呀！这里的警察真是怪，干龌龊的事，比干正经事还理直气壮。没辙，在人家地盘上，他只能乖乖地听话跟着去。警察带着冯瑞阳走到市场边一间像是治安室的房子里，把门关上，指了指房间里摆放的简易办公桌的桌面，命令说：“把你衣服口袋里的全部东西掏出来放在这里。”

冯瑞阳无奈地把衣袋里的东西包括那儿百美元的租金都掏出来放在了桌上。两个警察坐在办公桌边抽着烟。其中一个仔细地翻看着护照，不时还指点着问一些问题：“这个入境章的日期不清楚啊。”“这个落地章的地址写得也不清楚啊。”

冯瑞阳凑过去一看，根本没有什么不清楚，纯粹是鸡蛋里面挑骨头，便指着护照给警察解释。这个警察又看了会儿护照，然后合上护照递给冯瑞阳，说：“行了，你可以走了。”

冯瑞阳拿过护照，心里纳闷警察今天怎么学好了，没跟他要钱。他把桌上的东西塞回衣袋时才发现，少了二百美元。他立刻明白了，一定是其中一个警察在和他一起看护照时，另一个警察偷拿了二百美元。他觉得血猛地向头上涌，愤怒的情绪使他涨红了脸。他尽量压低自己的嗓门，摊开手中的钱，质问道：“钱少了二百美元？”

两个警察立即站起，勃然大怒道：“你一直在这儿看着，怎么会少？”“告诉你，你诬陷警察，阻碍警察执法，现在就扣押你！”

冯瑞阳看着两个人要赖的样子，想到了列车上那个敲诈他的乘警。他知道他遇到的是流氓，没办法讲理，闹下去可能会更糟，只能忍气吞声。他把钱揣到兜里，冷冷地盯了警察一眼，转身出门走了。走在路上他觉得心在疼。到了自己的集装箱前，想打开箱门，又停住了手。他和箱主约好来拿租金，时间马上就要到了，而他手里的钱不够了，怎么办？这时他想到了张斌，只有向张斌借钱，除此之外，他想不出其他任何办法了。他犹豫了一会儿，真是不愿意张口去借钱，可是实在没有办法。他朝张斌的集装箱走去，又在市场过道踯躅许久，才过去和张斌打招呼。

张斌正在忙，看到冯瑞阳立刻停手，过来诧异地问道："你怎么过来了？没开箱子？"

冯瑞阳涨红着脸难为情地说："不好意思，有点事，找你帮个忙。"

"哦！有事说。"张斌话说得很痛快。

冯瑞阳叹了口气，说了刚才发生的事情，提出了借钱的请求。不料张斌皱起了眉头，说："哟！我刚开箱子，还没开张呢。出来我也没带什么钱。"

冯瑞阳脸一红，以为张斌在借故回绝他，便说："哦，那就算了吧。"他转身就走了，走出没几步，张斌在身后又叫住了他。

张斌过来问道："你钱急着用吗？"冯瑞阳说了钱的用途。

张斌说："这事呀。行！箱主来了你让他等会儿，二百美元我一会儿就卖出来，等会儿我给你送过去。"

冯瑞阳道了谢，就回去把箱子打开，想着说不定自己也能卖出些钱来，但想法还是落空了。约一个小时后张斌就过来了，拿了二百美元给了冯瑞阳，然后看了看箱门上挂着的货，摇摇头，问道："你的货卖得怎么样？"

"不好。"冯瑞阳简单地回答道。

"你得换货了，货的款式老，得上新货了。"张斌撇撇嘴说。

冯瑞阳说了自己的窘况，资金已经全部押在这些货上了。张斌惊讶地说："那你还租箱子？这不是净赔吗？你这样下去，卖货的钱全打了费用，到时候货也没了钱也没了。"

“我没有别的办法。”冯瑞阳叹气道。

张斌皱着眉头想了一会儿，说：“这样吧，我帮帮你。你看这样行不行，你的钱这么紧张，别租箱子，也别租房子了。你到我那儿干吧，箱子的一扇门给你挂样品，箱子里面给你腾块儿地方，放点儿现卖的货，库里也给你腾一块儿地方，大货放在那里。我不是让你白用，租给你，亲兄弟明算账，按租金的三分之一租给你。住房你也别租了，住我那里吧，两居室咱俩一人一间，一人付一半的租金。这样，你先别给钱，咱们是哥们儿，箱子和房子的租金都月底给，后给，行吧？”

冯瑞阳心里豁然开朗，这可解决大问题了，省了不少钱，当即道谢同意，也把那二百美元退还给了张斌。

第二天，冯瑞阳就把货拉到了张斌的库房，少部分货拉到集装箱挂上，开始卖货。说来也怪，当天就卖了几百美元，给冯瑞阳高兴坏了。其实是他的货品种太单一，撑不起店面，批发客不爱买。到张斌这里和他的货放在一起，显得品种丰富，顾客也多，所以就卖得好一些。

当天冯瑞阳把房子也退了，搬到了张斌那里。晚上两个人一起喝酒吃饭。几杯酒下肚，张斌指点说：“你赶紧把手里这一千多美元汇回北京，叫你家里人快点发批货过来。本钱小资金周转要快，不然赔钱。另外，你现在的货有点旧，我劝你，降价卖，赔钱都卖，拖的时间越久，越不好卖。”

冯瑞阳打心里感谢张斌，不是张斌的仗义相助，他这脆弱的生意注定夭折，此时就该打道回府了。现在他也明白，生意不是说干就能干得起来的，钱不是想挣就能挣得到的。他的生意还没有上道。

张斌又有话说：“不过有些话咱们要说清楚，咱们在一个箱子里做生意，我的货你不能追，你的货我也不做，咱们哥们儿别在买卖上闹矛盾。”

冯瑞阳连连点头，表示赞同。就这样，有张斌这个北京哥们儿托着，冯瑞阳又有了底气，重拾信心，有了新的开始。生意虽小，倒也进入正常运转，逐渐稳定下来。

冯瑞阳从此每天就站在集装箱门前卖货。雨里雪里，热天冷天，早晨打开集装箱门营业，晚上关上箱门回家。卖货收钱，汇款接货，成了他工作的全部。运气待他不薄，发来的货总能顺顺利利地卖掉，没再积压让他陷入困境。他兢兢业业地经营，并没有获得超出预期的利润，没有使生意有明显起色。时间长了批发货时感觉上的刺激，收钱时的喜悦，逐渐不那么明显，变得平常。他现在和张斌喝酒聊天常常感叹："做生意，十分耕耘，三分收获呀!" 他得到的更多的是对做生意的感悟和市场上的经验。

但他没有死心。如果货卖得不顺，他无法周转，自然也就干不成了。如果张斌不帮他，不让他占用自己的集装箱里一部分，他要另租箱子，经营成本增大，生意赔钱，他也就不会再继续了。可生意偏偏总给他希望，让他舍不了，丢不下，总觉得坚持下去会海阔天空，前景光明。他没有放弃自己的理想，生意稳定之后，他兑现了自己的承诺，以生意养画。夏季白天长，他几乎每天都出去写生，白天短的季节就在屋里作画，做着枯燥的练习。市场每周关门休息一天，他就到曾经上学的艺术学院交点钱去画模特。

时间就在忙忙碌碌，在等待和希望中不知不觉流走了。

第八章　北京哥们儿张斌

张斌一米八的身高，身材魁梧，但相貌可不像他的身高那样让人看着舒服，眼小脸阔，面皮粗糙，但给人安全和平易的印象。冯瑞阳通过和张斌在市场卖货，不仅加深了对张斌为人仗义的看法，还认识到他做生意精明，有成熟的思路，心里增加了不少对他的钦佩。

张斌原本不是一个爱好学习的人，他不像冯瑞阳没考上国内大学来这里留学，他高中毕业后就没有考大学，到这里来留学是因为有这么一个出国的机会。其实来之前他已经工作了，在北京有名的饭庄当了四年厨师，为了留学，他不顾家里的反对把工作辞了，也够毅然决然的。别看张斌没做过生意，可对练摊做买卖不外行。据他说，他有个同学，家里在秀水街有个摊位，这同学高中一毕业就跟着家人在秀水街练摊。张斌常去那里找同学玩，看着同学卖货，大把的钱往怀里揣，心里羡慕极了。耳濡目染，也就明白了练摊上货卖货的路数。张斌一直想干个体生意，但光有想法没用，一没本钱，二没合适的机会。这次到乌克兰，正赶上这出人意料的历史大变局，经济崩溃，物资紧缺，没有比这更好的倒腾货练摊时机了。张斌毫不犹豫，回国找同学借了三千元钱，又赊来一批积压货，在大街上找人多的地方就练上摊了。不到一年，张斌手里就有了一万多美元。这时乌克兰城市里建了集装箱市场，他立马花几千美元买了个集装箱，剩下的几千美元用于上货，生意也算有了门店上了规模。他在市里租了套楼房，悄悄地把留学签证花钱变成了商务签证，彻底离开了学校，把文凭的事往爪哇国一扔，一心做起了生意。

张斌除了在生意上顺风顺水，在感情方面也没闲着，两只眼睛不停地寻摸着周围的姑娘，一心想要个漂亮的乌克兰老婆。这次张斌又看上了一个姑娘。冯瑞阳和张斌常去一个咖啡馆吃饭，这家咖啡馆的烤肉不错，两个人吃着顺口。这天接待他们的服务员是个漂亮的年轻姑娘，讲话十分和气，人也喜兴，脸上永远挂着笑，很让人有好感，不像这里的许多女性永远板着冷冰冰的脸。张斌一下就喜欢上这姑娘了，找机会同她搭话聊天。这女孩对此也不反感，总是笑嘻嘻地和张斌讲话，搞得张斌心猿意马，热情暴涨，一心要和这女孩交朋友。于是他天天拉着冯瑞阳到咖啡馆吃烤肉，去和这女孩套近乎，临走时还潇洒地给一张面额不菲的小费。

张斌前后交过几个女朋友，有的交了一两个月，有的仅仅交了几天就分手了。他以前交的女朋友都很漂亮，有乌克兰族人，也有俄罗斯族人。要说冯瑞阳对张斌生意上不嫉妒，但在这方面还是有些嫉妒。张斌人不错，办事大气为人仗义，但没知识没文凭，外表更是不济，岁数也偏大，可女朋友没少交，还个个年轻漂亮。这让冯瑞阳颇感不平。

张斌跟冯瑞阳谈过这些事，每次和女朋友分手了他总说："咳！就看上我的钱了，连看都不愿意多看我一眼，走大街上碰见了说不定都不认识我。就为了钱，成不了。"

冯瑞阳心里说："废话！这么漂亮的姑娘不为钱能看上你吗？"当然，这些女孩也有坑他的。最后离开他的这个女孩，说家里有事，拿了他给的一千五百美元，一去不回了。不过张斌还真是挺大气的，没有追着找着去要钱，摇摇头长叹一口气这事就算过去了。

最近，冯瑞阳当议员的老师尤里打来电话，叫冯瑞阳代他画几张油画。冯瑞阳不敢怠慢，每天用心地绘画，把业余时间全占了，就没有陪张斌去咖啡馆。张斌就一个人隔三岔五地去，不出一个月得手了，把咖啡馆这个姑娘约出来了。两人一个星期约会两三次，逛街下馆子，基本上把这个姑娘的业余时间全占了。张斌每次逛街都不忘给姑娘买穿的戴的，舍得为这姑娘花钱，看来是认准这个姑娘了。

冯瑞阳心想：不知道张斌现在追的这个姑娘是为了钱还是为了爱情，两人的关系能维持多长时间。如果他们两人真的好下去住在一起了，那他就要找房子搬家了，不然住在一起多别扭。这天冯瑞阳在家里作画，张斌推门回来了，手里拎着塑料袋，里面装着烤肉和两瓶伏特加。冯瑞阳诧异地问："今天怎么这么早就回来了？"

"今天她跟别人换班了，我到她那个咖啡馆要了烤肉，看她挺忙，一个人吃没劲，回来咱俩喝。"张斌一边说着一边到厨房把烤肉倒在盘里，又拍了几根小黄瓜一起摆上餐桌，拿出酒杯倒上酒，叫冯瑞阳过来坐下一起喝酒。

"进展怎么样？"冯瑞阳喝了口酒问道。

张斌笑着说："什么都做了，就差上床了。"

"哟！那我是不是该找房子搬家了？"

"不行！我几次让她过来，她不干。另外来了也没关系，两间房你搬什么家呀？"

"怎么？她还留一手，没死心塌地？"

"慎重。这姑娘你别看表面喜兴，其实做事特别慎重。这样好，让人放心。"紧跟着他主动介绍了这姑娘的情况。姑娘叫阿乐桑娜，是俄罗斯族人，家在乌克兰东部，到基辅来打工，暂住在姑姑家。

"你们两人差多少岁？"

"差一轮，十二岁。"

"差这么多？行啊！吃嫩草啊。"

张斌喜上眉梢，笑着说："他们对岁数不那么在乎。"

"怎么样，就是她啦？"

张斌干了杯酒，说："就是她了。这个跟过去的不一样。真的，感觉就不一样。她看你，注视着你。你从她的眼神中看得出，她的心里非常诚实干净。虽然长相不如前几个漂亮，但我真看上她了。"

"还不漂亮？你是接触女孩多了，挑花眼了。我看她可真够漂亮的。"

张斌笑了，喜形于色，说："是，是，看着还顺眼。"

两个人笑着，又干了一杯酒。

“三十了，还行，总算没白等，等着一个满意的。”

“那就抓紧结婚办事吧，钱上你应该没问题。”

“哪能那么快。说好了，这几天去她姑姑家，然后去她家见她的父母。都没问题了，我得带她去北京让老妈见见，再安排结婚的事。”

冯瑞阳端起酒杯说：“张哥！祝贺你啊！”两个人笑呵呵地又干了一杯酒。

张斌说：“兄弟，我劝你也在这儿找女朋友结婚吧，这儿的女孩多漂亮呀！”

“家里边希望我回北京找。”

“哎呀！回北京找？我告诉你，我回北京这几年见过几个，长得一般吧，条件要求还特别高，没戏。咱们在这里算大款，在国内根本算不上什么，条件好的女孩看不上咱们。”

“你不是总和我说这里的女孩毛病多吗？说她们不会过日子，日光族，不懂得节约什么的。”

“那是因为文化不同。但也有优点，她们为人单纯，没那么多事。关键还漂亮啊！你不愿意找漂亮姑娘？”

“我跟你不一样，你的生意起来了，有钱呀！我这生意老是半死不活的，心里不踏实，也没那心思。”

“咳！交女朋友能用多少钱呀？生意呀，别着急，着急也没用。你是没有碰到机会，有机会一下就起来了。像我，不是这个国家当时那种情况，生意也没戏。你是不是心里有人了？我就不信这儿这么多漂亮姑娘你不动心？”

“真没有。”

张斌盯着冯瑞阳看了一会儿，笑着说：“我看你屋里好多画，净是漂亮姑娘，好多还是裸体的，全是当地的姑娘，你是不是挑花眼了？”

冯瑞阳笑笑说：“那是练画，画的模特。上学时接触过两个同学，时间不长都没成，那时候不是想着毕业回国嘛。”

两个人一瓶酒喝完，又打开一瓶。平时都这样，喝起酒来就是两瓶，不少喝也不多喝。张斌喝了口酒接着说：“没想到这外国人也这么多事，比中国一点儿都不差。我看这里的女孩都挺开放的，没想到搞起对象来事还真多。本来想着一求婚就齐了，没想到必须家长同意才行。”

冯瑞阳取笑道：“别到时候人家家长不同意，你们再吹了。”

“那倒不会，没有把握她不会让我去见家长的。她自己愿意了，才带我去见家长嘛，说明我们的关系已经进入程序了。”

两个人又聊了会儿，把酒喝完都睡了。

过了两天，张斌去了阿乐桑娜的姑姑家，买了两大塑料袋的各种食品和酒。张斌回来说，阿乐桑娜的姑姑见着这堆礼品比见着他笑得都灿烂，估计对他和阿乐桑娜的关系会起正面作用。张斌在阿乐桑娜姑姑家没敢多喝酒，回来后拉着冯瑞阳接着喝酒聊天。

“这里的电视报纸全在说中国不好，中国人不好，拿咱们当笑话说。咱们知道，那全是胡说八道，可当地人真信呀，所以他们对中国人的看法不怎么样。阿乐桑娜对我们的关系有时候也犹豫，就是受这影响。”

“没错，他们还以为中国人天天挨饿，吃狗肉耗子肉呢。”

“这搞对象吧，还得费好多口舌解释这些事。”

“你呀，赶紧拉着阿乐桑娜去中国看看，她回来就得吵着闹着非要跟你结婚了。”

“关键是她家里要是不同意我们的关系，不可能让她去呀。”

“怎么？有点儿担心了？”

“没有，那倒不至于。只是说本来咱们看着明明白白的事他们就给扭曲了，你得解释半天，他们还不信。”两个人照例，两瓶酒下肚，然后踏踏实实地睡去。

早晨，屋里的电话铃响了，两人还在沉睡。不知是故意装作没听到铃声响，还是都想多睡会儿，都不愿意起来去接电话，电话铃声又断了。但没隔多久，电话又响了。张斌这才骂了一句，迷迷糊糊地起来接电话。电话是阿乐桑娜打来的，还没说话先哭出声来了。张斌听到哭声这才清醒，忙问：“怎么了？出什么事了？”

“我爸爸工作的煤矿出事了，我爸爸还在井下，我要马上回去。”阿乐桑娜哭着说道。

“什么?”张斌吓了一跳，头脑彻底清醒了，这可是出大事了。他想这时候不能让阿乐桑娜一个人回去，立即说道:“别着急！我和你一起回去。你在你姑姑家等我，我马上打出租车过去。”张斌赶紧穿好衣服，找了个包塞了些随身用的东西，又拿了一叠钱，对冯瑞阳交代了一句:“得，生意的事就全交给你了。”就着急忙慌地走了。

张斌这一去就是十几天，回来后，向冯瑞阳叙述了这些天的经历。当天阿乐桑娜原本是要坐长途汽车回去的，基辅到乌克兰东部她家那里七百多公里的路程，要走一天的时间，时间太长了。到那里也有火车，但火车比汽车还慢。张斌接上阿乐桑娜直接去了机场，乘四十几座的短途飞机，一个多小时就到了东部机场，打上出租车直奔矿区。出租车在张斌的督促下，一路趺趺撞撞地猛跑，直接开到了出事的矿井。煤矿和中国的差不多，矿井、煤山、坑口、轨道、升降机、传送带，还有那黑色粉尘覆盖的建筑和地面。这煤矿规模不小，但所有设施都十分落后，没有给张斌现代化矿区的印象。

出租车开到人群聚集的地方，张斌下车环顾一下现场的情形。这里有工作人员上下井的升降机，不远处是拱形的井口，另一侧有几栋破旧的两三层的楼房。一些人站在道路两侧倾斜的土地上，主要是等待消息的矿工家属和矿上的围观人员。道路中间是几位忙碌的救援人员，一辆救护车和几位待命医护人员。现场的援救人员不是很多，虽然在按部就班地援救，但气氛不是十分紧张和忙碌，这让张斌有些意外。

阿乐桑娜一下车就看到了人群中的妈妈和妹妹，立刻跑了过去，人没到泪水已经涌了出来。及至妈妈跟前，就抑制不住地哭出声来，和妈妈抱在一起，然后她抹着泪焦急地问妈妈情况。

妈妈说，目前阿乐桑娜的爸爸仍在事故矿井中，没有被救出，也没有任何消息。张斌知道阿乐桑娜家有一个妹妹，在上学，还有一个五岁的弟弟，这时两个孩子都守在妈妈身边，一脸惶恐地哭泣着。张斌注意到，这些有亲人被困在井下的家属，一个个惶恐不安，伤心悲痛又热切期望着。事故的起因是瓦斯爆炸，发生在今天清晨，事故发生几个小时后人还没有被救出，生还的概率已经变得越来越小。人群中悲痛惶恐的情绪在扩散，但是在残酷的结局没有出现之前，他们没有放弃希望，眼巴巴地望着井口——那生命的救援通道，企盼着奇迹出现。

阿乐桑娜向妈妈介绍了张斌，妈妈用红肿的眼睛瞟了张斌一眼，道了一句“谢谢”，目光又落到井口，没再讲话。阿乐桑娜的妈妈是典型的俄罗斯中年妇女的形象，蓝灰色的眼睛，眼窝深陷，挺鼻丰颊，一头金褐色头发在脑后绾成发髻，身体已经发胖，看上去和善可亲。张斌没想到会在这样的情况下和阿乐桑娜的家长见面。这也好，把事情简单化了。他还感觉到，从他和阿乐桑娜一起登上飞机起，阿乐桑娜对他的态度明显发生了变化，从过去还有些矜持的男女朋友关系，一下变成可以依靠和依赖的准夫妻级别。

张斌意识到自己现在的角色不是说话的时候，安慰了几句后就去附近一个商店，买来瓶装水和一些食物，交给阿乐桑娜，让他们吃一些东西，陪他们一起等待。

张斌一直盯着救援人员进出井口，他发现，参加救援的人员不是很多，而且缺乏组织，像是自发的，也看不到煤矿领导和地方上的官员，他把观察到的问题说给阿乐桑娜。阿乐桑娜愤愤地瞪着眼睛没有讲话，好像对这个问题她早有答案。

终于有人被抬出来了，人们立刻围拢上来。救援人员把人放在地上，摆摆手说人已经死了。张斌探头从人群缝隙中看到死去的人黑黢黢的年轻的脸，也就十六七岁的样子！张斌心里一阵悲痛，赶紧把头缩了回来，不忍再看。这时，一声尖厉的号叫如霹雳般传来，接着就是失声的恸哭，死者的母亲拨开人群扑向那孩子……张斌的心里一阵哆嗦，阿乐桑娜也赶紧把头埋在张斌的怀里。

接着又有人被抬出，人也死了。又是一通震天的号哭。后面出来的是阿乐桑娜的父亲，被人用担架抬着，黑乎乎的看不清楚是死是活。阿乐桑娜的母亲以为丈夫死了，扑过去正要哭，抬担架的人摆手说：“人还活着！”匆匆抬着担架上了救护车，交由医护人员处理。医护人员紧急处理后，叫家属上车。张斌、阿乐桑娜和阿乐桑娜的妈妈三人上了车，救护车随即启动上了路。

阿乐桑娜的父亲仍处于昏迷状态，头脸黑乎乎的看不出模样，头上身上有几处血迹，看上去跟死人没什么两样。阿乐桑娜的妈妈心疼不敢看，把头靠在阿乐桑娜肩上。医护人员给伤者扣上氧气罩，没做其他处置。医院就在附近的镇子上，很快就到了。这医院不大，只有一栋三层的楼房。医务人员把担架放在推车上，把车推进了一层的抢救室。抢救室也很简陋，设备都比较陈旧。把伤员安排在治疗床上后，医生就叫家属出去了。他们在抢救室外面的座椅上坐下焦灼地等着，不久阿乐桑娜的妹妹也过来了，母女三人不停地抽泣，情绪仍然悲痛，对亲人能否起死回生十分悲观。

过了一会儿，抢救室的门打开了，一位男医生出来递给他们一张单子，叫他们去交钱，并到医院门外去买药。阿乐桑娜问医生病人的情况，医生没有回答，脸上露出不容乐观的表情。张斌和阿乐桑娜一起去买了药，再到收款窗口付了款，快速回来递进抢救室。

张斌一想觉得不对，就悄悄问阿乐桑娜："为什么要交费？"

阿乐桑娜回答说："我们国家免费医疗，但药和一些治疗消耗品要花钱买。"

张斌知道她误会他的意思了，说："这个我知道。我是说这是工伤，为什么还要个人花钱？"

阿乐桑娜叹了口气说："等一会儿再告诉你。"

另外，张斌还奇怪，为什么煤矿上的领导也不过来看望伤者，领导不来也应该派人到医院来照看，怎么单位一点儿都不管，全交给家属了呢？

不久医生出来，跟他们讲了检查处置情况，伤者身体多处受伤骨折，头部外伤和短期缺氧可能造成脑部受损，所以一直处于昏迷状态。由于医院医疗设备有限，脑内情况无法确诊，现在伤者还没有脱离生命危险，但生命体征比较平稳。医生问他们，病人是在这里治疗还是转院到州里医院，说这里条件比较差，建议转院治疗。他们相互对视一眼，决定转院去州里治疗。医生叫他们去联系急救车。阿乐桑娜和张斌去联系急救车，院方说，这里因为有煤矿才配备了一辆急救车，现在还在煤矿等着救人，要等煤矿的事处理完了以后才能派出去。

阿乐桑娜请求院方帮忙从州里调一辆急救车过来。院方的人回答说：现在各医院的经费都很紧张，很多时候市里的病人都派不出救护车来，到这里这么远肯定不会有车过来的。

这时张斌更纳闷了，怎么出了这么大的伤亡事故，煤矿的领导，地方官员没人管，全是自己家人张罗？他看阿乐桑娜正着急也不好问，就问医生能不能打辆车过去。医生摇头不同意，说那样太危险。

张斌看出了一些门道，对院方人员说："我们自己花钱，你跟州里商量一下，给派辆救护车过来吧。"

这人点点头，立即拿起电话拨通，把张斌的意思转达给对方，对方说了价钱，张斌二话没说就同意了。

这里距州首府不过二十多公里，急救车很快就到了。张斌现在明白了其中的门道，当即把车费付了，又给了司机和随车医护人员一些小费。这些人的工作态度立刻有了很大改观，紧张又悉心地把病人从病床上转移到车上，把氧气和输液都安置好，路上也时刻监控病人的身体变化。

阿乐桑娜叫妹妹回家看家，他们三人随车去了州的首府医院。到了医院，病人被推入高危病房。张斌吸取经验，直接塞给主治医生一张大额钱币。医生看都没看就收了起来，工作时对病人显得用心多了。阿乐桑娜的爸爸一直处于昏迷中，医生初步检查后和镇上医院的医生结论一致，进一步的检查要在几天内逐项进行。

这所医院规模不小，有花园般的布局，只是房间和设施都已经十分陈旧。医院制度也正规，高危特护病房不允许家属进入，护理全部由医护人员负责。但要求有一位家属在医院待命，以备需要时能联系上。

张斌看天色已晚，便拉着阿乐桑娜母女去医院附近的餐馆吃了些饭，再去找旅馆开了一个房间，安排母女二人休息。然后他一个人去医院，病房区的门锁着，他就在楼门口的长椅上坐着守候。天已经全黑了，医院里很安静，没有什么人走动。他想躺在椅子上休息会儿，可一点儿睡意也没有。他起来去外面踱步抽烟，看着医院大院里到处是茂盛的草木，心想在这之前绝不会想到这辈子还会到这么个地方来，有这么奇特的经历。搞对象把他几乎搞到了另外一个世界，仿佛在梦境之中，还是一个看着实在让人难受的梦，里面有遭难的境遇和死伤的残酷画面，还有一种让人酸楚的无奈甚至必须忍受的人生感觉，使他的心情充满了沉痛。

他一直没有睡意，回来坐一会儿又出去踱步抽烟。就这样在长椅上坐会儿或躺会儿，睡不着就出去抽烟，度过了一夜，这一夜医生和护理人员没有找过他。早晨，阿乐桑娜和妈妈一起过来替换他。他到商店买了水和食品给她们送来，又塞给阿乐桑娜一些钱。阿乐桑娜道了句谢谢就把钱收下了，没有一点儿客气的意思，就像是从丈夫手里拿钱一样坦然。

张斌到旅馆休息睡觉。他知道阿乐桑娜她们手里没有钱，如果不是他跟着一起过来，昨天出了这些事情真不知道她们会怎么处理。他睡到中午就起来了，去医院拉母女二人一起去餐馆吃午饭，然后叫阿乐桑娜妈妈去旅馆休息，他和阿乐桑娜两人在医院守护。阿乐桑娜说早晨让她们进去看了一眼父亲，并给父亲擦洗了一下脸和身体，父亲仍然昏迷着，医生正在逐项进行检查。然后，阿乐桑娜说起了父亲工作的事情，解答了张斌的疑惑。

她父亲工作的煤矿，是个长年亏损的国营企业，经常发不出工资来，这次已经有半年没发工资了。黑社会的人就组织人到矿上去偷挖，他们有自己的销售通道，挖出了煤就能卖掉，所以当天就发给工资。煤矿由于连年亏损，就把一些矿井给封了，他们就在封了的矿井里偷挖。父亲就是参加了这样的挖煤，所以受伤死了都没有人负责没有人管。张斌这才明白了为什么不算工伤，见不到矿上的领导和地方官员。但他还是不明白事情的真相，阿乐桑娜后面的话才让他瞠目结舌。

阿乐桑娜说，有人说煤矿的亏损是人为造成的，是为了低价购入国营煤矿变成私人企业做的局。还有人说，煤矿负责人故意造成亏损，封掉几个矿井，为的是和黑社会勾结起来组织这种地下生意，是拿国营煤矿为他们私人赚钱。阿乐桑娜说她相信这些说法，但他们没有办法，家里要生活，矿工只好去做这样的工作，没想到不幸真的降临到了他们头上。

张斌听了这番话不仅瞠目结舌，心里还充满了悲愤。阿乐桑娜哭了，把头埋在张斌的怀里哭了很长时间，声音不高，却发自心底，让人倍觉伤痛……

以后几天，医院对病人一项项地进行检查，有两个项目由于医院没有设备，要去其他医院预约，再做检查。院内检查由家属陪同推车过去就行了，但都要付费。去其他医院还要花钱雇用救护车，也要家属陪同。外院的检查都要当时付费，而且费用很高。每次交费张斌都想，这免费医疗真让人哭笑不得。他庆幸自己过来的时候带了足够的钱，不然这一大堆事怎么办呢？

阿乐桑娜的父亲一直昏迷不醒，除了有呼吸，看着跟死人没什么两样，脸上原来的黑煤灰给擦干净了，可以看出他的容貌，方脸耸鼻，白皙的肤色，是个相貌堂堂的俄罗斯族人。

用了十几天的时间，把该做的检查都做了，检查结果随后出来了。检查的结论是脑部受损，有大面积溢血。

检查结果出来的第二天，阿乐桑娜的父亲就去世了。当医护人员让家属与遗体告别时，阿乐桑娜和妈妈悲痛得泪水喷涌，但她们尽量抑制住没有失声痛哭，可能是医院环境的约束，也可能是这十几天已经有了精神准备。然后就是雇车把遗体拉回家，办丧事入葬。这些都是张斌帮忙操办的，钱自然也都是他付的。在办丧事的过程中，阿乐桑娜和妈妈一直泪流不断，但也没有号啕失声，即使在下葬和遗体告别的时候，也都保持了正常的体态，低声地哭泣。把丧事办完，客人送走，回到家里，阿乐桑娜的妈妈特地从椅子上站起身，面对张斌郑重地说了一句："谢谢你！"

阿乐桑娜要照顾家里，暂时去不了基辅，张斌就一个人先走了。临走那天早晨，阿乐桑娜送张斌去汽车站，在张斌快要上车时，阿乐桑娜忽然抱住他，双眼噙满泪水仰望着他说："我把妈妈她们安排好，就去找你。谢谢你！我爱你！"

这时候，张斌知道他的爱情没跑了，怀中的女人肯定是他的老婆了。这一突发的不幸事件缩短了他的恋爱路程，这里面有钱的因素，但钱不是主要原因。

第九章　美丽的琥珀画

这是一幅尺幅不小的用各种颜色不同大小的琥珀颗粒作的琥珀风景画，苍翠的树林、茂盛的草丛、镜面般的湖泊和绰约的远山，浓郁的秋季风情。这幅画是冯瑞阳在尤里老师家客厅的墙上看到的，他曾在商店里见过琥珀画，当时觉得那是工艺品，并没有引起特别注意。这次在仔细的观察下，他发现琥珀画非常漂亮，整幅画用琥珀作为原料，使得画作焕发出晶莹温润的光泽，蕴含着丰富的色彩，产生了美轮美奂的艺术效果。

冯瑞阳是第一次到老师家里来，过去都是去老师在国会的办公室。他是来给老师送画的。他按老师在电话里的具体要求，模仿老师的风格用心地绘了这几张油画，配上画框送过来。他来之前打过电话，可按照地址来到这里时老师恰巧不在，是老师年轻的妻子给他开的门。他之前见老师的妻子是在他们的婚礼上。他的这位师娘比他还要年轻，是个舞蹈演员，长得十分漂亮，特别是身材，亭亭玉立，引人注目。她不是尤里老师的第一任妻子，他也不清楚是第二任还是第三任。她开门时见到冯瑞阳，脸上没有任何表情，冷冷地请冯瑞阳进了门，让到客厅的沙发上，冲了一杯咖啡放在茶几上，就去了其他房间，剩下冯瑞阳一个人干坐着。

老师的住房很大，是别墅式的楼房，有两层，内梯就在客厅的一侧，每层都有几个房间。装修、装饰和家具摆设都十分高档，实木地板、手织地毯、布质提花壁纸、水晶吊灯、琥珀装饰座钟、意大利家具，无一不是高档精品。不愧是艺术家的住宅，豪华中还洋溢着浓厚的艺术气息，除了客厅正面墙壁那幅琥珀画外，门厅墙壁上挂满了尺幅不等的油画。冯瑞阳注意到油画全有签名，都是东欧国家和独联体国家当代知名画家的作品。

没等多久尤里老帅就回来了，他身上有酒味，脸上显得疲倦，和冯瑞阳握手歉意地打招呼："久等了吧！老完不了事。"

两个人坐下聊了几句后，尤里说："经常有些人跟我要画，都是大人物，还有一些国外的关系，我不好推辞，可我哪有时间呢，所以让你代我画几张，我签个名送给他们就行了。"

冯瑞阳把放在门厅用报纸包着的几幅画拿过来，打开报纸逐一展示给尤里看，介绍说："我都是按您的要求，按您的风格画的。"

尤里站起来先看画的整体，再仔细地看画的局部和细节，把几幅画看完之后点点头说："不错！画得可以。看得出来，你一直坚持练习，画得越来越好。谢谢你！"

尤里看完画，坐下继续聊天。他问道："你在市场的生意怎么样？"

"不好不坏，老是那样。"

"你可以考虑作画，到画廊那里去卖。你的水平已经不错了。"

"我曾经拿过两幅画放在那里让人代卖过，三个月才卖掉，卖得还很便宜。"

"是吗？"

"我没有名气，画廊的画很多，我看价格都不高，卖得不好。"

"现在经济不好，没人花钱买画，我们国家这样，俄罗斯也这样。我的一位俄罗斯朋友，上周到基辅来，我们见了个面。他在俄罗斯已经很有名气了，画卖不出钱来，日子过得也很清苦。"

冯瑞阳站起来又饶有兴趣地看那幅琥珀画，说道："琥珀画真好看。"

"这是一位朋友送我的，这是我们国家，还有俄罗斯独特的画的形式，装饰感很强，显得贵重华丽。"

"这个是怎么制作的？"

"想学吗？"

"想看看，能学当然最好了。"

“要有非常好的绘画基础，制作工艺很难。有的高档琥珀画制作要用几个月的时间。”

“是吗？过去在商店见过，没太注意，真应该去看看是怎么制作的。”

“乌克兰有制作琥珀画的工厂，但现在经济不好，琥珀画也卖不动，这些厂子也都倒闭了。我有个同学，一直在做这个，现在不知道怎么样了，你可以到他那里看看。”他叫冯瑞阳记下了地址，又补充说：“我也很久没见到他了，你去找找，应该还是这个地址。”

冯瑞阳走的时候，尤里说道：“谢谢你啊！后面有时间的话，你还要给我继续画一些。没有办法，都知道我是画家，很多关系要来往，要应酬。”

回去以后，冯瑞阳满脑子都是那幅琥珀画——那细碎的不同大小块的琥珀用自身丰富的颜色绘成的画，琥珀那晶莹的光泽和华丽的色彩对画的美化，总是浮现在脑海里。他决定去尤里老师介绍的同学那里看看琥珀画的制作过程。

趁市场休息的时间，冯瑞阳打车去了老师介绍的同学那里。这是一栋普通的临街住宅楼，不用找房间号，冯瑞阳一眼就看到了要找的房间。在一层有一间房的阳台橱窗里摆着两幅琥珀画，还放了其他一些东西很杂乱，但很显然是做广告用的。橱窗旁边是房门，这个房门是窗户改造成的，门前有台阶。冯瑞阳走上台阶推开门，见里面墙上挂着、靠墙立着几幅大小不等的琥珀画，他知道找对地方了。房间里一位看样子十一二岁的少年正在收拾东西，抬头看有人进来，打了个招呼：“你好！请进。”

冯瑞阳回了声好，进门来看墙上那几幅琥珀画。那少年问道：“你是买画，还是定做？”

冯瑞阳笑笑说：“看看。”

房子里面很杂乱，有两张桌子，胡乱放着很多东西，只是在一面墙上有几幅琥珀画，不是十分精美，而且落尘很多显得陈旧，房间像是制作间。少年说道：“如果你是买琥珀画，要去中央商店，我们家的画都摆在那里。”

“哦！这里呢？是你们的制作间？”

“对！这里接定做。”

冯瑞阳看房间的纷乱不像是忙碌的景象，倒像是很长时间没收拾的样子，估计活不多，便问道："定做的多吗？工作忙吗？"

"一般吧。你是哪里人？"

"我是中国人。"

"中国人？你好！"那少年上前伸出手来，和冯瑞阳握手，"我叫巴格丹。"

"你好！我叫吉玛。"吉玛是冯瑞阳的俄语名字。在乌克兰对中国人热情的不多，冯瑞阳对这少年的热情和小大人般的待人态度有些好感。

"你在我们国家做什么？"

"我在你们国家留学，现在在市场做生意。"

"是卖中国货吗？"

"是。"

"为什么你们中国货质量那么差？"

"差吗？你身上穿的牛仔裤，还有脚上穿的运动鞋都是中国产的吧？质量怎么样？"冯瑞阳指着他的裤子和鞋问道。

"还可以。"

"而且还便宜吧？"

"是。"

"中国货质量不错还便宜，也有些质量不好的，但是非常少。对吗？"

巴格丹点了点头，表示认可。他又问："中国好还是我们国家好？"

冯瑞阳笑了，因为经常有人问这个问题，特别是年轻人，他们好像是拿自己的国家和中国作比较，如果你答中国好，他们会继续问："那你为什么还在我们国家？"

后面的问答果然就是这样进行的。冯瑞阳开玩笑答道："在这里是因为我喜欢你们的国家，另外，我想看看琥珀画是怎么做出来的。"

"你要看琥珀画的制作过程？"

"对呀！你可以让我看看吗？"

"我不行。我爸爸会，他是我们国家做琥珀画最棒的。"

"你的爸爸叫维克多吧？"

“对呀，你怎么知道？”

“是他的同学介绍我过来的。”

“哦！是这样。我去叫他，他昨天晚上喝酒喝多了。”巴格丹去了里面的房间，旋即出来，跟在他后面的是一个身材高大，看上去将近五十岁的人。这人脸阔高鼻，大眼厚唇，浅灰色的眼睛有些含糊，聚不起神来，稀疏的长发很凌乱，胡子拉碴的，也可能是酒喝多了还没醒来，给人精神萎靡的感觉。他穿一件灰色运动夹克，夹克可能很长时间没洗，看着很脏，脚上穿一双很旧的皮拖鞋。冯瑞阳想这一定是尤里老师的同学维克多了，但看年龄应该比尤里老师大一些，而且不修边幅到十分邋遢的程度。维克多进屋来坐在桌边的椅子上，斜了冯瑞阳一眼问：“买琥珀画？”

巴格丹说：“不是。”

“那就是定制？你的底画呢？”

“都不是。他是来看看怎么制作琥珀画的。”

维克多诧异地瞪大眼睛，嘴里怪叫了一声，自嘲地说：“哼！看制作琥珀画？我三个月了一幅画没卖，我都不做了，你到我这里看什么？”他在桌上找到了一支半截的没有过滤嘴的烟卷，点上抽了一口，边吐烟边眯着眼睛看着冯瑞阳，问道：“你是哪里人？”

“他是中国人。”巴格丹说道。

“中国人？到我们国家干吗来了？受苦来了？”

这话冯瑞阳没法答复，笑了笑说：“我在这里留学，学的绘画。”

维克多点点头，想了想问：“你怎么找到我这里来了？”

“是我的大学老师介绍我过来的。”

“哦！谁呀？”

“是您的同学，尤里。”

“尤里？哪个尤里？”

“尤里·弗拉基米罗维奇。”冯瑞阳说出了老师的名字。

“哦！尤拉。”维克多点点头说了尤里老师的小名，看来他们很熟。他把烟蒂在满是烟头的烟缸里按熄，突然站起身扯着冯瑞阳的胳膊，另一只手指向门口，说："请你出去!"

冯瑞阳一脸的错愕，给弄蒙了，不解地问："这是为什么?"

"我不认识什么尤里，请你出去!"

冯瑞阳觉得面子上下不来，便没再多说什么，径直出门走了。他走在街上，心里颇为气恼，想这人怎么这么不讲情理，甚至一点儿礼貌都不讲。他低头走着，忽然听到后面有人叫他，回头一看是巴格丹。巴格丹跑到他跟前，喘着气说："吉玛，对不起！我不知道我爸爸为什么会这样，他其实是很好的人。"冯瑞阳做了个无奈的表情。

"他制作的琥珀画非常棒，你可以先去中央商店看看。过一段时间再过来，我想他会好的。"他告诉了冯瑞阳琥珀画具体的展销地址。两个人道了别就分手了。

回到家冯瑞阳仍然很气恼，但琥珀画也像磁石一样吸引着他，那晶莹的光泽和华丽的色彩构成的画作总是浮现在他的眼前，对他而言，这是一种新奇的艺术形式，他希望了解，甚至掌握。过几天，再到市场关门休息的时间，他特地到中央商店去看琥珀画。他按巴格丹说的找到了这个地址。这是一个三十多平方米的商位，专门经营琥珀画，里面卖画的是个当地的中年妇女。冯瑞阳不知道这些作品中哪些出自维克多之手，也不想去问。三面墙满是琥珀画，琳琅满目，流光溢彩，美不胜收，他立刻被吸引，全神贯注地欣赏起来。

这里展销的琥珀画的题材内容十分广泛，有风景画、人物画、花鸟动物画。画法上有写实画、抽象画。都是用琥珀的碎粉以及琥珀的碎块作为原材料制作的图画，其中有以油画为主，局部以琥珀块点缀的画，这一类从标价上看属于低档次的琥珀画；还有满画面的琥珀画均以琥珀构成，这类标价较高，应该属于高档琥珀画。这种全琥珀制作的画，整个画面的底色和明暗色调都由细小的琥珀勾勒而成，再选择不同粗细程度的琥珀颗粒镶嵌，美轮美奂，散发着奇异的色彩和光芒，制作精美，高贵典雅。

冯瑞阳特别注意其中的人物画，花园中的圣女、小天使、裸体美女、田野中的姑娘，这些人物画的制作，运用了不同颜色不同粗细的琥珀碎粉将人物的肌肤以及肌理表现得非常细腻，质感十足又光彩夺目。让他感觉到，琥珀画不仅是用琥珀宝石对画作的装饰，而是有着独特的艺术表现力和不可替代的艺术效果。

冯瑞阳在这里足足待了一天，午饭都没吃，一直站在那里一幅一幅地欣赏。开始那位卖画的中年妇女对他笑脸相迎，过一会儿还给他搬了一把椅子，再往后就不高兴地翻起了白眼，最后脸一耷拉冷言冷语地问他买还是不买，他这才道了歉，恋恋不舍地离去。

冯瑞阳回去后几天对琥珀画仍然念念不忘，满脑子都在琢磨琥珀画的制作方式。他还是想去维克多那里学习。他听得出来，维克多是对尤里老师有看法，并不是针对他。而巴格丹的话也给了他希望，所以他抽出时间又去了维克多家。他走到维克多家附近时，正好看到巴格丹开门进屋，连忙叫住了已经进门的巴格丹。巴格丹见是冯瑞阳，又反身出门，用手指了指屋里，暗示维克多在里面。两个人下了台阶，握了握手。冯瑞阳问："怎么？又喝酒了？"

"没有，他在作画。"

"能不能想办法让我看看？"

巴格丹想了想说："他今天情绪不错，我看可以。这样，你去商店买一瓶伏特加过来，我和他好好说说。"

冯瑞阳去附近商店买了两瓶伏特加和一些食品，拎着回来，敲门进了屋。维克多正俯身在工作台上作画，抬头见冯瑞阳进来，直起身子打量着他，自然也看到了那两瓶酒。

"你怎么又来了？"维克多板着脸问道，语调却很平稳。

冯瑞阳讨好地说："我来看看你。"

巴格丹过来接过冯瑞阳手上的塑料袋，对维克多展示了一下说："爸爸，他给你带了伏特加，还有肉肠和鱼子酱。"

"哦！我有酒，不要尤拉的酒。"

"您可能误会了，我在乌克兰艺术学院留学，尤里是学院的老师。"

维克多盯着冯瑞阳看了一会儿，撇嘴吐了一口气，说："哦，坐吧。"维克多的话表示接受了冯瑞阳。说完他又俯下身子继续作画。巴格丹朝冯瑞阳眨了眨眼睛，表示问题解决了。

冯瑞阳坐到工作台旁边的椅子上。工作台面摆着许多白磁盘，每个盘子里面放着同一颜色、同样大小的碎琥珀。还有透明胶和一些作油画的笔刷工具。画板平放在台面上，维克多躬着腰，俯身在画板上，用画笔在画板上抹透明胶，然后在胶上撒上琥珀碎末并固定住。这是一项非常精细的工作，有些像是油画的着色，但难度要比画油画大得多。油画可以调色，有多种画具，十几种手法，还可以修改。琥珀的颜色虽然丰富，但和调色显然没办法比。作琥珀画要用有限的颜色，相对单一的手法，表现出复杂的形象，而且一次成形不能修改。这对于作画者的艺术功力，作画时对仔细精准的要求之高，是可以想见的。

维克多这时就像一尊雕像，全身保持着一种姿势凝固不动，只有手缓慢地把琥珀碎末撒在涂胶的部位。他没有穿工作服，身上仍旧是上次见面时穿的那件灰色的运动夹克。头发仍然凌乱，胡子也没刮，头上脸上满是脏乱差。他可不像有些画家邋邋遢遢的弄艺术范，他是真邋遢真脏。他的脸上满是专注的神情，眼睛紧盯着作画的地方，眨都不眨一下，嘴巴随着作画的手不自觉地抽动着。

维克多把画中一个局部做完，停下了手，直起身体，观察着画作，顺手拿起台面上一支烟，仍然是那种没有过滤嘴的劣质烟卷。冯瑞阳忙掏出刚买来的三五烟，抽出一支递到他的手上，换掉了那支劣质烟卷，再伸手拿起打火机给他把烟点上。维克多看了看手中的烟，又看了看冯瑞阳，没有说话，但露出满意的神情。他吸了一口烟，又长长地把烟圈吐出，说："好了，今天就这样了。"

冯瑞阳看天色已晚，告辞道："维克多老师，谢谢您，我明天还可以来看您作画吗？"

维克多抬眼看着他说："怎么，要走吗？"

"天已经晚了，您该休息了。"

"还没吃饭呢，吃完饭再走，还要和我一起喝酒呢。"

巴格丹过来把冯瑞阳拉进里屋。里屋的桌子上已经摆上了酒菜，很简单，切好的肉肠和抹在面包片上的红鱼子酱，还有伏特加，都是冯瑞阳买的，只有一盘酸黄瓜是他们自己家的。冯瑞阳环视了一下屋里，一套组合柜和一张双人床，家具很简易，像是维克多一人住的房间。屋里有些乱，不像是有女人的家庭，但在组合柜中放书的柜子里立着一张结婚照，是年轻的维克多和同样年轻的漂亮女人的合照。这女人应该是维克多的妻子，但显然妻子已经不在维克多的生活中了。什么情况？冯瑞阳不好问也不敢问。维克多喝起酒来十分爽快，一口一杯，吃东西可没那么讲究，叉子放在手边不用，用手捏着肉肠或黄瓜吃。他的手看上去也不干净，作完画并没有好好洗。

“想学琥珀画?”维克多嘴里吃着肉肠问道。

“想学。”

“为什么想学它?”

“喜欢。”

“是啊!”维克多仰头一杯酒下肚，“琥珀画多漂亮啊！我过去也是学绘画的，见到琥珀画就喜欢上了，非要学它，为此我放弃了留校当教师的机会，去学的琥珀画。”这时，他那含混不清的眼睛里闪着自豪的光芒，脸上露出得意的神情。冯瑞阳把酒给他倒上，他接着就把这杯酒也干了。他看着冯瑞阳问道:“你是艺术学院毕业的?”

“对!”

“学的油画?”

“是!”

维克多又干了一杯酒。一般乌克兰人喝酒，都是碰杯大家一起干，他不一样，自顾自地喝，一口一杯。

“有些人不懂，说作琥珀画的都是工匠。你看到了，这比作油画难多了。作琥珀画，需要天才和经过长期训练的艺术创造力，这是创作!”他又干了一杯酒。喝下去的酒让他的脸色泛红，也影响了他的表达。他讲话语调很重，对一些词语十分强调。

“老师！我想跟您学习琥珀画。”冯瑞阳很正式地提出请求。维克多的脸上绽开了笑容，但是却没有答应。他说："学琥珀画很难，过程也长，练习起来非常枯燥单调，每提高一点儿，都要付出很大的努力，坚持下来很不容易。你呢，先看看，后面可以试着练练，几个月以后你还想学习，咱们再说。"

冯瑞阳点头答应，维克多居然孩子般地举起手，笑呵呵地和冯瑞阳击掌约定。从这以后，冯瑞阳每天都到维克多这里来，趁维克多作画的时候多看看。他每天去的时候都买酒和食品，晚上也和维克多一起吃饭喝酒，然后再回家。三天以后，这幅琥珀画作完了，他和维克多说好什么时候再作画，他再过来看。冯瑞阳走的时候，巴格丹送他出门。他问巴格丹哪里有卖琥珀的——他想买些琥珀在家自己练练。巴格丹告诉他，现在琥珀行情不好，卖琥珀原石的人很少，在市中心的街头市场有卖的，但不是每天都有。

在市场的休息日，冯瑞阳去街头市场买琥珀。市场在城市的中心，就是沿街搭起的简易的棚子，卖的都是民族特色商品，像是旅游市场。有一条街专门卖画，在街的铁栅栏上挂满了各式各样的画，冯瑞阳过去曾拿过画在这里代卖过，卖得不好就把画撤了。他刚拐进卖画的这条街上，就听到前面传来小提琴演奏的乐曲声，忙用耳朵去寻觅，用眼睛去捕捉。街上的人不是很多，但却人声嘈杂，小提琴的乐曲声不是很响，被淹没在市街杂乱的声浪里。可能是对小提琴的琴声十分敏感，冯瑞阳还是捕捉到了那悠悠传来的动人的琴声，听出那正是他熟悉的乐曲《我可爱温柔的野兽》。他怦然心动，顺着琴声寻觅过去，琴声越来越近，越来越清晰响亮。他的心情有些激动，这琴声好似拨动了他的心弦，这曲调似曾相识。他加快脚步，终于他的目光越过了人流的遮挡，发现了琴声的起源，那个拉小提琴的姑娘。

"真的是她！"冯瑞阳心里一震。他挪步到街边站住，睁大眼睛惊讶地看着拉琴的姑娘。拉琴的是个年轻的乌克兰族姑娘，长得非常漂亮，即使在美女如云的商业街上仍显得十分出众。她有一双蓝色的眼睛，纤秀的眉毛，精致的五官，秀丽的脸庞，苗条的身材，一头金发在脑后束成马尾，身穿露肩紧身砖红色的连衣长裙，全身散发出超凡脱俗的光彩。她的头微低，神情专注，将小提琴置于颌下，一手抚琴弦，一手拉弦弓，身体随着乐曲的演奏或疾或缓地摆动，美妙的琴声从琴弦扩散开去，让这有些纷乱的街区有了音乐的流淌，充溢着美的氛围。

冯瑞阳惊呆了！出神地望着拉琴的姑娘，他心中的仙女，那早已刻画在他脑子里，永久地属于他的形象。他心潮澎湃，抑制不住内心的激动，用心倾听着优美的琴声，目不转睛地看着那埋头拉琴沉浸在音乐中的姑娘。

第十章　画中走出的仙女

冯瑞阳的房间里有很多画稿，有画完的，也有没画完的，只有一幅油画配了画框挂在屋里的墙壁上。

这是一幅人物画。夕阳西下满天的红霞，洒满霞辉波动的清澈河水，绿色葱茏的岸边和没有边际的森林，在这色彩丰富的背景下，一位身着白色长裙的姑娘正在专注地拉小提琴。这位姑娘有一双蓝色清澈的眼睛，纤秀的眉毛，秀丽的脸庞，画作表现出姑娘脸上散发出的美到摄人的张力，还流畅地勾勒出了她那纤秀的魅力十足的身材。不仅如此，画作还细腻地表现出姑娘拉琴时专注的神情，拉琴的动感，飘动的艺术气息，甚至能感受到小提琴发出的乐曲声。色彩的运用也十分突出，画作用红霞的油彩勾涂了姑娘身体的阳面，用霞辉的映照凸显了姑娘那美丽的神采。

这幅画是冯瑞阳大学时所作。有天黄昏，他到学院后面写生。学院后面有条河，河边有条小路，路边有残破的路椅，然后就是茂盛的青草树丛。他听到有小提琴的琴声传来，十分动听。他便沿着琴声寻去，在河边葱茏的草丛间看到一位姑娘在拉小提琴，他立刻被这姑娘吸引。

这姑娘非常漂亮。当地美女如云，冯瑞阳见得多了，可这位拉琴的姑娘仍然让他惊叹。秀丽的面容，苗条的身材，无可挑剔，完美无瑕。她集中了欧洲女性全部美的特点，又有白种人女性少有的清秀。在冯瑞阳的眼里她是美女中的美女。更吸引冯瑞阳的是她的神情体态无不透露出优雅清高的气质，没有一点俗气，仿佛她就是一个不食人间烟火的仙女。她拉琴的姿势更是妙不可言，像风中摇曳的柳枝，和琴声融合在一起，让人仿佛进入了音画和谐的美的境地。

冯瑞阳为她的琴声所吸引，她拉出的琴曲明快昂扬，散发着青春的气息，让冯瑞阳的心绪随着琴声飞扬，情感随着乐曲波动。他甚至忘记了应该立刻拿画笔把这情景记录下来，呆立了很久才架上画板，刚画了几笔，那拉琴的姑娘就收琴走了，让他倍感遗憾。从此这位姑娘拉小提琴的画面就刻印在他的心中，那琴声也一直萦绕在他的脑际。他猜测这姑娘一定是音乐系的大学生，她是到这里来练琴的，如果幸运的话还是可以见到她的。这以后他每天都在这个时间到河边来，终于几天以后拉琴的姑娘来了，还是在河边拉起了小提琴。冯瑞阳心里一阵激动，马上平复好心情，拿起手中的画笔，在早已架好的画板上，把观察到的美丽线条勾勒下来。

从这以后，他几乎每天都来，来的时候，没有听到琴声，姑娘不在，他心里会有巨大的失落感。如果听到琴声，看到姑娘的演奏，他的心里会异常地欣喜，立刻用画笔把捕捉到的丽色涂抹到画板上。经过几次这样的描摹，冯瑞阳把这位拉琴姑娘的全部细节都记录到了画板上。然后，他满怀创作的激情，铺开画布，备好油彩，拿起画笔，按日思夜想的成熟构思，开始作画。画完，冯瑞阳又仔细端详几天，做了些许修饰，他感到非常满意。他把这幅油画命名为《拉小提琴的姑娘》，认为这是他画得最好的一幅画。

遗憾的是，他再去河边，却没有见到这位拉琴的姑娘。他心里产生了巨大的失落感。欣赏她的美丽，倾听她的琴声，是冯瑞阳那个时段视觉和听觉的最大享受，这个享受还延伸到夜里，她成了冯瑞阳梦中的主角。好在冯瑞阳把她的形象真实地记录在了《拉小提琴的姑娘》这幅画里。

冯瑞阳的记忆中还有和她的美丽融化在一起的动人心弦的曼妙琴声。那琴声入耳入心，不仅引起冯瑞阳感官上的愉悦，还让他在情感上产生共鸣。那琴声抒发着青春蓬勃的情绪，吟唱着爱的激动和奔放。之后他知道了那首乐曲是叶夫根尼·多加为电影《我可爱温柔的野兽》作的圆舞曲。现在冯瑞阳听到的正是这首《我可爱温柔的野兽》圆舞曲，拉琴的姑娘正是油画《拉小提琴的姑娘》的主角，她从画中走出来了。她和画中姑娘拉琴的姿态几乎一模一样，也是那样的神采飘逸，只是背景变成了市中心商业街。

许久，冯瑞阳才缓过神来，回到现实中，想到她为什么在这里拉琴？在这市中心的商业街，城市中的繁华路段。冯瑞阳知道这里常有街头艺人表演，挣一些路人的施舍钱。莫非她也是在进行这样的演出？冯瑞阳看到她身前地上放着一个书包，书包敞开着。冯瑞阳脑袋“轰”的一声，判断被证实了。因生活所迫，他心中神圣的仙女用她那天籁般的琴声在这里换取小钱。他心里滚过一阵酸楚。他记起身上带的钱包里有一百美元，想都没想便取了出来，径直走到正在拉琴的姑娘前，把钱放到了敞开的书包里。他没有抬头看那姑娘，扭头就走了，没有再回头。其实他很想让姑娘用她那蓝色清澈的眼睛看他一眼，认出他来，但又怕这样会引起姑娘心里的不适。过去他在河边作画时，和这姑娘虽有一段距离，但彼此有过相望，还有过几次擦肩而过，他相信姑娘不会忘记他。

冯瑞阳拐出卖画的那条街，坐公共汽车回去了。他觉得那姑娘拿到这一百美元一定会惊喜，这些钱应该能帮她解决一些困难。冯瑞阳很开心。回到家里，他看墙上那幅《拉小提琴的姑娘》的油画，画中的红霞、森林、河水、丰茂的草地，拉琴姑娘漂亮的容貌、专注的神情、优美的身形、飘动的神采。他痴迷地看着，默默地回味着。这幅画其实早已印记在他的脑子里，画的所有细节，一笔一画，熟悉得可以分毫不差地默画出来。他常午看这画，这画中的人物，已经成为他精神上的陪伴，很近，一直在他的身边，一直在他的心里，但又那么遥远，遥不可及，那是画中的形象，那是再也见不到的仙女。

万万没有想到，今天这仙女下了凡尘，画中的姑娘来到了他的眼前。他觉得埋藏在心底的爱的欲念被激发出来，这太巧了！这就是传说中的缘分，冥冥之中爱的安排？一股热潮在他心中涌动，在他的身体里燃烧……他突然想到，不知道这位拉小提琴的姑娘是临时在那里拉琴，还是长期在那里卖艺？如果是临时的，以后有可能就不去了，他岂不是又见不到这姑娘了吗？

他像被泼了一盆冷水，心一下就凉了，出了一身冷汗。他懊恼不已，埋怨自己，竟然怕引起姑娘难堪就匆忙走了，应该想办法和这姑娘搭讪，或者想办法得到她的住址。他懊悔了一夜，几乎没睡觉，担忧这姑娘不会再出现，后悔自己没有抓住机会。

第二天中午一过，冯瑞阳就从市场出发去市中心。他的心情既兴奋又有些紧张，匆匆到了市中心的街头市场。他没有听到小提琴的乐曲声，心里一沉，急忙走了几步，到了昨天姑娘站拉琴的地方，果然不见姑娘。他的心里茫然若失，后悔昨天没有抓住机会，以为姑娘不会再来，他也永远见不到这姑娘了。

他在街上漫无目的地走着，走到商业街的尽头折返时，他的耳朵忽然从街上纷乱的声响中捕捉到一丝乐曲声。他的心提了起来，快步追寻着琴声走去，越往前走琴声越清晰，听得越清楚，那是小提琴的演奏，那是他熟悉的小提琴的乐曲。是她，一定是她！冯瑞阳的情绪变得激动，心提到了嗓子眼儿。及至走到近前，他终于从人流中看到了拉琴姑娘，她还是站在原来的地方，专心地演奏着小提琴。冯瑞阳的心里立刻安顿了。他停步驻足，欣赏着美女的演奏，品味着美妙的琴声。

冯瑞阳没有忘记今天来的目的，但他不忍心过去打断姑娘的演奏，太不自然也太无礼了。想着这曲终了再去搭讪，这样显得绅士也合情合理。他从钱包里掏出一百美元，捏在手里，等姑娘这曲拉完走了过去。但还没到姑娘跟前，姑娘又重新演奏一曲，他不好返回，只好把钱放到那敞着口的书包里，放完钱转身就走了，心里想着在旁边再等机会。他没有抬头看那姑娘，但感觉到姑娘看到了他，没走几步，琴声忽然停了，身后的姑娘叫住了他："喂！先生，请留步！"

冯瑞阳停步转过身来，他有些诧异姑娘为什么叫住他。只见他心中的仙女向他走来，手里拿着他昨天和今天给的二百美元，交还给他。姑娘说："很抱歉！这个钱我不能要，还给您。"她仍然美丽四射，但脸上没有一丝笑意，显得冰冷而高傲。把钱给了冯瑞阳后，她转身就走，回到原处，继续拉小提琴。

冯瑞阳愣了一下，这完全出乎他的意料，分明是在拒绝他。二百美元不是小数目，不是一般的施舍行善，姑娘应该明白这其中包含的情意，这不是拒绝他的善意，而是拒绝他的情意，几乎就是对他情感的封杀。让他情何以堪！他觉得自己的脸面受到了伤害，臊得满脸通红，收起钱快步走了。

这打击对冯瑞阳太大了，他的情绪低落到了极点，低着头快步走到车站，直接坐公共汽车回了家。进门打开冰箱拿了瓶啤酒，坐在沙发上呆呆地喝着。他确实有些发晕，搞不清楚这是怎么回事，想也想不明白。为什么自己满满的热情，遭到这么冰冷的拒绝？即使拒绝也没有关系，干吗这么冷酷无情，一点脸面都不给人留。他想不通。

第二天早晨醒来，冯瑞阳睁眼看到的就是那幅《拉小提琴的姑娘》油画。他越想越觉得事有蹊跷，自己从没做过令她讨厌的事，不至于让她这么反感。况且自己并没有表白什么。应该给这事弄明白，他决定下午继续去商业街把事情搞清楚，要真是她刻意拒绝，也就死心了。

冯瑞阳下午又去了步行街，转了一圈没有发现拉琴的姑娘，在街上溜达了一个多小时，也没有见她来，心里未免焦躁。冯瑞阳东张西望的时候，被一个警察拦了下来，要查他的护照。他把护照掏出递给警察。这是个年轻的警察，他仔细地翻看着护照，看完仍把护照捏在手上。冯瑞阳知道又碰上敲诈的了，便掏出一百当地货币塞到警察手里。警察收了钱，嘴角露出一丝笑意，还了护照让他走了。冯瑞阳这时心里一动，何不问问警察，或许知道拉琴姑娘的情况，他便回头叫住警察问道："你看见那个常在这里拉小提琴的姑娘了吗？"

"你说的是那个在这里拉小提琴卖琥珀的姑娘吗？"

"你说那个拉琴的姑娘卖琥珀？"

"是啊！她一边拉琴一边卖琥珀。你找的是她吗？"

"对，是她。"

"她有时候来，有时候不来，今天没有看到她。"

冯瑞阳听了警察的话，想起拉琴姑娘前面那个敞开口的书包里面好像有些块状的东西，顿时明白姑娘为什么退钱给他了，心里豁然开朗。他向警察道谢以后，就坐公共汽车回家了。他估计女孩今天不会过来了，警察说她不是每天都来，所以她以后还会到这里来的，能够再见到她，冯瑞阳倒是放心了。

冯瑞阳觉得自己太可笑了，本就是去买琥珀，竟然这么粗心，碰到卖琥珀的居然没有发现。他觉得这真是缘分啊！他去买琥珀，正好心仪的姑娘是卖琥珀的，多年后通过琥珀相见，他不认为这是巧合。冯瑞阳的情绪又回到了兴奋的高点，爱情的希望又重新燃起。而且对他心中的仙女更多了份敬重，她不接受不明不白的钱，即使在需要钱的时候。她的人品和她的相貌一样美丽。

第二天下午，冯瑞阳比以前更早就出发了。从昨天明白了事情的原委以后，他一直处于兴奋状态，夜里也没怎么睡。今天白天也好，批发了一批货，收入不错，手里有钱，底气就足，这是个好彩头。他来到街头市场，一缕悦耳的小提琴琴声就飘然飞入他的耳中，然后他早已镌刻在心中的姑娘演奏小提琴的画面映入了他的眼帘。他稍停了一下，看那敞开口的书包里确有几块土黄色的东西。确认之后，他缓步来到正在拉琴的姑娘面前，姑娘注意到了他的到来，两人的目光对视了一下，他蹲下身看书包里的琥珀，姑娘继续演奏着乐曲。书包里有十几块琥珀原石，由于表皮上有土，呈现出土黄的颜色，表面粗糙有些大小不一的浅坑。冯瑞阳这是第一次看到琥珀原石，不像切磨好的琥珀那样光彩和通透，所以前两次没有注意到这琥珀原石。这些琥珀大块和小块差别很大，每块上面都贴着小贴纸标签，上面写着克重和价格。冯瑞阳拿起琥珀挨块看着，心里想的却是如何和姑娘搭话，他不可能按琥珀上标出的价格放下钱拿起琥珀走人，那不白来了吗？

趁着姑娘乐曲结束的空当，冯瑞阳举起一块琥珀，朝姑娘问道：“你好！我可以打扰你，问你几个问题吗？”

姑娘把提琴收起，注视着他，说：“你好！请问吧。”

冯瑞阳脸上挂着和善的微笑，抬起头看着姑娘，从姑娘的眼神和微微发红的脸上可以看出姑娘早已认出了他。眼神中有揣测，也有期待，没有反感。

“这些琥珀出自哪里？”

“出自我们的国家。”

“我不大懂琥珀，你能给我介绍一下，帮我挑一下吗？”

“当然可以。”

姑娘没有犹豫，收好提琴放进琴盒里，在冯瑞阳的对面蹲下身，拿起琥珀介绍着。当姑娘靠近冯瑞阳时，他立刻感觉到美的气息扑面而来，眼前一派明媚，浑身如沐春光。那美的气场，冲击他的视觉，压迫他的呼吸，让他窒息。那美的张力穿透他身上的每一个毛孔，活跃他全身的细胞，让他全身柔弱无力而又紧张抽搐。他的身体和精神就像被一股力量俘获，不能自主还心甘情愿。

正是从这一刻起冯瑞阳确立了自己的爱情目标。可能过去还有些杂念，可能过去还有些游移，可能过去还不那么主动，现在他知道了自己的爱的对象已经被锁定。姑娘一块块地拿起琥珀向冯瑞阳介绍着，他点着头，实际上一句都没听进去。他真想把姑娘书包里的琥珀都买了，想让姑娘有一个不错的收入，但那样的话，今后几天甚至更久就见不到姑娘了，那可不行。他拿起一块琥珀说：“这块我买了。”于是掏出钱来递给了姑娘。

姑娘拿着钱有些犹豫，她注视着冯瑞阳，大概心里明白了这个中国年轻人为什么来买琥珀。她脸上的表情没有明显的变化，但眼中有感动，神情里有些为难，还有些欣喜。冯瑞阳说：“是这样，我还想买一块琥珀，但今天我带的钱不够，你什么时间还在这里，我再来买。”他的脸上挂着微笑，只是笑容不太自然。

姑娘沉静地回答说：“明天还是这个时间吧。”

冯瑞阳叮嘱了一句：“我明天一定来，你一定等我。”

姑娘脸上露出一丝笑意，点了点头，道了再见。冯瑞阳也道了再见，转身迈步准备走，姑娘却在他的身后追了一句：“谢谢你！”

冯瑞阳立刻回身，朝姑娘微笑点头，然后才走。没走几步听到身后小提琴的琴声响起，那是姑娘在学院后面的小河边常拉的曲子《我可爱温柔的野兽》。冯瑞阳心里一亮，又折返回来，看姑娘在专注地拉提琴奏着曲子。冯瑞阳笑了，姑娘一定是认出了他，这曲子像是为他专门演奏的。他的心随着琴声飞扬，仿佛又看到姑娘在河边拉琴的情景。他的眼前现出河边那一片明媚的风光，站在那里把这支曲子听完才走，这时他完全肯定明天可以再见到他美丽的姑娘。这天，冯瑞阳激动得几乎一宿没睡，一直在回味白天从未有过的美丽的异性贴近自己的强烈感受，甚至产生了立即向她表白的冲动，迫不及待地想把爱情揽在怀中。

第二天傍晚，冯瑞阳到了市中心商业街，他听到姑娘的小提琴曲的时候，心情激动起来，快步走过去。看到姑娘像往常一样在演奏，专心拉琴，心无旁骛，思绪完全沉浸在乐曲中，他又变得踌躇起来，他突然觉得姑娘拉的曲子《我可爱温柔的野兽》未必就是演奏给他听的，其中也包含了姑娘对过去生活的怀念。他觉得现在还是应该耐心地去博得姑娘的好感，不要贸然表白，等关系发展到一定程度，清楚姑娘的心思之后再说，免得把事情搞砸了。

冯瑞阳走上前去，蹲下身，挑选着书包里的琥珀。他见书包里的琥珀又多了两块，块头还不小，其中一块的一面好像是断口，十分光滑，颜色通透，闪耀着宝石的光泽。姑娘看到冯瑞阳到来，她把曲子拉完，收好提琴，朝冯瑞阳莞尔一笑，问了句好。

在冯瑞阳的记忆里，这是姑娘第一次朝他笑，那灿烂的笑让他怦然心动，他有些慌张地回了声好。姑娘蹲下身，帮冯瑞阳挑选琥珀。她拿起那块有断口的琥珀说："这块是我新拿来的，个大，形状也好，表面没有坑；品质也好，清澈通透；颜色也好，金黄色的。"

冯瑞阳再次感受到那美丽气场的巨大磁力，他心潮涌动不可抗拒地把爱情的对象锁定在自己的生命中。他显然不会掏钱买一块琥珀就走，他问："你有很多琥珀原石吗？"

她点点头说："有的。"

"卖得好吗？"

她的脸微微有些发红，有些难为情地说："不好。"

"为什么？是人们不喜欢琥珀吗？"

"现在琥珀行情不好，可能是人们没有钱吧。"

"你的价格很便宜呀！"

她耸了耸肩，做了个无奈的表情。

“你卖得很少吗?”

她点了点头，说:“是的。”

冯瑞阳问了那块有断面的琥珀的价格，掏钱买下。他注意到姑娘一直在看他，那长长的睫毛美丽生动，那蓝色的眸子清澈纯净。她问:“你是中国人吗?”

冯瑞阳点点头，鼓足勇气微笑着问道:“我们可以认识一下吗?”

她含笑点点头说:“当然可以!拉丽萨，非常高兴认识你!”

冯瑞阳报了自己的俄语名字:“吉玛，认识你非常高兴!”

拉丽萨大方地伸出手和冯瑞阳握手。冯瑞阳心里一阵高兴，进一步地问道:“拉丽萨，我还要买你的琥珀，你能不能把电话号码告诉我，我买的时候好和你联系。”

拉丽萨的脸又微微地泛起红晕，为难地说:“我没有电话，对不起!”

冯瑞阳立刻升起了挫败感，乌克兰家家都有电话，看来拉丽萨对他还是有所保留。他说:“那我怎么找到你呢?你不会总在这里吧?”

“我每星期六、日的下午，都在这里。其他时间，有时候在，有时候不在，你到这里找我就行。”

两个人互道了再见，冯瑞阳就走了。没走几步，身后的小提琴声就响了起来，还是那首《我可爱温柔的野兽》。冯瑞阳驻足倾听着，乐曲中明显地增加了欢快的成分，能够感受到演奏者愉快的心情。这种心情也感染着冯瑞阳，这时他把拉丽萨没有告诉自己电话号码看作是女孩子的矜持，他为今天的进展欢欣鼓舞。

此时他的心已经被拉丽萨完全占据，他的思绪已经被那美丽的磁场全部吸引。冯瑞阳从高中毕业就到这里留学，虽然在学院时和女生有交往，但都没有达到女朋友的程度，对拉丽萨的爱恋几乎是冯瑞阳的初恋。初恋对于年龄偏大的人来说，可能不那么冲动，但并不见得更具理性，反而更加强烈和执着。他每天持续地去买琥珀，其中有两天拉丽萨不在，他不仅失望，还十分焦虑，好在两天后拉丽萨又出现在那里，终于事情有了进展。

在冯瑞阳第五次买琥珀时，拉丽萨伸手拦住了他。拉丽萨用清澈的眼睛直率地看着他，似乎已经洞察到他的心思。拉丽萨说：“你已经买了不少了，不要再买了。我非常感谢。”

冯瑞阳每次都来买琥珀，每次又只买一块，她显然明白了冯瑞阳的用意。两个人蹲在地上，离得很近，冯瑞阳感到花容袭人，花香扑面。他有些紧张，一时不知说什么好。两人站起身。冯瑞阳明白和之前那二百美元一样，拉丽萨并不情愿接受这种变相的馈赠。但冯瑞阳这时显然不好把钱再收回来，他把挑好的琥珀攥在手里，把钱递给拉丽萨。他说：“这块我很喜欢，还是买了吧。”

拉丽萨沉吟了一下，把钱收下了。冯瑞阳一直设想着推进他们两个人的关系，但怕拉丽萨拒绝，想着把好感积累得多一些再讲。现在既然窗户纸已经被拉丽萨捅破了，他也就不得不说了，“拉丽萨，我想请你去喝杯咖啡，聊一聊，可以吗？”

拉丽萨轻轻一笑，仿佛冯瑞阳的邀请早在她的预料之中。她矜持了一下，点点头说：“可以。”

冯瑞阳心里一阵狂喜，终于迈过这个坎了。他伸手做了个请的姿势，说：“那么请吧！”

拉丽萨睁大眼睛，疑问道：“现在吗？”

“当然！你还准备卖琥珀吗？要不这样，我再买一块。”冯瑞阳笑着说。

拉丽萨听懂了冯瑞阳话中的幽默，会意地笑了，笑得很开心。她说：“那我们还是走吧。”

冯瑞阳把装了琥珀的书包背在肩上，又把装好小提琴的琴盒也拿过来挎在自己的肩上。拉丽萨变得两手空空，感动地向冯瑞阳道谢。两个人走到不远处一家有名的咖啡厅，到门口时拉丽萨却停住了脚步，对冯瑞阳说：“这里特别贵，我们去别的地方吧？”

冯瑞阳笑着说：“没关系，这里环境好，人少安静。”

“不，不，这里一杯咖啡比一块琥珀的价格还贵。”拉丽萨摇着头，态度很坚决。

冯瑞阳灵机一动，问道："你还没有吃饭吧？我也没有吃，这样吧，我们一起找地方吃饭吧？"

拉丽萨未置可否，冯瑞阳十分热情地督促着："走吧！请吧！"

拉丽萨便笑着答应了。两个人就在附近街上找到一个咖啡馆，进去挑了个僻静的位置坐下。冯瑞阳请拉丽萨点菜，她只点了一个份菜，冯瑞阳为她加点了几个菜，她低声地制止："够了！"冯瑞阳笑笑没有理会她。点完菜，冯瑞阳问她喝什么，她要了可口可乐，冯瑞阳自己要了啤酒。冯瑞阳看着在对面端坐的拉丽萨，美丽得耀眼，光彩夺目。他想着自己终于如愿以偿，和长久思念的人坐在了一起，心里十分欣喜。啤酒和可乐先上来，两个人边喝边聊。

冯瑞阳问："你还记得我吗？"

拉丽萨脸色微红，点点头，含笑说："当然记得。上大学时我去河边拉琴，你在那里写生作画。开始不知道你是谁，后来知道了你是中国留学生。"

"你特别漂亮，拉琴的姿势非常美，河边的风光也好，再加上你那悠扬美妙的琴声，一切都那么美好，让人着迷。"冯瑞阳动情地说道。

"谢谢！"拉丽萨听了冯瑞阳的话脸上露出欣喜的神色，笑着说："本来我去校园后面的河边练琴，是想躲开人，自己可以随意一些，有你一直在看，而且看到你那样认真地作画，我也不敢随意了，就特别认真地拉琴。"她的话说得很自然，又有意或无意地避开了冯瑞阳的热情。

这时饭菜上来了，拉丽萨品尝了几口，表情丰富地晃动了几下头，表示对饭菜味道的认可。

"你的小提琴拉得非常好，我很喜欢听，特别是那首《我可爱温柔的野兽》，我一直记着。"

"是吗？谢谢你一直记着我拉的曲子！"她回答得很优雅。

"后来怎么见不到你了？"

"我有些事情，离开了学院一段时间。"她有些含糊地避开冯瑞阳的问题。

“哦！我在河边见不到你，就去学院找，也没找到你。”

“哦！是吗？你还去找我了？”拉丽萨好像没有料到，脸上露出惊讶的神情。

“是的，不知道你的名字，不好打听。那时候我非常遗憾。没想到几年以后在这里见到你了。”冯瑞阳仍然热情不减。

“所以你来买我的琥珀？”她用打趣的口吻说道。

“是的。”

两个人把话说破了，没有继续说下去，沉默了一会儿。拉丽萨岔开话题，很有感触地说：“大学那时多好啊！年轻有梦想，为了梦想奋斗努力。”

“是的，那时候看你非常专注，心无旁骛，眼睛都不向旁处看，完全沉浸在音乐里，让人肃然起敬。你也激励了我，那时候我们这些中国留学生全都不上学了，都去摆摊卖货了。你激励了我坚持上学，完成了学业。所以我应该感谢你！”冯瑞阳举起啤酒杯，和拉丽萨碰杯。

拉丽萨惊讶地睁大眼睛，笑得十分开心。她说：“啊！没想到我还起了这么大的作用！那么现在呢？现在你在乌克兰做什么？”

“也在摆摊卖货。只不过比我的那些同学晚了几年，他们已经赚足了钱，而我错过了好赚钱的时机，钱赚得比较难了。”

拉丽萨眼睛一转，笑了起来，说道：“看来我起了不好的作用！那我要向你道歉了。对不起！我耽误你赚钱了。”

两个人一起笑了，都笑得十分开心。

“你还作画吗？”

“画，每天除了在市场卖货就是作画。”

“你真了不起！”

“你呢？怎么卖上琥珀了？”冯瑞阳问道。

“我的家乡就出产琥珀。”拉丽萨的眼睛垂了下来，低头吃着饭。

“你怎么想到拉小提琴卖琥珀？”

“开始没有，摆了两天，没人理我。书包中的琥珀，连看都没有人看一眼。所以我就想拉小提琴，吸引人们的注意。”

“这个想法不错，许多人都围着看，卖得怎么样？”

“有人买，但你是最大的主顾。”

“如果你不拉琴，我可能真不会看到你，和你擦肩而过，我们就不会认识，更不会像现在这样在一起吃饭了。”

拉丽萨笑着点头。他们吃过饭，出了咖啡馆，走在街上继续聊着。他们像早已相识的朋友，彼此会意，聊得投机，相处很开心。走到街口停住脚步，两个人依依不舍。

“拉丽萨，我们可以成为朋友吗？”冯瑞阳小心翼翼地问道。

“当然可以！”拉丽萨脸色微红，有些含蓄地答道。

“那我们可以约会了！”

拉丽萨矜持地笑了笑，微微点点头。冯瑞阳问道：“那我怎么和你联系？你真的没有电话吗？”

“我的家不在基辅，我一直在朋友家暂住。这样吧，告诉你我一个朋友的电话。”拉丽萨从书本里拿出纸笔，写了电话号码和朋友的名字，递给冯瑞阳，说：“你可以给她打电话，她会告诉你怎么联系到我。”

冯瑞阳把纸撕下一半，写下了自己的电话和地址，给了拉丽萨，说：“你可以给我打电话，我会每天期待着你的电话。”

“好吧。”拉丽萨笑着答应着，伸手取冯瑞阳肩上挎着的书包和提琴盒，被冯瑞阳止住，他说：“我送你回去。”

“不用了，公共汽车很方便的。”

冯瑞阳拉着拉丽萨到路边上了一辆出租车，出租车先送拉丽萨回家。在车上，冯瑞阳问：“明天你还过来吗？”

“过来。”她点点头。

“那好，我也过来。”

“过来做什么？还买琥珀吗？”她睁大眼睛问道。

冯瑞阳笑了，说：“不了，帮你卖琥珀，然后一起吃饭，好吗？”

她笑着同意了。出租车到了她的住处，冯瑞阳陪她下了车。那是一片黑洞洞的看上去有些破旧的楼区。她没有请冯瑞阳上去，解释说：“这是临时租住的房间，合租的，很乱，就不请你上去坐了。”

两个人道了别，她就进楼区上楼去了。冯瑞阳目送拉丽萨消失在黑暗中，心里涌出一阵酸楚，这么高雅漂亮的姑娘，他心目中的圣洁仙女，怎么能住在这样破旧的地方并且还是和别人合住呢？他想着要尽快改变这种状态。不过，这一点点忧心并没有影响他的快乐心情，做了多少年的美梦终于成真，坐在出租车里他觉得自己的心在飞翔，眼前一片明媚的阳光，连昏暗的基辅市的大街都变得明亮。他的身心都处于极度的愉悦中！

之后几天他傍晚关门收摊后，就直接坐公共汽车去街头市场找拉丽萨，看拉丽萨拉小提琴，在一起聊天卖琥珀，然后去咖啡馆吃饭，再送她回家。和拉丽萨在一起，冯瑞阳的身心充满了愉悦的感觉。他喜欢拉丽萨的方方面面，迷恋和拉丽萨在一起的分分秒秒，觉得拉丽萨作为爱人百分之百的美满，他相信生命中不会有第二个选择。

通过聊天冯瑞阳了解到，拉丽萨从音乐学院毕业后，一直没有找到工作，那时乌克兰的专业文艺团体，都在转制解体，专业的文艺演员都没了工作，拉丽萨一个刚毕业的大学生怎么可能加入文艺团体，她又从没想过从事非音乐的工作。没有找到工作，她又去了莫斯科，莫斯科的情况和乌克兰一样，有名的歌唱家都去咖啡馆酒吧唱歌，混饭吃去了，怎么可能找到她理想的工作。时过境迁，过去的人生规划已经作废了，她说她为音乐而生，可社会已经改变了艺术的地位。所以她这几年也没有做其他的工作，生活自然十分艰辛，但她执着地拉琴，仍没有放弃她的音乐梦想。

琥珀产自拉丽萨的家乡，她说是她家里人自己挖的，卖琥珀完全是为了生计，因为她的家乡比基辅失业率更高，她的家庭成员都没有固定工作。琥珀的销售可能是她家庭的重要收入，是生存的需要。冯瑞阳和她一起在街头卖琥珀的几天里，她没有卖出一块。她和冯瑞阳在一起虽然非常愉快，但没有卖出琥珀还是让她很沮丧。

冯瑞阳注意到，围观的人其实不少，但基本都是来看人的，看拉丽萨的靓丽外表，看她拉琴时那诸多的美好集合在一起魅力四射的行为艺术。真心要买琥珀的没有几个人，一般看看也就走了。这些琥珀的价格已经够低了，这之前冯瑞阳就不知道琥珀宝石会有这么便宜的价格。但这个国家的老百姓现在兜里确实没钱，人们首先要顾吃顾穿，没有闲钱买这些奢侈品。况且这些又是琥珀原石，不能戴不能摆，还要费钱加工，所以没人买。

冯瑞阳想：怎么才能帮助拉丽萨卖琥珀？自己再掏钱买？她肯定不会同意。想了很久，冯瑞阳终于想出一个主意。这天晚上吃饭的时候，他向拉丽萨说了他的想法："街头一些非常便宜的商品比较好卖，而琥珀毕竟比较贵，人们买起来比较慎重。我在市场的集装箱卖中国产的服装，能不能把琥珀放在那里卖？市场销售地点固定，慢慢地人们知道那里有卖琥珀的，想买琥珀的人就会过去买。我觉得会比在这里卖要好，我们是不是可以试一试？"

拉丽萨眼前一亮，欣喜地说："那当然好了！谢谢！"转念又一想，问道："那是不是我要付一些租金呢？"

"不！那怎么会呢？我怎么可能要你的钱呢？本来也占不了多大地方。另外，就按你的价格卖，我不会加一分钱的。"冯瑞阳连忙表白说。

拉丽萨脸色稍红，微笑着说："不，你不是有一个合作伙伴吗，我是说，他会同意吗？"

"会的！他不会有问题的。我们两人像兄弟一样，他肯定会同意的。"

"那好吧！那我明天就过去，可以吗？"

"当然可以！"冯瑞阳跟她说了集装箱的位置号码。

拉丽萨变得十分欣喜，她说她的家乡就出产琥珀，这些琥珀都是她家里人自己挖的，品质都很好，而且价格是最低的。她相信如果拿到市场上会好卖的，这样她家里人就会继续挖，她会陆续拿过来卖。看到拉丽萨高兴的样子，冯瑞阳自是十分欣慰。但心里无形中也增加了负担，因为他对销售琥珀并没有把握，他提出这个主意是想把两个人拴在一起，密切两人的关系。

晚上冯瑞阳送拉丽萨回住处，两个人下了出租车，拉丽萨忽然用一只手挽住冯瑞阳的脖子，满含深情地注视着他，再把脸贴过去，蜻蜓点水般亲吻了他的嘴唇，然后笑着和他摆手道别，跑上楼去。冯瑞阳嘴唇上那美妙的感觉，触电般地贯彻全身，那明媚的春光瞬间进入他的身体，让他浑身散发激情。拉丽萨的身影消失在楼里后，他仍然伫立许久。回家的路上，他的头脑里一片阳光。冯瑞阳用不断累积的好，去博取拉丽萨的爱情，却在身体的亲昵接触中缩手缩脚，不敢主动，要不就是笨手笨脚，不解风情，把接吻这种本应男人主动的事情变成了女人的奖赏和鼓励。这时他倒是明白，这一吻是拉丽萨对他进一步追求的容许，是他们关系升级的信号。他的心里自然充溢了快乐的情绪。

第二天下午，拉丽萨来到市场上冯瑞阳的集装箱。张斌这几天去了乌克兰东部阿乐桑娜那里，只有冯瑞阳一人在。拉丽萨不是一个人来的，而是和她的一个朋友一起来的。她的朋友叫娜斯佳。娜斯佳也是极漂亮的女孩，与拉丽萨不同，她的头发和眼珠是黑色的，使她的容颜更加立体和清丽。身材也和拉丽萨一样好，凹凸有致又苗条优美。两个这么漂亮的女孩到了冯瑞阳的集装箱，让这简陋的经营场所熠熠生辉，吸引了路人和周边邻居的许多目光。

娜斯佳性情上较拉丽萨开朗很多，一见面，两只大眼睛就直率地毫无顾忌地打量着冯瑞阳，还笑着和拉丽萨低声地评头论足。

“你来自中国什么地方?”她说话也十分泼辣。

“北京。”

“啊！你长得还挺帅。”

“谢谢!”

“这些服装都是你的货吗？都是从中国过来的吗?”她绕过集装箱前的铁桌子，进到箱门处，挨个看挂在箱门上的服装样品。

“是，这些都是从北京过来的。”冯瑞阳回答说。

样品中多数是女装，娜斯佳拉着拉丽萨挨个看着服装，指指点点地评论着，用挑杆把样品拿下来，搭在身上两个人互相看着、品评着，还向冯瑞阳询问价格。最后娜斯佳选中了一套时装套裙，还撺掇拉丽萨也选了一套。

“我们买，你要多少钱?”娜斯佳挑着眉毛，笑着问道。

这两套服装都是张斌的货，但冯瑞阳显然不会要她们的钱。他拿出两个塑料袋，把两套服装包好递给她们，“你们喜欢我的服装，是我的荣幸。不要钱，送给你们。”

娜斯佳笑了，欣喜地睁大了眼睛。而拉丽萨则立刻摆手说：“便宜一些就可以了，别不要钱。”

“不不！怎么会要钱呢？”

拉丽萨笑了笑，没有再推托。她打开书包，拿出里面的十几块琥珀，挨个拿给冯瑞阳看，每一块上面都写了克重和价格。交代好以后，两人说要继续逛逛市场，就告别了。冯瑞阳在她们身后喊了一句：“遛完市场，一起吃饭吧！”

她们逛了两个多小时的市场又回到了冯瑞阳这里，大包小包的买了一堆东西，进了集装箱里面，打开包又把买的东西全看了一遍，再重新包好。东西主要是娜斯佳买的，拉丽萨买的很少。到了市场关门的时间，冯瑞阳关箱子收摊，和两个姑娘一起，提着买的东西，去附近咖啡馆吃饭。吃饭间，娜斯佳谈笑风生，除了夸赞冯瑞阳帅气，俄语好，就是夸拉丽萨诸多优点。冯瑞阳感觉娜斯佳的社交能力比拉丽萨强很多，会说话也放得开，像是在极力撮合他们的关系。拉丽萨很少讲话，但对娜斯佳的话并没有表现出反感。

饭后，冯瑞阳打了出租车去送她们，先把娜斯佳送到家，再到拉丽萨的住处。冯瑞阳送拉丽萨下车，这次他主动揽住拉丽萨的腰，和她吻别。不知道怎么搞的，可能是冯瑞阳第一次主动接吻，笨手笨脚，而且紧张得心跳加速，弄得感觉都没有了，远没有昨天拉丽萨吻他时身体的反应。这以后几天接吻就成了他们见面和分别的固定节目，熟能生巧，冯瑞阳很快地变得自如和细腻，接吻把他们的关系带入甜蜜的恋爱阶段。但也有不如意的事情骚扰他们的情绪，就是琥珀的销售一直为零，摆在集装箱前的桌子上，几乎无人问津。冯瑞阳没觉得什么，但是拉丽萨的情绪受到了影响，有些焦躁。

本来这个市场卖的都是中国和其他国家的进口货，销售对象是国内，买产自国内货物的人是不会到这个市场上来的。在让拉丽萨把琥珀拿到这里来的时候，冯瑞阳就想好了办法。在琥珀摆在这里一周还没有销售后，他收起一块琥珀，告诉拉丽萨卖了一块，用自己的钱结给她。就这样，隔两三天，冯瑞阳就收起一块琥珀，谎称卖了，自己出钱给结了。拉丽萨不知情，以为真的卖了，拿着冯瑞阳给她结的钱，兴高采烈地给了冯瑞阳热情的拥抱和甜蜜的亲吻。

张斌离开的这些天，隔一两天两人就通一次电话。这天张斌讲，那边的事情暂时告一段落，过一两天准备回基辅了。冯瑞阳想：他和拉丽萨相处一直都在公共场所，没在私密地方单独在一起过。过去觉得时间短，关系没有到那个程度，怕拉丽萨不同意回绝他。他觉得现在两人虽然相处时间不长，但关系却是突飞猛进，该有个两个人的世界了，能够把爱情表白出来，没有顾忌地宣泄和交流情感，哪怕只有几个小时。再者张斌就要回来了，过两天想过二人世界都没地方了。

当天下午，冯瑞阳又给拉丽萨结了一块琥珀的钱，趁着拉丽萨高兴，他提出了邀请："今天请你到我的住处去，好吗？我给你做中国菜吃。"

拉丽萨脸上的表情停顿了一下，稍作思考说："对不起！我今天去不成。是这样，我明天要回家，今天和娜斯佳要一起收拾东西，明天我们一起坐长途汽车走。"

冯瑞阳没有想到她会婉拒，觉得她可能是在制造借口，问道："你明天回家？你怎么没有告诉我？"

"今天上午打的电话决定的，还没跟你讲。"

"你回家多长时间？"

"时间不会很长，我把家里的电话告诉你，我们通电话。"

"明天要走了，今天晚上我们总要一起吃个饭吧？"

拉丽萨面露难色，说："我真的和娜斯佳说好了，她有很多事情，非要我帮她做。我答应你，以后，等我回来，一定去你那里，好吗？"

"那好吧，你明天什么时间走，我送你。"

"不用了吧，挺早的。好吧，就这样。这些琥珀继续放在你这里，你帮忙我卖掉。"

又待了一会儿，拉丽萨和冯瑞阳吻别后就走了。随着拉丽萨的离去，冯瑞阳心里产生了巨大的失落感，一直没精打采就像丢了魂一样。关箱子之后，他去买了巧克力和各种食品，作为礼物让拉丽萨带回家去。

第二天早晨，冯瑞阳打车到每天送拉丽萨的楼口等她。不久，拉丽萨提着包从楼里出来，上了出租车，对冯瑞阳说："娜斯佳有事过几天再走，今天只有我一个人回去了。"

这让冯瑞阳更觉得她说和娜斯佳一起回家就是谎言，怀疑她匆忙走人是为了躲避去他家里约会，拉丽萨似乎对他们的关系还有所保留。出租车把他们送到长途汽车站，冯瑞阳目送着拉丽萨上了长途汽车，心里比昨天还要难受。不过刚才两人吻别时，他看到拉丽萨依依不舍的眼神，心里多少有些安慰。

拉丽萨走了，张斌回来了。冯瑞阳买了酒菜，两个人要痛痛快快喝酒，还有一肚子的话要说。张斌说了去东部阿乐桑娜家的经历见闻，两人唏嘘不已。冯瑞阳说了油画中的姑娘走了出来，撞进了他的怀里。张斌大为惊奇，直呼缘分，还是天人的缘分，叫他放心，天作之合没有不成的道理。

张斌在家里没待两天，阿乐桑娜哭哭啼啼打来电话，说她的妈妈也病了。张斌叫她不要着急，说安排一下生意就过去。第二天他把生意再次交代给了冯瑞阳，第三天一早就坐长途汽车又去了东部。

第十一章 结缘琥珀

琥珀，是一种透明的生物化石，是距今四千五百万年至九千九百万年前的植物树脂滴落，掩埋在地下千万年，在压力和热力的作用下石化形成，又被称为“松脂化石”。琥珀的硬度低，质地轻、涩、温润，有宝石的光泽和莹润度。另一个特点是有丰富的内含物，如昆虫、植物、矿物等。波罗的海琥珀产生于距今四千五百万年前的始新世，是松柏类树脂的化石，被称作大海的黄金。由于琥珀拥有温暖的色泽，被人看作是太阳的象征。琥珀曾被诗人称为时光的固化，瞬间的永恒。琥珀凝结着千百万年的生物能量，蕴含着无数神奇传说，散发着独特迷人的魅力。

冯瑞阳和拉丽萨的相识，使他第一次接触到了琥珀，从此他的人生就和琥珀结了缘。他的工作和事业做的就是琥珀；他的生活、家庭、朋友、社会交往都和琥珀有关；他的成功和挫折，他的希望和失落，他的理想，他的爱情，他的喜怒哀乐都没有离开琥珀。

冯瑞阳白天去市场卖货，晚上只有他一个人在家。拉丽萨走后他心里空得很，也乱得很，甚至没有心思练习作画了。他抬眼看到放在桌子上的那些琥珀，闲得拿在手里把玩。他原来去买琥珀是为了练习作琥珀画，但拉丽萨卖的都是大块琥珀。他把琥珀拿去给维克多看。维克多说高档的琥珀画才用大块琥珀，现在初学用琥珀碎末，把这么大块的琥珀碎了太可惜了。维克多就给了他不少琥珀碎末，让他练习用，并且教给他练习的方法。他并没有白拿琥珀碎末，把钱付给维克多了。

冯瑞阳从没接触过琥珀，也没有和其他宝石有过接触，对宝石没什么知识。他把琥珀挨个拿在手里抚摸着、欣赏着。琥珀表面黄澄澄的，凹凸不平，裹在一层乌蒙蒙的皮子里，看不出什么好赖，表面还有一些泥脏。他想把这些泥脏洗掉可能会好看一些，便拿了两块有一百克重的琥珀，揭掉上面的重量和价格标签，拿到厨房的水池去冲洗。这时他发现琥珀着水之后变得透亮，颜色也变得好看了，引起了他的兴趣。他拿来脸盆打了半盆清水，放在桌上，然后把那两块琥珀放在水里。令人惊异的变化立刻出现了，两块琥珀变得晶莹通透，颜色也变得鲜亮，一块金黄色几近通透，一块金黄色透出里面有白色雾一般游动。他用手在水里把玩着琥珀，越看越觉得好看。他想起拉丽萨曾说过可以用细砂纸在水里打磨琥珀，磨去琥珀的外皮，使琥珀光滑好看。他来了兴致，从柜子里找出两张细砂纸，在水盆里打磨起了这两块琥珀。别看琥珀质量轻但磨起来也挺费劲，进度比想象的慢得多，磨了很久才磨平一分钱大小的面积。他有些灰心，把琥珀从水里拿出来看那磨平的地方，光滑晶莹，透出清澈的金黄色，十分好看，便继续埋头磨了起来……

冯瑞阳把两块磨好的琥珀捧在掌心里，痴迷地欣赏着。两块卵石状的琥珀，晶莹圆润，金光灿灿。一块琥珀呈现金黄色，内部极其洁净，看不到丝毫杂质，清澈通透，能清楚地透视到背面的东西，但由于琥珀是不规则的圆形，透视的是变形的东西。转动那琥珀，透视中的东西似在琥珀之中变形晃动，和那金黄色的闪光汇合在一起，不停地变幻闪耀！另一块琥珀也有金黄色清透的表面，但只有薄薄的一层，里面是像鸡油一样的黄白色，不通透，但有着如凝如脂的莹润，有宝石的质感和色泽。他想：这应该就是人们说的蜜蜡吧。

冯瑞阳没有想到琥珀这么美丽，这么晶莹泽润，光彩夺目！让他百看不厌，越看越喜爱。他还发现，琥珀的色和光既明亮又非常柔和，给人明媚的感觉，不似印象中的其他宝石那样闪烁耀眼。而且质轻，手感柔润，攥在手里，让人油然生出一种美好的感觉。更让他惊异的是，他把琥珀举到日光下，本想看一看琥珀在明光下的颜色和光泽的变化，没有想到的是琥珀在阳光下泛起了荧光。那荧光似从宝石中溢出，又似在琥珀表面幻变出来一样，流光溢彩，如影随形。太奇妙了！太美丽了！美得让他惊叹！

在冯瑞阳欣赏琥珀的第二天，还有他没想到的好事，放在集装箱卖的琥珀开张了。买琥珀的是中国人，一个半老的男人，面目清癯，神态儒雅。他在遛市场时一眼看到了集装箱前桌子上摆着的琥珀，立刻停下脚步，过来拿起琥珀挨个看着，看得很仔细。冯瑞阳看这人看琥珀的样子像是个识货的人，而且看得非常仔细，像是买主，趁这人把几块琥珀看了一遍正在思考的时候，他上前搭话说："老先生，您是中国人？看琥珀，这都是自己的货，东西真而且便宜。"

这人抬头朝冯瑞阳微微一笑，点了点头，又惊讶地看着他问："听口音，你是北京人？"

"是啊！您也是北京人？"冯瑞阳也听出了这人的口音。

他笑着和冯瑞阳握了握手，说："没想到这么远能见到老乡。你怎么到这里来做买卖？"

"我在这里留学，毕业就留下做买卖了。"

"哦！生意好吗？"

"还可以吧！"

"我看这市场人挺多，挺热闹的。"

"您到这里来做什么？"

他指了指桌子上的琥珀说："我就是来买琥珀的。"

"哦！您是做琥珀生意的。"冯瑞阳心里一喜，觉得有戏了。

他笑了笑，点了一下头。那样子像是说：也算是吧！冯瑞阳以为碰上了大主顾，介绍说："这里只有这几块，我家里还有。如果要得多，我马上通知产地，让他们送来，也就一两天就到。"

他又笑了笑说："这次主要是去俄罗斯，我已经在那里买了，到这里是来旅游看看。因为要买些东西就到市场来了，没想到看到你这里有琥珀。"

冯瑞阳有些失望，但没有表现出来。

他拿起琥珀边看边说："前几年琥珀价格跌得厉害，世界上大多经营琥珀的公司都破产了。最近价格有些回升，所以过来看看，有合适的就买一些。”他从那几块琥珀中挑了三块大的，又逐个仔细地看了看，说：“我手里还剩些钱，这三块不错，我买了。”

冯瑞阳忙找纸把琥珀包好放进塑料袋里。他接过来，掏出美元问：“美元可以吗？”

“可以。”冯瑞阳收了钱。这人道了再见就走了，等他走远后，冯瑞阳才想起应该留下他的电话号码，下次再要琥珀可以打电话。

琥珀开张了，冯瑞阳很高兴，原本是为了拉拢拉丽萨才把琥珀放在这里，没想到真的卖出去了，这唤起了他的希望。当天晚上，冯瑞阳给拉丽萨打电话，告诉了她这个好消息。她自然也很高兴，甚至让冯瑞阳感觉她高兴得有些夸张。她说：“就这两天到基辅来，再带一些琥珀过来。”冯瑞阳说：“什么时间过来打电话，我去长途车站接你。”她说：“长途车时间没准儿，别过来接了。”

第三天下午拉丽萨来了，她直接到了市场集装箱。冯瑞阳正好抬头看见她走来，四目相交，刹那间火花四溅。冯瑞阳看到了拉丽萨眼中的思念和热情，而他也不由自主地热潮奔涌。但这里人多，显然不能放任感情的发泄，只好无奈地把热情咽了回去，简单地拥抱一下吻了吻脸颊。到了关门的时间，冯瑞阳小心地问：“可不可以到家里吃饭？”

拉丽萨又犹豫了，能看出她脸上的热情在消退，露出了为难的神情，既不想去又不想让冯瑞阳扫兴。她吞吞吐吐地说：“还是别去家里了。”

冯瑞阳感觉如果自己坚持，她会同意的，但冯瑞阳不想勉强她，脸上也没有显出不快，点头说：“好，那我们去咖啡馆吃。”

两个人找了个咖啡馆，高高兴兴地吃饭聊天。吃完饭，冯瑞阳依然打出租车送拉丽萨回住处。她还是在那个黑黢黢的楼房住。下车后，她和冯瑞阳吻别，就匆匆地上楼去了，进楼门时朝冯瑞阳摆了摆手。冯瑞阳有些奇怪接吻时没有感受到拉丽萨的热情，好像又看到了她那游移的眼神和心不在焉，冯瑞阳心里不禁有些失望，还增加了忧虑。

回到住处，冯瑞阳长时间地站在《拉小提琴的姑娘》油画前看着，心里想着和拉丽萨在一起的感受，有时觉得和她的关系已经很亲近了，有时又觉得还有距离。她两次都躲避到他家里来，不知是特地拉开距离，还是害羞或是不想关系发展太快。但她今天见到冯瑞阳时眼中迸发出的热情，和两人在一起时的愉悦情绪又的的确确给冯瑞阳恋爱的感觉，可不知为什么两次吻别又让他心里有些发凉。这忽冷忽热的表现让他捉摸不透拉丽萨的心。当然这些并没有动摇他对拉丽萨的爱，因为这个爱由来已久，在这画中画着，在他的心里装着。他可能是生意不好，人生觉得落魄，信心受损，恋爱也没有底气，缺少把爱情一把揽在怀里的勇气。也可能正因为如此，他对于拉丽萨的表现十分敏感。

第二天上午，拉丽萨到市场集装箱来了，神色和过去一样平静，对冯瑞阳说："到市场来买些东西要带回家。"冯瑞阳问她："需要钱吗？"她笑了笑说不用，说完就去市场购物了。冯瑞阳想，她一定是用昨天给她结的卖琥珀的钱去购物的。没多长时间她就回来了，手里拎着一个方的编织袋，里面装了些估计是服装类的东西。然后她又在箱子前挨个看挂着的服装样品，取下两件试穿了一下，选中了一件，笑着问："这件我买，多少钱？"

冯瑞阳拿过这件衣服，说："这件衣服不卖。"

拉丽萨睁大眼睛，问："为什么？"

冯瑞阳把衣服包好说："对你只送不卖。"说完把衣服塞到了编织袋里。

拉丽萨笑着道了谢，收拾好包，然后抱歉地对冯瑞阳说："吉玛，对不起！我有事要回家。"

冯瑞阳诧异地问："回家？什么时间走？"

她还是歉意地说："今天，就现在，现在走到家都很晚了。"她看到冯瑞阳一脸的失落，马上补充说："过几天我再回来。"

冯瑞阳失落地摇了摇头，说："我送你吧。"

她摆手说："不用了！你在工作。我自己坐出租车过去。"她将冯瑞阳拉到箱前挂着的服装样品后面，双手搂住冯瑞阳的脖子亲吻，然后，拎着编织袋走了。冯瑞阳望着走远的拉丽萨，心里怅然若失，虽然刚才那深情的亲吻给了他不小的慰藉，但并没有减轻他内心的隐忧。

晚上，张斌从乌克兰东部回来了。两个人一起在家里吃饭喝酒。张斌说。他送些钱回去，让阿乐桑娜的妈妈看病，安排好他们的生活，在那里就没什么事了，另外货该换季了，回来把货处理一下，准备回北京上新货。阿乐桑娜暂时过不来，家里离不开。

吃饭时尤里老师打来电话，告诉冯瑞阳一个消息，选举出的新总统政府换届，他被总理举荐当了政府部长，现在已经上任。他叫冯瑞阳明天下午到他的办公室，有事要谈。冯瑞阳答应了。

饭后冯瑞阳回房间，躺在床上看着墙上的油画，满脑子仍然是拉丽萨。不过想了一会儿心烦了，索性不想了，拿起床头柜上放着的那两块磨好的琥珀欣赏着。那两块琥珀，一块金灿灿的通透明净，一块金色包裹的蜜蜡晶莹光亮，在昏暗的灯光下，光泽柔和，色彩丰富。他的目光长时间流连在琥珀的光和色之中，不知不觉间心里的烦恼缓解了许多。

第二天下午，冯瑞阳去了尤里老师所在部的政府大楼，门卫通报后就放他进去了。这机关办公楼只有四层，规模也不是很大，但房间倒是十分宽敞。涂成红色的老式宽条木质地板，浅黄色的油漆墙面，都已经老旧，大概从独立到现在就没装修过。到了办公室，尤里一见到冯瑞阳就高声地打着招呼，从办公桌后面过来，张开双手迎接他，又是拥抱又是吻颊，叫外间的女秘书端来咖啡，拉他到长沙发一起坐，看起来情绪相当不错。冯瑞阳先对尤里担任政府部长表示了祝贺，又奉上带来的贺礼——刚才特地去商店买的一支金笔。尤里对这礼物很喜欢，表达了感谢。寒暄之后，尤里说了找他要办的事情。他领导的这个部准备在中国订购一批设备，这是上届政府招标决定的事情，但由于资金一直没有到位，时间拖了很久没有执行，现在新政府资金落实了，这两天就去中国考察执行这项采购任务，需要一名中文翻译。尤里希望冯瑞阳做这个翻译，去中国的费用都由部里出，另外还给冯瑞阳一些报酬。

冯瑞阳点头同意了。正好他该回国上货了，既能挣钱又省了回国的费用，是再好不过的事了，况且尤里老师也没有征求他同意的意思。尤里当即就给负责这项采购的局长打了电话，叫他过来一起见个面，把事情确定一下。然后他拍了拍冯瑞阳的大腿，低声嘱咐说：“你要全程参与，回来如实向我汇报。好吧。”

这让冯瑞阳感觉，尤里叫他去当翻译，似乎还有监督这次采购的意思。

很快这个局长就到了，毕恭毕敬地向尤里打招呼。尤里给他和冯瑞阳作了介绍。局长叫奥列格，四十来岁，长得高大帅气，做派有些大模大样，脸上也能看出骄纵，只是在尤里面前知道收敛。他见冯瑞阳是中国人，有些惊讶，可能事先没有想到。听说是尤里的学生，他醒悟地点了一下头，和冯瑞阳客气地握手问好。在奥列格进门之前，尤里介绍了奥列格的爸爸过去当过副总理，现在已经退休，哥哥是国家内政部的副部长。冯瑞阳现在看奥列格果然有高官子弟的傲慢。

尤里和奥列格用乌克兰语谈了一会儿，冯瑞阳能听懂一些，他们说的是关于采购的事。然后，他们用俄语说了安排，准备两天后出发，直飞北京。奥列格要了冯瑞阳的护照复印后准备买机票用，说了行程的具体安排和路线。

冯瑞阳回家和张斌说了这事，张斌为他高兴，说，天上掉馅饼，赶上好事了。两个人商量着，张斌在市场盯着箱子，等冯瑞阳回来后再回国拿货。张斌见到那些琥珀就给冯瑞阳出主意说，把这些琥珀带到北京，去潘家园找人，肯定可以卖掉。冯瑞阳觉得这主意不错，就把所有琥珀放进提包里。

冯瑞阳又给拉丽萨打了电话，说了回国的事情。拉丽萨颇感意外，急忙问为什么回国，什么时间回来，当明白是怎么回事后，语气平缓了很多，又动情地说：要他快去快回。冯瑞阳听后心里一阵感动，也舒心了许多。

他们按预定的时间出发。和奥列格、冯瑞阳一起去中国的还有一男一女，男的是这个项目的负责官员，主持这个项目的招标，曾去过中国，考察过这个厂家。这个女人是一家公司的老板，三十多岁，长相漂亮，十分美艳，名叫艾丽夏。奥列格看上去和艾丽夏的关系很熟。日后冯瑞阳才了解到，这个项目是艾丽夏的公司中的标，然后在中国上海找的一个厂家组织的货源。他们过去聘用过一个乌克兰的中文翻译，水平不是很高，翻译中出过错，所以弃用了。他们一行四人坐飞机到北京入关，没出机场直接换乘飞机去上海，到上海已经是半夜了，打车去市里住进了宾馆。

第二天早晨，冯瑞阳给合作的上海公司打了电话，公司派车接他们过去谈业务。业务谈判不复杂，包括交给厂家购置的设备清单，确定具体型号，各种附件、配件，谈判价格，确定付款方式，货物的运输和通关，还有厂家派人安装的具体安排。由于过去都有接触，所有的细节都商谈过，所以谈得很顺利，只用两天谈判就结束了，冯瑞阳全程做了翻译。但冯瑞阳还是有些纳闷，按说是艾丽夏和上海公司的合作，应该是艾丽夏来谈，但艾丽夏却几乎没有参与谈判。奥列格更有意思，基本没有参加谈判，作了个开场白后就坐到了后面的沙发上喝茶，后来还歪着脑袋睡着了，有时候还打起了呼噜。两天的谈判都是由那位负责官员在谈，奥列格一直就这么迷迷糊糊的，睡一会儿醒一会儿，临到谈判结束该签字了，艾丽夏才把奥列格叫起来。这时，他又想起一件事来，拉过冯瑞阳问："回扣的事谈了吗?"

冯瑞阳忙把对方签字的经理叫到一边，问回扣的事。经理同意给百分之三的回扣。冯瑞阳向奥列格汇报。奥列格想了想，摇摇头，说太少，叫冯瑞阳再去谈。冯瑞阳再去向经理要求加钱。经理不同意，表示这是公司的规定，不能再高了。冯瑞阳向奥列格转告了经理的意思。

奥列格思忖片刻，对冯瑞阳说："跟他们说，把价格加上一些，就说拖了一段时间，原材料上涨要加价。让他们把这加上的钱，和他们答应的百分之三凑一起作为回扣给我返回。"

冯瑞阳想不到他会想出这么一个主意，着实吓了一跳！哪有这么做生意的？而且这事应该由艾丽夏来处理，怎么会由奥列格亲自谈呢。冯瑞阳想想搞不清这是什么情况，也不关自己的事，就把他的话给经理翻译过去了。经理也诧异了一下，但马上就同意了，对他们公司没什么损失，何乐而不为呢。这下又重新做合同，增加了一些新的设置，把有些价格改高，又耽误了一天，把合同签了。

事情办完了，奥列格并不着急回去，还在上海耽搁着，谈判那几天都是上海厂家负责招待他们，谈判结束人家就不管了。他们还住五星级酒店，吃高档餐厅。奥列格让冯瑞阳带着他们逛街遛商场，给家人朋友买了很多礼物。冯瑞阳感觉奥列格和艾丽夏的关系很亲近，也有些暧昧，不过没有发现他们住在一起，或有什么过分的亲昵举动。

他们又在上海待了两天，才乘飞机去了北京。到了北京首都机场，冯瑞阳以为他们会直接飞回乌克兰，就和奥列格商量，他在北京有事，要晚一个星期回去，就不和他们一起走了。不料奥列格说，正好，他们也要在北京待一个星期，要考察项目，这样就一起买了一周后的机票。事实上，奥列格在北京哪有什么事呀，和在上海一样，吃喝玩乐，旅游来了。害得冯瑞阳在为自己的事忙得不可开交的同时，还抽出了三天时间陪他们到北京几个著名景点去玩。不过一起来中国走一趟，冯瑞阳倒和奥列格、艾丽夏成了好朋友。

冯瑞阳到雅宝路市场拿货，意外地见到了在乌克兰留学时的同学，是四年在一起学画的女同学，现在在雅宝路的一个大厦里的一个经营房间当了老板。两人在留学时关系不错，冯瑞阳曾给了这个女同学不少帮助。女同学见到他非常热情，拉他到房间聊天，中午还请他到附近的饭馆吃饭。聊天中冯瑞阳了解到，女同学毕业回国后也没有找到合适的工作，她是呼和浩特人，就到北京雅宝路市场受聘作了翻译。后来和这个服装公司老板的儿子谈了恋爱，结了婚。服装公司的生意主要在广州，雅宝路的生意老板就交由她和她的爱人经营。现在她的爱人去广州进货，只有她一人在北京。

冯瑞阳问她："不画画了？"

她笑了笑说："没扔下，有时间画画，先挣钱，挣钱重要。"

冯瑞阳看了看房间里挂着的服装样品，款式很多，品质也好，可以看出公司的实力和经营水平都不错。他突然冒出一个想法，又怕同学不同意驳了自己的面子，想了想还是厚着脸皮提了出来。他先介绍了自己在乌克兰生意的困境，提出能不能和同学合作，以代理或代销的方式销售他们的产品，没想到同学二话没说就答应了。这让他喜出望外，他不放心地问："你不和你爱人商量一下？"

"商量什么？这事我还做不了主吗？"同学说到做到，第二天就把货准备好，打包交货运站发走了。他送给这个女同学一块琥珀作为谢礼。

冯瑞阳这次带回了十几块琥珀，打算给爸妈和拉丽萨各雕个挂坠，其他的打算拿去潘家园卖掉。他来到潘家园，去找琥珀的买主和加工琥珀的店。他进大厦逐层遛着，这里经营各种宝石，琳琅满目，美不胜收，让他大开眼界。他时间有限，不然会在这无数个形色各异的璀璨的晶体中流连忘怀其他的。

他在几间售卖琥珀的店里先了解了一下国内琥珀的价格。在大厦的一角，他终于找到一个专营琥珀的房间。冯瑞阳看房间的门上有匾，上面用黄色隶书书写着：琥珀艺坊。门旁边橱窗里的多宝槅上摆放着琥珀的雕刻摆件。他走进房间，房间的一侧是通长的多宝槅，陈列着各式各样的琥珀雕刻作品。这些雕刻题材多样，颜色丰富，形神各异，雕刻精细。他立刻被吸引，全神贯注地观赏起来。

“怎么样？看琥珀？”

身后有人很和气地招呼他，应该是店主。他回过头来，两人都惊住了，都惊讶得叫了起来。

“是你！”

“是您！”

原来这店主是在乌克兰市场上买冯瑞阳琥珀的那位半老的北京人。他请冯瑞阳到桌前坐，为他沏了一杯茶放在桌上，屋里立刻飘满茉莉茶香。

“回来了，是回来休假还是做生意？”店主的神态依然儒雅和气。

“乌克兰的一个公司在上海有一单生意，请我做翻译，顺便我也回北京上些货。”

“哦！到我这小店看琥珀？怎么样？喜欢吗？”

“太好了！非常喜欢。”

“过去没接触过琥珀雕件？”

“没有。”

“那你只做琥珀原石？”

“琥珀原石也是帮一个朋友卖的，之前也没有接触过。”

“哦！是这样。”

“您是专门做琥珀雕件的？”

“是啊！来，我给你介绍一下琥珀。”他起身从槅子上拿过一些小的雕件，摆在桌子上，热情地挨个拿起来介绍，琥珀的各种颜色和各种叫法，不同产地的琥珀特点，琥珀品质如何区分，还有琥珀雕刻的特点，几乎涵盖了琥珀的方方面面。冯瑞阳听着看着，学到了很多琥珀方面的知识，也领悟到琥珀雕刻独具特色的艺术表现力。

“哦！我净顾说话了，你到我这里来有事吗？”

“我带来一些琥珀，想找买主卖掉，您有兴趣看看吗？”

“哦！当然有兴趣了。来，看看。”

冯瑞阳打开提包，把所有琥珀掏出来放在桌上。店主逐个拿起来仔细查看，并询问价格。冯瑞阳按块的大小分三个档次报了每克的价格，这个价格比国内的价格要低。店主点头表示认可。看完后大致算了一下账，说：“可以，我全要了。”

冯瑞阳喜出望外，说道：“太好了！谢谢您！”

“不用谢，你的东西不错，还便宜，应该谢谢你。还省得我去国外买了。”

两个人一起用计算器把账算清，店主说一会儿去下面通过银行自助机将钱转到你卡上。冯瑞阳又问：“另外，我来还想拿琥珀雕几件东西，您做外活吗？”

“做呀！你自己的料？”

“是。”冯瑞阳又从包里拿出三块琥珀，放在桌上。店主拿放大镜仔细地看，又拿强光手电打光照，边看边评论：“这块蜜带金，蜜蜡一边包了金珀，鸡油黄，色非常纯，品质也好，密实，没有杂质。这块金珀，中间也有一条蜜，也很纯净，两块都不错。这块大点儿的是白蜜蜡，也带了金。”

“先生您贵姓？”冯瑞阳问道。

“姓安。你呢？”

“我姓冯，您叫我小冯。”

“你打算雕什么？”

“这块蜜蜡想雕个观音，送给我妈妈。这块金珀呢送给我爸爸，我也不知道雕什么好，您根据这块材料，看雕什么好。”冯瑞阳说得十分诚恳。安先生笑笑点点头。

“这块白蜜蜡，雕这个。”冯瑞阳从衣兜里掏出一张纸，摊在桌子上，上面画的是他的油画《拉小提琴的姑娘》中拉丽萨拉小提琴的头像。

安先生看着纸上的画像，点着头，又诧异地抬头看着冯瑞阳问：“这是你画的吗？”

“是。”

安先生看着画惊讶地说：“你会画画？功力还不浅，会的还是西画。而且对雕刻有理解。”他评点着冯瑞阳。

冯瑞阳脸上微微有些发红，点头说：“是，我是学西画的，在乌克兰上的艺术学院。”

安先生点着头，问：“那怎么做上生意了？”

“回国没找到合适的工作，也没能继续上学，就又回去练上摊了。”

安先生有些惋惜地摇了摇头。冯瑞阳看了看手表，已经五点多钟了，便说：“安先生，时间晚了，不然真想继续向您请教，也想好好看看您的所有作品……”

“没关系！不晚。我很愿意和你聊天。”

“不是，我明天的班机，还有好多事，所以我只能告辞了。”

“哦！是这样，好，那你就去忙吧。这几件东西，你放心，我亲自来做，放心！一定让你满意。”

“好！那就拜托了！我给您一个电话号码，做完之后，您打电话，我家里人会来取。钱，他们付给您。”

安先生起身送冯瑞阳出门，说：“琥珀的价格虽然涨得不多也慢，但我估计还会涨的。所以，如果你回国方便的话，就给我带些琥珀过来，好吧。”

“好！回国之前我给您打电话。”冯瑞阳让安先生把电话号码记在手机里。

出门前，冯瑞阳还不忘朝那些精美的琥珀雕刻作品扫一眼。如果有时间，他真想安安静静待在这里，把这些作品欣赏个遍。他觉得他发现的不仅是琥珀的雕刻之美，还发现了一个新的艺术世界。

第十二章　突然降临的爱情

冯瑞阳一进家门，张斌就“哈哈”大笑，直呼：“你可真是我的好兄弟！回来的正好！”原来就在前两天，他谈下来一个单子，一万件棉服，价值一百多万人民币的订单。

“你要是没回国，我早就走了，就拿不到这个单子了。你要是还不回来，我再晚几天走，这个单子也就黄了。”

两个人各有好事，一个有了供货的合作厂家，一个拿下了大额订单，又都是经历了多年沉闷或是遭遇不幸之后的好事，两人自然十分高兴，便一起喝酒畅谈起来。聊了一阵儿后，张斌又沉思起来。

冯瑞阳看他的样子像是有心事，便说：“有什么事需要我帮忙，你说话啊。”

“哦！没事。还是有些问题得解决一下，这个单子做下来怎么也得一百万，加上其他费用远不止一百万，我拢了拢手里的钱，不够。”

“哟！这事我可能帮不上忙，我什么情况你都知道。”

“哦！不是要你的钱，我是想跟他们多要定金。”

“他们现在给了多少？”

“给了一千美元。”

“一千美元？二十万美元的货只给一千美元！这也不保险呀，要是货他们不要了，一千美元够什么的？那不全砸手里了吗？”

张斌点着头说：“这是一方面，关键是现在做货的钱不够。”

“你尽量还是多要定金，生意也保险。”

“一千美元是太少了。但是多要定金也有不好的地方。”

“怎么不好？”

“如果出事，没给人家完成订单，得按定金双倍赔钱。”张斌还是有些犹豫。

“能出什么事呢？”

“咳！按说出不了什么事，顶多工期耽误或是运输晚几天。这不算什么。我明天找他们，多要定金，再签合同。”

“生意还是该怎么办就怎么办，按规矩来。”

张斌点了点头，干了一杯酒，心里琢磨着把事情定了下来。

第二天，张斌就在市场集装箱里和客户商量掰扯了一上午，客户才同意付一万美元定金，再多坚决不给了。一万美元虽然没有达到张斌想要的数额，但比刚开始的一千美元增加了不少，他也就同意了。客户答应第二天把定金给他送来，他随即买了后天的机票。

冯瑞阳昨天到家后就给拉丽萨打了电话，告诉她带到中国的琥珀都卖了。拉丽萨非常高兴，电话中说一两天就过来，直接到市场来找他。下午快到关门时间，拉丽萨来了。冯瑞阳没有想到她这么快就来了，有些意外，也感受到了小别后相互之间强烈的思念，他们躲在集装箱里的接吻短暂但热烈。冯瑞阳把卖琥珀的钱结给了拉丽萨。他结的是全部的钱，卖了多少全部用美元付给了拉丽萨，他卖的价格是当地价格的三倍以上。拉丽萨见到这么多钱，眼睛睁得大大的，闪出了亮光。她把钱攥在手里很笨拙地一张张点了起来，点完她惊讶地问：“怎么这么多钱？”

冯瑞阳抿着嘴笑了，说：“我在中国卖的价格高。”

拉丽萨笑得脸上绽开了花，她张开双臂，扑到冯瑞阳身上，亲吻起来。吻后还开心得笑个不停，连连道谢。看到拉丽萨高兴的样子，冯瑞阳心里非常开心。他们关门后一起去市场附近的咖啡馆吃饭，吃饭时拉丽萨也是快乐得不停说话。冯瑞阳想着过两天张斌就回北京了，他应该趁这段时间把他和拉丽萨的关系推进一下，最好能够确定下来，便问：“你准备在这里待多长时间？”

"我明天早晨就走。"

"为什么这么快就回去?"冯瑞阳惊讶地问道。

"现在是九月份了，十月份就下雪了，家里有很多事情要做。"

"那也不差这两三天呀，刚来就要走？我们还没有在一起说话呢!"

拉丽萨看出了冯瑞阳的不悦，忙说:"家里确实有事，明天要回去的。但你放心，我很快回来。"她抱歉地拍了一下冯瑞阳放在桌上的手。

冯瑞阳没再说话，他想一定是拉丽萨家里需要钱，要送钱回家，后悔这么早把钱给她结了，拖两天好了。由于张斌马上就要走了，两人还有很多事要交代，冯瑞阳吃完饭没有耽搁时间，也没有去送拉丽萨，给她打了辆车付了钱，就赶回家了。

一个晚上又加一个白天，冯瑞阳帮张斌清账、盘库、换钱、汇钱、收拾东西，忙得不可开交，直到把张斌送走。冯瑞阳又去尤里老师那里，向他简要汇报了谈判的情况，把记下的各项金额报给了他，但奥列格工作之外的各种活动一句都没有说。尤里拍了拍冯瑞阳的肩膀表示了赞许，又从办公桌的抽屉里拿出一张制作精美的请柬，说:"这是你的请柬，来参加我的婚礼。"

冯瑞阳吓了一跳！在他的记忆里，尤里上一次婚礼还是不久前，那位亭亭玉立的漂亮的舞蹈演员让他印象深刻。尤里看出了冯瑞阳的诧异，脸上没有显出窘相，反而开心地笑了起来，说:"你不知道，我已经离婚有两个月了。现在的新娘漂亮人也好，一定来参加我的婚礼啊!"

冯瑞阳点着头说:"一定来。"他说完站起身告辞。

尤里拍着他的肩膀，送他到门口，说道:"本来不想办，新娘家里不同意。现在当部长跟当议员不一样了，当议员可以随便折腾，当部长就要小心了。所以办的规模很小，请的都是亲戚和最近的朋友。"

当天晚上，奥列格打来电话，叫冯瑞阳到部里他的办公室去一下。冯瑞阳抽时间去了，奥列格给了他一千美元，作为他这次当翻译的报酬。冯瑞阳估计是尤里交代给他的，钱不少，自己免费回趟北京，相当于白捡钱一样。

拉丽萨回去几天了还没有回来，冯瑞阳给她打电话，闲聊了几句，她没说什么时间过来，冯瑞阳觉得有些失落。

尤里结婚那天，冯瑞阳在市场只营业了半天，中午就关门，打车从市场直接去了举行婚宴的饭店。饭店坐落在城外河边，环境优雅，是一座有着A字形尖顶高高大大的全木结构的房子，房子外形十分传统也略显老旧。饭店里面全部是传统的木质装修，但刷了清漆，非常干净。房间没有顶棚，直接露出尖顶里面的建构。窗户也是老式的木窗，有白色的窗帘并红色的布幔，从窗户可以看到宽阔的第聂伯河。木墙有老式的壁炉，从尖顶吊下来的几个巨大的挂满水晶的华丽吊灯。在饭店的里侧有稍微高起的礼台，礼台前面是横摆的长桌，是婚宴的主桌。往下则摆了两排八人的长方形餐桌，约有三十张。所有的桌椅都用白布罩住，又用红色的布幔波浪形地围了一周，衬托起喜庆的气氛。桌上和饭店四周都摆有鲜花，礼台上布满鲜花。冯瑞阳进饭店时，新郎和新娘还没有到，宾客到了七成。礼仪小姐引导着他来到他的席位上，他的席位是最靠后的一桌，离礼台最远。

冯瑞阳刚落座，尤里就挽着新娘进门了，乐队演奏起了《婚礼进行曲》。尤里依然长发后拢，脸上保持着一贯的意气风发，还增添了不少喜气。新娘白色的婚纱裙摆曳地，手捧鲜花，十分漂亮，而且年轻，看样子也就二十出头。新郎新娘身后是伴郎伴娘和童男童女，从中间走向主桌，两边的人向这对新人的上方撒着缤纷的花瓣。婚礼在主持人的主持下按部就班地进行，完成了婚礼仪式之后，是亲属的逐个登台祝福，然后是来宾一拨拨地登台，挨个送贺礼送祝福，中间穿插跳舞还有一些演唱节目。婚宴过程多姿多彩气氛热烈。

过了一会儿，终于轮到冯瑞阳所在桌宾客上台致辞了。冯瑞阳奉上红包礼金，简单地表达了祝福。下来后他回到座位上，坐了一会儿就悄悄地离开了。他出来后没有打车，而是沿着河边漫不经心地走着。他心情不好，可能是看着别人结婚联想到了自己，拉丽萨的态度让他捉摸不定，心里没有着落，十分惆怅。冯瑞阳晚上回家后给拉丽萨打电话，是她的妈妈接的，说当天拉丽萨去基辅了。冯瑞阳心里一阵惊喜，挂断电话心想拉丽萨来之前为什么不打电话告知一下，现在已经很晚，她又不知道这里的地址，肯定不会到这里来了，心里埋怨她到基辅后应该打个电话过来。冯瑞阳脑子里想着明天即将和拉丽萨的见面，激动得一宿没怎么睡。

第二天，他一早就到市场来了，等着拉丽萨的到来，但足足等了一天，拉丽萨也没有来。回到家里，他心里犯了嘀咕，怎么回事呢？到了基辅为什么不来找他？是不是电话听错了？他又给拉丽萨家打电话，还是拉丽萨的妈妈接的，非常肯定地说她昨天确实去了基辅。这让冯瑞阳心情沉重起来，既然到这里来为什么不来找他？难道拉丽萨到这里来还有其他重要的事，找其他的人？他的心里胡思乱想起来，仍然一宿没怎么睡。

转天冯瑞阳在市场又等了一天，拉丽萨还是没有来，他心里焦躁起来，不知到底是怎么回事，不知到底发生了什么事！又是乱想了一宿没怎么睡，早晨到了市场，他等了一上午还是没有等到，这时他突然想到了拉丽萨的朋友娜斯佳，他记得拉丽萨曾经留下了电话号码，说过可以给娜斯佳打电话找到她。他在集装箱里找了找，没有找到电话号码，想想可能放在了家里。他决定不在市场上等了，急着回到家里去翻找，终于在一个账本的空白页上找到了电话号码。他立即拨了电话。电话通了，接电话的正是娜斯佳。冯瑞阳说了自己的名字后即问她是否见到拉丽萨。她沉吟了一下，吞吞吐吐地说见到了。冯瑞阳问什么时间见到的，她说今天上午。冯瑞阳又问："拉丽萨现在在哪里?"娜斯佳又停顿了一下说："我不知道，可能在她过去住的地方吧。"冯瑞阳正要撂下电话时，娜斯佳又说："吉玛，我要结婚了。今天就和我的丈夫走了，去意大利定居。祝你和拉丽萨在一起，祝你们幸福!"

放下电话，冯瑞阳觉得娜斯佳说话怪怪的，好像发生了一些事情，他又搞不清底细，但终究知道了拉丽萨的下落，有一种不祥的感觉袭上心头。他没敢耽误，立刻打车去了拉丽萨常住的地方，到了那个楼区。他只知道楼门，不知道几层几号，想着进楼里再打听。他看那楼房，是那种被称为"赫鲁晓夫楼"的老式简陋楼房。他进楼门敲开了一层的一个房门，开门的是个胖胖的白头发的大妈。大妈扬着头从垂着眼皮的眼缝中看着冯瑞阳问道："你找谁?"

冯瑞阳很有礼貌地先道了声好，然后问："请问，这里有一个出租房间的地方吗?"

胖大妈重复地问:“你找谁?”

“我找拉丽萨。”

胖大妈没讲话，走到对面的房子，推开了房门，摆手让冯瑞阳进去，看样子她是这个房间的房东。冯瑞阳进了房门，看这房间是那种门厅很小，有一大一小两个房间的楼房，大的房间用木板打了一个简易的隔断，形成了两个小间，每个房间摆了一张床，这是那种价格很便宜的出租屋。冯瑞阳一进房门就闻到了一股酒味，见房间里只有一个人躺在里间的床上，过去一看正是拉丽萨。拉丽萨穿着衣服斜躺在床上，头发凌乱，面色惨白，死沉沉地睡着，身上散发出浓烈的伏特加酒味，看样子是喝酒醉倒了。

冯瑞阳赶紧上前俯身呼叫她，没有回应。冯瑞阳更加紧声地呼唤她的名字，她的脸上没有丝毫反应，看来她已经醉得不省人事。这让冯瑞阳恐慌起来，怕拉丽萨有什么危险，二话没说将她抱起出门。房东大妈在冯瑞阳的身后叫道:“你抱她去哪儿?”

“去医院。”

“她只是醉了，不用去医院的!”

冯瑞阳没再理她，抱着拉丽萨到了街上，打了辆出租车，开车门把她塞进车，自己也钻进车去医院。司机把车开上了路，回头看了一眼问:“她是不是酒喝多了? 你注意点，别让她吐我车上。”

冯瑞阳把拉丽萨的头搂在怀里，说:“你快点儿开车吧!”

医院很近，车没走多久就到了。就在冯瑞阳付钱给司机的时候，拉丽萨吐了。冯瑞阳赶紧用自己的衣服把呕吐物接住，没有吐到车上。他先下车，把西服脱掉，把污物倒在地上，再把拉丽萨抱下车，抱着进了医院的大门。这里的医院和中国的医院布局基本一样，这时看病的人不多，冯瑞阳直接把拉丽萨抱进了诊疗室的床上。出诊的是位男医生，他没开始问诊就闻到了酒味，问道:“喝醉了?”

冯瑞阳点了点头。医生过来翻看了一下拉丽萨的眼睛，听了听心脏，量了血压，一边检查一边说:“你是她的丈夫? 怎么能让她喝这么多酒!”

“她有事吗? 严重吗?”

医生诊断完说："没事，就是醉酒了，回去睡个觉就好了。"

"您再看看，她现在昏迷不醒。"

"酒喝多了都这样，她不是吐了吗？吐了就好了。带她回去，睡醒一觉就好了。"

冯瑞阳看医生态度坚决，估计拉丽萨不会有什么事情，就背起了她，到了医院外边打了辆车。他们钻进汽车坐好，司机问："去哪儿？"

冯瑞阳想了想，报了自己住处的地址。他是想拉丽萨的住处条件太差，而且他也不方便在那里照顾。冯瑞阳把拉丽萨背回了家，安排在了自己的床上，把她弄脏的外衣脱了。拉丽萨一直昏睡，身体也完全瘫软。冯瑞阳用热毛巾给她擦了擦脸，看看也没有什么事可做，就去把拉丽萨的外衣和自己的西服洗了。一直到入夜，拉丽萨还没醒。冯瑞阳看她的呼吸平稳，睡得很安稳，估计没什么问题，就去隔壁张斌的房间睡下了。

冯瑞阳醒来，天已经亮了。他腾地惊起，心里怨自己怎么一觉睡到现在，马上穿好衣服，跑到隔壁房间，开门看床上没有人，抬头却看见拉丽萨正站在房间中央。拉丽萨穿着内衣，头发有些凌乱，正在看那幅挂在墙上的《拉小提琴的姑娘》的油画，见冯瑞阳进来，扭过头来盯着冯瑞阳看，思索着这是怎么回事。她看上去很清醒，神情正常也很平静。冯瑞阳立刻面带笑容，和蔼地问："你醒了，还难受吗？"

她没有回答，仍然看着冯瑞阳，过了一会儿才说："是你把我弄过来的？"

"是的，当时我看你昏迷不醒，我怕出事，先带你去了医院，然后……"

冯瑞阳还没有把话说完，拉丽萨就走过他的身边，出了房间的门，一会儿卫生间里传来了洗漱声。冯瑞阳简单地把房间收拾了一下。没多久拉丽萨洗漱完出了卫生间，回来坐在床上，背对着站在门口的冯瑞阳，用浴巾一点点地擦拭着头发。她低着头，沉默地想着什么。

冯瑞阳去厨房热了牛奶，煎了几个鸡蛋，把面包切片，摆上餐桌，过来叫她吃早饭："去吃点儿东西吧！"

她仍然没有说话，放下浴巾，把半干的头发拢在脑后，站起身走到那幅油画前，默默地看着，面容十分沉静，只是目光有些异样。许久，她才开口说：“这是你画的？”她的话说得很平静，但话中能让人感觉到包含了感情。

冯瑞阳凑到她的身边，说：“是，是你大学时在河边练琴，我当时画下的，并一直保留着。”

拉丽萨转过头来，睁大眼睛直视着冯瑞阳，那蓝色的有着宝石般光泽的双眸，看得冯瑞阳怦然心动。接着他又惊讶不已，拉丽萨那清澈莹秀的两眼突然涌满了泪水，而后成串的泪珠滚落下来……冯瑞阳正要说些安慰的话，话没出口，头就被拉丽萨双手抱住，嘴就被她那滚烫的嘴唇紧贴吻住。冯瑞阳骤然感到爱的热潮扑面而来，身体又像被生机盎然的柔美蔓条所缠绕，他的情感瞬间被调动起来，心里压抑很久的热情迸发出来。两个人拥抱热吻，激情碰撞，又不由自主地脱衣上床，抛去了身外和思想的任何羁绊……拉丽萨在这里住下了，一连住了一个星期。他们在一起除了表达爱，就是交流爱。他们没有讲过其他的话，也没有说很多话。

冯瑞阳对拉丽萨的爱由来已久，但这一爱情的跃进还是太突然了，缺少思想准备。而在他面前突然展现的一切，又让他惊喜，美呆了！他是画家，画过不少裸女模特，见过、模仿过名师笔下的裸体美女图，但都没有他眼前的拉丽萨美丽，那美丽的形象，美好的感觉，让他的眼睛、脑子应接不暇，来不及想也不愿多想。他像是被爱河的波涛所裹挟，又像是为美丽所吸引，心甘情愿地投诚而去。他感觉非常美好，他沉溺在这美好的感觉中。

第十三章　抗拒不了的爱情

这天早晨起床后，拉丽萨对冯瑞阳说，要回家一趟。冯瑞阳问："什么时间走?"

"今天，现在就走。"说完，她开始收拾东西。冯瑞阳一怔，说："现在就走?"他有些不高兴，心想：为什么不早些打招呼，说走就走也不商量一下。

拉丽萨看出了他的情绪，就补充了一句："我很快就会回来。"

冯瑞阳给了她一些钱，她没有推辞，道了一声谢就把钱收下了，和冯瑞阳吻别后就匆匆出门了。冯瑞阳又发现了她的心不在焉，吃早餐时明显的走神，接吻也是冷冰冰的草草了事。本来她的突然离开就让冯瑞阳心里空落落的，而她的这种情绪的变化又让冯瑞阳忧心，会不会出现以前那样的反复，感情又冷下来？疑虑又袭上他心头。拉丽萨走后，他的热情也跟随而去，生活又变得冷清，一些埋在心底的思绪就涌上了心头。拉丽萨为什么来基辅而不找他？拉丽萨找娜斯佳有什么事？她为什么喝酒，而且喝得大醉？这一连串的事件应该是有联系的，她肯定是受了刺激才喝酒的，因为情绪失控才喝醉的。

对于这些拉丽萨没作过任何解释，仿佛这些事情并没有发生。冯瑞阳也没有问，这应该是让拉丽萨伤心的事，她不说自有她的道理。冯瑞阳不愿意惹她伤心落泪，更不愿意破坏他们当下的气氛，影响他们在一起的美好时光。而且，在这之前的长时间接触中，从没发现她有任何不轨的行为，也没有发现她和其他人有来往，所以冯瑞阳对她是信任的。况且这段时间，拉丽萨把全部情爱倾注到了他的身上，给了他无可比拟的爱的享受和愉悦。他有什么？他又给了拉丽萨什么？惭愧得很，他连承诺都没有给。拉丽萨的美丽，让他这个勾勒过很多美女线条，涂抹过很多美丽肌肤的人都觉震撼，那就是女性人体美的极致，是画家美的追求的终点。因而拉丽萨不仅让他感恩，还让他崇拜。所以，也就是拉丽萨走后的头两天，他记起一些事情，产生一些疑虑之后，又开始思念拉丽萨了。

北京雅宝路的同学发给冯瑞阳的货到了，他忙碌起来，接货入库，再把货整理出来，一部分货入箱，把样品挂上。新货上架的第二天，就有销售。第三天的销售更好。这以后很多天都保持着旺盛的销售态势，生意好到让冯瑞阳惊讶，也忙得不可开交。一周的时间就把这批货销掉了百分之六十。他立即把货款汇给雅宝路市场的同学，打电话叫她增加货量继续发货过来。几天来他一个人搬货卖货，累得筋疲力尽，又高兴得心花怒放。他的生意兴旺起来了。他把生意向好和收获爱情看作是双喜临门，是拉丽萨的爱情给他带来了好运。

冯瑞阳兴高采烈地打电话，叫拉丽萨快点过来。他没说生意如何，只是表示了思念。拉丽萨却用一种低沉的声音说："家里有事，我暂时过不去。"话说得无精打采，没有一点情绪。他没有料到，拉丽萨是这样的态度，像当头被泼了一盆冷水，心都凉了。他小心地问："你怎么了？是不是病了？"

拉丽萨说："我没有病，你不用担心，就是家里有些事情，过几天事情办完，我就过去。"说完就把电话挂了。

连续几个电话，拉丽萨都是这样的冷漠，这让冯瑞阳心烦，甚至冲淡了好生意给他带来的喜悦。他搞不清楚拉丽萨情绪变化的原委，索性也就不想了。新货卖得差不多了，后面的货还要等一段时间。他变得清闲，正好维克多那里又接了活，打电话叫他过去。他过去学习了几天琥珀画。

这天早晨，安先生从北京打来电话说，冯瑞阳那三块琥珀都雕好了，他的家人已经取走了。雕刻做得很好，安先生自己很满意。安先生说，有个朋友去乌克兰出差，安先生请他帮忙带些琥珀回来，要冯瑞阳把琥珀准备好，并说了对琥珀的一些具体要求。冯瑞阳答应着，并请安先生放心，他一定准备好。另外，他请安先生的朋友过来时把那块雕好的琥珀——拉小提琴的姑娘头像给他捎过来。他会让家人给安先生送过去的。

冯瑞阳兴冲冲地给拉丽萨打电话，说了这件事情，要她准备些琥珀，最近带过来。拉丽萨的情绪似乎好了些，说她这就准备，尽快带过来。不过第二天晚上，情况又有了变化。拉丽萨打来电话说，她家里的琥珀没有多少了，而且块头都不大。别的人家有，但要先付钱的。她现在没有钱，所以没有办法，带不过来多少琥珀。冯瑞阳忙说："我这里有钱，你明天到基辅来拿钱，回去收琥珀再过来。"

拉丽萨答应了。冯瑞阳想着拉丽萨第二天就过来，心里一阵高兴。可高兴没多久，第二天拉丽萨又打来电话说，她有事过不来。她的情绪又变得十分低落。冯瑞阳想了一下问："那么我过去可以吗？"

拉丽萨沉吟了一下，长出了一口气说："好吧。"然后告诉了冯瑞阳地址和如何乘车。

第二天早晨，冯瑞阳就出发了。他乘坐的是长途汽车，那种可坐二十多人的大面包车。没有坐火车或电力机车，太慢，要走六到八小时，还要换乘汽车。面包车四五个小时就到了，而且可以直接到村里不用倒车。一路上看到了繁茂的林木草丛，看到了收割的农田，穿过了几条河流，路过了几个湖泊，河湖的水都很清澈，微波荡漾。这些自然景物，在他眼前都被快速地绘成一幅幅油画。冯瑞阳带了两大袋子的礼物。他想到了张斌去阿乐桑娜家的情况，估计拉丽萨家的境况可能也差不多。昨天打完电话后，他就去商店买了各种食物。今天到汽车站，又在旁边的花店买了一束花。他想给拉丽萨一个惊喜，给他们的见面添加上情调和色彩。

他中午就到了，到这个村庄下车的只有他一个人。这是一个普通的村庄，离他下车的公路还有一段距离，一座座尖屋顶的房屋散落在浓郁的林木绿色间。他正要择路向村庄走去，一个十多岁的少年迎到他的面前，问道："你是吉玛吗？"

冯瑞阳笑着答道："是啊！"

这个稚气未脱的少年大气地伸出手，自我介绍说："你好！我是瓦夏。”

冯瑞阳忙把右手提的东西倒到左手上，伸出右手和少年握了握手，说：“你好！认识你非常高兴。”

瓦夏伸手从冯瑞阳的手上接过一袋东西，在前面引导着朝村庄走去，说道：“拉丽萨让我来接你。”

“拉丽萨在哪里？”

“她在家等你。”

“你是拉丽萨的什么人？”

“我是她的弟弟。”

冯瑞阳听说是拉丽萨的弟弟，特地扭头看了看他。这是一个纯朴的土里土气的农村大男孩，无论长相和气质都和拉丽萨有很大差异。在拉丽萨身上可是看不到一点儿乡土气息，在这之前冯瑞阳不会想象拉丽萨生长在这样的环境里。他们到了村庄，冯瑞阳看这里的房子大多是传统的全木结构的木屋，也有水泥墙面的房子，房子的样式都差不多，都有又高又尖的房顶。每家都有很大的用木栅栏围起来的院子，院子里都是农家的风貌。但村子里十分冷清，路上没有一个人，显得死气沉沉的。

冯瑞阳跟着瓦夏进了拉丽萨家的院子，一只拴在桩子上的黑狗朝他狂叫着。迎面高脊的木屋前，拉丽萨的一家人在迎候着他。他进院门一眼就看到了拉丽萨，拉丽萨也一直看着他，他走到木屋门前两人的眼光就没有离开过彼此，直到他把手里的鲜花交到拉丽萨手上，直到拉丽萨轻轻地吻了他。他看到拉丽萨的眼睛红了，他觉得这是对他思念的最好回报。他还发现拉丽萨头上裹了一块头巾，模样很像东正教堂里面圣母玛利亚的头像。

一个穿着乌克兰民族服装的小姑娘用盘子盛着一个面包和一小碟盐，冯瑞阳知道这是乌克兰欢迎贵客的仪式，他掰了块面包沾盐塞进嘴里吃了。拉丽萨介绍这姑娘是她的妹妹。冯瑞阳看这姑娘一身的农村气息，样子也十分质朴，不像是拉丽萨的妹妹，倒像是瓦夏的妹妹。拉丽萨的爸爸妈妈都用笑容对冯瑞阳表示了欢迎，笑容的一部分还包含接受这两袋沉甸甸礼物的喜悦。因为拉丽萨爸爸的眼睛一直瞄着袋子里的两瓶伏特加。

进门先吃饭。饭菜已经摆上餐桌，红菜汤、腌马肉、炸土豆、酸黄瓜、面包。拉丽萨的爸爸问冯瑞阳喝酒吗，冯瑞阳摆手说不，他想谨慎点儿，别给拉丽萨家里留下不好的印象。吃完饭，拉丽萨的爸爸从外面拎进来一个编织袋，里面装了些琥珀，放在木板地上一倒，把琥珀全倒了出来。冯瑞阳看呆了，怎么拿宝石跟拎石块一个样？他们后面说的话，更把他惊住了！他们说，前几年琥珀太便宜了，乌克兰经营琥珀的公司全部亏损倒闭，没人要琥珀了，他们就用琥珀当煤烧，取暖用。还有这种荒唐事？把冯瑞阳心疼坏了，怎么能这么糟践东西？这可是上万年天地造化的宝贝呀！

他们也说了他们的琥珀来源。乌克兰独立后，他们这些地区经济急剧下降，原有的矿业、林业和工厂几乎全部亏损倒闭，老百姓大批失业，生活陷入困苦。所以导致大批人员出走，到俄罗斯和乌克兰的其他城市打工谋生。他们这个村庄，超过一半的人都走了。政府为了留住人，开发地区经济，给每个家庭免费承包两公顷土地耕种。他们家分了四公顷土地（为什么他们分有四公顷，冯瑞阳没搞清楚）。这里的土地肥力差，他们又没钱买化肥，种粮食收成差，只能种土豆。这些琥珀都是种土豆时挖出来的。冯瑞阳听了他们的介绍又乐了，种土豆挖出琥珀来了。

他看了这倒在地上的琥珀，品质都不错，但大多都是三四十克以下甚至更小的，大块没有多少。他知道安先生是做雕件的，小块一般不需要，所以跟拉丽萨说，需要收一些大块的。拉丽萨的爸爸带着冯瑞阳去了村里的其他两户人家。冯瑞阳到那里都是挑大块的要，当时就把钱付了。回到拉丽萨家里，他看着这半袋子小块和琥珀碎末，也觉得不舍。他想到了琥珀画，这些不都是制作琥珀画的原料吗？而且非常便宜，便把这些也全要了。他看得出来，拉丽萨家生活拮据，没有稳定的经济来源，这钱对他们来说很重要。

事情办完，冯瑞阳按原计划应该回去，一打听车又犹豫了。下午没有去基辅的直达车，要乘汽车到附近的城市，换乘晚上的电力机车，第二天早晨才能到基辅。这样和第二天早晨乘直达面包车到达的时间也差不多了。他决定第二天早晨再走，除了车的原因，主要还是没有和拉丽萨单独在一起。他有很多话要说。拉丽萨听说他不走了，脸上露出欣喜。过了一会儿拉丽萨就拿上小提琴，邀冯瑞阳去散步，观赏她的家乡风光。

两个人走出村庄，漫步在田野里。这里确实很美，葱绿起伏的草地，清澈平静的水洼，已经抹了秋色的繁茂的林海。两人没走多久就驻足了，在村里人视线不及的地方，在葱茏绿色的环境中，两个人迫不及待地拥抱在一起亲吻起来。他们吻得热烈，激情澎湃，彼此把思念、爱恋、热情一股脑地倾泻给对方。亲吻戛然而止，原因是拉丽萨戴的头巾掉了。她慌忙推开冯瑞阳，捡起黄色头巾，背对着冯瑞阳重新戴上，这让冯瑞阳十分诧异。在拉丽萨转头时，冯瑞阳看到她耳边脸颊上好像有伤痕，顿时知道了她一直戴着头巾的原因。冯瑞阳用双手扳住她的肩膀，掀开她的头巾，果然看到她的左脸脸颊有伤痕，但伤得不是很严重，基本好了，只是还没有痊愈。这时冯瑞阳也明白了拉丽萨没回首都的缘由。冯瑞阳问："这是怎么回事？"

拉丽萨淡淡地笑了笑说："不小心摔了一跤，没事，已经好了。"

冯瑞阳看她眼光躲闪，知道她在有意遮掩，摇了摇头继续问道："告诉我，到底发生了什么事？"她的眼睛有些潮湿，像是对冯瑞阳的关切的感动，也像是被这关切勾起了伤心事。但她仍然摇摇头，什么也没说。

冯瑞阳这时更加明白她有一肚子的话想说，或是有顾虑，或是有其他想法犹豫着不想说，便诚恳地对她说："我是你的男朋友，有什么问题，你应该对我说。有困难，我们一起解决。"

拉丽萨终于绷不住了，感情的闸门瞬间开启，泪水涌满她那美丽的眼眶，泪珠成串滴落下来。然后，两人找个石块坐下来，拉丽萨慢慢地讲了她的故事。

拉丽萨现在的家是重组家庭，今天冯瑞阳见到的是她的继父，弟弟妹妹都是继父带过来的，妈妈是她的亲生母亲。拉丽萨原来的家庭很幸福，爸爸在附近一个石膏矿上工作，妈妈在水利部门工作，家里只有她一个孩子。爸爸喜欢音乐，会拉手风琴和小提琴，从小就培养拉丽萨拉小提琴。拉丽萨在村里上了五年学，后来爸爸就给她转到了城里的学校，她还考上了基辅的艺术学院，学习小提琴。爸爸妈妈疼爱她，希望她毕业后能到专业艺术团体做音乐工作。但在这期间，乌克兰独立转型，一切发生了改变。爸爸工作的矿上亏损，长期开不出工资，后来矿厂倒闭，爸爸失了业。妈妈工作的单位也是长期只开百分之十到百分之二十的工资，家里自然生活拮据。但即使生活困难，父母仍然想尽办法供拉丽萨上学，完成学业。但这时候国家已经不担负大学生的毕业分配，毕业就意味着失业。况且专业的艺术团体基本上都撤销了，没有撤销的人员也都遣散了，根本不招新人。拉丽萨父母对拉丽萨多少年的希望、付出、努力全都落了空。但他们家庭的厄运并没有就此结束，先是妈妈的工作单位撤销，多年拖欠的工资不给了，妈妈也失业了，家里这点儿微薄的收入也断了。爸爸跟着病了，到医院检查，已经是肺癌晚期了，没过多久爸爸就去世了，家里只剩下她们母女俩。

说到这里拉丽萨说不下去了，趴在冯瑞阳的胸口哭得十分伤心，可以感受到她和爸爸的感情至深，爸爸的去世给她的精神造成了巨大的创痛。她哭了很久才继续讲下去。

拉丽萨的妈妈两年以后再婚，继父是妈妈小时候的同学，和爸爸的关系也不错。婚后开始关系还好，以后慢慢地就有了一些冲突。继父也是失业人员，没有固定收入，家里只有国家包给的这些土地，主要种些土豆、甜菜，种也种不多，种多了也卖不动，没人要，只能自己吃。没有钱，大家的脾气就都不好。继父有时候喝酒，一喝酒就多，喝多了以后就骂人打人。冯瑞阳这时打断了她的话，问道："你脸上的伤是他打的?"

她停顿了一下，点点头说："是他打我妈妈，我去拦，打在我的脸上，撞到了柜子上。"

冯瑞阳愤怒地说："他怎么能这样!"

她解释说："他不喝酒不打人，只要一喝酒就这样。"

冯瑞阳想了一下说："这次我从中国回来，卖琥珀给你结了不少钱，家里的情况应该好一些吧?"

她有些不好意思地低声说道："家里过去欠了一些债，都还债了，没剩下多少。"

冯瑞阳以为她还会讲下去，她却把话止住了，长出了一口气，好像卸去了心里的一个负担。她说："我和我的家庭就是这样。"

冯瑞阳的心情却沉重起来，这和他以前想象的拉丽萨的家庭情况全然不同，他无法想象拉丽萨怎么会在这样的家庭环境中生活。虽然了解到这些情况，让他心中挚爱的完美女人褪去了一些光环，有从云端掉到地面的感觉，但他心里更多的还是同情。这时他想，既然已经谈了这么多，索性趁这个机会把一直想问拉丽萨的问题问了，消解一下心里的疑惑。他小心翼翼地问道："拉丽萨，有个问题我一直想问你，可以吗？"

拉丽萨垂下了眼皮，没有说话，看样子她知道冯瑞阳想问的问题了。冯瑞阳看她的样子，犹豫起来，说道："如果你不想回答就算了，我就不问了。"

拉丽萨抬起眼皮，直视着冯瑞阳说："我知道你要问什么，我说。"她停顿了一下，闭上眼睛想了想，再睁开眼睛开始诉说起来。

拉丽萨在几年前交了一个男朋友，是意大利人。两个人说好是要结婚的，可是两年前这个意大利人回国一去不归，也断了各种联系。时间长了，拉丽萨对这个人的期待越来越低，但没有完全放弃。可是没有想到前几天听说这个人来乌克兰了，并且和娜斯佳好上了，两个人正准备结婚。拉丽萨一气之下找到了他们，证实他们真的在一起了，并准备去意大利居住。拉丽萨伤心至极，就喝多了。拉丽萨叙述得很简要，讲的时候她的眼里一直噙着泪水，可她一直忍着不让泪水流出来，直到讲完才有两串泪珠滴了下来。冯瑞阳听完突然觉得心痛，扎心般痛。他没说一句话。拉丽萨用头巾揩干眼泪，平复了一下情绪，勉强露出笑容说："喜欢听我拉的小提琴吧？"

冯瑞阳强装出笑容点点头。她站起身，扯下头巾，散开一头金色的长发，把小提琴放到左面脖颈间，用下颌贴住琴的腮托，稍微思索了一下，便拉动了琴弓，那优美的琴声立刻飘然而起，如天籁之音。冯瑞阳的心灵思绪立刻被这琴曲所吸引、所打动、所感染。这琴声忧郁神秘，优雅美妙，像这草地间流淌的清澈的涓流，和这自然静美的环境融合在一起。很难想象一个刚刚哭诉过自己不幸境遇的人会有如此纯净的心境，拉奏出这样精致动人、隽秀婉雅的琴曲。拉丽萨此时和刚才判若两人，她神情专注，完全沉浸在演奏中。她的脸上还有泪痕，但已然恢复了以前那样的清纯美丽，秀雅绝俗，就像《拉小提琴的姑娘》油画中一样。

晚上，拉丽萨把冯瑞阳安排在她的房间睡。房间不是很大，但收拾得很干净，里面放的是双人床，床上的被子和床单都是新换的，看来拉丽萨对冯瑞阳住在这里早做了准备。拉丽萨把冯瑞阳安置好，亲吻了他，道了晚安，说：“我去邻居家睡。”

冯瑞阳诧异地问：“为什么你不在家里睡？”

“家里没有房间了，邻居家只有老奶奶一个人，你放心！”拉丽萨说完就关上门走了。

冯瑞阳想了想，家里的房间确实都住满了，她可能不愿意去和那个妹妹挤在一起睡，到邻居家住也正常。冯瑞阳躺下也睡不着，脑子里想的全是拉丽萨讲的故事，心里翻江倒海般难受，很久才睡着。

第二天早晨，冯瑞阳起床，没有见到拉丽萨。拉丽萨的妈妈说：“汽车快过来了，要到路边等，如果错过了，就没有直达基辅的车了。”

冯瑞阳心里有些疑惑，但赶车要紧，顾不上多想，就提起装着琥珀的编织袋出了门。他出了院门，抬头却看见拉丽萨站在前面等着他，令他惊讶的是拉丽萨的怀里抱着一个小女孩。这孩子两三岁模样，长得非常可爱，两只深陷的蓝色大眼睛，一头金色的卷发。冯瑞阳想：可能是邻居家的孩子吧？他看拉丽萨站在那里不动，也不和他打招呼，样子有些怪，便上前招呼道：“你在这里啊。这小孩真可爱，邻居家的？”

拉丽萨摇了摇头，用低沉但清晰的声音说：“是我的孩子。”

冯瑞阳吓了一跳，追问道：“什么？你说什么？”

拉丽萨坦然地看着冯瑞阳，脸上挂着一丝歉意的笑，依然清楚地说：“是我的小孩。”

这话像惊雷一般，在冯瑞阳脑袋里炸响，他蒙了，也晕了，没有讲话，转身就走，径直向公路走去。拉丽萨把孩子交给站在院门口的妈妈，快步追上了冯瑞阳，说道：“吉玛！非常抱歉！”

冯瑞阳没有讲话，快步地走着。他的脑子里全乱套了，心情糟透了。他不知道该说什么，也不想说什么。他们走上了公路，长途汽车还没有到。两人站在路边，相对无言，半天都没有讲话。还是拉丽萨打破了沉默，满脸歉意地说："对不起！我没有告诉你，以前我不知道你很早就爱上我了。"

冯瑞阳知道她指的以前是看那幅《拉小提琴的姑娘》油画之前。冯瑞阳苦笑了一下，摇摇头说："你应该告诉我，你结过婚。"

拉丽萨纠正道："没有！我没有结过婚。"

"那这个孩子呢？哦！我明白了。"他想这应该是那个意大利人的孩子。

冯瑞阳觉得他的问题刺痛了拉丽萨，她脸上明显地变得阴沉和委屈。汽车从公路一边开过来了，冯瑞阳提起编织袋准备上车。

拉丽萨在他的身后问："吉玛！我还会见到你吗？"

冯瑞阳停了一下，没有回答，也没有回身。汽车停在了路边，他向车门走去。拉丽萨在他的身后叫道："吉玛！我爱你！"

冯瑞阳没有回话，上车走了。他没道再见，没有吻别，头也没回。汽车启动，载着他走了。拉丽萨一直站在路边，望着远去的汽车，直到汽车消失在视野中。

回到基辅家里，冯瑞阳一眼看见那幅油画，心情立刻激荡起来。他现在全知道了，拉丽萨的家庭状况，个人情况，现实中的拉丽萨和拉小提琴的拉丽萨怎么有那么大的差距，除了相貌外其他的全然不同。他把油画摘了下来，他不能看，不敢看，也不想看。他不能接受现实中的拉丽萨，可又心疼，舍不下，也不忍心。他脑子里乱麻一团，扯不断，理还乱，心里翻江倒海般的难受。他不停地抽烟，一杯接一杯地喝酒，直到喝得烂醉，不省人事。醒了以后，他满脑子都是拉丽萨，又是想不通，解不开，断不了，然后又是不停地喝酒，直到醉倒在床上。

清晨，冯瑞阳还在宿醉未醒中，巴格丹给他打来电话，说维克多接了一幅琥珀画的定做，让他去看，去学习。他答应了一声，又倒在床上睡着了，直到中午彻底清醒后才起床，洗了个澡，简单吃了饭，才出发去维克多那里。他坐地铁过去，多走了些路，路上又买了酒和食品，到了那里，维克多已经开始作画了。

这是一幅圣母玛利亚的肖像画，戴着头巾的年轻的玛利亚，安详慈善的面庞，美丽圣洁的化身。冯瑞阳第一眼看这画时，怦然一动，眼睛潮湿了，心里泛上来一股酸楚，他想到了拉丽萨。

巴格丹在一边打下手，用一个大号的石质捣罐，把不同颜色的琥珀捣成大小不同的碎末，放在几个碗里备用。维克多用大小不同的笔把透明胶水涂抹在底画上，再把琥珀碎末勾勒在胶水上，使画中的玛利亚的面庞焕发出宝石的色彩和光泽，美丽异常，光彩夺目。一连几天，冯瑞阳都去跟维克多学画，一直看维克多把这幅画作完。维克多一边作画一边讲解，介绍琥珀画的工序、方法和技巧，教冯瑞阳如何练习。在作完这幅画的当天，维克多郑重其事地请冯瑞阳第二天晚上过来吃饭。

冯瑞阳并不知道为什么维克多会请他去吃饭。他如约去了，进了家门，发现屋里比往日干净了许多。维克多也出人意料地把自己收拾得十分干净，胡子刮了，脸洗了，头发整齐地梳到了脑后。他还脱去了常年穿的脏衣服，穿上了一套咖啡色西装，系上了一条红色领带，西服上别了两枚苏联时期的勋章。他的眼睛也比往日明朗许多，显得格外精神，脸上露出难得一见的微笑，这让冯瑞阳感觉十分诧异。

维克多请冯瑞阳进了里屋。冯瑞阳看里屋也与往日不同，归置得整整齐齐，打扫得干干净净。维克多和妻子的结婚照放在了柜橱最显眼的位置，旁边还立了一张妻子的肖像照，这两幅照片下面的柜橱台面上，用花瓶摆着一小束鲜花。看到这些，冯瑞阳好像明白了，今天应该是维克多和妻子的一个重要纪念日。

方桌上已经摆好了酒菜和三套餐具。巴格丹不在家。冯瑞阳看得明白，客人只有他一个，那套餐具是维克多留给妻子的。果然在就座前维克多把柜子里妻子的肖像照片摆在了空座的餐具前。维克多请冯瑞阳就座，把酒杯倒上酒。他不仅给他们两人的酒杯倒上酒，还给妻子照片前的酒杯也倒上了酒。然后，他坐下，解开西服的扣子，整了整领带，说道："吉玛，今天是我一生中最重要的日子！是我和达妮娅结婚的日子！是我们结婚二十年的纪念日！"他说话时微笑地看着桌子上面的照片，那神态仿佛真的在和妻子讲话。

冯瑞阳看到这情景，心里明白他的妻子已经过世了。维克多转过头，面对冯瑞阳举起酒杯，说道:“来！祝贺我们的结婚纪念日!”

两个人一起干了杯。维克多吃了一口菜，说道:“吉玛，你知道男人的一生什么最重要吗?”

冯瑞阳一时难以作答。

“男人一生中最重要的是老婆!”

冯瑞阳聆听着。

“好的老婆，会让你一生幸福，还能让你事业成功，一生顺利。我的达妮娅就是这样一个女人，就是这样的老婆!”

冯瑞阳把酒杯斟满酒，两个人举杯又干了一杯酒。维克多看着桌上的照片继续说道:“达妮娅多漂亮！我看她第一眼就爱上了她。她的眼睛那么明亮，我们相爱之后，那明亮的眼睛就一直环绕着我，我就像生活在一个明媚的花园里，那时候，我是多么幸福啊！每天的感觉都是那么美好。正是这样美好的感觉，长时间激发了我对美的感悟，创作出了那么多美丽的作品。达妮娅的美丽，达妮娅的爱，是我创作灵感的源泉。”

冯瑞阳看着达妮娅的照片，一头卷曲的金发，面容确实漂亮，自然天成，没有化妆，十分朴实，也就让人感觉非常真实，眼睛明亮而秀美。维克多又和冯瑞阳干了一杯酒。冯瑞阳看着维克多非常惊讶，今天他端坐在椅子上，侃侃而谈，话源源不断，喝酒虽然也是一口一杯，但却斯斯文文。

维克多继续说:“达妮娅的眼睛那么纯净，当她的眼睛注视你的时候，你的心也变得纯净。有这样一双眼睛陪伴着你，帮助你分清美丑，让你懂得什么是善良。她告诉你规矩，让你懂得约束自己，知道该干什么，不该干什么。还会时时提醒你，衣服是不是脏了？穿戴是不是得体？待人接物是不是彬彬有礼?”维克多微笑着看着妻子的照片，眼睛中充溢了幸福，和冯瑞阳又干了一杯酒。

维克多继续说:“好的老婆永远是你人生的动力！达妮娅就是这样的好老婆。她的眼睛多么明亮，我看到她的眼睛，身体里就充满了力量，遇到困难，不会犹豫，不会退缩。达妮娅还让你不犯错误，她那明亮的眼睛会告诉你，什么是对的，什么是错的。你不会迷茫，永远都会走在正确的人生轨道上。”

维克多边喝酒边娓娓而谈。冯瑞阳相信这些话不是他一时想起的，他讲这些话很动感情，但他没有哭。他一定是拿今天的纪念日当作节日过的，控制自己不流眼泪。冯瑞阳听着维克多的话，全都能懂，但有的能感觉，有的能理解，有些可能感觉得不深，理解得不透。所有的话都深深地打动了冯瑞阳，让他记在了心里，也让他对维克多油然而生敬意。

维克多笑着指着自己胸前的奖章说：“我是苏联功勋艺术家，如果不是联盟解体，我现在应该是人民艺术家了，这是多么崇高的荣誉呀！我的几幅琥珀画作为苏联的国礼，被国家领导人送给外国元首，还有几幅画被国家艺术馆收藏。这些成就的背后都有达妮娅的影子，是我们爱情的见证，我们婚姻的果实。”维克多的脸上现出骄傲的神情，酒在他的身体里起了作用，染红了他的脸，他的表情越来越夸张，话也越讲越多，有很多重复，有很多强调。但他始终没有流泪，最后酒喝多了，身体打晃坐不住了，口中依然说着思念达妮娅的话。

冯瑞阳把维克多扶到床上让他睡下了。冯瑞阳没敢问达妮娅是怎么死的。以后他偷偷地问了巴格丹。巴格丹很简要地告诉了他，他妈妈做报纸的编辑工作。在苏联解体时期，社会动荡，民众因为一篇文章冲击了达妮娅的办公地点，围攻侮辱了她，她不堪其辱，自杀了。至于自杀的方式，巴格丹没有讲。当时维克多不在市里，不在妻子身边，所以维克多一直自责，不能原谅自己，认为妻子的死他有很大的责任。

几天后，安先生的朋友到了，来了两个人。他们直接去市场上冯瑞阳的集装箱，把五十克以上的大块琥珀全部买了，当即按市价付了款，这个价格比冯瑞阳去拉丽萨家收购的价格高不少。他们从包里拿出那块雕好的琥珀递给冯瑞阳。冯瑞阳接过那琥珀，看到拉丽萨的头像，一股热潮从心底涌了上来，甚至眼眶都潮了，如果不是安先生的朋友在旁边，他的眼泪都会掉下来。这头像雕得非常好，细腻、流畅、饱满，雕得太像拉丽萨了，相貌神情，栩栩如生。雕得也非常巧，头脸部用的是琥珀的蜜的部分，米白色，长发和小提琴用的是金珀的部分，搭配得非常完美。安先生真是用心了。

晚上冯瑞阳回到家，进门就捧着那琥珀雕像看，一动不动地看，没完没了地看，看到泪眼模糊，看到泪水涟涟，最后竟然大哭起来，泪水滂沱。他哭了很久，直到把心里的苦闷泄净，直到把心中的委屈诉完，心情才平静下来。他进屋把那幅油画又重新挂在墙上，把那块琥珀头像挂在自己的胸前，安静地睡了。

第二天早晨，冯瑞阳起床后想都没想就出门了，到长途汽车站，坐上了去拉丽萨家的长途汽车。他径直来到拉丽萨家的院门，拍着门叫着："拉丽萨！拉丽萨！"

拉丽萨从房子里冲了出来，跑到院门口，打开门，见到冯瑞阳，惊得瞪大眼睛，可又不知道他的来意，一时不知所措。冯瑞阳拿出那枚琥珀雕像递给了拉丽萨。拉丽萨看到雕像更加惊喜，她明白了冯瑞阳的来意，泪水涌出，咧着嘴笑了。

"我来接你们，走，我们一起去基辅。"

两个人紧紧地拥抱在一起，嘴唇热吻在一起，泪水也流淌在一起……

很长一段时间以后，冯瑞阳责怪自己，当时不该这样做，认为那是一个错误。如果当时他不去接拉丽萨，他们的关系也就从此终结，就没有以后的许多事情了。他就会走不同的道路，人生就会被改写。特别是在和安琪恋爱之后，他总因为这件事心生愧疚。其实对于人生的对错，都是后来的判断，在当时他并不觉得这是错事。冯瑞阳也在很久以后思考过，是什么原因让他最终做出这个决定。他当时什么都想了，思想经过猛烈的碰撞。他最揪心的是拉丽萨的处境，她没有任何收入，带着一个非婚生孩子，在那样一个无助的家庭，还有醉鬼打人的继父。让冯瑞阳最终做出决定的实际就三个字：心疼她。这情感打败了所有的理性思考，使他控制不住自己，不顾一切把拉丽萨接了过来。

这应该是爱，但又超出了爱。

第十四章　飞机摔掉的生意

人有旦夕福祸。这话一点儿没错，而且往往是突然降祸的时候多，这话在张斌身上应验了。

张斌从国内回来了，阿乐桑娜也从东部的家乡过来了。张斌喜气洋洋，订单做得不错，只是厂家工期耽误了一些，所以走的空运，很快就到了，不会耽误交货时间。

冯瑞阳问："走空运？费用那么高，还有利润吗？"

"当然有了，就是少挣点儿。但时间上有保证，免得让货主找茬。"

第二件喜事就是张斌和阿乐桑娜订婚了，过几天把订单的货交完，就一起回阿乐桑娜家把订婚仪式办了。这次他特地从北京买了戒指带过来。

冯瑞阳把拉丽萨和孩子接过来后，就一直在这房子里住。他考虑到张斌回来后会不方便，事先找好了房子，准备张斌回来就搬走。张斌客气地挽留他们，说道："不行就别走了，两间房有什么不方便的，一块住吃饭多热闹。"

冯瑞阳笑着摇头说："两家人住着太挤了，还是不方便，另外还有孩子呢。"

两个人白天在市场盘货算账，把这段时间卖的张斌的货的货款给结了。晚上，他们做了很多菜，一起吃的饭。第二天，冯瑞阳他们一早就搬走了，他们就分开住了。

张斌和冯瑞阳都十分高兴，一个是订单快要完成，钱就要到手了；另一个是销售大幅度增长，生意成长很快。生意人买卖好心情就好，男人心情好酒量就好。两人频频举杯，酒喝得热火朝天，话也多，祝贺对方的生意兴隆，称赞彼此的兄弟情，说着大话看好生意的前景。

两位姑娘的情绪也都不错。拉丽萨找到了可以依靠、可以信任的爱情，跳出了困苦无奈的生活窘况，迎来了人生的转机，她的高兴埋在心里。阿乐桑娜家里生活逐步走向正轨，男朋友即将向她求婚，美好的生活前景迎面向她扑来，她的高兴写在脸上。

两位姑娘的关系也不错。拉丽萨本是与世无争的人，脑子多数时间漫游在音乐里，情绪随着音符的起伏而波动，生活中从不和人计较什么，为人简单好相处。阿乐桑娜也是简单的人，性情单纯喜庆，待人和气。两个人彼此相悦，相处两天就成了好朋友。现在心情都好，两人葡萄酒喝起来也是没完没了，都有些过量，悄声地说着话，高声地大笑着。

第二天早晨，他们打了两辆车，四个人一起，把家搬了，东西不多，一次就搬完了。冯瑞阳找的新房子，也是两居室，与张斌的房子相隔不远。四个人昨天酒喝得高兴，又觉得没有尽兴，便商量着今天给冯瑞阳他们温居，在新房里继续一起吃饭喝酒。

当天，冯瑞阳没有去市场，和拉丽萨一起把房子收拾干净，安排就位。下午冯瑞阳去商店买了一堆食物，把家里的冰箱填满，准备晚上的宴席。他忙了一下午，把饭菜准备得基本就绪，等张斌他们进门，就开始炒菜。这个时候，阿乐桑娜打来电话，拉丽萨接的电话，说了几句就慌张地跑进厨房，对冯瑞阳说:“出事了!”拉了冯瑞阳去接电话。

冯瑞阳接了电话，也吓了一跳，忙解下围裙，换上衣服，出门去了张斌家。

原来今天张斌和阿乐桑娜在市场听说，装着他们货的飞机坠毁了。张斌忙去货运公司打听，货运公司证实确实有一架飞机坠毁，但是不是装有他们的货，要等具体工作人员核实。工作人员不在，去航空公司核查了。张斌回市场关了门，叫阿乐桑娜回家。他再去货运公司询问，现在和冯瑞阳前后脚刚回家。冯瑞阳不用问，一看张斌的脸色，就知道事情属实了。

“货确定在这架飞机上?”

他闷头抽着烟，点了点头。

“货全部在这一架飞机上？”

他还是点了点头，没有说话。

阿乐桑娜从卫生间出来，说道：“当初还不如走陆运呢，晚就晚些天吧。”她情绪非常低落，穿屋而过，进了里间。

张斌长叹了一口气，后悔地说：“这确实怨我，当时考虑，圆圆满满地，一点不差地把订单给完成了，少挣点就少挣点吧，不想让客户挑出毛病来。生意是长期的事，一个单子再大挣钱也有限，想通过这个单子把客户拢住，少挣钱多攒信誉。没想到，全折进去了。”

里间卧室传来“呜呜”的哭声，是阿乐桑娜，看来她是控制不住情绪了。这是二十多万美元的订单，张斌动用的是他全部的资金，他这次几乎是赔光了。冯瑞阳问道：“找运输公司，他们怎么说呀？”

“哼！他们能怎么说，也见不到老板。说找航空公司呢，找什么？全是骗人的。”

对这些情况冯瑞阳是了解的。苏联解体后，国营航空公司全面亏损，为减轻负担出售了一些缺乏保养的旧飞机，有的人用很便宜的价钱买下这些飞机，成立了私人航空公司。这些飞机拉人不行，没人敢坐，于是用来运货，搞上物流了。这样的飞机出过事，出事也就出了，从没向货主赔过钱，就没有赔钱这么一说，没这规矩，货主只能自认倒霉。

“联合一下其他货主，找找航空公司，不行走走司法。死马当活马医呗，说不定能找补回点儿呢。”

张斌苦笑了一下说：“这整个独联体的货运都是不正规的，连个手续都没有，条儿都不打，找司法，一点证据都没有，拿什么告去呀。”

冯瑞阳也不知道说什么好，停了一会儿说：“老张，已经这样了，没办法的事。咱们先吃饭，我们那边已经准备好了，咱们一起过去吧。”

张斌苦笑着摇摇头说：“不去了，哪有心情吃饭啊，她也一直哭，不去了。”

冯瑞阳想，现在请他们过去吃饭真是没心情，但自己现在就走也不够意思，这种时候应该陪陪他们，就起身说：“好，那就不过去了，我在这儿给你们做点吃的，简单地吃点。”

冯瑞阳去厨房煮了两碗热汤面，煎了四个鸡蛋，分放在两碗面里，摆上厨房的餐桌。然后去屋里把张斌和阿乐桑娜拉了过来，坐在桌边。阿乐桑娜的情绪缓和了一些，从大哭变成抽泣，吃了几口面条，就吃不下去了，推开碗，返回了里间卧室。张斌从柜子里拿出了一瓶伏特加，拉冯瑞阳坐到桌边，说：“来，坐下，陪我喝点儿酒。”

“好，稍等，我弄俩菜。”冯瑞阳很快就炒了几个鸡蛋，拌了一盘黄瓜，摆到桌上。张斌默默地连干了几杯酒，冯瑞阳拦着说：“慢点喝。”

“这两天，你在集装箱盯着吧，我在家歇两天。”张斌心不在焉地说了两句话。

“没问题，有什么事情需要我帮忙你就说。”

张斌又仰头喝干了一杯酒，他的面色阴沉，发直的眼睛失神地凝视着前面，慢慢地，他的眼睛潮湿了，泪水流了下来。这是冯瑞阳第一次看到张斌流泪，感觉到他精神上受到打击的沉重和内心里深深的伤痛。冯瑞阳不敢让他继续喝酒了，拉他起来到沙发上坐下，给他沏了一杯茶。

冯瑞阳又陪他坐了一会儿，见已经很晚了，就告辞走了。冯瑞阳回到家里，心里还一直为张斌难过，飞来横祸，这不是他的失误。这次他的损失太大了，几乎赔光了，这么多年辛辛苦苦赚的钱全没了，生意怎么办？拿什么和阿乐桑娜结婚？未来人生怎么办？没有钱，一切都将中断，一切都没法继续了。这简直要了他的命一般！

张斌的厄运并没有结束，事件在持续发酵。几天后，订货的客户找到了市场张斌的集装箱。这是一个四十岁上下，黑头发，上唇留有胡须，身体强悍的乌克兰男人。他见到张斌二话没说，把合同掏出来展示了一下，索要定金和赔款。看来他已经把事件了解清楚了，张斌脸色涨红，无力地回应说：“对不起！你应该了解情况了，这是飞机失事，不是我的原因造成的。”

“我和你定的是在这里交货，这之前的问题都由你负责。”

“但这是一起意外的事故，我实在是没有任何责任。”张斌辩解着，但说话没有一点底气，脸上还露出一种无奈的苦相。

"这是你的问题，跟我没有关系。"

阿乐桑娜在场，这时插话说："我们这次损失了二十万美元，我们也没有办法，没有人赔我们。"她眼睛红肿，是她连日痛哭的结果，说话倒是理直气壮。

这位客户瞪了阿乐桑娜一眼，还是对张斌说："这些我不管，跟我没有关系。现在到交货日期了，你要么给我货，要么退我定金赔我款。"

阿乐桑娜说："我们的钱全在这批货里，哪有钱给你。"

这位客户急了，瞪着眼睛大声说："那是你们的问题！不是我的问题！要么给货，要么赔钱！没别的话讲！"

这时，集装箱外面围拢过来一些看热闹的人。冯瑞阳在场一直没说话，不知道说什么好，这时看喧哗起来了，忙从中劝道："别着急，慢慢说。"

张斌自觉理亏，原本就心虚，现在这一嚷嚷，更觉难堪，无地自容，脸上挂不住，稍加思索说："你别闹，行！我给你钱……"

阿乐桑娜打断了张斌的话，说："没有钱了，你拿什么给！"

张斌摆手叫阿乐桑娜不要讲话，接着说："但是我的钱全部投在了这批货里，确实没有钱了，希望你能理解。所以我现在不是不想给你钱，是我没有。这样，你付的定金我这几天给你，赔你的钱要过一段时间。"

"什么时间给？"这位客户脸上略微和缓了一些。

张斌思考了一下说："下个月月底给。"

这位客户又急了，翻脸吼道："什么？这么长时间？不行！三天，只给你三天时间！三天之后我来拿钱！听好了，是全部的钱！"

阿乐桑娜依然态度强硬地说："三天不可能！没有！"

这位客户正要走，听到阿乐桑娜的话回过头来，凶狠地说道："过了三天我来拿钱，如果没拿到钱，我会封你的集装箱和库房。"说完他转身就走了。

集装箱里是沉痛的令人窒息的静默。冯瑞阳看这气氛太让人难受，劝张斌和阿乐桑娜先回家去休息，两人便一起走了。冯瑞阳看着他们的背影，不胜唏嘘，他太了解张斌了，这么多年兢兢业业地做这个生意，不坑人骗人，小心谨慎，把生意从无到有发展起来，没想到让他没有一点儿责任的意外事故给毁了。再把生意做起来恐怕很难了，这以后怎么办呢?!

晚上，冯瑞阳还是去了张斌家。这时候是哥们儿就不能躲，能帮忙就要伸把手，过去一直都是张斌帮带着他。他买了些食物带过去，进门看还是这几天的老样子，屋里死气沉沉，一片凌乱，也没有做饭。他先上厨房把饭做了，然后请他们过来吃饭。还是阿乐桑娜先吃完去了里屋，他们两个人继续喝着闷酒。张斌这几天一直愁眉苦脸，就像突然疯长了几岁，变老了。他依然沉默寡言，沉沉地思索。喝了几杯酒后，他缓慢地说："本来手里还有点钱，是这一段时间你给我结的销售款，是准备交运费的，现在运费不用交了。另外，就是库里还有些货，虽然是陈货，便宜卖还是能收回些钱。本来想用这两部分钱继续做生意，钱虽然不多，勤快点，慢慢还是能把生意做起来的。现在要是给客户赔钱呢，我这个想法也就落空了。"

"这个钱你准备赔了?"

"不赔怎么办呢? 这些当地人，咱们惹不起。"

"那你现在手里钱也不够啊。"

"不够的拿货折钱抵吧，把库里的货全给他。"

"那你可就什么都没有了。"

"有，还有欠债呢。"

"债? 你什么时候还欠了债?"

"这次做这个单子，最后钱不够，差了八万人民币。厂家不错，先把货给发了，我答应人家一个月之内把钱还上。"

冯瑞阳想了想说："你看如果需要我帮忙的话，你说话。"

张斌干了一杯酒，长出了一口气说："咳……你这生意才好没几天，都是代销货，自己的钱也不多，如果是做生意运转上需要的话，我跟你张口，没多长时间就还上了。现在是填坑，我用你的钱不是把你也拽坑里了吗。"

"要是这样的话，你这生意还怎么做?"

"还做什么生意呀!" 他仰头又干了一杯酒，沉默了一会儿说，"突然一下就变得无路可走了，人生无常啊!" 他呆滞的眼睛又流出了泪水，成串地滴了下来。冯瑞阳看在眼里，觉得他无声的泪水比号啕大哭还让人沉痛。

三天后，那位客户找上门来，张斌和冯瑞阳一起同他谈的。谈了很长时间，看了库房里的货，他才接受了张斌的赔款方案，拿了钱，拉走了全部的货，这件事算是解决了。

隔了一天的傍晚，冯瑞阳刚从市场关门回家，张斌打来了电话，说要过来吃饭，有话想和他说。这两天张斌没有去市场，他也没去张斌家，两人没有见面。他立刻到厨房准备饭菜，等他把饭菜做好，张斌和阿乐桑娜两人正好也进门了。招呼他们坐下，他们四个人一起吃饭。冯瑞阳惊奇地发现，张斌有精神了，恢复了原来的状态。阿乐桑娜也变了，哭红的眼睛已经消肿，吃饭也有兴致了。冯瑞阳想：他们是不是有什么好事？航空公司赔钱了？除了这个他们还能有什么好事？

拉丽萨和阿乐桑娜很快吃完，一起到里间看孩子聊天去了。张斌这才跟冯瑞阳说了他的想法，“我有个想法，想请你帮个忙。我想开个饭馆，搞中餐。这主意还是阿乐桑娜提出的。你知道，我做过四年的厨师，手艺上咱们没有问题，阿乐桑娜也在咖啡馆干过，对这套也熟悉。咱们干饭馆是轻车熟路，不用求人，说干咱们就能干起来。”

两个人干了一杯酒。张斌一反前段时间沉痛、难过、低迷的状态，精神变得振奋。“我听说饭馆不好干，警察、税务、黑社会轮番要钱，挣的钱不够他们拿的，所以咱们中国人在这里开饭馆的很少，干不了几天就都不干了，惹不起这帮东西。”

“这不是有阿乐桑娜吗，挂她的名，前边的事全由她盯着，她是当地人，不会有问题的。再有，这几天我都想遍了，我干什么都很难干起来了，也只能做这个了。不行就只能回国找工作了，可阿乐桑娜怎么办？”

“需要我怎么帮你呢？”

“钱！我现在一点儿钱都没有了，你得帮忙给我解决启动资金。”

“没问题，我手里的钱你都拿去用吧。”

“不！不是这个意思，你听我说。我现在做货肯定是做不动了，这个市场的集装箱对我而言也没用了。你是要干下去的，所以我想转让给你，按现在市场的价格给你，你考虑考虑，行不行?”

冯瑞阳略加思索即点头说：“没问题，就这样。可是这点儿钱开饭馆够吗?”

“够，这事多亏了阿乐桑娜。”张斌笑着说了他们筹划餐馆的由来。原来阿乐桑娜姑姑的女儿在莫斯科居住工作，由于姑姑的身体最近不是太好，女儿打算接她去莫斯科一起居住以便照顾，所以姑姑准备把房子租出去。开始张斌和阿乐桑娜打算租这房子居住，看这房子是三居室，一层临街，这才萌发了开餐馆的想法。

“那可不错，省钱省多啦！等于自己家的房子一样啊。”

“是啊！要不然这点钱哪儿开得了餐馆啊!”

“阿乐桑娜真不错，你这媳妇找得好。”

张斌傻笑着说：“是是，你没看到吗，货出事她比我都着急。”

冯瑞阳去里间拿了钱给张斌。

“多谢啊!”张斌收起钱，举杯道谢。

“这谢什么？我需要集装箱，正合适嘛。”

两个人碰杯，冯瑞阳表达了钦佩和鼓励，说：“你肯定能干起来，这么多年我了解你，你肯定能重新站起来。祝你顺利!”两个人把酒干了。

从第二天开始，张斌他们就行动起来。先设计了门脸和餐厅的布局，制订了一个装修计划，然后找装修队谈好了价格，开始施工。装修队派了五个工人每天过来干活，但没几天就让张斌给辞退了，原因是这些工人根本就不正经干活，一天干一个小时就不错了，早晨来得晚，喝咖啡抽烟，然后比画着干一会儿活，中午吃饭喝伏特加，下午醉醺醺再干一会儿活就下班了，而且活干得也不成样子。他又换了一拨人，干了几天，还是这个样子，把他给气坏了，把这拨人也轰走了。他本来就是可着钱办事，简单装修而且要快，要这么干下去，钱多花了不说，指不定干到什么时候才能完工。他找来冯瑞阳商量，不找施工队干了，估计他们干活都是这个德行，干脆自己干。他在北京的饭店工作时，饭店装修，他负责配合装修队工作，自己虽然没干过装修，但都看过，知道怎么干。他想让冯瑞阳帮着他，两个人一起干。冯瑞阳当即就答应了。两人商定，让阿乐桑娜到市场替冯瑞阳卖货，冯瑞阳过来干活。说干就干，材料早就备好了，第二天两人就忙活起来了。

他们先装修门脸，由于已经入冬，要趁着天气还没上冻先把外面的活干了。他们把门口扩大，安装了金属装饰门，墙面贴了外装亚光瓷砖。说实话看别人干活跟自己干是两码事，两人费了不少力气，但毕竟是给自己干，一天除了吃饭就是干活，每天干十几个小时，这样在下大雪上冻之前把外面的活干完了。然后做室内装饰，墙面和屋顶刮泥子刷涂料，安装定做的木板墙裙和地砖，改造厨房。这些活他们费了不少力气，用了不少时间，但终于圆满地完成了。装修活干完了，冯瑞阳回市场卖货，阿乐桑娜回来和张斌一起购置灯具、桌椅、柜子、炊具、餐具，还有一些装饰品和餐厅的各种消耗品，然后把一切安装码放就绪，餐馆终于开业了。

把所有细碎的事情干完，张斌和阿乐桑娜把屋里所有的灯都打开，环顾着这装饰一新的餐馆：房间不大，装修也不奢华，但明亮、干净、优雅、有情调。他们满意地笑了。这里倾注了他们的苦心和辛劳，这里寄托了他们遭受灾难之后重新燃起的希望，这里是他们未来人生的新开始。他们双眼闪着泪花笑了。

此时正值元旦，阿乐桑娜说，当地人过年一般不在外面吃饭，应该等过完年再开业。他们商定请冯瑞阳和拉丽萨过来在餐馆一起过年。年终岁末的晚上，冯瑞阳和拉丽萨带着孩子来餐馆和他们一起过年。张斌炒了几个拿手的也是当地人爱吃的中国菜，有松鼠鱼、番茄肉、红烧肉、宫保鸡丁、香酥鸡、拔丝苹果等，阿乐桑娜做了沙拉，主食是中国的水饺。他们把两个长方桌拼成一个方桌，铺上洁白的新桌布，把菜用新买的带红花的餐盘盛了摆上，再摆上全新的餐具酒具。餐桌上，菜，色香味俱全；餐具，洁净光亮。四个人围在餐桌边看着，欣赏着，赞叹着。这一切是那么崭新漂亮，给人视觉的享受，给人新的气象。

他们高高兴兴地围坐在桌边，倒上酒，张斌和冯瑞阳斟满伏特加，阿乐桑娜和拉丽萨倒上葡萄酒，也给小葛丽娜倒上一杯可乐。他们举杯，说着祝福的话，高高兴兴地喝酒。他们吃着菜，快乐地晃着身子，赞美着菜的美味，欢声笑语洋溢在餐馆里。他们按照当地的风俗过年，其实和中国也差不多，年夜饭要吃到零点跨年，同时零点放炮仗烟花。几个人吃着、喝着、笑着。过了一段时间，孩子坚持不了了，拉丽萨抱她到里间睡觉，阿乐桑娜也坚持不了了，一起进里间休息。张斌和冯瑞阳一直喝着酒。伏特加在这里算是烈性酒，在北京人嘴里就像兑了水的酒，多喝也醉不了人。况且，两人的心情都好，冯瑞阳连续几批货都销得不错，这是几年来从没有过的，真金白银进了口袋，而且生意上升的势头非常好。张斌的餐馆马上开业了，过去那一页翻过去了，他说他开餐馆比卖货有感觉。两人都对未来充满希望，而且信心十足。展望未来，他们话说得痛快，酒自然喝起来没完没了。

快到零点了，张斌叫起了两位姑娘，把煮好的饺子端上来，拿出了香槟酒，“砰”的一声把瓶塞打上了房顶，吓得两个姑娘叫着躲闪到了一边。他用高脚杯给每个人倒上香槟酒。然后按照两个姑娘的要求，也是当地的风俗，他们每人在纸条上写下新年愿望，用打火机点燃这纸条，把这纸条燃烧后的灰烬丢在香槟酒里面。这时电视里新年的钟声敲响了，大街上的鞭炮响了，零时到了。他们举起酒杯，一起祝福，把包含着他们希望的香槟酒一饮而尽。然后他们一起到大街上放烟花。拉丽萨把小葛丽娜也抱了起来，用棉衣裹好，到外面看烟花。张斌买了不少烟花，他是想用中国的习俗，用烟花驱除过去这一年的晦气，迎来充满喜庆的新的一年。

冰天雪地的大街上，鞭炮声连天，烟花蹿上半空散开璀璨的火花，映红了白雪中那几张满怀希望，张望着未来的笑脸……

第十五章　琥珀屋的传说

在俄罗斯圣彼得堡的夏宫里原来有一座琥珀屋。这琥珀屋始建于1709年，是当时的普鲁士国王腓特烈一世为了效仿法国皇帝路易十四的奢华生活，命令普鲁士最好的建筑师在格尼斯堡里兴建琥珀屋，作为书房。琥珀屋面积约五十五平方米，共有十二块护壁镶板和十二个柱脚，全部由当时比黄金还贵十二倍的琥珀制成。镶嵌有六吨多的琥珀屋和名贵宝石，可以随意拼装成各种形状。琥珀屋的壁板以精湛的意大利珠宝镶嵌工艺饰以钻石、祖母绿和红宝石。琥珀屋建成后光彩夺目，富丽堂皇，闪耀着从柠檬黄到金红色，人类可以想象的黄色系列中的一切色彩，辉煌得让人窒息。

1716年，普鲁士国王腓特烈二世为与俄国结盟，获得俄国保护，忍痛割爱，将这件稀世珍宝赠送给了俄罗斯彼得大帝。彼得大帝死后，他的女儿伊丽莎白女皇于1755年把琥珀屋从圣彼得堡运到沙皇村查斯科耶西洛，改装成一个豪华的宴会厅。十月革命后，沙皇村更名为普希金城，辟为游览区，对外开放。叶卡捷琳娜皇宫中的琥珀屋成为最吸引游客的地方。

第二次世界大战爆发，1941年德国纳粹攻占了普希金城，将叶卡捷琳娜皇宫里的琥珀屋拆卸下来，装满二十七个箱子运回了德国格尼斯堡。“二战”结束苏军攻占了格尼斯堡与柏林，但并没有找到琥珀屋。琥珀屋从此下落不明，从世人眼中神秘消失了。苏联和东德专门成立了寻找琥珀屋的特别委员会，但近半个世纪的搜寻毫无所获。

琥珀屋的故事是维克多在作完琥珀画和冯瑞阳喝酒时讲的。他讲的时候，脸色泛红，眉飞色舞，表现出难得的兴奋神情。他还从书柜里找到了一本介绍琥珀屋的书，和冯瑞阳一起翻看里面的图片，介绍其中的工艺特点，称赞那琥珀装饰的美丽，看后他把这本书送给了冯瑞阳。冯瑞阳把书带回家反复看了好几遍。神奇！他感觉太神奇了！过去从没听说过，不知道这世界上曾经有过一个如此奢华的琥珀屋。他为书里插图中展示的琥珀屋的精美辉煌所震撼，为琥珀屋的神秘失踪故事所吸引，也为多年来几个国家，这么多的组织和个人全力探寻而没有结果感到遗憾，甚至产生了许多遐想。从此琥珀屋就长住在了冯瑞阳的脑海里，成为他的向往，也激发了他学习掌握琥珀画和琥珀雕刻技艺的热情。

冯瑞阳依然到维克多家学习琥珀画。维克多每次作画都会打电话叫他过去，开始只让他看，打打下手，以后就指导他由浅入深，由简到繁地去操作。由于维克多的画卖出的很少，订画的也不多，每个月最多的时候做四五幅，少的时候一两幅，甚至有的时候一个月也没有一幅，而且基本都是小幅简单、价格便宜的琥珀画。冯瑞阳觉得练习偏少，想到从拉丽萨家里拿来的琥珀，大块的都陆续地卖给了安先生，留下了许多小块琥珀。他便把这些琥珀找出来做了筛选，把不成器的小块琥珀挑选出来，按颜色分类，捣成大小不等的小块和碎末。他本身就是画油画的，家里有很多画好的油画。他找出几张适合的作底画，在家里做琥珀画的练习。这样他的琥珀画技艺有了快速的发展，令维克多感到惊讶，对他的进步大为称赞。这样三年多时间，冯瑞阳就掌握了琥珀画的全部技艺，加上他是油画专业出身，所以他制作的琥珀画，不仅有油画的深厚功底，还颇有创意，不显匠气。

在学琥珀画的同时，冯瑞阳和维克多之间的关系也逐渐加深。冯瑞阳没有正式拜师，但一直都以老师相称，平日里也以老师相待。维克多经济拮据，生活困难，冯瑞阳每次来除了带伏特加、烟和食物，也会多买些鸡蛋和容易保存的食品填满冰箱，让维克多平日里不为吃喝发愁。隔一两个月，冯瑞阳就带拉丽萨来一趟，把该洗的衣服和被褥全都洗了，把屋子收拾干净。维克多是个相当孤僻的人，与人很少交往，没有什么朋友，身边的亲人只有巴格丹一个孩子。维克多对冯瑞阳这样做自然觉得温暖，也十分感激，作为回报，在琥珀画技艺上对冯瑞阳倾囊相授。时间长了，他甚至在生活上产生了依赖，喜欢和冯瑞阳一起作琥珀画，和冯瑞阳一起喝酒聊天他会很开心。若是冯瑞阳长时间没来，他的心情会变坏，他们彼此之间有了亲人般的感情。

冯瑞阳在学习琥珀画的同时，也跟安先生学习琥珀雕刻。冯瑞阳向安先生提出学习琥珀雕刻，是第二次去潘家园安先生的门店。他回国带了几块琥珀，给安先生送过去。一进琥珀艺坊店门，他的眼前豁然明亮，只见门店里灯光通明，原来屋里只有一侧有展柜，现在两侧靠墙壁都是展示柜，柜里摆满了各式各样的琥珀雕刻的摆件和挂件，色彩缤纷，璀璨绚丽，让人眼花缭乱。他惊呆了，脑子里刹那间有了琥珀屋的感觉，这感觉让他兴奋起来。他心里清楚这门店里面琥珀制品的展示和他看到的琥珀屋的图片不同，但同样给了他绚丽辉煌的感觉。当时安先生不在店里。有个女售货员和他打了个招呼。他把手中的包放下，就迫不及待地到展柜前，去欣赏那琳琅满目、玲珑精巧的琥珀雕件。

展品比他上次来多了很多，有些是他上次来看过的，还有印象的，有些是没有见过的。里面挂件很多，品种丰富。有各种挂珠，都带雕刻，多为传统图案。挂件中主要的还是挂坠，造型极为丰富，都是因材施雕，既有观音笑佛，十二生肖，也有很多时尚造型。当然展品的主体还是摆件，摆件的题材广泛，因材构思，造型奇特，雕刻精湛，既有琥珀的晶莹光色，又有令人叫绝的艺术表现。

有一件摆件引起了冯瑞阳的特别关注。这是一块三四百克的金珀，像是元宝的形状。琥珀置放在一个浅色的很精致的木托上。这块琥珀的品质非常纯净，晶莹剔透，表面光滑润泽，在琥珀里面雕有几条金鱼，这几条鱼质感和动感非常好，像活的一样。鱼有大有小，品种不同，有红帽，有花斑。颜色各异，有金黄，有橘红，有深黄，有酒红。姿态也多样，有的在浅底觅食，有的在摆尾转向，有的向上似要游出水面。真就像是一洼水，里面游动着几条金鱼。仔细一看才知道这几条鱼的身形和颜色是利用了这块琥珀之中一些偏红的斑块和一些深黄的变色部分巧雕而成的，让人叫绝的是这些游动中的鱼和琥珀中这些天然的颜色完全结合在一起，就像自然天成一样的精妙。更让人惊叹的是，当你移动目光时，这琥珀中的鱼会动，就像在水中悠闲地游动。这是利用了琥珀表面的不平造成的视觉曲线变化形成的效果。从这块琥珀的侧面看，是倒三角的形状，琥珀的背后是一个斜面，雕刻都做在这斜面上，是在背面用阴雕的方式做的，正面看无论是鱼的个体还是几条鱼的分布都是立体的。这件琥珀雕刻作品构思之巧妙，制作之精美让人赞叹！

“怎么样？这是我刚完成的作品，前几天才摆上。”

冯瑞阳回过身来，安先生已经站在他身后了，手捧着黑色的宜兴紫砂茶壶，微笑地看着他。

“安先生！这件作品太精美了！”他一时没有想好用什么词语对这件艺术品进行评价，只能由衷地赞叹了一句。

“这是你上次给我带过来的那块大料做的。这块料特别好，我舍不得用费料方式雕，尽量保持了料的完整，做完之后没怎么减分量。”

“是吗？这块料是我带来的？太好了！构思太精妙了！雕得非常完美。”冯瑞阳诚恳地赞叹着。

安先生叫女售货员沏杯茶放到桌上，继续向冯瑞阳介绍着琥珀雕刻作品。“琥珀雕刻和玉石雕刻有很大不同，特别是摆件。玉石雕刻摆件有大有小，有的很大，十几千克、几十千克、上百千克的很常见，甚至几百千克，上千千克都不新鲜。琥珀哪有那么大的料呀，一般都是几十克上百克，这都很难找了，上一千克的几乎见不到。你清楚小块琥珀不值钱，琥珀大一点价格能相差十几倍，再大能相差几十倍甚至上百倍，就是因为大块琥珀少。所以，琥珀雕刻摆件很少，也都比较小。但玉石不透，只是表面莹秀，颜色也单调，就那么几种，在表现力上比琥珀差很多，发死，不如琥珀雕刻活分、生动。琥珀有的透，有的不透，有的半透，在透与不透之间这个层次太多了。透的，晶莹剔透；不透的，晶莹润泽；半透的，蜜在其中变化多端。而且琥珀的颜色太丰富了。这些都为琥珀雕刻的创作留出非常大的想象空间，雕刻出来的作品，艺术表现力就更加突出。所以，我告诉你，在所有的宝石雕刻摆件中，琥珀雕刻是最漂亮的，艺术价值也是最高的。”

冯瑞阳入迷地看着柜子里的展品，也入迷地听着安先生的介绍。安先生用手拦住冯瑞阳，指了指桌上的茶杯，“来，茶沏好了，先过来喝茶，以后再看。”

冯瑞阳坐到桌边，打开茶杯的杯盖，室中立刻弥漫着醉人的茉莉茶香。冯瑞阳喝了一口茶，说：“好香的茉莉花茶。”

“在国外喝什么茶？”

“喝红茶，他们叫黑茶。”

冯瑞阳把旅行包里面用布包着的琥珀拿出来放在桌上。他说：“这是我这次给您带过来的琥珀，本来想多带点儿，现在不像过去，海关开始管了，乌克兰那边我找了人没事，咱们国家海关过去不管，现在带多了要交税了。”

安先生坐到桌后，一块块地看这些琥珀原石，看完脸上现出满意的笑容，连声说：“不错！不错！全都不错。这在国内很难找到啊！”他从桌子的抽屉里拿出计算器，按每块琥珀上面标签标明的克重计算出价格，然后把计算器拿给冯瑞阳看，“是这个钱数吧？”

“是。”

“好，我一会儿把钱打到你的卡上。谢谢啊！给我找到这么好的料，省了我多少事啊！”

“您别客气！”

“来，用茶。”安先生示意请他喝茶。

冯瑞阳继续捧杯喝茶。安先生想想说：“这个琥珀，两边海关要交多少税呀？”

“这几年，琥珀特别便宜，带点儿海关根本不管……”

“这个我知道，我走过一次，在机场塞了点儿小费就让过去了。”

“现在他们那边还是要塞钱，就是要的比过去多了。咱们这边过去不管，现在有个金额限制，超过了才交税。”

“如果能够多带的话，下次你就给我多带点儿。咱们这边该交的税交了，那边该给的钱给了，这也合适。价格和国内相比还是便宜，关键是国内很难找到这么大的料。没有大料，手艺再好也没用，没的可做，只能雕小挂件。”

“那好，我下次就照您说的办，多带些过来。”

冯瑞阳定了定神，对安先生诚恳地说：“安先生！我有个请求！我想拜您为师，学习琥珀雕刻。”

安先生感到意外，怔了一下，随即就笑了起来，问道：“怎么想起学琥珀雕刻了?”

“喜欢！我真是非常喜欢！”

安先生看着他，思索着默默地点了点头，问道：“只是想学琥珀雕刻的技艺？没有其他的想法?”

冯瑞阳一时没有明白安先生的意思，自己就是纯粹想学习这门技艺，就明确地点头说：“对！”

“真想学?”

“真的！安先生！我不了解这行当的规矩，如果需要交学费，该多少您说，我交。”

安先生又笑了笑，摇了摇头，没有回答他，而是问起了别的，“你是学油画的吧?”

“是。”

安先生点了点头说：“那你应该知道，学雕刻和学油画是一样的，学习的时间很长，学习的过程非常枯燥单调，是很费功夫的。”

“我知道，我有思想准备。”

“你平时不在北京，那边还有生意，时间上怎么安排呢?”

“我每年回国两三次，每次在北京待两到三周，在北京期间天天到您这里来学习，然后在国外自己练习。”

安先生笑了笑，欣赏地看了看他说：“看来都想好了。明天你拿两张你画的油画来，我看看。”

第二天，冯瑞阳拿来两幅自己画的油画给安先生看。安先生仔细看了画，抬头看着冯瑞阳问道：“都想好了?”

冯瑞阳点点头说：“想好了。”

“好吧！那今天就开始吧！”说完，安先生就带着冯瑞阳进了里屋制作间。制作间里有两个二十多岁的人在做活，一个在打坯，一个在雕珠子。安先生给他们做了介绍，然后对冯瑞阳说：“这是我的两个徒弟，我跟他们交代好了，你这两三个星期就跟着他们做。”说完就出去了。

其中一个徒弟起身，先给冯瑞阳介绍了琥珀从原石到成品的全部工序，又介绍了设备和各种刀具，然后让他先看，再试着上手雕珠子上面简单的云纹。就这样冯瑞阳开始了琥珀雕刻的学习。两个多星期之后，冯瑞阳掌握了各种刀具的使用方法，只是还不熟练，雕刻了十几串珠子，雕刻了几个简单的挂坠。

在冯瑞阳结束这次学习回乌克兰的头一天，安先生把冯瑞阳叫到桌前坐下。安先生坐在桌后，拿着冯瑞阳雕的几个挂坠看着，问道：“明天就出国回去了？”

“是。”

“你做的这几个吊坠，感觉不错，刀法也对，学得够快的。当然离熟练还差得很远，这是要下功夫的，需要相当长的时间，回去后，手别放下。”

“知道了。”他看着安先生，尝试着问道：“您可以收我为徒了吧？”

安先生微微一笑，点了点头。冯瑞阳站起身，朝安先生恭恭敬敬地鞠躬，叫了一声：“老师！您费心了。”然后从衣兜里掏出一个装了五千元钱的信封，双手奉上交给安先生。

安先生打开信封口，朝里看看，笑了笑，从信封里抽出一张百元纸币收下，然后把信封和里面的钱又推回给了冯瑞阳。他说道：“这个我收下，你的心意我领了。收你做徒弟，我是看你干这行会有出息，不为别的。”他从桌下提出一个手提铁箱，交给冯瑞阳，说道：“这是我送你的一套电动刀具，带到国外去，平时多练习。”

冯瑞阳颇为感动，接过手提箱，连连道谢。就这样，冯瑞阳开始了琥珀雕刻的学习。他每次回国继续给安先生带琥珀来，然后在这里学习两到三周。头两年实际上都是安先生的徒弟在教。待他把几道工序都掌握，全部的刀具都能熟练使用，所有的刀法都熟悉，也就是基本功熟练之后，安先生才亲自指导他，指导他开始雕一些复杂的摆件和精巧的挂坠。由于冯瑞阳是学油画的，在大学时又选修过西方雕塑，对透视比例有扎实的基础，这对于立体雕刻大有裨益。在安先生的悉心指导下，他的琥珀雕刻有了长足的进步，又过了两年多时间，他独立完成的雕刻摆件，已经达到了一定的水准，获得了安先生的肯定。

安先生同时告诫他说："做得不错，进步很快。不过不要自满，你在技艺上还只是一般水平，也还不纯熟，而且越往上提高难度越大，要持续不懈地努力才行。"

冯瑞阳并没有自满，仍然痴迷于琥珀画和琥珀雕刻的练习和创作。他学习琥珀画和琥珀雕刻想成为艺术家不假，但也没有过多的功利要求。他是真喜欢，喜欢琥珀，喜欢这两种以琥珀为原料的艺术形式。而且从心里觉得他和琥珀有缘分，和琥珀画、琥珀雕刻有缘分，觉得这是属于他的艺术，是他生命中的东西。而且油画、琥珀画和琥珀雕刻也确实成为他生活中的一部分，是他每天都要做的科目。

生意上他还是和雅宝路的同学合作，同学发的货开始卖得火，一段时间以后不那么火了，倒也平稳，每天都卖货，赚多赚少而已。这样的生意不错，不用投钱就有货卖，赚得少点儿，但没有风险，还省心。这样做了三四年，他有了一定的积蓄，虽然不多，但总算有些钱了，面对未来心里踏实了很多。他把钱存入银行，不准备投放在生意上，做生意时间长了，对生意考虑得更加谨慎了。

拉丽萨在生活方面也让冯瑞阳省了很多事。拉丽萨永远知道自己在家里应该干什么，洗碗、洗衣服、收拾屋子，都是她给自己规定的工作。其实她做这些事情都不利落，还笨手笨脚，但却不让冯瑞阳插手，慢慢地两人形成了默契，家里的活冯瑞阳一点儿不做，从家务中解脱出来。有默契的还不只是家务，两人的关系也是如此。两人在一起生活一年多，都没有谈过结婚，谁都没有谈起过。另外，如小葛丽娜的父亲是谁等问题，两人也从没提起过，冯瑞阳不问，拉丽萨也不说。但两人的关系并不是不好，而是一直都好。冯瑞阳能感觉到拉丽萨对他感情上的投入是全身心的，他对拉丽萨自然也不是三心二意的。但他又觉得好像缺少点儿什么，他们的关系亲密无间又感觉像是有一层隔膜。

拉丽萨还有一些特别的地方。一是在冯瑞阳面前从没撒过娇，没有过小鸟依人的哼哼唧唧，从不耍乖讨巧，这倒也说明不了什么，只是少了一种爱人之间的情趣。二是在钱的方面分得十分清楚。家里平时用的钱就放在抽屉里，拉丽萨从来都是当着冯瑞阳的面拿钱，花钱报账非常清楚。冯瑞阳说了几次，家里生活用钱该花就花，不用报账，她依然如故，账报得很细。冯瑞阳不清楚这是文化上的差异还是她另有想法。

冯瑞阳不知道这是不是他要的爱情生活，但肯定和他之前对自己爱情和家庭生活的想象并不一致。但两个人相处确实有很高的舒适度，彼此从没有过强人所难的要求，相互包容，从不吵架。冯瑞阳不知道他们能不能迈进婚姻的殿堂，但也没有和拉丽萨分开的想法，他心里不止一次地为这事纠结，最后总是以顺其自然搪塞自己了事。

就这样，冯瑞阳在生活和生意上没发生什么大事，平平静静，没什么变化，在琥珀画和琥珀雕刻枯燥的学习中不知不觉过去了三年多时间。这三四年变化最大的是张斌。

张斌结婚了。张斌的餐馆开业头三个月没有什么客人来，一天来三两个客人，也就是吃碗面条。他坚持不下去的时候，还找冯瑞阳借过钱。三个月之后餐馆生意逐渐好了起来，中餐丰富，当地人喜欢吃，又便宜吃得起，生意越来越火爆。当然麻烦也是不断，警察、税务、黑社会变着法过来捣乱，亏了阿乐桑娜在前面挡着，少花了不少钱，不然非把这餐馆整垮了不可。张斌说：“做餐馆没有什么风险，钱挣得比卖货省心，就是人辛苦。”这样头一年下来，张斌挣下了三万多美元。

张斌原打算再过一年结婚，这样经济上宽裕一些，再在基辅买套房子，但阿乐桑娜怀上孩子了。两个人一商量，张斌岁数也不小了，房子可以晚点买，这样就张罗着把婚事办了。所以，他们的婚事办得仓促了些。还是在租的房子里住，只是新置办一些被褥衣服，简单了许多，省了不少事。时间虽然仓促，婚礼可没将就，张斌把婚礼当作人生中一件最大的事来办，一定要风风光光隆重地办。

他们的婚礼先在乌克兰东部阿乐桑娜家办的，之后到北京又办了一次。在阿乐桑娜家办的婚礼完全按照当地的风俗。他们早晨去结婚登记，领结婚证书，再去教堂举办结婚仪式，然后到烈士纪念碑献花，最后是婚宴。宴席是在州首府最好的饭店办的，为了方便客人赴宴还特地租了两辆中巴车，参加婚宴的有三百多人，办得相当排场。

在北京是在四星级酒店的宴会厅办的，非常隆重。请了四百人，除了亲戚，张斌把能联系上的同学，过去的同事和朋友全都叫上了，在当时的北京这么铺张地办婚事还是很少见的。冯瑞阳曾劝他别办这么大，太费钱了。张斌不同意，非要办到最好。冯瑞阳倒也理解他，他的餐馆生意又做起来了，等于从灾难中重新崛起。他有钱了，又娶了这么年轻漂亮让人羡慕的洋媳妇，实现了他的人生梦想，甚至超过了他过去的梦想。他高兴，他荣耀，他要炫耀。

张斌结婚冯瑞阳包了一个万元的红包，还为他们准备了两件特别的礼物。一是用两块鸡油黄的蜜蜡各雕了一个吊坠，两个挂坠的形状是一样的，都是心形，妙在上面雕刻了张斌和阿乐桑娜的浮雕头像。冯瑞阳学习雕刻不久，费了不少劲，雕得非常仔细，雕成之后，觉得还满意。他们两人也非常喜欢，婚礼时两人把吊坠特意挂在胸前。二是在维克多的指导下他制作了一幅他们两人穿着婚纱礼服的琥珀画，画端庄典雅，华丽贵重，配好画框，送给他们。两人更是喜欢，当即把琥珀画挂在新房正中的墙面上。

第十六章　天上掉下的劳力士手表

直到有这么一个上午，冯瑞阳平静的生活才被打破，从此他的生意和生活发生了很大变化。

早晨，当冯瑞阳还在床上半睡半醒地躺着时，小提琴声响了起来，把他从床上叫了起来。今天是市场的休息日，他本想在床上多赖一会儿，没想到琴声还是准时响起。琴自然是拉丽萨拉的。她每天都这样，在冯瑞阳早晨去市场，孩子醒了以后，她都要练琴，每天上午下午各一次，仿佛她还是个大学生，在为以后的理想努力练习。其实若不是她带着孩子，你绝对想象不出她已经是个母亲了，她方方面面都像是大学生，头脑还停留在大学时代，可能她对于大学还很留恋，也可能是大学毕业以后没有找到工作，从没有真正进入社会工作和生活过的原因。

今天说好去郊外野餐的，只要天气好，没有其他事情安排，他们每星期都去郊游野餐。当地人酷爱野餐，每到星期天，郊外河边草地上都有许多家庭，他们铺开塑料布，摆上从家里带来的食物、饮料，随意地坐着或躺着，悠闲地吃着喝着，懒洋洋地晒着太阳，看着河水流淌，看着鸟儿在林边飞翔，看着孩子在草地上玩耍。冯瑞阳和拉丽萨与众不同，铺上塑料布摆上食物、饮料后，他们一个人支上画板写生作画，一个人拉动琴弦琴声悠扬。

市场关门休息日和一般单位的休息日不同，所以他们出来郊游的时间，景色好草地好的地方都没有人。他们可以选择最喜欢的地方，而且清净宜人。两年前，冯瑞阳和张斌同时各买了一辆五千美元的奥迪旧车。冯瑞阳把车开到选定的地方，其他的就不管了，拿下自己画画的东西，选择位置，支起画板作画去了。其他的事情就全由拉丽萨做了，就好像他们之间有默契，不用说就知道各自该做什么。拉丽萨从车上拿出一条床单，铺在草地上，在床单上铺一块小塑料布，再把食物用刀切了装在盘里，把餐具摆好，这样人可以坐在床单上吃塑料布上码放的食物了。拉丽萨做这些事情并不熟练，甚至有些慢，但按部就班，做得十分优雅。这时候小葛丽娜一般都会跟冯瑞阳在一起，依在冯瑞阳的腿上，指着画板问着一个又一个的问题，冯瑞阳一边回答一边作画。拉丽萨看到这一幕脸上会浮现出开心的笑容，这时她才拿起小提琴开始演奏练习。

拉丽萨拉了两个曲子之后，坐下来给杯子倒上饮料，把红色的鱼子酱用餐刀抹到面包片上，然后招呼他们两人吃饭。二个人半躺半坐围在一起悠闲地吃着喝着，冯瑞阳还在想着河对岸那片树林画笔下的细节处理，拉丽萨脑子里也在推敲曲子的节奏变化

吃过饭，两个人继续在画笔和琴弦上完善之前的艺术思考。小葛丽娜则在草地上玩起了玩具汽车和娃娃。这时冯瑞阳放在身边的手机响了。这手机是一年前买的，手机和通话费价格便宜了，他便买了，当然主要还是手里有钱了。他想给拉丽萨也买一个，她不要，说没用，就没买。电话是张斌打来的，语气有些急，叫他马上去餐馆，有件急事要跟他说。冯瑞阳便招呼拉丽萨，说张斌那里有事，便把东西收拾好放回车上。三个人上车，冯瑞阳先把她们送到家，然后去了张斌的餐馆。

冯瑞阳到餐馆的时候，正是中午吃饭的时间，餐厅里几乎坐满了客人。他进门没有见到张斌，只见阿乐桑娜在忙。阿乐桑娜看到冯瑞阳便用手指了指上面。他明白张斌在楼上他们的住房，便出了餐厅上楼敲门，开门的是张斌。冯瑞阳见到张斌被吓了一跳！只见张斌的脑门贴着纱布，头上还缠了一圈纱布，脸上有血迹。

“哟！这是怎么回事？怎么受伤了？伤得重吗？”冯瑞阳焦急地问道。

张斌拉他坐下，摆摆手说：“伤没事，刚去医院处理过了。我先跟你说说今天遇到的这个事，太奇怪了。”紧接着他叙述了刚才遇到的让他惊讶的

事情。

今天上午，附近一个宾馆的天然气管道故障维修，宾馆的餐厅停业便到张斌的餐馆定了三十份盒饭。临近中午时，张斌把饭做好开车送过去。到那里之后，把车停在路边，从车上搬起装有盒饭的塑料食品箱，正向宾馆大门走去时，突然从上面掉下来一个物体，这个东西正巧砸在张斌的脑门上。张斌只觉眼前亮光一晃，这物体刮过他的脸颊，落在了他端着的没有盖盖子的食品箱里。张斌立刻觉得一阵头晕，脑门被砸击处火辣辣的生疼，感觉到有血流淌在脸上。他把食品箱放在地上，用手护住脑袋定了定神，稳住了身体，抬头向上看，五层高的楼房，有窗户有阳台，但没有人，看不出东西是从哪里掉下来的。他觉得脸上的血仍然在流淌，赶紧回到车里，对着车里的后视镜查看头上的伤口，看到脑门有破口，血流了一脸，忙用车里的纸巾将血擦干，又用一叠纸巾捂住伤口。他又赶紧下车，仰头向上望去，这正是宾馆的楼房，看不到人，无从判断砸他的东西是从哪个窗户掉出来的。他再朝敞着盖的塑料箱里定睛一看，被砸破的盒饭上躺着一只手表。原来是天上掉下来一块手表，把他给砸了。他把手表拿在手里，这是一块男款坦克链的手表，有些分量，所以把他砸得很重。

张斌怒气冲冲地进了宾馆，前台的女服务员见到他吓了一跳，他脸上还流着血。他向女服务员和一个像是负责安保的魁梧男子指着手表说了他伤口的由来，叫服务员和保安一起出来站在他刚刚被砸的地方，向上看，判断可能丢出手表的房间。回到宾馆前厅，那位神态端庄的中年女服务员叫人把盒饭搬走，叫保安上楼去找掉手表的人。保安向张斌要那块手表，张斌怕他偷拿走，没给他。女服务员看张斌头上仍在流血，叫他赶紧去医院处理一下伤口。

张斌开车去了医院，医院不远，很快就到了，找医生一看，伤得很严重。医生给他缝了三针，贴了纱布，又拿纱布在他头上缠了几圈。张斌没想到伤得这么严重，还缝了几针，心里这个气呀！从医院出来，又开车去了宾馆，想着一定要找到这个掉手表的人，要好好教训整治他。

张斌到了宾馆前厅，女服务员和保安对他摊开双手，说没有找到。他非常诧异，问这怎么可能。保安说了那个位置临街的几间房子从二层到五层他都去了，只有两间房子有人在，是两对夫妇，都没有掉手表或其他东西。张斌不相信，拉着保安一起再次上楼去看，从二楼到五楼，把那个位置的所有房间的门全敲了，正如刚才保安所说，还是只有两间房子开了门，其他房间静悄悄的没有回应。张斌只好下楼，满腹狐疑地走了。

他上了车，坐在车里没有启动，点了支烟抽着，脑子里反复琢磨这事，又拿出手表仔细看，不禁大吃一惊！原来这是一块劳力士手表，表盘上镶嵌有钻石。他不清楚这手表的价格，但知道这表很贵重。这让他更糊涂了。这时他给冯瑞阳打了电话……

冯瑞阳拿过张斌递过来的手表一看，果然是一块劳力士手表！他认识那个劳力士皇冠的商标，这可是高档手表，价值不菲！这事确实让人想不通，谁会把这么贵重的手表掉下楼，而不知道丢了，不来认领呢？而且范围不大，就那几个房间，大部分房间当时没有人，按说应该很好找啊。这事确实很怪。

"这些房间你都敲门了，只有两个房间有人？"

"对呀！都问了，都说没有往下扔东西，也没有丢手表。"

"会不会有人在屋里睡觉没听见，没起来开门？"

"应该不会，敲门的声音很大，还等了一会儿，我还特意趴在门上听了听。另外睡着了怎么能把手表掉了呢？"

"你没叫服务员把门打开？"

"说了，他们不同意。他们有规定，客人不在不能开门让外人进。"

"这事实在太怪了，这么贵重的手表，丢了没人找？一般人非急坏了不可。"

"你看看，这是不是假表？"

冯瑞阳反复地看了看手表，说："不像是假的，真的。"

"我看也是真表。这表你知道值多少钱吗？"

"少说得二十万吧。"

"这么贵重的东西丢了怎么可能不找呢？"

"你当时向上看，楼上什么都没有看到？"

“什么都没有看到。”

“手表戴在手上，怎么能掉了呢？而且上面又没有人，怎么会掉下手表来呢？”冯瑞阳思索着，把手表戴在自己的手腕上，站起来使劲甩了甩手腕，手表戴在手腕上好好的，“表链也没有坏。”

“不是上面掉下来的，还会是飞来的？”

“飞来的？”冯瑞阳思索着，问道：“你们都去哪些房间问了？”

“就是我被砸位置的上方，每层两间都去了。”

“旁边的没去？”

“没去。考虑的是上面掉下来的嘛，去旁边的干吗？”

“兴许是旁边的房间扔出来的呢？”

“扔出来？……也别说，这事邪门，还真得奔歪了想。可谁会把这么贵重的表扔了？”

“那谁知道呀，只是有这种可能。旁边的房间没发现什么？”

张斌想了想说：“这么一说吧，我倒想起来了，旁边的房间好像有动静，里面应该有人，哪一层我忘了。”

冯瑞阳又看了看张斌的伤，问道：“你的伤真没事？”

“就是疼点儿，没什么事。”

“走，咱们一起去看看。”

说罢，两个人一起出了门，各自开着自己的汽车，一前一后地上路，来到宾馆，把车停在路边。下车后，张斌站到被砸的位置，指着上面给冯瑞阳演示了一下被砸时的状况。然后两人进了宾馆，走过宾馆大厅，见前台有客人，服务员正忙没人注意他们。他们便自行进了电梯，上了楼。他们先上了五楼，把临街的几个房间的门都敲了，没有任何回应，看样子确实没有人。他们又下到四楼，敲了两个房间，一个房间有人，是个五十多岁说俄语的妇女，对于他们的问题，冷冷地摇了摇头就把门关了。这时，有个女服务员在用墩布墩楼道的地板。张斌灵机一动，问这女服务员：“我们来找人，说是在四楼，我忘了是哪个房间了，请问哪个房间住人了？”

女服务员一边墩地一边反问道：“你们来找那两个中国人？”

张斌和冯瑞阳对视了一下，这可是没有想到的新情况。他们忙说："对！"

女服务员直起了身子，朝身后的房间指了指，说："就是那挨着的两个房间。"

"他们在房间里吗？"张斌问道。

女服务员继续低身墩地，说道："他们昨天入住的，不知道今天出没出去。"

他们两个人到那两间房门前，看这两间房不在张斌被砸位置的上方，但隔得不远，如果手表真是被人扔下去的话，是可能扔到那个位置的。两个人对视了一眼，都觉得这个新发现很重要，很可能事情的真相就在这两个房间里。他们敲了两间房的门，没有回应，他们再次敲门并加重了力度。敲门后他们竖起耳朵倾听着，似乎听到房间里有动静。冯瑞阳举手正要继续敲门，忽然房门开了。打开的房门口前后站着两个人，但不是中国人，而是两个金发碧眼的白种人，两个强壮的当地男人。

冯瑞阳一怔，这出乎他的意料。在另一间房门敲门的张斌过来站在冯瑞阳的身后，他也颇感意外。

"你们找谁？"门里的人问道，眼中满是敌意的揣测。

"我们来找住在这里的中国人。"冯瑞阳小心地答道。

"没有！这里没有什么中国人！"其中一个白种人说完就把门关了。

冯瑞阳和张斌对视了一眼，满脸疑惑地离开了，走到楼道口，又碰到那位打扫卫生的女服务员。张斌问道："你告诉我们的两个房间，一间没有人，一间里住的当地人。你记错了吧？"

女服务员一脸不悦地说："怎么可能错呢？我亲自给他们开的门。"说罢，她放下墩布，带着他们两人又来到那两个房门前，说："就这两个房间，不会有错。"

张斌指着门说："你敲门看看。"

女服务员摇摇头，说："我不可以，我们有规定。"

张斌和冯瑞阳对视了一下，抬手敲门，敲了几下停下来听听里面的动静，然后继续敲。这样敲了几次之后，房门开了一条缝，开门的还是刚才那个当地男人。他见到张斌和冯瑞阳后瞪起了眼睛，恼怒地说道："还是你们！"

"服务员告诉我们，两个中国人就住在这间房。"

"这里没有什么中国人！不要再来找了！"说完，他把门使劲关上。

冯瑞阳朝站在身后的女服务员摊开手，问这是怎么回事。女服务员耸耸肩，说："入住的肯定是两个中国人。"

"现在怎么是当地人？"

"可能是来的客人，也可能是两个中国人不想见你们，我不知道。"说完，她走开了。

张斌和冯瑞阳移步离开这里，两个人的心思都变沉重了。现在不仅觉得这事蹊跷，而且完全怀疑起这件事了。有人往楼下扔了一块这么贵重的手表，不去找。两个中国人，在租住的房间不见了，变成了两个或者更多的强悍的当地人。而且这个开门的人还隐瞒这里住着中国人，公然说谎。还有他敌意的眼神，莫名其妙的蛮横态度，明显不是正常人的表现。他们下楼来，决定跟前台再核实一下房间是否住有中国人。如果确实是，他们想要求宾馆采取措施或向警察报案。这里的治安不好，绑架中国人和杀害中国人的事时有发生，若没有中国人他们可能还不会想得这么严重，现在的情况让他们心里立刻绷起了这样一根弦。

他们在和前台人员谈这事的时候，大厅另一边的两个电梯间几乎同时开了，从里面冲出了几个人，领头的人拎了一把手枪，身后有六个人，分别是两个强壮的当地男人各挟持着一个中国人，这两个被控制的中国人的手腕被反绑在身后，他们一行人快速地朝大门外走去。大厅里除了张斌他们在前台外，没有其他人。这几个人没有受到任何阻碍，很快出了宾馆大门。张斌和冯瑞阳把这突然发生的情况看在眼里，不用再去判断什么了，明摆着就是一起绑架案。他们朝前台的人叫了一声："打电话报案！"两个人就一起随后跑出了宾馆大门。这时被绑架的若不是中国人，他们可能就此罢手，报案了事了，但见到同胞被绑，两个人没有一点儿犹豫，立刻跟了出来。

这伙人冲出宾馆大门，打开路边停放的两辆车的车门，把两个中国人分别塞进两辆汽车，自己也跳上汽车，然后快速启动车上了路。张斌和冯瑞阳随后也钻进了各自的汽车，开车尾随这两辆汽车而去。他们小心地开着车，和前边的两辆车拉开一段距离，他们不想被这伙人发现，人是要救的，但也不能把自己的命搭上，劫匪毕竟手里有枪。他们不知道后面会发生什么，也不想主动去做什么，只是觉得这样跟踪是有用的，有机会能救人最好，救不了人还可能看到绑匪的落脚点，看不到绑匪落脚点也争取为破案救人留下更多线索。张斌和冯瑞阳两人的心思不谋而合。

这是基辅的主要街道，此时行驶着各种车辆。绑匪可能是发现了后面有车跟着，也可能作案不顺利心虚慌乱，车开得比正常行驶的车速快，不间断地超车，人行横道有行人也不停，又闯了一个红灯，险些将张斌他们甩掉。好在红灯拦住他们的时间不长，路上车多，他们两人连超了几辆车还是追上了绑匪的车。他们继续和这伙人的两辆车保持距离尾随着。这时绑匪的车过人行横道依然不停，险些撞到一个抱小孩的妇女，被前方埋伏在路边的交警看到，跳到路上，伸出交通指挥棒提醒这两辆车靠边停车。这绑匪哪敢停车，两车反倒加速掠过交警，超车驶离。交警急了，钻进路边的警车，响起警笛，飞速朝这两辆车追去。

张斌和冯瑞阳在后面看见，心里乐了。他们想，这些交警成天猫在路边，逮违规车罚款，拿了钱不开单子，全塞自己兜里，见是中国人，更是恶意要钱，烦死人，今天不错，逮对人了，估计也以为抓了个大违章，可以多挣些钱，才这么使劲追呢。他们觉得交警这么一追，救人的机会来了，两人立刻抖擞精神，紧盯前方，开车跟着警车追了过去。绑匪的两辆车被交警这么一追，跑得更快了，超车闯红灯。在十字路口又一个交警紧挥交通棒拦他们，他们依然开车高速越过。这个交警也钻入了停在路边的警车，追逐这两辆车。这样在大街上，就有两辆警车追逐那两辆车，后面还有张斌和冯瑞阳的车尾随着。

几辆车在路上越开越快，转眼到了下一个十字路口，路口又是红灯。前面绑匪的两辆车不减速，一辆车直行通过，另一辆车发出怪声突然右转，驶向了另一条道路。两辆车分开走了！后面紧跟的两辆警车，也自行分开，一辆直行，一辆右拐，分头追去。跟在警车后面的冯瑞阳急忙刹车向右打方向盘，车在路口漂移了一下，又“嗡”的一声蹿了出去，疾驰追了过去。后面张斌的车则直行朝另一辆车追去。冯瑞阳紧盯着前面的两辆车，紧追不舍。这条路较刚才那条路窄，车也较刚才那条路少些，绑匪的车和警车开得飞快，不停地逆行超车，险象频出，几次险些撞车。冯瑞阳跟在后面，看得惊心动魄。这时他摒除了各种杂念，不做他想，也顾不上想别的，因为稍有松懈就会被甩下，稍有疏忽就可能撞车。他全神贯注咬紧前面的车，把车开得飞快，也是几次险些和路上的车迎面相撞，把他惊出了阵阵冷汗。

又到十字路口，还是红灯。绑匪的车依然不减速，直行闯红灯。但这次不巧，意外发生了！一辆横向行驶的大通道式公共汽车已经行驶到路口中央，绑匪的车试图从公共汽车前面强行通过，但很不幸，公共汽车正提速通过路口，绑匪的车眼看过不去只好刹车，但已经来不急了，绑匪的车直接撞到了公共汽车车头的侧面，发出巨响，忽地冒出了大股烟气。公共汽车的车身被撞瘪凹进去一个大坑，车上的玻璃碎了一地，前保险杠被撞掉，往前滑行了一段停住了。小车则被撞得飞快地旋转了几个圈，又翻了两个滚，撞出二三十米远才停住，车头撞瘪几乎不见了，玻璃全碎，零件散落一地。车身严重变形，可以看到车里四个人头上身上带血，歪七扭八地挤在车里已经不动了。

追在后面的交警和冯瑞阳的两辆车，发现了前面的险情紧急刹车，但刚才车速太快，即便提早刹车也冲到了大通道汽车跟前才停住，差一点撞上。交警的车和冯瑞阳的车停住之后，绑匪的车还在翻滚，险些砸到冯瑞阳的车，最后滚停在警车和冯瑞阳的车中间。这一切都是在很短的时间内发生的，快速、暴烈、纷乱、嘈杂、惊心动魄。

此后现场出现了瞬间的停滞和安静。现场所有人都惊吓住了，停车观察着，不知道发生了什么事情。冯瑞阳离绑匪撞坏的车很近。他看到车后座上那位被绑架的中国男子头上有血靠在座位上，好像是被撞晕了，车上其他人看上去也都撞伤晕厥了。冯瑞阳推车门下车，想过去看一下这个中国男子的情况，如果还活着趁机把他救下来。与此同时，在另外一边的交警也跳下警车，直奔撞坏的汽车。

这时意外发生了！就在交警接近那辆车的时候，车上的司机睁开了眼睛，懵懂中看见两个警察向他们扑来，想都没想，从身上摸出手枪，照着警察迎面就是两枪，“砰！砰！”两声枪响，一枪击中了警察的耳朵，一枪击中了另一个警察的肩膀。这个绑匪司机刚刚苏醒，还迷糊着，手上也没准头，瞄的是两个警察的脑袋，这么近还打偏了，也是这两个人命大，死里逃生。这两个警察本是交警，是在路上纠查行车违章的，身上没有武器，没想到碰上绑匪了，迎面挨了两枪，给吓坏了。他们两个捂着伤口扭头就跑，钻进警车里，拉响警笛，倒车掉头，提起车速逃命去了。

这突然的枪声，吓坏了现场所有人。原来驻足观看的人立刻四散跑开，附近的车辆也都夺路而逃，躲离现场。连那被撞公共汽车上面的人也都下车四散而去。这枪声更是把冯瑞阳吓了一跳！他见警察被枪击，想都没想，回身就跑。他钻进车里，坐到驾驶位上正要启动车，车门却被从外面打开了，一支手枪顶住了他的太阳穴。原来车后座上的绑匪也醒了，抬眼见冯瑞阳正在靠近，认出正是这人在宾馆敲门时发现了他们，逼迫他们离开，又一直开车跟踪他们。这绑匪挣扎着起身，用力推开车门，下车追冯瑞阳到车前，打开车门，掏出手枪顶住了冯瑞阳，厉声说：“下车！快下车！”

冯瑞阳心里一阵抽搐，脸色煞白，束手就擒，乖乖地下车，靠车身站住，抬头看那绑匪。那绑匪脸上身上都有血，是个二十六七岁，一头金发的当地乌克兰人。他一脸煞气，两眼冒着凶光，举着枪顶住冯瑞阳的脑门，咬牙切齿地说：“你自己找死！”说完打开了手枪的保险……

冯瑞阳心想：“完了！”眼睛失神，眼前一黑……绑匪却没有开枪，而是收回了手枪，脸上也变了神色，仔细地打量着冯瑞阳，仿佛在辨认他，又在回想着什么。这时绑匪车上的几个人都已经醒来，副驾驶座上的人伤得很重，浑身是血，已经不能动弹。被绑架的中国人双手还被绑着，也在挣扎着要钻出车来。那个开枪的司机伤得不重，已经打开车门下车了。这时，拿枪指着冯瑞阳的绑匪意识到现在情势的紧急，他回身看了一眼同伙，再回过头对冯瑞阳说："你不要动！"话语虽然严厉，却没有了刚才的凶狠。

冯瑞阳睁眼见绑匪没有开枪，心中诧异，看到绑匪态度的转变，心里升起生的希望，顿时魂归，精神恢复了一些。他没有动。这个绑匪像是头目，他指挥那个司机把重伤的同伙抱上冯瑞阳的汽车后座。这个司机还要把被绑的中国人也带到车上，却被这个头目制止了。他让司机上车坐到司机的位置上，又继续打量了一下冯瑞阳，然后指着撞坏的车里绑着的中国人说："中国朋友！这个人我给你了。我借你的车用一下。你不要报案！我们后会有期！"说完他钻进了车里，指挥那个司机开车。汽车倒了一下，掉头朝左边的路飞驰而去。

眼前发生的事让冯瑞阳发怔，出乎意料，但现在来不及想这些，救人要紧，谁知道后面会发生什么事。他忙跑到那撞毁的车边钻进去，为这个中国人解绑，问道："你伤得怎么样？能走吗？"

这中国人答道："到处都疼，不知道能不能走。"冯瑞阳把他拉出车，让他尝试着活动一下四肢，都能动。冯瑞阳拉着他就跑，跑得是跌跌撞撞，冯瑞阳仍拉着他尽量快跑。他们穿过路口，沿街跑了一段，穿过一个楼区，在两栋楼之间一个没有人的狭长过道停了下来。两人累得气喘吁吁，背靠着墙坐到了地上。在跑的过程中，冯瑞阳一直观察后面和周边，没有人跟踪他们，楼区里也很安静，感觉这里安全了，休息一下，想想后面怎么办。

冯瑞阳问道："你怎么样？"他打量着这个被救的人：这人四十岁左右，中等身材，额头偏大，像是广东人，头上血迹斑斑，有几处青肿，脸有些变形。这个人喘息着说："还行……你是中国人？"他说话带有明显的粤语腔调。冯瑞阳觉得他的问话十分奇怪，点点头，有气无力地说："当然是中国人了，北京的。"

"谢谢你！救了我！"这人惊魂稍安，喘息着道了谢。冯瑞阳点了点头，看来这人知道已经脱险，而且知道是谁施以援手救的他，经历这么大的凶险还明白，不容易。冯瑞阳想想自己，刚才枪对着脑门的时候，真的以为这辈子挂了，精神一下全垮了，到现在还没缓过劲儿来，脑袋还蒙着呢。

现在怎么办？冯瑞阳想要赶快离开这里。他想到了张斌，应该和他通个电话，问问他那边怎么样了。冯瑞阳赶紧在身上找手机，还好，手机在衣袋里，没有放在车上。他掏出手机拨通了张斌的电话。

“你那儿怎么样？”

“跑了！没跟上。”

“正好！我的车没了，我和那个被绑的人在楼区里躲着呢，你开车过来接我们一下。”

“好！我这就过去。”

冯瑞阳起身到夹道口看了看街上，报了地址。很快张斌的车就到了，停在路边，冯瑞阳拉着这个被解救的人上了车，车随即上了路。张斌回头看了一眼那个血迹斑斑的人，问道：“你们这是怎么回事？”

“哎！张哥！咱哥儿俩差点儿下辈子见了！我差点儿挂了！”

“哟！是吗？怎么回事？”

“话长，你先开车，回去再说。”冯瑞阳说道。

“他伤得重不重？要不要去医院？”

那人想了想问道：“去医院安全吗？”

张、冯二人听到这个问题不知如何作答，确实去医院容易暴露，有安全顾虑。那人看他俩没有说话，知道这事没有把握，便说：“算了吧，我觉得还可以，可能问题不大。”

张斌问道：“你是广东人？”

“我是香港人。”

冯瑞阳从车上拿了一沓餐巾纸递给这个香港人，让他擦擦血。自己点上一支烟抽着，镇定一下情绪。

“你那边是怎么回事？”

张斌回答说：“咳！那辆警车追到中途不知怎么个情况，突然不追了，把车速降了下来，还别了我一下。就耽误这么一会儿，再想追追不上了，那车跑没影儿了。”

“那辆车上被绑的人是跟你一起的吧？”冯瑞阳问这个香港人。

“是我的俄语翻译。”

车里沉默了一会儿。张斌问："我们去哪儿?"

"回家吧。"

"是啊，是去你那儿，还是去我那儿?"

"都行。"

"还是去你那儿吧，我那儿人多。他这样子，容易让人注意，一个人看见就全都知道了。"张斌的住房就在餐厅的楼上，餐厅人来人往，他的担忧不无道理。

冯瑞阳答应着："行!"他叫香港人下车后用手捂着点头。

张斌把车开进楼区，停到楼门口，冯瑞阳和香港人快速下车进楼。还好楼道里没有人。进了家门，却把拉丽萨吓了一跳。冯瑞阳把拉丽萨和孩子拉进里屋，简单解释了一下，叫她们在里屋待着。张斌停好车也上楼进了房间。

第十七章　因琥珀结成的朋友

张斌进来关上门，被救的香港人扑通就给张斌和冯瑞阳跪下了，眼泪哗哗地说："谢谢你们救了我的命！你们的大恩大德，我一定会报答的！"

张斌和冯瑞阳忙扶香港人起来，他就是不起身，跪着哭道："我在这里举目无亲，一个人都不认识，第一次来这个国家，什么人都不认识，你们要救我就救到底吧。我想快点回香港，你们帮帮我，给我买张机票，我回去一定重谢你们！"

张斌和冯瑞阳还是头一次看到大老爷们儿痛哭流涕地给人下跪，用手拉这人的时候，感觉到他浑身在颤抖，仍然在惶恐之中。不过他们两人都能理解，他一个人身在异国他乡，语言不通，举目无亲，又刚刚死里逃生，搁谁谁都怕。张斌和冯瑞阳对视了一下，点着头说："行行！你起来！你别害怕，我们肯定帮你，都是中国人。"他们把这人拽了起来，让他坐到沙发上。

张斌问道："你怎么称呼？"

他说姓陈。张、冯二人点上烟，张斌抽了一口烟说："咱们先把事情都捋清楚，然后再看怎么安排，尽量让你快点儿回去，好吧？"这时的张斌说话有板有眼，头脑清楚，看来手表砸他脑袋的晕劲儿过去了。他先问冯瑞阳："先说说你们是怎么回事！怎么差点儿挂了？怎么伤得这么重？"

冯瑞阳叙述了他们刚才险些丧命，现在还让他们心惊胆战的恐怖经历。张斌惊讶地摇着头，说："太悬了！命大！你们两人这是捡了条命啊！"

然后他们问这位陈先生："你谁都不认识，到这儿干什么来了？"

陈先生叹了口气，叙述了来这里的缘由。这位陈先生是珠宝商人，在香港有自己的公司。去年香港珠宝展销会期间认识了一个乌克兰的琥珀商人，两人一直保持着联系，这次约好到乌克兰采购琥珀。电话联系好这位乌克兰的朋友在机场接机，但由于香港没有到这里的直达班机，中途转机要用一天时间，俄语翻译小王打电话时把飞机到达的时间说错了，说晚了一天，中途转机时翻译发现说错了，但已经来不及通知了。到达这里后，他们就自己找宾馆住下了，第二天早晨才打电话通知这位乌克兰朋友，并告诉了他宾馆的房间号码。不久就来了几个人，请陈先生和他的翻译跟他们走。陈先生看他们人多又不像好人，那位琥珀商人也没有来，就产生了怀疑，没有跟他们走，当即给那位琥珀商人朋友打了电话。这位朋友电话里说让他跟这些人走，但讲话的态度和过去有很大不同，这也引起了陈先生的怀疑。陈先生尽量拖着不跟他们走，和他们谈话中发现的疑点越来越多，就更不敢跟他们走了。之后这些人露出了凶相，控制住了他们二人，准备趁晚上没人的时候，把他们二人带走。后来因为有人几次敲门，这些绑匪以为被发现了，就匆忙把他们带出了宾馆。

张斌和冯瑞阳听明白了，这还不是一起见财起意的普通绑架案，而是一起有蓄谋，精心策划的绑票案。只不过翻译因为转机报错了日期，以及张斌的突然出现敲了几次门，把绑匪给惊了，要不然陈先生现在已经在小黑屋里囚着，生不如死，弄不好人财两空。看来陈先生也明白了这件事的内情，要不然怎么这么害怕呢。张斌和冯瑞阳两人心里不禁也有些紧张。没想到这个国家的黑社会已经发展到去国外撒网下钩了，这帮黑社会势力不小，后边的事还真得小心谨慎。

张斌拿出了那块劳力士手表，问陈先生："这是你的手表吧?"

陈先生眼睛一亮，这才明白了脱险被救的整个过程，说："是我的手表！怎么在你这里？啊！我明白了，是你发现了这块表，上楼来反复敲门，绑匪这才慌了，急忙带我们走了。你们又一直跟在我们车子的后面。"

张斌淡淡地笑了笑，指着自己额头上的伤口说："你看，你的手表给我砸的。"

“哎呀！怎么正巧砸在头上?！伤得重不重?”

张斌说了伤情，又说：“没事，过几天就好了，不过要留疤的。”

“我给你补偿，重重的补偿！当时我是急中生智，瞅着有个机会把表从小窗丢下楼了，当时没别的可丢，没想到真的起作用了！原来你们发现手表以后一直在想办法救我们，你们真是好人呀！若不是碰到你们这样的好人，我肯定没命了！”他站起身又直直地跪在了张斌和冯瑞阳面前。

张斌和冯瑞阳笑了，心想这人真是吓得六神无主了，忙把他扶起来，说：“这是干什么？别这样！”

张斌把手表递还给陈先生。陈先生坚决不要，又把手表放在张斌手里，说：“这块表送给你了，作为你受伤的一点补偿。”

张斌推托道：“不！不！这我不要！”

陈先生诚心诚意地把表再塞到张斌手里，说道：“这表如果不是丢到你身上，早就摔坏了。”

张斌看推托不掉，就先放在了桌上，说道：“好，那就先放这儿。”

“冯先生，能不能用一下你的电话？我要给香港，给我太太打个电话，说一下情况，报个平安。”

“我这座机没开国际长途，你用手机打吧。”冯瑞阳把手机递给了陈先生，“你简短点儿，这里国际长途收费贵啊。”

“就几句话，我让她打过来。”

陈先生接通电话后，报了平安，叫太太把电话打过来，就挂断了。片刻，陈太太的电话打了过来，陈先生接电话，又是一通流泪，简单说了情况叫太太放心。他挂断电话，坐下来继续说话。

“现在说说怎么打算?”张斌说道。

“什么打算也没有，尽快回香港，回家。”陈先生坚定地说。

“这没有问题，买上机票就能走，我们送你到机场。”

“我打电话忘啦，叫我老婆给你们汇钱，一会儿我再打电话，你们给我个账号。”

“哎！你的护照呢?”

陈先生一愣，说道：“护照、钱包、我身上的东西全被他们抢走了。”

“没护照你怎么走啊？”

“那怎么办？”陈先生又慌了。

“应该好办，到警察局开一个护照丢失的证明，到中国使馆办一个一次性护照，再到外事警察局办个签证，就可以了，顺利的话一星期之内就办妥了。”冯瑞阳说。

“这么麻烦！我这是绑架案，护照被抢走的，警察局的证明没问题吧？”

张斌想想问道：“你那个翻译还在绑匪手里，怎么办？”

“报警！”陈先生脱口而出。

冯瑞阳立即反对说：“不行！那个黑帮头子拿枪指着我的头说，不许报警。报警会有危险的。”

张斌也摇头说：“这是绑票，报警，他们会撕票的。”

“那怎么办？”

“等等看吧，看这几天有没有消息再说。”冯瑞阳说道。

张斌想了想说：“你这个护照丢失证明还不能这么办。牵扯到这么大的案子，还开枪打伤了两个警察，警察局肯定要询问核实。你的翻译还在绑匪手里，你这等于报案了，可能还要你协助办案，这样你还走不了了。另外我们也暴露了，这警察局和黑社会都勾连着，你的下落，我们两个人的住处，等于都告诉黑社会了，以后我们的麻烦也就大了。”

“那怎么办？”陈先生又紧张起来。

张斌说：“我开餐馆认识几个警察，给点钱，给你开一个丢失护照的证明，就完了。”

“行行！这样好！我给我老婆打电话，叫她汇钱来，所有的费用，包括你们的损失，汽车还有其他损失，这些钱都汇过来。”

张斌点头，拿纸笔写了一个账户，递给陈先生，接着问道：“你把你的姓名，出生年月，护照号写一下。”

陈先生问道：“对了！我拿的是英国护照，没问题吧？”

“哟，你是英国人?”

“不是，我是香港人，同时我也有英国护照，香港很多人都是这样。这次考虑到欧洲来，拿英国护照方便。”

“开护照丢失证明没问题，给点钱，找警察熟人就给办了。怎么补办护照就不知道了。你得去英国使馆打听。”

“能不能到中国使馆办一个一次性的护照?”

“悬！因为你入境用的是英国护照。”

冯瑞阳惊慌地站起身，说：“等等！我突然想起一件事来！我的护照在身上，驾驶证和车证在车里，上面有我的名字，车证上有拉丽萨的名字和地址。现在这帮黑社会已经知道我的名字，有我的照片和这个地址了!”

张斌也大惊失色，叫道：“大事不好！赶紧找地儿搬家。你们收拾东西，我去找地儿。”说完就出了门。

冯瑞阳叫拉丽萨收拾东西。很快张斌就回来了，手里拿了几张从街上找到的租房的电话号码贴条。冯瑞阳和张斌挨个打电话询问，选中一处可以马上入住条件又比较好的，约好后就立刻搬家。

搬家的时候，张斌和冯瑞阳紧张坏了。张斌先到楼下侦察一番，看没有人注意，再把车开到楼门口。他们快速地把车装满，张斌再快速地把车开走。新房大约有一公里远，他不是开车直接过去，而是在路上转了个弯，看看有没有跟踪，再开到新房的楼下，确定没有人注意，然后才搬东西上楼。这样，他们一共运了三趟，才把家搬完。

新租的房子还是两居室，家具齐全，在三楼，装了铁门和窗户护栏。他们把家收拾好之后，长出了一口气，心里安定了许多。他们都为及时搬家转移，躲过了即将到来的危险而感到庆幸。他们还相互叮嘱，最近要格外小心，尽量少出门。

天色已晚，张斌开车回去照顾餐厅。拉丽萨在楼下商店买了食物，几个人在厨房将就着吃了，然后睡下了。夜里冯瑞阳长时间睡不着觉，睡着了很快又惊醒，白天那生死一线的可怕情景挥之不去，心里依然惶恐不安。他怕影响拉丽萨她们睡觉，索性出来在客厅沙发上坐下来抽烟。他看陈先生那屋门缝透出光来，里面有动静，估计也是心慌睡不着。冯瑞阳坐会儿躺会儿，一直挨到天亮。

早晨，冯瑞阳叫拉丽萨带着孩子去市场卖货，他打车带着陈先生去中国使馆和英国使馆询问补办护照的事。张斌上午要采购餐厅的原料过不来。中国使馆答复说，警察局开丢失护照证明，领事部给办一次性护照，一周之内就办成了。

陈先生从英国使馆出来，一脸的沮丧和不满，对冯瑞阳说："手续是一样的，但补办护照需要一个月以上时间。"

"怎么这么长时间?"

"说要核实，我们这个属于英国的海外护照，核实费时间。咳！明说了，是怕用这种手段骗取英国公民身份。这帮英国官僚!"

冯瑞阳想了想说："要不然，你再去中国使馆问问，好好说说，想办法补个中国护照先回国。"

陈先生又去了中国使馆，出来后也是一脸的失望。

"没戏?"冯瑞阳问。

"没戏。补办护照要注明丢失护照的号码，能查到入境记录，才允许出境，否则这个国家不允许我出境。我入境使用的是英国护照，出境也必须用英国护照，而且要注明原护照的号码，所以没法办。"

事情问清楚了，陈先生很快回香港看来是不可能了，很是懊恼。中午张斌打来电话说，找了个警察，答应给办丢失护照的证明，要价二百美元。陈先生立马答应了，还一直说便宜。陈先生跟太太通了电话，说了情况，催她汇款过来。

下午张斌过来，带来一些从药店买来的外用的治创伤的药和纱布，让陈先生处理伤口。张斌还从餐厅带来几盒炒菜，大家在一起吃了饭。陈先生一时走不了，着急也没用，倒也安了心。特别是真切感受到张斌和冯瑞阳对他不计得失的侠义帮助，有了依靠，心里有了底，不那么慌张不安了。

晚上，冯瑞阳练习作的几幅琥珀画和几块琥珀引起了陈先生的兴趣。他是做琥珀生意的商人，对琥珀非常内行，就和冯瑞阳聊起了琥珀。他得知冯瑞阳就有琥珀货源后，惊喜地叫道："哎呀！我们要早认识就好了！我们合作做琥珀生意，也就不会发生这些事了！"

冯瑞阳笑着说："等这事过去以后，咱们合作做这个生意吧。"

"好！说定了！"

陈先生对琥珀画也十分欣赏，宝石加艺术，香港和中国内地都没有。他认为会有市场，认为冯瑞阳学习琥珀画很有眼光。两个人聊了一晚上琥珀和琥珀画。

第二天早晨，冯瑞阳还没有起床，手机就响了，是陈太太从香港打来的。他赶紧到另一间屋，把手机交给陈先生。陈先生用粤语说了半天，挂断电话后惊异地对冯瑞阳说："翻译有消息了！"

"是吗！什么消息？"

"他出来了。"陈先生边穿衣服边说。

冯瑞阳以为是绑匪要钱，把电话打到香港了，没想到是这种情况。他忙问道："什么？他出来了？人在哪儿？怎么出来的？"

陈先生穿好衣服，出卧室到客厅，说道："他是在德国转机的时候在机场打的电话。他不知道我现在的情况，以为我还在绑匪手里，是告诉我老婆我们被绑架的事。"

"这么说他已经到德国了？他是怎么出来的？"冯瑞阳十分诧异。

"他是用机场的公用电话打的，就说了这么几句，说到香港后再详谈。"

"奇怪！他是怎么出来的？跑出来的？可护照、钱都在绑匪手里，不会拿了护照和钱跑出来的吧？"冯瑞阳觉得这事不可思议。

陈先生也想不通，说道："他到香港以后和我太太见面就弄清楚了。"他们还是忍不住探讨这事。两个人都经历过这帮绑匪的暴力控制，陈先生更有切肤之痛，认识得更深刻，这是一伙穷凶极恶、无所顾忌又非常专业的绑匪，在他们手里逃脱几乎是不可能的，即使侥幸逃脱，也不可能全身而退，拿着护照和钱买机票通关乘飞机走人。他们百思不得其解。张斌下午过来，带过来饭菜。大家一起吃饭议论此事，都觉得不可思议。议论了半天，倒也找到了一个可能，那就是警察把这帮绑匪抓了，把翻译解救出来了。不过大家都觉得这种可能性很小，因为一起被绑架的陈先生的情况警方不掌握，案情还没弄清楚，不大可能这么快就放翻译走。而且翻译在电话里明确说，是告诉陈夫人，陈先生被绑架了。如果警方把案子结了，翻译不可能这样说。三个人议论半天还是得不出让他们信服的结论。

直到第二天下午，陈太太的电话才打过来，转述了翻译讲的他生还的经历。事情很简单，翻译被押的汽车在摆脱交警的追逐后，到了郊外一处农舍，翻译被捆着囚禁在一个黑屋里。第二天他被带上车，车直接开到机场，到机场后，绑匪给他松了绑，交给他护照和一张机票，还有两张港币。手机和其他钱并没有退给他。绑匪对他说，放他走，要他直接过关登机，不能和任何人接触，更不许报警，回香港后也不要和任何人讲这里发生的事情，然后就放他走了。

他们知道真相后更是目瞪口呆！这几乎是天方夜谭。人质或者叫"肉票"在绑匪手里，他们完全可以获得赎金以后再放人。陈先生这边也准备给翻译付赎金。虽然陈先生逃脱了，绑匪原计划的大的赎金落空了，但翻译的赎金也可以是个不小的数目，轻易到手的钱就这样放弃了，还主动买机票送机场让"肉票"全须全尾地回去。这完全颠覆大家的想象，况且这还是绑匪精心策划的一起绑架案，过程中还翻车导致几个人负伤。绑匪费了这么大的劲，付出了这么大代价，怎么可能这样放弃？还做好事一般把人送走。这的确让人难以置信！这之中会不会隐藏着什么阴谋？三个人搜肠刮肚，想尽了关于绑架索钱的阴谋诡计，和眼前这个案情都对不上号，全部被推翻。他们想了半天还是猜不透这谜底，脑子也乱了，索性也就不想了。虽然他们苦恼不明就里，但心情倒是好的，事情有了最好的结果，死生大逆转，出乎意料，结局圆满，喜出望外。

这时，冯瑞阳想起了他和陈先生的脱险过程，其中也经历了死生的逆转，顶在脑门的枪没响，绑匪放了他们，使他们死里逃生。当时冯瑞阳和陈先生头脑发蒙，逃就逃了，对于这个转折没有多想。况且他们目睹了这伙绑匪的凶悍，绝不会想到绑匪会主动放走他们，顶多猜测绑匪可能是情急之下，又全部受伤，顾不上他们抢先逃走了。冯瑞阳现在想来，这里面确有值得深究的地方。细细地回想，当时那个绑匪头子凶神恶煞般地拿枪顶着他确实想开枪，可后来态度变了，没有开枪，放了他们。当时绑匪完全可以击毙冯瑞阳，掳走陈先生，从容地开车走人，可他们没有这么做。

冯瑞阳从翻译的事回头再看他们的逃生经历，发现二者有相通的地方，绑匪确有放他们走之嫌，至于绑匪为什么这样做，他们无从知晓，肯定另有缘由，他们分析不出来。在他们为这件事讨论不出结果的时候，陈太太又来电话了。陈先生通完电话说道："我老婆要过来。"

"她要到这里来？"

"是啊，我不让她过来，她非要来。"

张斌和冯瑞阳对视了一眼，两个人都明白，一定是翻译的描述让陈太太对陈先生现在的情况产生了怀疑，要亲自过来核实一下情况。张斌问："她什么时间过来？"

"很快，她定好机票就电话通知我。她说不汇钱了，钱随身带过来。"

他们没有再说什么。张斌和冯瑞阳商量，陈太太来了暂时让他们住在冯瑞阳这里，拉丽萨带孩子去张斌家和阿乐桑娜一起住，张斌住楼下餐馆。很快陈先生的老婆到了，张斌和冯瑞阳一起去机场接的。陈太太不是一个人来的，由她的弟弟陪同，看来她对陈先生的情况确实不放心。陈太太三十多岁，人长得漂亮，说话办事也透着精明利落。她进门见到陈先生伤痕累累，眼泪就下来了，亲眼见到陈先生已经安全，哭了两声就破涕而笑了。她听了陈先生讲述有惊无险的经历，对张斌和冯瑞阳千恩万谢，又掏出两万美元给他们，酬谢他们的救命之恩。弄得陈先生当时红了脸，对陈太太说道："你怎么才拿这么点钱？这连他们的损失都不够，还说什么酬谢？"

陈太太忙道歉说："对不起！是这样，我过来拿不了那么多的美元现金，你们先拿着，后面我汇过来。"

张斌和冯瑞阳笑笑推辞了一下就把钱收下了，说道："酬金就算了吧，把我们的损失补上就行了，这都多了。都是中国人，在那种情况下同胞都会帮忙，再说咱们不是还成朋友了嘛。"

陈太太忙摆手说："不不！酬金那是一定的！你们救了我们两条命呀！

还不说给我们挽回了多少钱财，大恩大德不能不报！”

冯瑞阳笑着说：“言重了，还得说陈先生福大命大。”

陈先生摆摆手说：“她说得一点没错。不是你们仗义出手，穷追不舍，舍命相救，我早就没命了。即便万幸保住命，也得破财，而且不会是小数目。”

冯瑞阳和张斌听这话也由衷地开心，他们的确做了一件非常侠义的大事，事主能够明白而且感恩，他们十分开心。

第二天，冯瑞阳让张斌帮忙一起去旧汽车市场买了辆车，没车太不方便了。买的还是奥迪，仍然是二手车，比过去那辆排量大，配置也好些。两天后张斌就把护照丢失的证明拿了过来。冯瑞阳开车带着陈先生他们去英国使馆把证明和申请递了上去。后面就没有什么事情，只管等通知取护照了。

陈太太了解了陈先生的情况后放了心，在这里待着没什么意义，毕竟香港还有生意需要照料。他们就请冯瑞阳帮忙买了机票，准备先回香港。生意人终归是生意人，陈先生心里踏实了之后，又惦记起生意来。在陈太太和弟弟走之前，他叫冯瑞阳把家里的琥珀摆上茶几，几个人围坐在一起摆弄着琥珀谈起了生意。

冯瑞阳介绍了拉丽萨家乡琥珀的出产情况。陈先生听后反倒皱起了眉头，说：“是这样，我们在香港有个珠宝公司，一项主要业务是做各种琥珀制品，在很多国家都有销售。所以我们进货要有一定的批量，你这样自己家里挖的，肯定不多。”

冯瑞阳听明白了，他是嫌少了，便说：“我可以让他们到各家收去呀！”

“可以吗？一家一户的能收多少？”陈先生疑惑地问道。

“这个，我也说不好。我过去都是小批量，收过几次。因为过去琥珀没人要，卖不出去，如果有人收购的话，我想应该能出不少吧。那里是琥珀产区。”

“如果数量太少的话，对我们来说就没有什么商业价值了，不值当的。”

冯瑞阳想了想说：“我不是做这个的，没有详细了解过，你如果真有心做，我可以和拉丽萨过去一趟了解一下。”

“我来这个国家就是为了买琥珀嘛！不过咱们呢，渠道还没有建立起来，开始可以少一些，别太少就行，太少就没价值了。”

冯瑞阳思忖片刻，说道：“陈先生，这样吧，我和拉丽萨这两天回去看看，把情况了解一下，咱们再定后面的事。”

陈先生真是商人，听到生意就兴奋，他这时已经从惶恐低落的情绪中摆脱出来，精神振奋地说：“行行！说不定因祸得福，让我们认识了，反倒把琥珀生意做起来了。”他对陈太太说：“不然你等冯先生回来后，看看情况再走。”

陈太太没有同意，说家里有一大摊子事呢。生意上的事让陈先生自己看着办，有事电话联系。冯瑞阳自然也很兴奋，一边是产地的直接货源，一边是大批量的长期需求，中间只有他一个关节点。说不定这会成为他生意的转折，发财的机缘。送走陈太太姐弟俩后的隔天早晨，冯瑞阳和拉丽萨带着孩子就回拉丽萨的家乡了。

第十八章　琥珀，金色的太阳石

冯瑞阳这次是开车去的拉丽萨的家乡，他驾驶着新买的汽车，望着车窗外面绿色的田野，浓密的森林，清澈的湖泊，心里产生了奇异的联想，仿佛自己也加入了那寻找琥珀屋的大军，正走在那探寻琥珀宝藏的路上。他心里笑了，但愿他的探寻之旅有期盼中的收获。

那里的村庄没有什么变化，散布在湿绿的草丛和苍翠的树荫中一座座尖屋顶的房屋，还是那样宁静。当汽车的响声被狗吠声淹没时，瓦夏从房子里跑了出来，打开吱吱叫的已经变黑的院子的木门。冯瑞阳把车开进了院子，拉丽萨的妈妈在房门口抱起迎面跑来的葛丽娜；拉丽萨的继父出房门和冯瑞阳握手拥抱，笑呵呵地接过装有伏特加和许多食物的沉甸甸的袋子。冯瑞阳不止一次地问过拉丽萨："你的继父外表强悍，但见我总是笑呵呵的，看不出来他会打自己家里的女人。"

拉丽萨撇撇嘴说："你每次来都带钱，还带一堆食品和伏特加，他当然对你好了。"

冯瑞阳很少听到拉丽萨这么世俗地评判人。拉丽萨停了一会儿又说："他平时不打人，主要是喝酒后，但他几乎天天喝酒。"

所以这次过来，冯瑞阳买酒时就遭到了拉丽萨的反对，但冯瑞阳还是坚持买了，琥珀的事情还指着她继父办呢，不敢让他不高兴。拉丽萨继父名叫斯究巴。

他们兴致勃勃地说明来意之后，以为斯究巴会高兴得跳起来，没想到他点点头后却陷入思索，搞得冯瑞阳心里犯嘀咕。斯究巴想了一会儿说道："最近情况有了些变化，有人来这里收琥珀了。要的少没有问题，家里和邻居家就有，要得多的话，就要和村里人商量，提前预订，要他们去挖，不要卖给别人。"

冯瑞阳听明白了，已经有人过来收琥珀了，说明现在琥珀的行情变了，其实陈先生到这里来收琥珀就已经说明了这点。他心里有些紧张，问："是不是琥珀都让人收的没有多少了？"

斯究巴摇摇头说："各家陈货没有多少了。总有人来收。这一有人收，有人就专门刨坑去挖琥珀了，我们这里地下琥珀多得是。都没有工作，没有收入嘛，有人拿钱来收，就有人干嘛。我们现在也在挖。关键是要拿钱去收，不给钱的话人家是不给的。如果大量的收的话，就要有大笔的钱。"

冯瑞阳想这确实是个难题。陈先生要的量这么大，到哪儿找这么多钱去收啊。这是个难题，回去要和陈先生商量商量。但是有货，他觉得心里还是踏实了许多。他想斯究巴提这个事，可能是怕张罗半天，钱没落实，中间坐蜡，便说："放心，钱我会准备好，不会让您为难。"

这时拉丽萨的妈妈插了一句话："政府已经通知了，不允许挖琥珀。"

"哟！那怎么办？"冯瑞阳对这事挺重视。

斯究巴手一摆，满不在乎地说："这没事！老百姓连饭都吃不上，在自家地里挖琥珀能怎么着？村长都在挖嘛！其实他们就是说说，根本不管，听说来收琥珀的都是官员亲戚带来的。问题是他们这一通知，黑社会就来了。黑社会让继续挖，说只要交保护费，保证政府不管，也不会有其他人干扰。"

"这是什么时候的事？"

"就最近几天。"

"那都交保护费了吗？"

斯究巴狠抽了一口烟，把烟蒂摁在烟缸里，一挥手说："谁交呀！没人理他们。这是我们的土地，凭什么给他们保护费？"

冯瑞阳想了想问："黑社会经常来吗？"

"不来，平时来干吗？有人来收琥珀的时候，他们就过来。"

冯瑞阳还是不放心，刨根问底："那他们就没收过你们的钱吗?"

"他们来收过，我们不给。好像是有外地人过来偷着挖，交过他们钱。"

"还有外地人来这里偷着挖琥珀?"

"有。"

"多吗?"

"不多，很少。"斯究巴看了冯瑞阳一眼，自信满满地说道："没事，你准备好钱就行了，这边的事我全办了。"

冯瑞阳看他很有把握的样子，也就放心了，心想，有可能是他要加价，提出一些说法，便说："根据现在的情况，价格上可以商量。"

斯究巴点了点头，也来了精神，说："我带你去看看我们怎么挖琥珀。"

冯瑞阳随着斯究巴出了房门，原以为要走着过去，斯究巴却把铁锹放到汽车的后备箱，上了汽车，冯瑞阳便也钻进了汽车。开车出了村子，在荒野中沿着绿草覆盖的有两条车辙的土路行驶着，周边不远是茂密的森林，还有一个芦苇环绕的湖泊。这在乌克兰是寻常景色，但由于这里有琥珀的宝藏，给这里的景物披上了神秘的色彩。车走了大约一公里远，停在一处起伏不大的田地边。冯瑞阳看这块地大部分都荒着，只有一小部分种了土豆。他估计这应该就是拉丽萨说的国家分给他们家耕种的土地。

他们下了车。斯究巴拿着铁锹走到一个方坑边，这坑一米多深，方方正正的，有十平方米左右。斯究巴跳下坑去，用铁锹在一面坑壁上挖着。土质不是很硬实，甚至有些松软。他挖得不是十分用力，可能是怕伤着土中埋着的琥珀。不一会儿，他就挖出了一块，递给冯瑞阳看，这是一块五六十克的三角形金珀。冯瑞阳看到这么轻易就挖到了这么大块的琥珀，心里一阵激动，就像探寻到了宝藏一样。斯究巴紧接着又挖出了两块，都是三十克上下的金珀，然后他从坑里跳了出来，指了指这块土地和周边说："这里到处埋着琥珀。"

冯瑞阳的心砰砰地跳着，眼睛放光。他觉得他真的发现了宝藏，真的发现了琥珀屋。原来和拉丽萨说好要在这里住一天，现在他改了主意，迫不及待地要回去和陈先生协商把事情定下来，把生意迅速做起来。走的时候，他和斯究巴商定，通知村里的人，琥珀别卖给别人了，等着他过来收购。斯究巴又把家里的两三千克琥珀给他装到了车上。

回去的路上，冯瑞阳不仅延续着兴奋的心情，还有了紧迫感。他盘算着等陈先生的钱汇过来，还要提现，需要耽搁一段时间，这样有可能琥珀会被别人收走了。他想自己还有些钱，但不多，张斌生意一直做得不错，餐馆的利润高，应该有一定的积蓄，可以商量商量，两人把钱凑一下，先做起来，等陈先生的钱到了他们的钱也就回本了。

冯瑞阳到基辅后，先开车去找张斌，在餐馆两人坐下来谈。张斌听了冯瑞阳的主意后，沉思一会儿，说："我现在手头没有多少钱，要凑上也得几天，跟老陈汇钱过来的时间也差不多了。让我说你就等两天吧，就差这么几天，生意不在乎这几天，没必要倒腾。"

冯瑞阳一想也对，就打消了这个念头。张斌又嘱咐说："你给老陈报价要高些，一定要把费用打足，运输通关这里面可能有些费用我们还没有想到。你放心，老陈到这里来采购货就是因为这里便宜，可能比波兰、俄罗斯便宜多了，所以高点儿报价应该没关系。"

冯瑞阳回到家，把装了小半个编织袋的琥珀拎上楼，打开给陈先生看。陈先生见了琥珀眼睛发亮，坐到台灯前，安静地一块块地把袋子里面的琥珀拿出来看个遍，看得非常仔细。这让冯瑞阳心生钦佩，真不愧是珠宝商人，不管处在什么环境中，在什么心理状态下，对生意一丝不苟。看完，陈先生抬起头，朝冯瑞阳微笑着点点头，表示对这些琥珀的认可。然后两人协商了生意一项项的具体内容。价格上冯瑞阳接受了张斌的意见，报得比过去高了些，他另外申明，通关和运输的费用并不完全了解，如果有一些额外的费用，再另行协商。陈先生稍作思索就同意了。再有就是付款的方式，冯瑞阳提出要预付全款。陈先生笑着说："宝石生意从来都是现货现款，但我理解你的困难，没有钱就拿不到这么大量的货，而且咱们之间这样的关系，这是兄弟之间的生意。行！就按你说的预付全款。不仅这次这样，不管我们做多久，以后都照办。"

冯瑞阳点了下头说:“陈先生，你也放心，我不会做对不起朋友的事情。”

“这个我一百个放心!”

两个人把事情谈妥，又估算了一下每次收购的量，陈先生就给陈太太打电话，催促汇钱过来。几天后钱到了当地银行，汇过来十万美元，按提前商定的款汇到了张斌的账号上。冯瑞阳和张斌一起开车去银行提钱，路上两个人聊着天。

张斌问道:“只有十万美元，不像他讲的那么大呀!”

“不小了，收这些货上来就不容易了。”

“怎么，收不上来?”

“这就得一个村子的人挖些日子。那地方特别穷，人全都外出打工去了，没剩多少人。现在有人去收琥珀了，所以没有陈货了。”

张斌想了想说:“看来老陈这人考虑事情够老到的。钱汇多了吧，第一次没把握；钱汇少了吧，让咱们感觉不合适，小看咱们似的。”

“生意上有经验。”冯瑞阳点头称是。

张斌问道:“你打算提多少钱呀?”

冯瑞阳盘算着说:“那里没那么多货，这次提三万美元就够了。得分批做，那边挖出来够量了，再去收。”

“你必须分批做。一下拿这么多钱太危险了。分批做都够危险的，身上带这么多钱，危险；收上琥珀来也危险，路上危险，放到库房也危险。生意是好生意，利润大，上下家都是现成的，就是太危险了，你可要处处小心。”

冯瑞阳虽然意识到了危险，也提醒自己要小心，但听了张斌的话不由得紧张起来，特别是从银行拿到钱的瞬间，心跳骤然加快，这时他确实意识到了危险。但是当他揣着钱开车和拉丽萨带着孩子上路，在明媚的阳光下穿越绿色田野的时候，他又体验到了一种从未有过的刺激，仿佛他不是去做生意，而是去探险，寻觅那失踪的琥珀屋，探寻那金色的充满阳光的宝藏。

他们下午到了拉丽萨的家，家里只有拉丽萨的妈妈。妈妈说，家里人全都去地里挖琥珀了，村里人也都去挖了，这么多年这村里就没有什么收入，现在有人拿钱来收琥珀，自然都想挣这个钱。冯瑞阳听着情绪也兴奋起来，叫拉丽萨把带来的钱在家里藏好，自己开车去地里看挖琥珀。冯瑞阳来到上次来过的那块地旁，下车到了坑边。斯究巴在坑里露出半个身子，正在用铁锹挖着。瓦夏在坑的另一侧挖，他的妹妹则在他们刨下的土里寻找着细小的琥珀。他们笑着和冯瑞阳打招呼，看来情绪都不错。这个坑已经比前几天大了很多，坑的上面有一个塑料水桶，里面有小半桶的琥珀，大大小小约有二十块，不知道这是他们一天的收获还是半天的收获。即使是一天的收获都让冯瑞阳惊讶，他没想到这土地里埋藏的琥珀居然这么多、这么密、这么好挖。

他现在真有了发现失踪的琥珀屋的感觉，心里满是琥珀般金黄色的明亮。他也兴奋地跳了下去，抢过瓦夏的铁锹挖了起来。这里的土质不十分硬实，有些松软，不难挖，也不敢十分用力，怕伤了里面埋着的琥珀。挖了一会儿，一块橙黄色的琥珀从他的铁锹下蹦了出来。他拾起来擦去琥珀上面的土，一看，是块带蜜的金珀，三四十克的样子，块不小，还非常好看，举在阳光下，可以看见金黄清透的琥珀中云朵般的蜜蜡，把他高兴得咧着嘴笑个不停。

斯究巴说道：“我跟村里的人全都说好了，昨天和前天都有人过来拿钱收琥珀，没卖给他们，全都给你留着呢。”他指了指远处两个地方，“你看，他们都在挖。”冯瑞阳顺着他指的方向望去，果然看到两拨人在挖坑。斯究巴接着说：“我让他们今天晚上到我们家吃饭，把事情说一说，明天就让他们把琥珀全拿过来，钱付给他们。”冯瑞阳点头答应着。

傍晚，来家里吃饭的八九个人，都是四五十岁看着很朴实的精壮汉子。院里摆了张长桌，客人就落座在桌两边。斯究巴说，村里多数人都出去打工挣钱了，留下的人不多，这些都是挖了琥珀的人，并且一一给冯瑞阳做了介绍。大家坐好先谈事。斯究巴和他们一起确认了收购价格，还有品质、大小的要求，统计了一下各家大致的货量，然后神气十足地叮嘱大家：今后挖的琥珀都不要卖给别人，由我们全部收购。大家自然十分欣喜。

在他们说话时，拉丽萨和妈妈把饭菜摆上桌。饭菜很简单，有冯瑞阳他们带过来的肉肠，家里自制的称作“萨洛”的腌猪肉，还有蔬菜沙拉，称作“布奇”的菜汤，酒是伏特加，还有当地自酿的一种叫作“戈里啦格”的白酒。大家都很高兴，穷乡僻壤多少年没见着钱了，终于看到财路，可以脱贫了，甚至还可能奔小康，能不高兴吗？高昂的情绪很快反映在喝酒上，大家说笑着豪饮起来，畅谈着让他们高兴的事情，展望着美好的生活前景，一口一杯地喝着，喝完了四瓶伏特加，又喝那陶制坛子装的“戈里啦格”酒。这酒劲不大，他们喝起来更凶。慢慢地酒桌上说话的气氛变了，有的人说起了不知道什么时候的伤心事，抽泣甚至发展到痛哭起来。有的人说起了邻里之间的矛盾和以往的过节，你一言我一语争执起来，最后竟发展到吹胡子瞪眼恶语相向大声争吵，还拍桌子伸胳膊相互指着像要打起来。

冯瑞阳头一次看到这种可以说是十分恐怖的场面，慌忙从中劝架。还是拉丽萨的妈妈有经验，看着情形不对，早就安排瓦夏和他妹妹去找这些人的家属。家属过来拉着拽着架着这些醉酒的人回家，走的时候这些人还不依不饶地相互扯着脖子吼叫着，但已是跌跌撞撞，有的摔倒了，还丢盔卸甲，裤子扯了，衬衫破了，鞋丢了一地。

人走光了，拉丽萨和妈妈带着孩子也去邻居老奶奶家睡觉了，只剩斯究巴一个人坐在桌前还在喝，一边喝一边黑着已经变了形的脸吼着，谴责着这些人的行径。冯瑞阳劝着把他扶回屋里撂在床上，出门看到院里一片狼藉。现在冯瑞阳信了，斯究巴打老婆和拉丽萨的事。这时拉丽萨回来了，和冯瑞阳对视，歉意地苦笑了一下。两个人一起把院里收拾干净，才各自睡去。

第二天早晨，冯瑞阳一起床心里不禁担忧起来，怕这些人把昨天晚上的愤怒带到今天，影响了今天的收购。不久他便知道这种担忧是多余的。昨天晚上喝酒的这些人陆续过来，手拎着装有琥珀的袋子或水桶，进到院子和往常一样互相打着招呼，对于昨天晚上喝酒后发生的争执，只说头还在痛，吵架的事全都忘记了，仿佛根本就没有发生。冯瑞阳心里不禁觉得好笑。

冯瑞阳和斯究巴一起验货，上秤定价。这是一项很细的工作，他们要将琥珀按大小分成几个价格档次，更大的琥珀要单块按分量定价，然后称分量付款，所以用了一天时间才做完，前后收了二三十户人家有多有少的琥珀，一共一百多千克。他们把琥珀装在编织袋里，用家里的旧床单包裹好，放进车的后备箱里。琥珀质轻，后备箱里塞满也只装了一半多，剩下的都放进车厢里。装好车准备出发，冯瑞阳又犹豫了。这时候夕阳西下天色渐晚，这里到基辅得四五个小时，走不了多远天就会黑下来，走夜路可不太安全。而且到了基辅库房早就关门了，琥珀没有地方安放，总不能和车一起放在没人看管的楼区里，太不安全了。他和拉丽萨商量后决定明天早晨走，当天又住在这里了。

第二天一早他们就出发了，上了公路，迎面朝阳升起，照出了一条洒满阳光的金色的路。这多么像琥珀的颜色，多么像一条琥珀铺成的路。冯瑞阳觉得心里也充满了这金色的阳光，收获的感觉真好，又是这么让人惊奇的收获。

汽车一路顺利地到达基辅，冯瑞阳把车直接开到库房的院子里，停到作为库房用的集装箱前。打开箱门，见四外无人才把车上装在编织袋里的琥珀拎进箱里，放到最里面，外面用装着服装的纸箱掩盖住，这才关上箱门。库房这里院墙上有铁丝网，还有持霰弹枪的保安日夜警卫，是十分安全的。把琥珀安置好，冯瑞阳放了心，这才开车拉着拉丽萨和孩子回了家。

回到家，冯瑞阳向早已等得不耐烦的陈先生汇报了成果。陈先生听了十分欣喜，按捺不住非要看看这些琥珀。陈先生因为没有护照，一直不敢出门，这里的警察见有护照的中国人都要敲出钱来，逮着没护照的中国人，肯定要勒出血来。冯瑞阳想车去车来，别在街上露面，应该不会有事，他就答应了，开车拉陈先生到了库房。两人进了集装箱，扒开外层的服装纸箱，现出一堆装着琥珀的编织袋，打开袋口露出黄澄澄金灿灿大大小小的琥珀。陈先生满心高兴，站在琥珀中间，看着、捧着、抚摸着，直到傍晚库房关门，才恋恋不舍地离开。

两个星期以后，冯瑞阳又和拉丽萨开车过去，再次满载而归。然后他联系物流公司，按物流公司的要求，租了一个十平方米的集装箱，做了十几个木箱，把所有琥珀装入木箱，再装进集装箱，然后由物流公司的卡车拉到敖德萨港口的货运仓库。冯瑞阳开着车一直跟着卡车，直到看着集装箱卸下来入了库，他才开车返回基辅。

一切顺利，只是报关时遇到了小问题。报关通关都是由物流公司找报关公司代理，物流公司的业务员对冯瑞阳说：“琥珀得多办一个手续。”

“为什么？琥珀不准出口？”

“可以出口，就是多办一个单据，手续麻烦点儿。”

“不会有什么问题吧？”

“不会。你可以完全放心。”

自然是要加钱的，业务员伸出了两个指头。冯瑞阳把二百美元递到了他的手里，他直接塞进了自己的口袋。冯瑞阳对这事一直不放心，打了几个电话，直到说已经装船起运了，心里的一块石头才落了地。

陈先生的护照终于下来了，又用了两天时间，补了落地签，办完了出境手续。临走的前一天，他特地在张斌的餐馆设宴，答谢张斌和冯瑞阳两家人的出手相救和这么长时间的留住款待。席间，他频频举杯，说了很多感恩的话，说着说着还落了泪。最后他又破涕为笑，说道：“没有想到的是，这次能够脱险已是万幸，还拿到了琥珀，价格又好又合适的琥珀，达到了此行的目的。太感谢了！”

张斌拿出了那块劳力士手表，还是想退还给陈先生。陈先生坚决不收，还勃然变色道：“你这是嫌我的礼轻，还是不认我这个朋友，你要坚持还给我，行！我现在当着你的面把它砸了。”弄得张斌不得不收下了。他们一起把陈先生送上了飞机。

陈先生走后几天，张斌的账户里又收到陈先生汇来的四万美元。他给张斌和冯瑞阳分别打了电话，说：“这点钱远远不能报答你们对我的恩情，务必收下。”

他们收到钱自然高兴，可又觉得好像救人是为了钱，心里反倒有些不是滋味了，不过他们对陈先生的知恩图报倒是十分赞赏。

两个人把上次陈先生给的两万美元中剩下的钱和这四万美元分了。冯瑞阳又拿出一万美元给张斌，说：“这是这笔琥珀生意赚的钱，给你的。”他没有对张斌说这次赚了多少钱。

张斌坚决不收，说：“这是你一个人做的生意，我没有参与，不能收这个钱。”

“老陈是你发现才救下来的，否则我也拉不上这个关系，做不成这个买卖。”

“老陈是我们两人救的，咱们是哥们儿，还能分这个钱吗？再者说这是两码事。咱们人情是人情，买卖归买卖。钱，我不能要。”

冯瑞阳只好把钱收回了。这次琥珀生意让冯瑞阳赚了四万美元。拉丽萨惊讶地看着这么多美元，笑了，脸上一片阳光。

冯瑞阳举起家里的琥珀对着窗外的天空看着，琥珀闪耀出的是金色的阳光。

第十九章　琥珀战争

陈先生回到香港一个月后，收到了这批琥珀。他亲自验了货，然后给冯瑞阳打来电话表示，他对货非常满意，要冯瑞阳继续准备货，备好一批发一批，他会及时结账汇钱过来。还说，琥珀的市场见好，前景会越来越好，他非常看好这个生意。

冯瑞阳自然十分兴奋，有了这次交易的圆满成功，他的信心倍增，生意的欲望也变得强烈。他马上打电话要斯究巴继续备货。斯究巴同样高兴，满口答应。

张斌同样有好事，这几年兢兢业业钱没少挣，在北京买了套两居室的房子，现在让妈妈住，将来给自己留条回国的退路。这几天又开了一个新的餐厅。新餐馆是以租借形式接手的老餐馆，重新做了装修，营业面积有四百多平方米，看起来很气派。过去的老餐馆还在继续经营，他这几年培养的三个当地的徒弟分别在两边掌勺。这样他的经营规模比过去扩大了几倍，生意又上了一个大的台阶。再就是阿乐桑娜又怀孕了，五个月时做的B超，是个男孩。夫妻两人都挺高兴。张斌想要男孩，头一个是女孩，第二个是男孩，他觉得这样的排列最理想。

在新餐厅开业前，张斌忙得不可开交，阿乐桑娜有身孕不敢让她劳累，不得已找冯瑞阳过来帮忙。冯瑞阳过来忙了一个星期，和张斌一起把新餐厅开业前的准备工作全部完成。在开业前一天晚上，张斌让厨子炒了几个菜，两瓶伏特加往桌上一放，两个人坐下来吃饭喝酒。张斌先向冯瑞阳道了谢，两个人干了一杯酒。然后他们环视着装饰一新的餐厅赞叹着。

“真不错！上档次，够气派!”

“是个高档大饭堂的样子了，哈!”

“和这个比，你过去那个就是饭铺，这是高档饭店了。”

张斌满怀欣喜，又干了一杯酒，感慨地说：“之前我做梦都没想过能开这么个饭店，真的！就像做梦一样！我不像你，你有才。我就是一个落后生，最大的理想就是当厨子，又有好吃的又能挣钱，没想到能当老板还开这么大的饭店。”

冯瑞阳举杯说：“你还有一喜呢！快抱儿子了！这也得干一杯!”

张斌笑着喝了一杯酒，说：“这是大喜！幸亏出国来这里，娶了当地洋媳妇，要是在国内，我这儿子还抱不上了。”

两个人干了杯中酒，哈哈笑着，又把酒满上。张斌端起酒杯，说道：“我也得给你道喜！你这琥珀买卖也做起来了。没想到，咱们俩玩儿命救出个财神爷来。多好的生意呀！这么多年来，我眼看着你呢，你就是没得机会，现在你的机会来了，机会把握住了，兄弟，滚滚财源。”

两个人高兴地喝着酒，彼此道喜祝福，不知不觉就把两瓶酒喝完了，夜里就在餐厅凑合着睡了。过了两天，陈先生的汇款到了。再过两天，斯究巴的电话也打过来了，说琥珀已经备了不少。他们约定好收货的时间。冯瑞阳还是和拉丽萨一起去的。他们先去银行取了现金，从银行直接开车过去的，过了中午就到了。

时隔两个月没有过来，他们发现村里的气象与过去相比有了一些变化，可以看到人的活动，感觉有人气了。拉丽萨的家里也有了变化，新换了冰箱、电视等家用电器，冰箱里面也填满了食品。斯究巴手里夹的香烟也变成了过滤嘴的。他跟冯瑞阳介绍说，陆陆续续有人来收琥珀，村里的人有事情做了，也有些钱了，去外面打工的人有些回来了，也都挖起了琥珀。说着又拉上冯瑞阳开上车到村外转了一圈，果然田野里挖琥珀的坑多了一些，有的坑里还有人正在挖琥珀。这情形让冯瑞阳又兴奋欣喜起来。

不过斯究巴提到了一件事，让冯瑞阳产生了一些忧虑。就在昨天，有几个外地人过来挖琥珀。斯究巴带着一群村里人拿着农具和猎枪去驱赶他们。这些外地人都是给过黑社会保护费的，打电话叫来几个黑社会的人。双方发生了对峙，险些动手打起来。最后由于村里人人多势众，逼走了那些外地人和黑社会。斯究巴说这事时扬扬得意，一副胜利者的样子。

冯瑞阳问道："今天没再来吗？"

"没有！还敢再来？来了就给他们打出去！"他看出了冯瑞阳的忧虑，继续说："你放心！没事的，这是我们的地盘。"

和上次一样，斯究巴提前做了准备，招呼好村里人把琥珀送到家里来。人们陆续提着装有琥珀的袋子进院子来，冯瑞阳和斯究巴一起验货、上秤，最后由拉丽萨付钱。到傍晚收了一百多千克。冯瑞阳望着堆成小山一样金灿灿的琥珀，心花怒放，这多像一座金山呢！不！不是像，这在他的心里就是一座金山！

由于天色暗下来了，有些村民还没有过来，他们决定今天打住，明天再继续收。他们把琥珀装袋放进了车里，然后吃饭。斯究巴原本还是要请村里人过来喝酒，在拉丽萨的强烈反对下，只留下了两个亲戚。冯瑞阳和他们一起喝酒，人虽然不多，但酒喝得依然热络。

冯瑞阳出屋去厕所小便，完事以后，去查看一下汽车，却发现汽车的后座有人，仔细一看是拉丽萨坐在里面。他打开车门问："你怎么坐在车里？"

拉丽萨"扑哧"一声笑了，说："我怕琥珀丢了，来看看。"

冯瑞阳也笑了，他上车坐到了拉丽萨的身边，拉丽萨顺势靠到了他的肩上，缓缓地说着话。

"这些琥珀又能挣很多钱吗？"

"应该会吧。"

"琥珀的生意我们会继续做下去吗？"

"我想会的。"

"以后再挣了钱，我们在基辅买一套房子吧？"

"没问题。"

拉丽萨笑了，轻轻地吻了冯瑞阳的脸颊。

冯瑞阳这时觉得拉丽萨在悄悄地发生着变化，这么多年来，他一直感觉在拉丽萨心中第一位的事永远是练小提琴，其次是照看孩子。对冯瑞阳，对他们一起的生活，包括到市场帮忙卖货，该做的她全都做到了，但能感觉到她缺少热情。这两天她在憧憬设想他们未来的生活，这在以前是从没有过的。两个人转身一起跪坐在后座上，看着后备箱里一袋袋的琥珀，冯瑞阳打开车顶灯，解开袋口的绳子，里面露出满满的琥珀，黄澄澄的在灯光下闪着金色的光泽。他们满心欢喜，相互依偎着、看着、抚摸着这寄托着他们美好生活憧憬的财富。他们因为琥珀相识，现在是琥珀带来满满的收获。

第二天上午，他们继续在院子里收购琥珀。冯瑞阳发现有好心情的不仅仅是他们，每个送琥珀的人脸上都是灿烂的笑容，特别是在他们点钱的时候，笑得合不拢嘴。这让冯瑞阳觉得他的生意同样成就了这些人的生活愿望而愈加欣慰。

中午时，没有人再过来了。他们这次收购完毕，重新整理打包再装到汽车上，装满车后还剩下一半未装下。他们把这一半搬进屋里，准备第二天再过来拉走。然后他们吃午饭，吃完饭以后就准备出发返回。突然，一阵汽车声、人的呼叫声、狗吠声组成的喧嚣由远及近，这让院里的他们警觉起来。

在院里的他们还没弄明白是怎么回事，喧嚣声已然到了院门外。从木栅栏看到四辆拉达、伏尔加和其他牌子的汽车组成的车队停到了他们的院外，从车上下来一群手持猎枪和棒球棒的家伙。这时候他们明白了，是黑社会来了，而且是针对他们而来的。院里的人骤然紧张起来，斯究巴叫瓦夏从木栅栏跳出去叫人，他则跑进屋拿了一支猎枪端在身前。冯瑞阳忙推着拉丽萨抱起孩子进屋，又反身出来，抄起一把铁锹护在自己的奥迪车前。

这伙黑帮个个强壮凶悍，他们站在院外，叼着烟，说笑着，用讥笑的神态看着院里，看来他们根本没把院里的人当回事。人群中为首的是一个三十六七岁，有着黑头发和褐色眼睛的乌克兰人，他身材高大，非常强悍，四方脸、目光凶狠。他站在院门旁边木栅栏前，扫视着院里，点上一支烟，然后朝斯究巴叫道：“怎么样？钱给我们准备好了吗？保护费该交了！”

斯究巴站在原地没动，脸色惨白，眼睛紧盯着他们。他知道今天黑帮来者不善，把枪往上端了端，大声回应说："我们没有钱！"

"没钱？"他指了指冯瑞阳问，"这是谁呀？"

"这是我的女婿，我家里的人。"

黑帮头子笑了，说："这明明是外国人，他是来买琥珀的吧？"

斯究巴没正面回答说："我们没有钱，也不会给你钱的！"他的声音虽高，但明显感觉底气不足，似有些心虚。

黑帮头子讥笑地哼了一声说："没有钱，我就把琥珀拿走！"

"这是我们的琥珀，为什么要给你？"

黑帮头子脸一横凶狠地说："别跟我废话！跟你们说了很久了，我不再重复了。说！给钱还是把琥珀交出来！"

斯究巴把手中的双筒猎枪又向上端了端，坚定地说："钱没有，琥珀也不会给你们！"

黑帮头子恼羞成怒，吼道："告诉你！这次我不会放过你！"

这时斯究巴也愈加强硬起来，把枪端了起来，倔强地叫道："我也绝不会给你们！"

黑帮头子朝后挥了挥手，后面两支霰弹枪冲了上来，在木栅栏上对准了院内。双方的枪子弹上膛，相互瞄准，做好射击的准备。这时空气似乎都凝固了，所有人的心都提到了嗓子眼。冯瑞阳见这危机状况心惊胆战，他挪动着脚步蹭到车尾，想着如果枪响好闪躲到车后。

黑帮头子再一挥手，三四个人冲向院门，准备破门而入，一场冲突即将爆发。

"砰"的一声枪响，把所有人都吓了一跳！低头缩身地张望，枪不是对峙的双方打的，枪声出自这群黑帮的身后。原来是瓦夏带着十几个青壮汉子手拿着猎枪、锄头、铁锹跑了过来，前面几个是斯究巴的亲戚，他们见黑帮即将冲进院门，朝天打了一枪，将黑帮的行动震慑住。

这群黑帮停止了向院门的冲击，聚集起来调转身体把枪指向了跑来的村民。村民们也在院门外停住脚步，列成一排，端起猎枪，举起锄头、铁锹。双方相距不足十米，形成了新的对峙。

村民的人数比黑帮多，气势不比黑帮差。他们早有共识，这是他们的土地，是他们的财富，他们要一起捍卫他们的权益，不接受黑帮的任意宰割。而黑帮这边也是蓄谋已久，准备充分。双方互不退让，剑拔弩张，吼叫着驱赶对方，一场火拼一触即发，看上去不可避免。

这时，院门被打开，冯瑞阳走出来，挺身站到了两伙人中间，举起双手，高声央求着他们。

“停一停！听我说！听我说！”冯瑞阳其实此时战战兢兢，但他看所有村民群情激愤，不可能妥协退让，再这样下去肯定会出人命的。这时候钱已经不重要了。双方停止了叫嚣，都想听听突然出现的这个中国人如何说。

冯瑞阳问那黑帮头子：“不要开枪！不要打！你要多少钱？”

黑帮头子看了冯瑞阳一眼，问道：“怎么？你给钱？”

“对！我给！”此时冯瑞阳身上还有几千美元，是收琥珀剩下的，他想给黑帮些钱了事。

“你是中国人？”

“对。”

“我听说你这次买了不少琥珀呀。”这褐色眼珠的黑帮头子眼中露出狡黠的目光。冯瑞阳听了这话心里明白，黑帮早就摸底了，这次是有备而来，便说：“我是打工的，不是老板，这是我的工作，哪个老板到这里来做这种事。”

黑帮头子打量着冯瑞阳。

“你说吧，要多少钱？”冯瑞阳问道。

“行了！我也不和你废话了，给我拿十万美元，你就可以把琥珀拉走。”黑帮头子嘴角挂着一丝嘲弄。村民队伍听到这个钱数又叫嚷起来。显然要价太高了，根本无法接受，这黑帮头子缺少诚意。冯瑞阳又挥手制止双方要激化的言语交锋，走到黑帮头子跟前说：“你叫你的人后退一点儿，咱们两人商量钱的事，好吧？”

黑帮头子看看冯瑞阳，又看看对面，招手让他的人后退了几步。冯瑞阳又到村民那里对斯究巴说，让村民们都进院里去。斯究巴带着村民都进了院子。冯瑞阳本想用兜里的钱把眼前的危机化解掉，现在看来金额上差距太大。但无论如何也要想办法缓解，否则枪声一起，血肉横飞，可不是闹着玩儿的。他把两边的人枪分开后，走到黑帮头子面前，尽量表现出诚恳来说："你说的金额太高，没有这么多钱，解决不了。你说个双方能接受的，我能办到的。"

黑帮头子点上了一支烟，斜着看了一眼冯瑞阳，说："你说吧，给我多少钱？"

"我……我现在只有两千美元，要是行，你就拿走。"

黑帮头子勃然大怒，满脸凶相地对着冯瑞阳的脸吼道："你耍我呢！告诉你，十万美元，少一分都不行！"

冯瑞阳听他吼完，默默地伫立着，他不想激化情绪。等了一会儿，他继续说："十万美元肯定办不到，你说个可行的价格，我身上没有，我去跟他们商量，看能不能凑一凑。"

黑帮头子抽完烟，把烟头一扔，想了想，烦躁地说："好吧，五万美元，你们去凑吧，凑齐了给我，我就放你走。"

冯瑞阳仍然没动，一副为难的模样，说："五万美元还是太多了。"

这黑帮头子又怒了，眼珠子瞪得溜圆，吼道："砍了一半还多，那我就把琥珀全部拉走。"

冯瑞阳连连摆手说："好！好！等等！我进去商量，看看能不能凑上。你们别打啊，打起来对双方都不好。"

冯瑞阳退回到院里，和斯究巴几人说了情况。几个人愤然地说："不给！太多！就是少了也不给！给了这一次，以后回回都得给，咱们就没钱可挣了。"

冯瑞阳本想和斯究巴他们商量，把收购琥珀给他们的钱拿出来一部分，凑一凑，凑个一两万美元去和黑帮头子商量，过几天他再把钱带过来还给他们，但听他们的话头，估计不会同意，也就没提。斯究巴的态度最为强硬，他说："不能给他们钱，这是我们的土地，我们从自己的地里挖出的琥珀，跟他们有什么关系？不给钱！他们敢进院子，我们就开枪！就这么耗着，耗到晚上他们也就走了。”

冯瑞阳想想斯究巴说得也对，进院子就开枪，合乎法律，打死白打。而且相持这么长时间冯瑞阳也看出来了，这帮黑社会虽然气势汹汹，但也有所顾忌，村民手里有枪，而且人多，真打起来两败俱伤，他们讨不着便宜，事情没逼到那地步，他们也不想拼命，未必敢进院里来明抢，所以拖下去是个好主意。过了一段时间，那个黑帮头子从木栅栏上探进头来，瞪眼凶叫着：“怎么样？钱凑好了没有？赶紧给我拿出来！”

斯究巴正要怒怼，被冯瑞阳拦住。他想这时候先别刺激对方，别激化情绪。他又只身出了院门，到黑帮头子跟前，摊开手说：“凑不上这么多，我没有办法。”

黑帮头子恼怒地对冯瑞阳说：“什么？五万美元你们凑不上？扯谎！你们是不是不想给呀？休想！这次我拿不到钱是不会放过你们的！”后面的话他说得声音很高，是说给院里的人听的。

冯瑞阳仍然呆呆地站着没动，停了一会儿，他说：“我没有骗你，真的凑不上。你要不然再少要点儿，我再去和他们说。”

“不行！不能再少了！不给钱我就把琥珀拉走。”

“我看你还是考虑考虑，拉走这些琥珀也卖不出这些钱来。”这话冯瑞阳是蒙着说的，因为他相信这黑帮头子不会知道这院里有多少琥珀，价值多少的。这黑帮头子焦躁地来回踱步，思考了一会儿，烦恼地指着冯瑞阳说：“我再信你一次，你去！再去里面凑钱，四万美元不能再少了！”

冯瑞阳仍然没动，为难地说：“四万美元也多，凑不上这么多。”

黑帮头子暴怒地朝冯瑞阳吼道：“去！”

冯瑞阳赶紧躲开，回到院里。他也没向村民说什么，他们听得清清楚楚，无须转述了。他们的策略不变，坚持下去，拖到天黑这帮黑社会走人。

双方就这样僵持着，一直到傍晚。黑帮头子再次从木栅栏探进头来，喝叫冯瑞阳出来。冯瑞阳出来，见他坐在敞开车门的车座上，抽着烟，面貌依然凶狠，但神情比之前缓和了一些。

“怎么样？这么半天，四万美元凑齐了吗？”

冯瑞阳回答道："肯定凑不齐呀。你应该了解这里村民的生活，他们多穷啊！吃喝都困难，哪有钱呢？"

黑帮头子听了他的话，稍怔了一下，好像没有想到他会说出这样的话来。他冷冷地说："把你付给他们的钱吐出来，不就够了吗？你们就是不想给！"

"那是他们的活命钱，他们哪里肯答应，动这钱他们会拼命的。"

"拼命！"他腾地从车里站了起来，暴怒之下脑袋碰到了车门框上，这让他更加恼怒。他把手里的烟一摔，吼道："这次是给也得给，不给也得给！我看他们谁敢跟我拼命！"

冯瑞阳挪着步朝院门走，刚到门口又让他叫住了。

"这次我给你一个最后的价格，三万美元。别再给我讲价，给，拿着你的琥珀走人。不给，连人带琥珀都别打算走！"

冯瑞阳还想再讲讲价，被黑帮头子打断。他说道："我告诉你，我可以放你走，但你的车一上路，就会被警察扣住，你的琥珀全部都会被没收。你自己算一算，是三万美元多还是你的琥珀值钱？你交了这钱，我保证你一路畅通，没有人找你的麻烦。"

冯瑞阳回到院里。这时，村里的一个少年跑进院里，慌里慌张地向大家通报了一个不好的消息。这帮黑社会把村里闲置的办公室给占了，还占了一栋举家外出打工者的空房子，他们准备在村里长住了。这是个爆炸性的坏消息，太出乎大家的意料了！院里所有人的脸上立刻阴云密布，情绪低落下来。他们想把黑帮耗走的想法落空了，更要命的是将来恐怕还摆脱不开。院里一下沉寂下来。

那黑帮头子又从院子的木栅栏探进头来，还是气势汹汹地说："我再重复一遍，三万美元给我，人和琥珀可以走，我还保证安全。这是最后的价格，我不再跟你们重复了，不给，人和琥珀都别打算走！告诉你们，你们必须和我们合作！你们不交保护费，从今往后不会有任何人收购你们的琥珀，一颗琥珀都别想从这里出去！"

说完，他留下几个人、两辆车、两杆枪，守在这里，带着其他人和车走了，去了他们占据的房子吃饭休息去了。

低落的情绪在院里的村民中弥漫，人们先后告辞回家了，只剩下斯究巴的两个亲戚没有走。几个人怕夜晚出事，把汽车上的琥珀搬进屋里。夜里这两个亲戚也没走，一直守在门厅，三支猎枪就架在门口。

院外的两辆车里的人在入夜时换了一次岗，也整夜守在院外。

冯瑞阳一宿没睡，想了很久想通了。他知道这事躲不过去，逃不掉了，只能破财免灾。保住这些琥珀是要紧的，必须保证陈先生的订货，别丢了信用。他打算明天跟黑帮头子说，放他去基辅取钱，拿三万美元过来把这些琥珀拉走。想定了，他也就不再多想了。

第二天早晨，黑帮头子带着人开着车过来了。从木栅栏探进头来，他的脸上除了保持着一贯的凶悍外还多了自信。他吼道："怎么样？钱准备好了没有？我的耐心是有限度的！今天不把钱交上来，我叫你们看到后果！"

冯瑞阳看今天其他村民都没有来，现在家里只有这几个人，势单力薄，一旦发生冲突后果不堪设想。他当机立断，走出院门，对黑帮头子说："我和你商量一下——"

黑帮头子打断了他的话，说："别废话，钱呢？"

"我就是跟你说钱的事。这里是凑不上三万美元的，我到基辅去给你取。"

"什么？"黑帮头子注意听着。

"我到基辅去给你取钱，三万美元，三天之内回来给你，然后我把琥珀全部拉走。"

黑帮头子思考着说："你要是不回来呢？"

"三天不回来，琥珀全部归你。"

黑帮头子点了点头，答应道，"好！就这么办！"

冯瑞阳追问了一句："说定了？！"

"就这样！"

冯瑞阳回院里让拉丽萨带着孩子上车，开车出了院门，却又被黑帮拦住。两个人打开车门，查看车里有没有琥珀，前后车箱搜查了确实没有，才关上车门放行。冯瑞阳刚要启动汽车，黑帮头子又拦住车，在车窗边索要冯瑞阳昨天答应的两千美元，冯瑞阳把钱掏出给了他，这才扬手放他们走。

冯瑞阳中午就到了基辅，原本打算直接去银行取钱，次日一早就返回，想想还是次日取钱直接走比较安全，就先开车回了家。

一路上及至回到家里，拉丽萨一直对冯瑞阳的做法提出异议，不同意给黑社会钱，说应该去报警。说得冯瑞阳也烦了，心思也乱了，怀疑起自己这样处理是否妥当，当时情急之下没多想，现在想想三万美元就这么拱手送人，心里恰如吐血割肉般难受。但话已经说了，事情到了这个地步，该怎么办，他也没了主意。这时他想到了老师尤里，应该请教一下老师该怎么办，或许他能帮上忙。他立即给老师打了电话，可老师说有事，约他明天晚上见面。他说有急事，老师想了一下，叫他傍晚六点钟在总理府外面等。

傍晚，冯瑞阳在总理府对面街上等了半个多小时，见尤里从总理府里面出来，他忙迎上去。尤里说时间很紧，两人就在街上谈了。尤里听了他说的情况，想了一下，叫他去找奥列格处理，并当即给奥列格打电话交代了一下，就匆匆忙忙返回了总理府。

冯瑞阳给奥列格打电话，两个人约到附近一个咖啡馆见了面。冯瑞阳把情况简要说了一下，奥列格没有讲话，拿起手机给他的哥哥打了电话。这时冯瑞阳才记起曾经听奥列格说起过，他的哥哥是内政部的副部长。奥列格跟他的哥哥用乌克兰语说了几句话后挂断电话，对冯瑞阳说："行了，明天我派人和你去一趟，把琥珀拉回来。"

"太谢谢你了！"他道完谢又有些疑惑地问："就我们两个人去？"

"对，还需要别人去吗？"

"这帮黑社会人不少，还有几支霰弹枪。"

奥列格笑笑说："不用，就你们俩去。放心，到那儿事情就解决了。"他看冯瑞阳还是有些怀疑，又说了一句："放心吧！不会有问题的。"冯瑞阳看他说得这么有把握，心里倒也踏实了。

第二天早晨，冯瑞阳开车先接上奥列格派的人，是个二十多岁的年轻人。他们中午就到了那森林环绕的村庄。车进村开到拉丽萨家院外，冯瑞阳见院门不远处还停着一辆黑帮的车。他下车过去，看黑帮头子不在车里，就叫那车上的人通知黑帮头子，说他到了。然后，冯瑞阳进院和斯究巴碰了个面，斯究巴说，琥珀都好好的，黑帮也没有进院骚扰。冯瑞阳出院来，黑帮头子的车也到了，他在车里指着冯瑞阳说："行！中国人，讲信用，钱拿来了？"

冯瑞阳没有说话，那个年轻人下车迎了上去，用乌克兰语和黑帮头子交涉起来。冯瑞阳没有学过乌克兰语，但能听懂一些。年轻人跟黑帮头子提到了一个人的名字，黑帮头子不认账，说要这个人亲自打电话过来，或是写条过来。两人你一言我一语的交涉，黑帮头子看来并没有让步，交涉没有成功。年轻人拿起手机打电话，但拨了半天没有接通。最后年轻人指着黑帮头子说："我明天继续过来，我让他亲自给你打电话，或者写条过来，你等着！"

黑帮头子虽然不像过去那样嚣张，却也强硬地回了句："你拿条过来，我就放。我只等你一天，后天我就把琥珀全部拉走！"

两个人开车返回，路上年轻人几次打电话，都没有打通。冯瑞阳见状也不好多问。快到城里了，年轻人打给奥列格的电话才通。奥列格叫他们去一个地方，告诉了他地址。他们进城后直接去了那个地方，原来是一所桑拿房。年轻人叫冯瑞阳在这里等奥列格，他自己则打车走了。冯瑞阳没等多久，奥列格就开车过来了。这桑拿房在楼区中间一处平房里，位置十分隐蔽，外表没什么特别的装修，也没有招牌，看不出和周边建筑有什么不同的地方。但里面却别有洞天，装修豪华而舒适，有蒸汽房水池、按摩间、洗澡间、台球厅和大小餐厅，还有几间摆放着双人床的单间。这桑拿房不是开放式大众化的场所，而是包租式的私密休闲空间。

冯瑞阳随着奥列格进了房间。首先映入眼帘的是餐厅，环绕餐桌的大沙发上坐着八九个相貌身材俱佳的年轻小姐，这些小姐没穿衣服，坐姿随意，有的用布单简单地围在胸下遮住裸体，有的布单脱落上身就裸露在外。被这群凝脂般雪白肌肤围在中间的三个男人，都是约五十岁的年纪，裸露着上身，埋坐在沙发里。他们面貌各异但神态相似，都是那么倨傲自负，天老大他们老二的架势。奥列格给冯瑞阳做了介绍，这三个男人一个是他的哥哥，一个是某法院院长，另一个他只报了名字。在两人一起换衣服洗澡的过程中，冯瑞阳问这个人是干什么的。奥列格说这个人是黑社会的老大。

这时冯瑞阳才明白，白天年轻人跟黑帮头目提到的就是这个人。便问："哦！他跟你哥关系好？"

"不是，求我哥办事。"

"哦？"

"他现在在服刑，蹲监狱呢。"

"什么？他服刑怎么会在这里？"冯瑞阳大感诧异。

奥列格笑笑说："咳，出来玩会儿，玩儿到半夜再给他送回监狱。我哥掌握着呢。"

"他在监狱，黑帮能听他的吗？"

"听，全都怕他，供着他，有钱着呢，在监狱都过得奢侈着呢。现在他正跟我哥和这法院院长筹划他改判或是减刑的事呢。"

洗完澡出来，两个人也坐到了沙发上。奥列格喝了两杯酒，吃了些食物，就迫不及待地拽着一个小姐去了单间。剩下冯瑞阳坐在这里挺别扭，三个男人不理他，两个小姐虽然和他说话挑逗他，他也不敢乱来。一来不习惯这种场合，二来总觉得拉丽萨就在瞪着他，约束着他。所以等奥列格从单间出来，冯瑞阳就催他让黑社会老大给那个黑帮头目打电话，再写了条子，自己就先行告退了。

第二天冯瑞阳到了村子，看黑帮的车子已经从拉丽萨家门外撤离了。冯瑞阳进家里问斯究巴，说是他们自动撤离的，琥珀在家里完好无损。冯瑞阳想这黑帮头目一定是接到电话后撤离的，他还是和这帮黑社会照个面好，免得误会。他便去了他们在村里的住处，和那个头目见了个面，把条子给他看了。这头目二话没说，摆摆手让他走了。冯瑞阳这才放心，到拉丽萨家里装了琥珀，上路返回。

冯瑞阳到基辅后开车去了库房，趁还没关门悄悄地把琥珀搬入集装箱，等把集装箱门锁上，他才长出了一口气。这两天真是惊心动魄，想想都后怕，本以为会血本无归，损失惨重，没想到峰回路转。不过别高兴太早，还有一半的琥珀没有拉出来，不能掉以轻心，他想明天赶紧过去把琥珀拉过来，免得夜长梦多。

第二天一早，冯瑞阳觉得心里有些莫名其妙的紧张，就给张斌打了电话，接上他一起过去。到拉丽萨家装上琥珀就立即返回，还好没受到任何阻碍。他开车上了公路，踩油门把车速提起来之后，心情变得轻松起来。不料就在他以为一切顺利的时候，又出事了！

第二十章　生意的开关

冯瑞阳开车高速行驶在柏油公路上，心里想着一路顺风时，却远远地看见一辆警车停靠在路边。他以为是交警，急忙踩刹车把速度降下来，可还是被警察拦了下来。他把车停在路边，两个警察过来堵在车门。他把车本和驾照递给警察，警察翻看了一眼，就叫他下车。这时他才察觉有些不对，这两个警察一个挎着AK-47冲锋枪，一个大尉别着手枪，不像是交警。冯瑞阳下车笑着说道："我车速正常，没有违反交通规则呀。"

警察大尉手捏着车本板着脸命令道："检查！把车门打开！"

冯瑞阳心想坏事了，车门一打开露出琥珀肯定有麻烦，便脸上堆着笑把警察大尉往一边拉了拉，塞给他二百当地货币。没想到这大尉不要钱，一把推开冯瑞阳，指着车门厉声命令："把车门打开！"

在这个国家，交警只要拦下中国人开的车，不管违反不违反交通规则，一般都是塞给交警钱了事。这时冯瑞阳心里确定这些人不是交警，知道自己又遇到麻烦了，只能硬着头皮把汽车的后备箱门打开，露出了里面一个个装着琥珀的袋子。两个警察上前打开了几个袋子的袋口，露出里面满满的黄澄澄的琥珀。两个警察回过身来，大尉问冯瑞阳："你这些琥珀的手续呢？"

冯瑞阳有些慌了："什么手续？哦！手续在基铺，没在车上。"

警察大尉指挥年轻的警察说："把他们两个人铐起来！"

年轻警察掏出手铐把冯瑞阳的一只手铐住，又拉开车门把张斌拽下车铐住一只手，用一只手铐铐了两个人。冯瑞阳和张斌行动上没有挣扎，慌乱地在嘴上争辩说："你们这是干什么？你们怎么能随便抓人呢？"

警察大尉脸上露出一丝令人厌恶的笑，阴沉地说："你车上的琥珀没有任何手续，我们怀疑来路不明。带走！"

年轻警察把冯瑞阳和张斌推到警车后座上，他自己也上车和他们并排坐在一起。车上的司机随即开车上了路，警察大尉开着满载琥珀的奥迪车跟在后面。冯瑞阳这时精神崩溃了，这手铐不仅是对人的限制，对人精神的打击也是巨大的。他慌了，也蒙了，不知道后面会是什么结果。他看了看身旁的张斌，张斌比他镇定得多，若无其事的样子。他慌张地小声问道："怎么办？"

张斌看了他一眼，说："看看再说。"

"像是在这里专门等咱们的。"

"嗯。"

冯瑞阳的怀疑是有道理的。警车拐了一个弯，驶离了去基铺的路，奔州首府的方向去了。这更加强了他的判断，也就更让他惶恐，对后面的事更是悲观的估计。这时候他想起了奥列格。

"不行我给奥列格打个电话？"

"先等等看吧。"

"我怕一到警察局就晚了，没法通融了。"

"那你就打。"

冯瑞阳用没铐住的手摸了摸，手机就在衣服兜里。他摸手机的动作引起了那年轻小警察的注意，警觉地看了他一眼。他问道："我可以打个电话吗？"小警察摇摇头说："不可以！"冯瑞阳只好作罢。

警车并没有开去州首府，而是到了一个城镇，开进了警察局的停车场。冯瑞阳看着像是个行政区的警察局。警察把冯瑞阳带进警察局二层的一间办公室。这办公室不足二十平方米，有对放的两张普通的办公桌和两张床。警察大尉示意小警察把手铐打开，对他们二人进行搜身，把他们的手机、香烟、护照、美元和一些当地货币全搜了出来，放在桌上，然后叫他们坐到了床上。

大尉把手机翻看一下，再打开护照翻看着，问道："中国人？冯瑞阳？对吗？"

"对。"

"张斌？对吗？"

"对！"

大尉问完就不再说话，拿了护照起身出去了。屋里只剩下年轻警察看守着他们。这时冯瑞阳的感觉好了一些，不像刚才给他铐上的时候，直接把他当罪犯对待，不过心里还是慌张。他怕那琥珀被全部没收，还可能惹上官司，他甚至觉得这是极有可能的结局。

"他们会怎么样？"

张斌想想说："警察呀，为了敲诈钱，往往先吓唬你，给你戴个手铐啊，说得很严重啊，让你害怕。等等吧，看看他们想干什么。"张斌开饭馆，总和警察打交道，知道警察办事的套路。

"我看他们这次不像敲诈，是真要罚没。"

"这个国家公事公办的警察太少了，几乎没有。罚没，他们得不到一点儿好处，他们才不干呢！我看他们还是想敲诈，就是想逮着这个机会尽量多敲诈点钱。"

"不行！我还是得打电话。"

他们的手机放在桌子上，冯瑞阳指着手机对年轻警察说："喂！我要打个电话。"

年轻警察摇摇头说："不可以。"这个警察非常年轻，看起来还不足二十岁，看肩章是个见习警察，身材中等，长得眉清目秀，让人颇有好感。但他对冯瑞阳可没什么好感，还表现出明显的鄙视。

"你们交警有什么权力扣我们的护照，还不允许我们打电话。"冯瑞阳明知故问地说。

"我们不是交警。"

"你们是什么单位？"

"我们是区内政局。"

“你们怎么跑那么远去查车？”

“那里也是我们的辖区。”

“你们为什么扣押我？”

“你车上的琥珀没有任何手续，我们怀疑这些琥珀来路不明。”

“你让我打个电话，我叫人把手续送过来。”

小警察笑笑，摇摇头拒绝了。不一会儿进来一个警察少校，年龄将近四十岁，四方大脸，满脸的严肃。他拿着护照打量了他们一下，坐下来问道：“你们是中国人？冯瑞阳？张斌？”

“是。”

“在我们国家做什么工作？”

“在公司打工。”

“你车上的琥珀哪里来的？”

“不知道。”

“什么？你自己车上的东西你不知道？”警察少校有点动怒。

“我在公司打工，公司让我来拉，我就来拉了。”

“那好吧，你的琥珀我们全部扣押了！”

“那我要跟我们老板说一下。”

“跟你们老板说？我们这是执法！全部扣押！还要对你们拘留，进行刑事调查！”少校拍着桌子吼叫着。

“你别误会，我们是通知一下老板。”冯瑞阳解释。

张斌插话问道：“还有什么其他解决方案吗？”

警察少校瞪着眼睛说：“把琥珀扣下，把你们先关起来，调查清楚了再说。”

张斌露出讨好的笑脸，说道：“别呀！总要商量一下，可以协调嘛。”

“这是执法！没有什么可以商量的！”警察依然严厉。

“执法也可以协调嘛，比如说罚款？”

少校沉吟了一下。张斌见状，上前拿起桌上自己的香烟，抽出一支递给少校，用打火机给他点上。少校没有讲话，抽了一口烟，房间的气氛变得缓和许多。

“你的老板在哪儿?”

冯瑞阳和张斌交换了一下眼色，说道:“在基辅。”

警察吐了一口烟，说道:“行！交三万美元罚款。”

“我打电话告诉老板。”

少校看了看桌上的手机说:“行，你打吧。”

冯瑞阳拿起手机，拨通了奥列格的电话，简要地说了情况。奥列格稍加思索回答说:“你把手机给警察，我直接和他说。等一会儿，我再叫我哥哥跟他通个电话。”

冯瑞阳把手机递给了警察少校，少校接听电话。通过他们一来一往的通话，冯瑞阳大致听出了其中的内容。奥列格先通报了自己的姓名身份，说这些琥珀都是有手续的，公司正常经营的货物，没有问题的。对这些琥珀和人不要做出处理。他问了少校的名字、电话和单位，说一会儿会有内务部的领导跟少校通电话。少校放下电话，皱起了眉头，显然对奥列格的电话有些意外。这以后他对冯瑞阳他们的态度明显好转，问他们喝咖啡还是茶水。冯瑞阳要了茶水。少校叫小警察给沏茶端了过来，又和他们聊起了天。

“你的俄语不错呀？在哪儿学的?”

“我在这里留的学。”

“哦，好啊，喜欢我们国家吗?”

“当然喜欢。”

少校闻言高声笑了笑，说:“还应该学学我们的语言。”

“正在学。”冯瑞阳平时和拉丽萨学了些乌克兰语，便说了几句，得到了少校的称赞。

少校又问张斌是做什么的。张斌说是开饭店的，让少校记下了饭店的地址，少校以后到基辅去饭店吃饭，他会免费接待。少校笑了笑算是答应了。这时，奥列格哥哥的电话来了，直接打到了少校的手机上。冯瑞阳在旁边大概听出些眉目来。奥列格的哥哥先问少校是否做出处理，然后说这件事情他了解，是正常贸易，手续是齐全的，叫他们放行。另外，双方又聊到了相互都认识的熟人，少校还说了些套关系巴结的话。

他们的通话刚结束，奥列格的电话就打进来了。奥列格说，哥哥的电话打完了，没有问题了，交代冯瑞阳给少校一些钱。

少校借故把小警察支开，让冯瑞阳坐在自己的对面，点了支香烟没有说话。冯瑞阳明白，站起身把桌上放着的从自己身上搜出来的六百美元和张斌的二百美元拿起来一起递给少校，少校很自然地把钱塞进警服口袋，笑笑说："行了，你们可以走了。我们是朋友了，以后有什么事情可以直接来找我。"他把护照递给他们，同他们握了握手，把年轻警察叫进来说："把他们送走。"他说完就先出门走了。

小警察满脸涨红，站着一动不动，看得出他对这样的处理感到不解和愤怒。冯瑞阳把桌上从自己身上搜出的证件零钱放回衣袋，朝年轻警察做了个走的手势，就出门走在前面。年轻警察把冲锋枪挎在身后悻悻地跟在后面。冯瑞阳和张斌先后下了楼。到了停车场奥迪车旁，冯瑞阳伸手跟年轻警察要了车钥匙，打开汽车的后备箱，查看了一下车里的琥珀都没有动，关上车门坐到司机的位置上，朝小警察友善地挥了挥，就开车上路了。

汽车出了城镇，行驶在去基辅的公路上。冯瑞阳这才长松了一口气，当时戴手铐时真把他吓坏了，还好有惊无险，只是一惊一乍地把心脏摧残得够呛。两人在车里谈论着这件事情。

"你这个朋友的哥哥是干什么的?"张斌抽着烟问道。

"内政部的副部长。"

"我说呢，不是顶头上司，正常情况下，没有三五千美元这事解决不了，哪会这么痛快就解决了。"

"回去我怎么也得给我这朋友两千美元呀。"

"那也少花了不少钱。"

"这几个警察肯定是特意在那儿等着咱们的，谁给通风报信的?"

"明摆着嘛。这帮黑道的没挣到你的钱，黑老大说了，他们不得不办，可心里怨恨呢，所以让警察劫你，非得让你出血不可。他们跟警察都勾结着呢。"

“没错！就是他们。”

“其实他们不单是想让你出血，他们是要断了你的财路。你老拉货去，村民不交保护费，你再不给他们钱，他们上哪里挣钱去？他们肯定要控制住卖货的渠道，不经过他们，村民的琥珀卖不出去，才会老老实实地交他们保护费。”

“没错！没错！就是这么回事。”

“所以说，亏了你的这位朋友，要不是他，说不定一两万美元都拿不下来。”

汽车走了一半路天就慢慢地暗下来了，再往前走就是夜路了。冯瑞阳小心翼翼地开着车，这个国家夜间公路也不安全，他祈祷着可别再碰上事了。路上还算顺利，到基辅已经晚上十点了。库房关门了，他只得把车开到自己住处的楼下，想找个从自己的住房能看到的位置停车，可楼下的位置都停满车了，只能停到远的地方。他上楼回家吃了饭，还是不放心车上的琥珀。这楼下停的车什么都丢，前几天听说有辆车四个轱辘都让人卸走了。他在家里找了把斧子掖在怀里，下楼去车里睡了。睡也睡不着，快天亮了才睡了会儿，一大早就赶紧开车去了库房，把琥珀放入了集装箱，他才一块石头落了地，回到家睡了一整天。

第二天他就去找物流公司，还是上次那位业务员接待的他。刚说了几句话，公司的经理进来听说货物是琥珀，马上插嘴说：“琥珀你手续齐可以，手续不齐不行，报关公司那边现在办不了。”等经理出去，这位业务员对冯瑞阳说：“过去琥珀没有人要，出口手续没那么严格，现在严格了。另外海关换人了，从上到下换了一套人马，关系还不熟，说不上话。”

“照过去那么办不行啦？”

“行是行，价格不一样了。”

“得多少钱？”

“我这就问问报关公司，把你的手续全部代办要多少钱。”

“行！你问问。”

“不过我提前跟你说，钱少不了。”

“你先问问再说。”

“行，你等我电话吧。”

冯瑞阳原本已经踏实的心这下又悬起来了，虽然琥珀已经入库，他还是忧心忡忡，怕琥珀再出点什么事，怕琥珀通不了关走不了。他每天早晚都要到库房的集装箱去看一下，有事没事都要去。搬开掩盖在上面的服装包，看看这堆黄澄澄闪着金光的晶体，这也是一堆财富，是不能出事的，出了事他赔不起的一堆财富。

一个星期之后，物流公司的业务员打来电话，说跟报关公司的人讲好了，给开齐所有的正规单据，办好手续。除正常收费外加收两千美元。冯瑞阳追问道：“单据确实都没有问题吗？”业务员确定地说：“不会有问题，会复印一份给你的。”冯瑞阳想两千美元够多的，但还在自己能够接受的范围内，就忍痛同意了。

第二天，冯瑞阳去物流公司付了钱，办了手续，和上次一样租了一个小的集装箱，把琥珀装木箱再装入集装箱，然后交由物流公司用卡车运到敖德萨港口。直到此时，冯瑞阳悬着的心才安稳下来，到张斌的餐馆轻松地喝了两天酒，在家里踏踏实实地睡了几天觉。但他还是高兴得太早了，意外的事情还是发生了，出的还是大事。

琥珀运走的第五天上午，冯瑞阳还在酒后的沉睡中，手机铃声响了。他接听电话，奇怪，是物流公司的经理打来的。

“这批琥珀是你的货吗？”

“是啊。”

“出事了！海关抽检给检查出来了。”

冯瑞阳吓得一激灵从床上跳了下来，颤抖地问：“怎么会？不是一切正常吗？”

“怎么会正常？你报的是化工产品，现在查出来是琥珀。”

“不对！报的就是琥珀，单据手续都是全的，是你们的业务员办的。复印件在我的手里。”

“什么？他不在。你赶快到我这儿来一趟，带上那些复印件我看看。”

冯瑞阳赶紧穿衣出门，开上车去了物流公司，到了经理的办公室，把复印件给经理看。经理一看当即就说：“这是假的，报给海关的不是这个。怎么回事？”

冯瑞阳把事情如实跟经理说了。经理思索着说：“他这是做的复印件，骗你的钱，实际上他报的是化工产品。海关都是抽查，一般查不到，没想到就查到这个箱子了。他肯定知道出事了，跑了。”经理给业务员打电话，对方手机关机。

“那想办法找他呀！”

“找肯定要找他，可现在找到他也没用。现在要紧的是海关要罚没这批琥珀。”

冯瑞阳吓得心脏快蹦出来了，“这么严重？”

“你的货来路不明！”

“现在怎么办？”

“赶上海关新换的人，都不熟。我想办法去疏通关系，看看能不能把这事掩盖过去。”

冯瑞阳赶紧开车回了家。此时他的心就像被烤焦了一样难受，浑身的血液好像都停止了流动。自己从来都是正正经经做人，规规矩矩做生意，怎么现在弄出这么个事。如果这批琥珀被罚没，这损失就大了，是他根本承受不起的。他不知道自己该干什么，不知道自己还能干什么，觉得自己像在茫茫的看不到边际的大海里，扑腾着快要沉下去了。忽然他想到了老师尤里，直觉得像是抓到了救命的稻草。事情重大，他没有犹豫立刻给老师打了电话。电话通了，可尤里老师没有接。可能是在开会，也可能手机没在身边。过了一个小时，他再打，老师接了电话，问他什么事。他刚说了几句，老师就打断了他的话，说等一会儿打过来。他估计老师身边有人，说话不方便。

没等多久，尤里的电话就过来了，冯瑞阳把事情说了一遍。尤里沉吟了一下说：“这事呀，我先了解一下情况，看看怎么办。”

老师虽没有保证事情能办成，但显然没有不管他，而是答应帮助他。老师的态度让他心绪稍安了些，本想去张斌的餐馆吃饭和张斌聊聊这事，又一想现在自己是嫌疑犯身份，害怕出门让警察看见给抓了。想到这些他在家里待得都不安分了，隔一会儿就要到窗前看看楼下有没有警察，有没有什么异常的现象，真是度日如年，如坐针毡。

转天的下午，物流公司的经理打来电话，说和海关的人私下做了沟通，现在事情还没有形成正式的文字材料，没有公开，还可以挽回。但这件事情比较大，平息这件事要担很大的责任，所以要价比较高，他们要三万美元把这案子给埋了。

三万美元？这个要价不是比较高而是太高了。冯瑞阳稍作思考回答说："我考虑一下再答复你。"他考虑的是要等尤里的消息。

经理似乎对冯瑞阳的回答感到意外，不悦地说："你快一点儿，如果形成正规文字材料就无法挽回了，我等你到明天上午。"

冯瑞阳放下电话，愈加焦急地等待尤里的电话。晚上电话终于来了，老师用带着笑意的声音先向他问好。冯瑞阳就明白事情有向好的发展了。

"我私下找人给问了一下，事情还在可以掌控的范围，但要花些钱，可以吧？因为这件事不花些钱，不太好办。"

"可以，可以，需要多少？"

"你这样，明天上午拿着五千美元，去海关门外，给我打电话，我叫人到门口找你，你把钱交给他就行了。"

"五千美元就可以了？"对这个钱数冯瑞阳觉得有些意外。

"对，没办法，得要这些钱，要不然不好办。"

"明白，明白，钱没有问题。多谢！老师。"

冯瑞阳顿时有了获救的感觉，心脏欢快地跳动，血液通畅地流动，身体重新充满了活力。他还对老师充满感激，二话不说就出手相救，不问是非不计代价没有贪图，挽回了这么大的经济损失，特别是五千美元就把事情平了，更让他喜出望外。

第二天，冯瑞阳按尤里老师的安排把五千美元在海关门外交给了一个三十来岁的男子。这个男子收下钱朝他点了一下头，一句话没说就进了海关办公楼。

又过了一天，冯瑞阳才给物流公司经理打电话，说找了政府的朋友，事情已经解决了。经理十分诧异，说话的语气中有些怀疑。冯瑞阳问那个业务员，经理说没有找到。

冯瑞阳问："他多收我的两千美元怎么办?"

"那是他个人的事，跟我们公司无关。"经理语气很强硬。

"他是你们公司的人，在你们公司做业务收的钱，怎么跟你们公司无关?"冯瑞阳这时已经恢复了底气。

"这事我不管。"经理说完就把电话挂断了。

三天以后，这个经理又给冯瑞阳打来电话，通知他货已经顺利起运了。说话的语气十分和气。冯瑞阳再问那个业务员的事，经理的态度也转变了。

"他确实跑了，我正在想办法找他，如果找到他，我会让他把钱退给你。若是找不到他，我从你下批货开始，每次少算一些运费，分几次把这个钱扣出来，这样把钱退赔给你。可以吧?"

冯瑞阳同意了。其实他没太重视这件事，也没奢望拿回这个钱，只是觉得坏人不能骗完人就没事了，这仇虽然不值得报，但总要追究一下，总得有个说法。

晚上冯瑞阳去找张斌喝酒，把事情叙述了一遍。张斌沉思了一会儿说："这肯定是故意做的局，成心坑你的钱，可能还是那帮黑社会干的。"

"黑社会跟警察勾结，这很有可能，怎么会和物流、海关认识呢？隔得这么远，他们怎么会找到我的货呢?"

"肯定认识。他们要控制琥珀生意，开采和物流是必需的。而且搞海运物流的就这么一两个公司，查你的货还不容易。"

冯瑞阳思索着说："没错！你说得对。"

张斌分析："你看，在村里要你三万美元，你没给；在警察那儿还是三万美元，你还是没给；这次又是三万美元。"

"是！这就是告诉我，不给三万美元，就让我全折了。"

"亏了你有这么个部长老师，不然你这次赔惨了。"

冯瑞阳点头称是。滴水之恩当涌泉相报，仇可以淡化，恩是一定要报的。冯瑞阳揣了五千美元，去了尤里部里的办公室。尤里正忙，和一拨拨的下属谈话。冯瑞阳只好在秘书的房间等。尤里和一拨人谈完，没叫下一拨人进办公室，而是把冯瑞阳单独叫进办公室，还叫秘书沏好咖啡端了进来。

“怎么样？事情都解决了吧？”尤里笑着问。

“都解决了。这次多亏了您，不然就全折了。这个您收着。”冯瑞阳把钱放在尤里前面的桌上。

“这是干什么？”尤里客气道。

“这点儿钱只是意思意思，您对我的帮助，对我的好，不是这点儿钱能回报的。”冯瑞阳诚恳说道。

尤里笑笑把钱收进办公桌的抽屉里。冯瑞阳看尤里太忙，外面还有几拨人排队等着见他，就起身告辞，不料尤里摆手让冯瑞阳继续坐下，跟他谈起了琥珀生意。冯瑞阳有问必答详细地做了介绍，最后尤里问道：“怎么样？还打算继续做下去吗？”

“不想做了。”

“为什么？有长期订货的客户，这么好的生意为什么不做？”

“当地开不出正规手续来，太容易出事了，所有环节都容易出事。过去不知道，好心帮忙给村民把琥珀销出去，没想到现在是这个情况。琥珀生意资金投入量比较大，都是现金生意，出事就是大事。不出事担惊受怕的也受不了。而且我估计会越来越难做，过去琥珀没人要，现在国际市场琥珀价格逐渐往上走，盯着这个生意的人多了，谁想办你都可以办你，谁想宰你都可以划上你一刀。”

尤里听着笑了起来，说：“原来是这样。”他起身结束了谈话，把冯瑞阳送出了办公室。

冯瑞阳又去了奥列格的办公室，给了他两千美元，道了谢。

不久，老陈从香港给冯瑞阳打来电话，说：货还没有到，如果一切正常的话，可以继续收购发货，琥珀的市场情况越来越好，不必等货到再办。他会把钱汇过来。冯瑞阳沉吟了一下，没有答应，说先别汇钱，看看再说。

晚上，冯瑞阳和张斌喝酒。张斌见冯瑞阳闷闷不乐，问有什么事。冯瑞阳说了老陈的电话内容，并说不想做琥珀生意了。张斌不解地问道：“这么多年好不容易碰到这么好的生意，为什么不做？”

“当地开不出手续来。本来出于好心，弄出一个不合法生意来，说出事就出事，风险太大。”冯瑞阳仰头干了一杯酒。

张斌却笑了，也喝了一杯酒，说道：“你到这里这么久了，怎么还不明白，在这个国家，生意不合法才好做嘛！生意合法了倒难做了。就像我这饭馆，我要合法报税，税务员不干，他要我少报，要我把少报的部分给他私人，不然他就刁难我，让我干不下去。谁不想合法呀？可合法通关，你办得到吗？做到了就是又慢又贵，那货还怎么卖呀？生意也就别做了。我告诉你，正是因为生意不合法，这些人才来帮你，让你做成，要是全合法，肯定没人理你，生意做这么大，还会拆你的台，让你做不成。”

冯瑞阳边喝酒边点头。他其实明白这些道理，只是自己的事，身在其中，又担惊受怕，心里反倒不那么清楚了。

几天后冯瑞阳接到尤里的电话，让他再到部里的办公室去一趟。第二天他就去了，在尤里办公室外间秘书室里等了一会儿，女秘书就请他先进去了，弄得排在前面等候见部长的一群人朝他翻白眼。尤里请冯瑞阳坐在自己的办公桌对面，问候了几句之后便进入了正题，“你的那个琥珀生意和以前比没那么好做了，现在中央政府已经注意到这个事情了，以后逐渐会采取一些措施。我给你找了一个合作伙伴，由她给你提供合法手续，办理通关和运输。这样你就不用担忧害怕了，可以放心大胆地去做生意了。”

“这样太好了。”

“好吧。我把你的电话给她了。她会打电话给你，你们自己谈。”

冯瑞阳从尤里那里出来，心里喜忧参半。喜的是这生意有人罩着，有正规手续，不用担惊受怕了；忧的是这个合作伙伴不会白帮忙，肯定要分利润。他还觉得生意变味儿了，受人控制了，心里有些不是滋味。

晚上，冯瑞阳又到张斌的餐馆喝酒。由于就餐人多，张斌要在后厨忙，所以冯瑞阳来得比较晚，要等张斌忙完了，才能一起吃饭喝酒。张斌亲自下厨炒了两个菜，一瓶伏特加往桌上一搁，两人开喝。

“我看你这生意不错。”冯瑞阳看着餐厅说。

“人上得还可以。中餐便宜，当地人也爱吃，但他们要的菜少，吃的都简单，总的来讲还行吧。”

“阿乐桑娜怎么样?”他说的是阿乐桑娜怀孕即将生产的事。

“她妈妈在呢，我也帮不上忙。以前天天在餐馆吃中餐，这一怀孕就想吃俄罗斯那些东西，她妈给她做，送医院去。”

冯瑞阳说了今天和尤里谈的事。

“好啊！有人罩着你，生意好做多了。”

“不过，肯定要分利润。”

“要多少?”

“还没谈，不知道要提我多少钱。”

“你可以跟老陈提，再加点价。”

冯瑞阳点点头，说:“看吧，但加太多，我怕老陈多想。”

“行了，少挣点儿你还没风险了呢。我这儿也这样，警察、税务、卫检、黑社会，管你的不管你的全来，白吃的、要钱的每天烦死人。我这儿一大块利润都打发他们了，就这大环境，没办法。只有这样，生意才能做起来，才能顺利，也才能做得长久。你要长期做，只能这样。”

听张斌这么一说，冯瑞阳心里痛快多了，两个人把一瓶酒喝完。张斌让服务员开车把他们两人送回了家。

没过几天，尤里老师介绍的人给冯瑞阳打来电话，原来是艾丽夏。冯瑞阳把她约到了张斌的餐厅。艾丽夏还是那么引人注目，她虽已不再年轻，但原本长得漂亮，打扮又十分精致，所以看起来仍然光鲜靓丽。她见到冯瑞阳非常热情，脸上绽开了夸张的笑容，张开双臂给了他一个亲密的拥抱，又在脸颊上弄了个带响的亲吻，把冯瑞阳吓了一跳，这亲热劲好像他们是非常亲近的朋友。上次一起去中国，他们之间建立了很好的关系，但这之后就一直没有来往。冯瑞阳对艾丽夏的印象不错，说说笑笑的十分轻松，好打交道。艾丽夏坐到桌边就埋怨起了冯瑞阳:“一直在这里吗?”

“一直在。”

“一直在，你不和我联系，忘了在这里还有我这个女朋友？真不懂交情。”

“一直忙生意，有时间还要学画。”

服务员把菜摆上。艾丽夏要了葡萄酒。两个人吃菜喝酒聊着。

艾丽夏问：“你的生意怎么样？赚大钱了吧？”

“赚小钱，没赚大钱。”

“干吗那么谦虚，我又不要你的。”

“真的。所以才想着做琥珀生意嘛。”

“琥珀现在赚钱吗？”

“过去不行，现在逐渐好起来了，但利润也不大。”

“你做了多久了？”

“刚做，就到处碰壁。哎！你真能办所有的手续？”

“对呀！没问题。”

“通关运输都没问题？”

“你放心吧。别说琥珀了，坦克大炮我都能给你正常弄出去。”

“是吗？”冯瑞阳听了这话，吓了一跳。

“放心，小事。”

“那你怎么收费？”

她正喝酒，听到冯瑞阳的话“扑哧”笑了，说：“你看着给，咱们自己人，合作伙伴。”

“我得有个谱吧。”冯瑞阳也笑着说道。

“老板说了，不让我多要。货值的百分之十五吧。不多吧？”

冯瑞阳诧异地问：“老板？”

“就是尤里呀。”

冯瑞阳心想：百分之十五！居然还说不多？他心里算了一下，按这两次的货量来算，应该付一万多美元，将近一半的利润给切走了。他感觉剜肉般的痛，脸上却没有表现出来，反而很高兴地答应说：“好！那就百分之十五。”

“你必须要合法合规的手续？其实不要手续我也可以给你运走，保证没问题。”

“不！一定要合法正规的手续！”

“要是都正规办的话，牵扯到我公司税的问题，有些税可以免，有些是免不掉的，所以你还要给我多加百分之五。”

冯瑞阳心想，这下三分之二的利润给分走了。他一阵心痛，但没有表现出来，还点头同意说：“没有问题。”

两个人喝完一瓶酒，又要了一瓶，继续喝，聊了很长时间才结束。张斌开车把他们送回家。

冯瑞阳与艾丽夏谈后，虽然还没有开始合作，心痛的感觉却一直存在。他开导自己：利益均沾，付买路钱，生意才能顺利，才能长远。但他却失去了做这个生意的热情。

货到香港后，陈先生打来电话，说琥珀收到了，对这批琥珀非常满意，表示了感谢，并催他继续准备货。这时冯瑞阳才如释重负般轻松。他长出一口气，感叹道：总算熬过去了！他算了算账，这笔生意赚了一万美元。想想这次生意的过程，算是有一个不错的结果，但他却没有赚到钱的兴奋。

第二十一章　失踪的小天使

葛丽娜上学了，就在他们住处附近的学校。一早冯瑞阳和拉丽萨就开车送她到了学校门口。葛丽娜穿着白衬衣和裙子，脑后的短马尾辫上别着一朵白色的头花，背着印有卡通画的双肩书包，和正在进入学校的小朋友们穿戴几乎一样。与众不同的是她的胸前挂着一枚偌大的蜜蜡吊坠。这不是普通的吊坠，而是一件蜜蜡雕刻，雕的是一个张着两个翅膀的小天使。令人惊奇的是，小天使的面容和葛丽娜完全一样，这个挂坠就是照葛丽娜的相貌雕刻而成的。

毫无疑问，这是冯瑞阳的作品，是他精心为葛丽娜打造的，送给她当作上学的礼物。当年冯瑞阳在得知拉丽萨有孩子，经过剧烈的思想动荡之后，还是去拉丽萨乡下的家里把拉丽萨接了过来，那年葛丽娜不足两岁。就是当天，小葛丽娜蹒跚地朝冯瑞阳走来，怯生生地叫了一声“爸爸”，让冯瑞阳颇感突兀，怦然心动，一股热流涌上心头。他立刻把葛丽娜抱在怀里，那种亲人的感觉从此就把他们拴在了一起。

葛丽娜长得非常漂亮，一双灵动的蓝色大眼睛，卷曲的金色头发，活脱脱就像冯瑞阳熟读在心并临摹过的著名油画中的小天使，这也让冯瑞阳对她加倍喜爱。冯瑞阳和拉丽萨一起生活后，就和拉丽萨共同抚养葛丽娜。朝夕相处，父女之间的感情日渐深厚。冯瑞阳对葛丽娜百般呵护，有求必应，要什么给买什么，视为掌上明珠。平日里冯瑞阳作画，葛丽娜也是腻在身边，弄个画板夹上画纸，拿画笔敷上颜料，学着冯瑞阳七画八画的。相对于妈妈，葛丽娜更愿意和爸爸在一起，一直以为冯瑞阳是她的亲生父亲，而且以爸爸为荣为傲。

时光荏苒，一晃葛丽娜六岁多，该上学了。冯瑞阳就想着要送给她一件礼物，作为她上学，告别童年走向少女时代的纪念。冯瑞阳听说俄罗斯民间流传着这样的说法，琥珀可以给孩子带来好运，可以辟邪，保佑孩子健康成长。葛丽娜又一直对妈妈那枚拉小提琴的蜜蜡雕刻非常喜爱，小时候就奇怪为什么这个雕刻和妈妈长得一模一样。这让冯瑞阳想到用琥珀也给她雕一个像，就特地找了一块米白色蜜蜡。这块蜜蜡细腻密致，洁净无瑕，品质极好。葛丽娜小时候长得太像小天使了，冯瑞阳就给她安上了两个翅膀，雕成了小天使的模样，把她的童年永远镌刻在她的人生记忆里。

这是冯瑞阳第一次独立雕刻这么复杂的雕件，过去是在北京安先生指导下做的，其他的都是简单图案的浮雕。这个雕件不仅是立体雕刻，还是真人雕刻，对于他这个琥珀雕刻学徒来说，确实是个考验。多亏他有多年学画专业培训具有的艺术才力，只是雕刻的手艺还不纯熟，他就尽量慢一点，全神贯注地去下刀走刀，在葛丽娜上学前把这个雕件完成了。他仔细端详这件作品，非常满意，比预期的还要理想。小天使的身体雕刻得非常精准，面庞与葛丽娜小时候一模一样，而且神情惟妙惟肖。琥珀表面抛光也做得非常好，看上去温润莹秀，真是让人喜爱的宝物。

葛丽娜对这个雕件喜欢得不得了，连说了几声谢谢，给了爸爸无数个吻，爱不释手地抚摸着，咧着嘴笑，还和妈妈的吊坠对比。当爸爸妈妈都说，比妈妈那个雕刻吊坠又大又好的时候，她笑得更开心了。她说："我会永远把爸爸送的这个礼物戴在胸前。"

在孩子上学之际，拉丽萨也找了份工作，到市里最高档的饭店乐队中拉小提琴。冯瑞阳并不希望她去，一来工资不高，对于他们现在生意的收入来讲不值得一提，而且每天整晚的时间全占了。拉丽萨非要去，说过去一直带孩子没法工作，如今好不容易熬出头可以出去工作了，虽然不理想，但毕竟和音乐有关。冯瑞阳虽然不愿意，却没有阻止的意思，所以每天傍晚拉丽萨就上班去了。

阿乐桑娜生了个大胖小子，一头浅黄色头发，雪白的皮肤，除了黑色的眼珠外，看不出张斌的血统，整个就是俄罗斯娃娃。给张斌乐的，说就喜欢这样的大洋娃娃。他把妈妈从北京接过来，说是伺候月子，实际上当地就没坐月子这么一说，就是把妈妈接过来看看孙子，高兴高兴。张斌还按中国的规矩给孩子办了满月，请了一些在当地的中国人，还有部分当地的朋友，就在小餐馆办了宴会。张斌人缘好，来的人超出了他通知的范围，把小餐馆挤得满满的，所有的餐桌都加了座，使宴会特别具有中国特色——热闹。

冯瑞阳中午关了门就从市场过来了，看看人太多，他没有上桌，直接上下张罗着帮忙，直到客人吃喝得差不多了，他才吃了几口，就告辞了。

今天拉丽萨工作的饭店也有宴会，上班早。葛丽娜这段时间是下午上课。拉丽萨送孩子上学后就直接去上班了，接孩子回家的事就交代给了冯瑞阳。所以冯瑞阳从餐馆出来就直接去学校接葛丽娜。他开车到了学校门口，等了一会儿，就见学生放学出来，可没有见到葛丽娜，一直等学生走光了，还没见葛丽娜出来。冯瑞阳便进学校里面去找。进了教学楼一看，教室全都空了，找人打听，原来有个老师生病没来上班，葛丽娜所在班最后一堂课没上，提前放学了。

冯瑞阳出了校门，又环顾一下周边街道，还是没看到葛丽娜。冯瑞阳估计她可能自己回家了。冯瑞阳和拉丽萨并不是每天都接送孩子，很多时候是孩子自己上下学，和几个同学一起走或是乘一站公共汽车。所以冯瑞阳并没有担心。他开车沿街道回家，注意看着便道上行走的孩子，没有发现葛丽娜。他到家开门进屋，还是没见到人，喊了两声，没有回应。他把几个房间都找了，确定孩子不在家里，才意识到孩子有可能失踪了。他心里慌乱起来，立即反身出门下楼，大步沿着葛丽娜上下学的路径观察着又到了学校，在学校里外打听了一圈，没有任何发现，再快步走回家里，孩子仍然没有回来。这时他确定孩子失踪了，头上一阵血涌眩晕，汗也下来了。

怎么办？到哪里去找？报案？警察知道了对事情是好是坏？他慌张得不知所措，想到应该马上告诉拉丽萨。他颤抖着手掏出手机，拨通了拉丽萨的电话。拉丽萨的手机是为了工作新买的，电话通了没有人接。他又反复拨了两次，都没有接通。他想拉丽萨可能正在演奏，手机不在身上，他更加慌张了。这时冯瑞阳想到了张斌，立刻给张斌打了电话。张斌接电话说：“你怎么这么早就走了？我还想晚上咱哥儿俩单独喝点儿呢。”冯瑞阳拦住他的话，说：“出事了！葛丽娜不见了！”

张斌吓了一跳，忙问：“所有的地方你都找了吗？”

“都找了，没有！肯定是失踪了。”

张斌说道：“你等着，我马上到！”

冯瑞阳下楼在楼梯口等。张斌很快就到了，他因为喝了酒，找了邻居家的一个小伙子开的车。两人见面后简单地商量了一下，决定张斌他们在附近继续找寻，看看有没有什么发现，冯瑞阳赶紧去把拉丽萨接过来。冯瑞阳要开车去，被张斌拦住了。张斌看他的精神状态不好，怕他开车出事，叫他打车过去。冯瑞阳到了饭店——里面正在举办盛大的婚宴，一进门就看到了乐队中正在拉琴的拉丽萨。他溜边过去，把拉丽萨拉到过道，简单地把事情说了一下。拉丽萨听到消息后险些晕倒，她狠狠地瞪了冯瑞阳一眼，没有说话，但分明在责备冯瑞阳没有把孩子看护好。冯瑞阳觉得这不是他造成的，但现在不是争辩的时候。拉丽萨换了衣服，匆匆和冯瑞阳一起打车回家，到了楼梯口和张斌会合。张斌朝他们摇摇头，表示没有发现。

他们一起上楼进了家，商议这事怎么办。现在可以肯定孩子失踪了，但究竟是什么情况无从判断。报不报案？如果孩子是走失，应该报案，但他们觉得这种可能性很小。如果是绑架或是其他原因他们怕报案反而不好。他们左右权衡，拿不定主意。冯瑞阳心里很乱，理不出一个头绪来。而拉丽萨一直紧绷着脸，直愣愣地瞪着眼睛，像神经病一般，让人看着害怕。张斌喝酒不多，又是局外人，头脑清楚，分析到位但又做不了主。

这时候，冯瑞阳的手机响了。几个人立即警觉起来，不约而同感觉到和孩子的失踪有关。冯瑞阳掏出手机一看，果然是个陌生号码，他接通电话，招呼了一声，对方传来快速而确定的话语：“你好！你的孩子现在在我这里……”

冯瑞阳急忙问：“我的孩子怎么样？”

“她很好，你们不要着急……”

拉丽萨也扑上来，对着手机叫：“我的女儿……”

对方在电话里说：“她在这里很好，你们不要着急，不要误会。来，我让你们的女儿跟你们通话。”

手机里传来葛丽娜的声音：“爸爸！妈妈！我没事！”

拉丽萨对着手机叫道：“他们打你没有？”

“没有，他们给我买了好多好吃的。”

“你现在在哪里？”冯瑞阳急着问道。

“在房子里，我不知道这里的地址。”

“他们是什么人？”拉丽萨问道。

“他们说是我爸爸的朋友。”

这时候，对方的男子接过电话说：“行了，你们放心了吧。”

这时冯瑞阳认定这是绑架，说道：“好！你们别伤害我的孩子。说吧，要多少钱？”

对方笑了笑说：“你误会了。我没有绑架她，我不要钱。”

“那好！你把孩子给我送回来。或者你告诉我地址，我去把孩子接回来。”

“现在太晚了。明天上午，我给你打电话，约一个地方，把孩子交给你。”

“我们想孩子，今天晚一点儿没关系。”

“不行！一定要明天。明天你一定要亲自去，你不去我不给你孩子。另外，别报警。”说完他把电话挂断了。冯瑞阳还想继续说，把电话拨回去，但对方已经关机。

孩子有下落了，他们的思想即刻清醒紧张起来。他们思索着、回忆着刚才的通话，疑窦丛生，一时判断不出怎么回事。是绑票吧？可对方不要钱，讲话也不是绑匪的腔调。如果不是绑架，又会是什么情况呢？而且不让报警，不许去接孩子，诡异地安排地点交接，这又像是绑架案。他们三个人讨论了很久，也判断不出事件的究竟。最后决定还是按绑架案去处理，不报警，按对方的要求去交接，而且为了确保孩子的安全和交接顺利，准备带上足够的钱。冯瑞阳和张斌盘算了一下手里的现金，能够凑上两万多美元，准备明天早上集中起来都带上。谋划好这些，张斌就回家了，说好第二天早上过来。

冯瑞阳和拉丽萨依然盘算这事，心绪不宁，如坐针毡，一宿没睡。早晨，张斌带着他的两个当地的徒弟——都是二十多岁的小伙子，一起过来。他上楼来把钱交给冯瑞阳。三个人就坐在屋里等电话。等了约一个小时，冯瑞阳的电话响了。他立即接通，看屏幕显示的是昨天的号码，电话中那个人叫冯瑞阳开车到第聂伯河边的一处地方，到那以后，再通电话。

三人对视了一下，没有说话，都知道该怎么做，没有犹豫，拿起装钱的挎包，即刻出门下楼。冯瑞阳和拉丽萨乘一辆车，开在前面，张斌开自己的车，隔一段距离跟在后面。车一直沿路朝城外开，驶出城市，来到河边，停在对方要求的地点。很快那人的电话就打过来了，叫他们继续开车前行，到前面的一处豁口，把车开下公路，停在河边。

冯瑞阳按对方的要求在河边把车停好，他用手机通知张斌将车停远一点，下车后沿河边走过来，隐蔽在树丛里。然后他下车环顾了一下四周：这是一片有着茂盛的杂草和浓密树林的河岸，空寂无人。他对这里并不生疏，上学时曾到过这里写生绘画。过了一会儿，路上缓缓开过来两辆轿车，看到河边的车和站在车边的冯瑞阳后，把车开下了公路，停在了岸上的空地。冯瑞阳目不转睛地盯着来车，大吃一惊！两车中后边那辆正是绑架陈先生那伙人在撞车现场开走的是他自己的奥迪车，车牌都没有换。

他立刻明白了，现在控制葛丽娜的正是绑架陈先生的那伙人！是那帮穷凶极恶的绑匪绑架了葛丽娜！他心里紧张得乱跳，对接下来要发生的事一下子充满了悲观的想法。他害怕孩子出现不测，甚至出现更不幸的结局。他心惊肉跳，身体颤抖。同时他也产生了拼了命也要把孩子救出来的想法，并下定了决心。

这时，令人不可思议的一幕出现了。从车上下来一个男子，反身从车上抱下来一个孩子，他把孩子抱在怀里，站着没动，和气地注视着冯瑞阳。那孩子正是葛丽娜！葛丽娜的身上没有绑着，脸上没伤，看上去一切正常，手上拎着的塑料袋里还有巧克力等糖果食品。这和冯瑞阳脑补出来的场景完全不一样。冯瑞阳和拉丽萨诧异不已，看呆了。但这只是一瞬间的事，拉丽萨马上叫了起来："葛丽娜！葛丽娜！"她眼泪喷涌而出，身体向前冲去。冯瑞阳一把将拉丽萨抱住，因为他看不明白这是怎么回事，怕冒失行动造成危险。

那边葛丽娜见到他们也叫了起来："爸爸！妈妈！"那人俯身将孩子放在地上。葛丽娜着地后就张开双臂朝爸爸妈妈跑来，冯瑞阳忙迎上去一把把孩子抱起，交给身后的拉丽萨。他再回身站在前面把他们护在身后，紧盯着前面不远的这个男子，还有两辆车上的几个同伙。那个男子站在原地没动，脸上还微微有笑意。他的几个同伙没有下车，在车上悠闲地抽着烟，根本就没有使用暴力的倾向。这让冯瑞阳非常纳闷。

张斌在远处看到葛丽娜已经脱险，怕出意外，带着两个徒弟拎着铁棒子跑了过来，守在冯瑞阳的身后。冯瑞阳此时已经变得冷静，他端详着前面这个人，金发浅灰色眼睛，典型的乌克兰人长相，三十岁左右，身体强悍，一身牛仔装。虽然这个人外表和撞车受伤时有了很大变化，脸上没血，伤也好了，但冯瑞阳还是一眼就认出他就是那个拿枪对着他脑门的人。不过这人现在看上去不像有恶意，而且还表现出和善。这让冯瑞阳看到这件事和平解决的前景，但也更加疑惑，这是怎么回事啊？在冯瑞阳一头雾水的时候，那人客气地说："你好！对不起！我把你的女儿送还给你了。"

冯瑞阳越听越糊涂，问："请问，这是怎么回事？"

"这个……你的女儿会告诉你的。你不认识我了？"

"认识！我还认识我的车呢。"冯瑞阳指了一下对面自己的汽车。那人笑了，摇摇头说："你还是没有认出我。你再想想，我们很早就认识。"

"我们认识？"冯瑞阳陷入了思索。经过一番提醒，他似乎感觉这人似曾相识，但又找寻不回印象。

"你应该记得这个地方吧？"那人指着一边的草丛提醒道。

冯瑞阳看看这人又看看这个地方，开始在记忆中搜寻，猛然想起一件事情。他向前跨了两步，再次仔细辨认，依稀地找到了过去的痕迹，这才恍然大悟。

时间要退回到十年前，冯瑞阳还在上学。一天，他一个人到这里来写生。当天的晚霞很美，他直画到红霞褪色，天暗了下来。正当他收拾起画具准备回去的时候，却瞥见一辆伏尔加汽车从路上开过来，停在了离他不远的地方。车停住之后四门大开，从车上跳下来几个人围追着一个人暴打。冯瑞阳忙伏在树丛后观察，只见几个人把这个人打倒在草丛里，直打到这人一动不动，像死了一样。几个人讨论了一下，看看四周没人，一起动手将这具血迹斑斑的“尸体”拖进了树丛深处，然后开车扬长而去。

这情景看得冯瑞阳心惊肉跳，看到车走远了，他从树丛后走出来，背上画具走人，打算步行到路口车多的地方打车。他走了几步，想到刚才被打的那人好像很年轻，不知道是死是活，那个地方枝叶草丛遮挡得很严密，很难被人发现，况且现在天已经黑下来了，不会有人找到他，如果人没死拖延下去那不就没救了吗？冯瑞阳停步犹豫了半天，最后还是决定过去看看。他折返回来，小心翼翼地扒开树枝草丛搜寻，终于看到了倒在地上被打的人。由于天暗看不清楚，他只好俯身去看，只见这人头上身上到处是血，闭着眼睛一动不动，看样子已经死了。这人的确很年轻，可能不到二十岁。冯瑞阳心里一阵酸楚，可惜了这年轻的生命。他起身正要走，却发现这人的身体动了一下，他一惊，俯下身子再看，果然身体在动，而且眼睛微微地睁开了，这年轻人还活着！

冯瑞阳低头面对那张挂满鲜血的年轻的脸，低声招呼着。他半睁着眼睛看着冯瑞阳，说不出话来，只是四肢轻轻地动着。冯瑞阳明白他伤得很重，生命垂危，再耽误这条命就没了。冯瑞阳克服心中的恐惧，决计带这人去医院。他把画具挂在胸前，费了好大的劲才把这人背在了身上，走出树丛，来到公路上，站在路上截车。他接连拦了几辆车，司机停车后一看是满身是血的伤员，都摆手不拉，最后只有一辆破旧的面包车，讲好了价钱，司机才让他们上了车，拉他们去了医院。到了医院，冯瑞阳找了一辆推车，把这半死的伤员推到抢救室的门口，就偷偷地跑了。他怕惹麻烦。

由于事情过去很久了，当时这人受伤——脸上有血，冯瑞阳没能跟眼前的人联系上，而且这个人拿枪对着他时脸上也有伤，都造成了他辨认的障碍。现在他回想起来，辨认出了这人相像的轮廓，而且这个地点没错。

“是你！”冯瑞阳确认地点点头。

“对！是我。你十年前救了我的命，就在这里。”那人脸上现出动情的微笑。

冯瑞阳也明白了上次他和陈先生脱险的原委，他说：“我明白了，当时你在撞车现场没有开枪打我，还把我们放走，是因为你认出了我。”

“对！我认出了你，所以放你们走了。”

这时，冯瑞阳知道安全了，还有意外的惊喜，身体和心理从惶恐紧张中解脱出来，恢复了正常。他朝张斌摆了摆手，表示警报解除，请他们回车上休息。然后他上前和那人握手，说：“我们认识一下吧，我叫吉玛。”

“我叫维达利克。”他拿出烟，两人点上烟吸着，气氛变得友好。

“可我的女儿，是怎么回事？”冯瑞阳继续问道。

“出事那天你在场，看到我们都受伤了，有个兄弟伤得很重，又打伤了警察，当时只能开你的车跑了。我们到外地养伤，躲了一段时间，伤好以后回到基辅，就找你，找你的家，可是你搬走了，我就找不到你了。后来我就叫他们（他指了指车上的同伙）有时候开你的车到附近街区转转，希望能碰到你，还你车。昨天他们把车停在商店去买东西，出来看你的女儿在车前对他们说：‘这是我们家的车。’他们就明白了，把你女儿抱上了车，给我打电话。我当时在外地，怕他们给你们送去，不认识会产生误会，就叫他们先把你女儿安置到家里。我赶回市里已经是晚上了，我怕天黑你认不出我也发生误会，就安排白天来这里。”此时维达利克和拿枪顶冯瑞阳脑门时凶神恶煞的样子判若两人。

事情全清楚了，冯瑞阳有些感动，拥抱一下维达利克。维达利克说：“咱们找时间换个地方再聊。你的车还给你。”

道别后，维达利克和几个同伙上了一辆奔驰车，招手开车走了，把奥迪车留在原地。冯瑞阳回身抱过葛丽娜，亲吻着。结局不仅是好的，还出奇地圆满。他看葛丽娜身体没有受到伤害，而且神情上也没有一点惶恐，还很快乐，问道：“你不害怕？没事吧？”

“我不怕，我知道爸爸会找到我的。”

冯瑞阳一阵热潮涌上心头，眼泪夺眶而出。他使劲地亲了亲葛丽娜。他们分头上车，前后三辆车开车上路，朝城里开去。车里，拉丽萨破涕为笑，搂住女儿不住地亲吻，葛丽娜也把脸凑过去亲了开车的冯瑞阳，说：“爸爸，你好棒！他们都怕你。”冯瑞阳看到葛丽娜戴在胸前的那枚晃来晃去的小天使的琥珀雕刻，笑了。

第二十二章　黑道琥珀

斯究巴出事了，被人给打死了。前几天冯瑞阳刚去过那里，了解了一下情况，让斯究巴继续备货。上次生意饱受挫折，当时冯瑞阳真不想再做这个生意了，但好了伤疤忘了疼，慢慢地他的想法又变化了。一来市场的生意一直没有大的起色，月月有盈利，但扣除费用支出剩不下多少，一年下来不过三五千美元，还不如花了很多冤钱的那一单琥珀生意挣得多，让他看不到前景。年纪越来越大，挣钱的想法就越来越急切。二来香港的陈先生给他来过两次电话，继续要货，艾丽夏也催着他走货。现在这个生意就好像已经不是他的了，不想做都不行了。

冯瑞阳上次去的时候，发现那里的情况又有了变化。斯究巴跟他说村民们和外来挖琥珀的人还有黑帮发生了几次对峙，甚至爆发过小规模冲突，伤了几个人。黑帮显然比这些穷乡僻壤的村民们高超很多，他们的触角很长，不仅控制地面，还控制了流通。他们把收琥珀的商人也掌控在手中，也可能是勾结在一起，没有向黑帮交钱的琥珀没有人敢收购，即使收了也运不出去，这就迫使村民们不得不听命于他们。

还不止于此，警察也去过一次，去搜捕和制止“盗采”琥珀。但警察来之前，黑帮都得到了消息，警察大阵仗地来了，雷声大雨点小，呼啸而来，不过是走走过场。明眼的人都看得出来警察就好像和黑帮商量好了一样，而且相互配合，警察的行动抬高了黑帮的地位，他们不是在打击“盗采”琥珀，倒像是在告诉人们，只要是在黑帮的管控下开采就没事，不然就会被警察以“盗采”的名义抓走和罚款，这更强化了黑帮的控制，所以黑帮基本上控制了琥珀的开采。人在矮檐下怎能不低头，村民们逐渐地屈从了黑社会的管束，不得不交钱。他们后来细想起来，也都觉得不错，只要交些钱，就能受保护地开采琥珀，还有销售的保证，倒也省心，逐渐地也就都接受了黑帮的管制。

唯一不理会黑帮的只有一个人，他就是斯究巴。斯究巴理直气壮，这里是我们世代生活的土地，我们是这山林田野的主人，为什么要把自己土地里的宝藏拱手奉献给他人？可能是受了上次和黑帮对峙以胜利结束的鼓舞，他对黑帮不屑一顾，特别是喝酒之后，不仅对亲戚和关系近的村民臣服于黑帮大为不满，还对黑帮出言不逊。对于他的琥珀卖不出去，没人敢收，他也不在乎，自有冯瑞阳这条销路，只愁货不够，不愁卖不了。

警察要来了，黑帮把消息通知了所有人，唯一没有通知的就是斯究巴。警察大面积搜查了一整天，什么都没有查获，唯一查获的就是斯究巴。不仅在采挖现场将其抓获，还在其家中起获了两千克琥珀。证据确凿又抓的是现行，琥珀没收人也给抓了起来。不知是法律条文的问题还是其他原因，没有对他刑事起诉，最后罚款了事。人全须全尾地放出来了，可钱没有了，过去挖琥珀挣的钱全被罚光了，只剩下一肚子的气了。这件事教育了全体村民，什么事光说没用，事实最能说明问题。这事告诉人们，老老实实地听黑帮的话才能挣钱，不听话的绝没有好果子吃。

不明白的只有当事人斯究巴。不知道他是没有把警察抓他的事和黑帮联系起来，还是他就是这骨气，就是不把黑帮放在眼里，琥珀照挖，拒不向黑帮交保护费，酒照喝，喝多了就发脾气骂人。也怪，黑帮的人不理会他，似乎放他一马。冯瑞阳去那里了解情况后，劝说斯究巴，把黑帮的“票”买了，收购琥珀时他会另外多付些钱，把这个损失补上。斯究巴坚定地摇摇头，不答应。冯瑞阳当时想，来收购琥珀时，他会先和黑帮协商，由他把这钱给交上，避免斯究巴为难。

出事那天，斯究巴在林中遛弯。他在找寻新的琥珀挖掘地点，他那四公顷土地已经挖得差不多了，要有新的发现，才能继续挖宝，挽回警察罚款的损失，走在致富的路上。他在林中的地上发现了一些细碎的琥珀，这是下面有琥珀矿的表象。他取来铁锹，尝试着挖，挖到五六十厘米深的时候，挖到了一大一小两块琥珀。他拿起来看看，证实了自己的判断，心里很高兴，又继续把坑扩大，又挖出了几块，虽然都不是大块，但足以证明这里不仅有琥珀，还是富矿。他跳出了土坑，在旁边的树上用铁锹砍了一些树枝，盖在土坑上，把坑遮盖起来，拍拍身上的土，用刚才挂在树枝上的衬衫兜起挖到的琥珀，扛起铁锹走人。他进树林没有多深，走了几步就出了树林，出树林时抬头一看吓了一跳！

有三个人从树后闪出，挡在斯究巴的前面。三个人都身穿士兵的作训服，其中一个人举着一把歪把短筒霰弹枪，一个人拿了一根棒球棒。斯究巴不认识这三个人，不知道他们是外来挖琥珀的还是黑帮的。但他明白，三个人冲他而来而且来者不善。他下意识地后退了几步，想给自己留出逃跑的后路。不过三个人迅速跳开，成“品”字形将他围住。斯究巴见势不妙，把铁锹一横，阴着脸厉声问道：“你们要干什么？”

三个人却没那么严肃，笑模笑样地问：“先说说，你到这里干什么来了？”

“我路过这里。”

“路过？”几个人讥笑着，“你不在路上走，路过到林子里来了？”

“我想到树林里走，你管得着吗？”

“你衬衫里兜的是什么？”

“是琥珀，怎么着？”

“你到这里挖琥珀来了？对不对？”

“不对！我是在我家的土地上挖出来的。”

“在你家的土地上？你家的土地已经挖得差不多了，还有琥珀吗？”三个人笑着说道。看得出他们对斯究巴的情况十分了解。

“就是在我家的土地上挖的。”斯究巴坚持着自己的说法。三人中一个年龄稍大的收敛起脸上的笑容，阴沉地说：“告诉你！在你的土地上挖琥珀，我们不理你。现在你没花钱‘买票’就到这里挖琥珀来了，可就要按我们的规矩办了。”

斯究巴见情况不妙又后退了两步，警惕地问：“你们打算要干什么?”

“没什么？罚钱!”

“我凭什么给你们钱?”

“你看，你这个人怎么这么不讲规矩呀?”

三个人向前紧逼了两步。

斯究巴感受到压力，警惕地左右观察着，问道：“你们要多少?”

那位把头的黑帮分子笑着说：“少罚点吧，五千美元吧!”

这让斯究巴完全不能接受。他脱口说道：“什么？我哪有这么多钱?”他预感到事情不好，又向林子里退了两步。

三个人紧逼着，讥笑着说：“少点儿也行，但你得答应我们的条件。”

“什么条件?”

“跪下，给我们每个人磕儿个头。”三个人嬉笑着。

斯究巴见形势不妙，知道事情躲不过去了，就先发制人，挥起铁锹朝侧后的一个人打去。那人一躲，铁锹砸在肩上，打得那人捂住肩膀，大叫了一声，忙向一旁躲开。斯究巴趁机夺路而逃，朝林子里跑去。但他没跑出两步，背后就响起了“砰”的一声枪响，他应声前仆倒地，脑后冒出了一片鲜血。三个人跑过来，用脚踢了踢斯究巴的身体，身体一动不动，人已经死了。他们朝四周看了看，没有人，便转身离开了。那个斜着膀子受了伤的人走之前，还狠狠地踢了斯究巴的尸体一脚。

没过多久，天气骤变，响起了雷声，下起了大雨。村里的人们，没人注意到远处树林中那一声枪响，就像是由远而近震耳欲聋的雷声的先导，直到下起了雨，人们才惦念起在外面田野中劳作的家人。到傍晚雨停，斯究巴还没有回家，拉丽萨的妈妈这才叫冒雨放学回家的瓦夏去找。他们以为斯究巴又去亲戚朋友家里喝酒了，瓦夏就到村里亲戚好友家找，结果没有找到。他们没有多想，依然以为他跑什么地方喝酒去了。直到半夜，他们一觉醒来，斯究巴还没有回家，他们有些着急了，怕他喝多了，醉倒在路边野地。拉丽萨的妈妈和瓦夏又起床一起出去找，两人把村里斯究巴可能去的地方都找了，还是没有找到，再到几个亲戚家去问，还是没有结果。他们只好回家。直到此时他们仍然没有想到会出意外，还以为他喝醉了，倒在了他们没找到的地方。

第二天一早，拉丽萨的妈妈再到村里去找斯究巴，找遍了村里，问遍了村里人，打听到有人看见他昨天在田野干活。拉丽萨的妈妈这才慌了，动员亲戚和朋友们一起到村外他们家地的周边去找。他们没有去林子里面寻找，因为没有人觉得他会去树林里，找了一个上午，结果还是没有找到。

他们又扩大范围，问了四周远一些地点挖琥珀的人，有的人说昨天看见他在自家地里挖琥珀，其他的就不知道了。拉丽萨的妈妈还去找了黑帮的人，黑帮的人摆手说不知道。这时他们才觉得出事了，晚上，拉丽萨的妈妈给拉丽萨打了电话。当天太晚了，第二天冯瑞阳和拉丽萨把葛丽娜送到学校，又交代张斌放学接孩子到他家暂住，这才开车赶了过来。他们下午到家的时候，斯究巴的尸体已经找到了。

早上，拉丽萨的妈妈和一些亲戚再去找，把范围扩得更大，终于在林子里找到了斯究巴的尸体。尸体已经不完整了，被野狗或是其他什么动物咬扯烂了，破碎的肢体分散在周围的野草里。肢干连着头颅，头颅已经血肉模糊，依稀还能辨认出是斯究巴。拉丽萨的妈妈看了一眼，悲痛得险些晕倒，再也不敢看了。几个亲戚帮忙，把破碎的尸体收拾在一起，用床单包了，抬到家里，放在木板上用布盖住，摆放在院子里。

不久，冯瑞阳和拉丽萨到了。拉丽萨的妈妈见到女儿，悲痛得泪水喷涌而出，说不出话来，没有失声痛哭，只是不住地流泪。相对于妈妈，拉丽萨似乎没有那么悲伤，仅是眼圈潮湿了，像是受到妈妈的感染。院子里几个亲戚朋友正在帮忙打棺材，做下葬的准备，据说几人在村外坟地挖坑，打算明天下葬。

冯瑞阳问一位在这里帮忙的亲戚：“报案了吗？”

“区里的警察来了，已经看过了，死亡单子开好了。”

“不，我是问报案了吗？”冯瑞阳刚经历过葛丽娜的绑架，多了个心眼儿，想着斯究巴会不会是被人打死的。

"报案?"

"他是怎么死的?"

"都说是他喝多了，走到林子里醉倒了，让野狗或是其他动物咬死了。"

"他在哪里喝的酒? 和谁喝的酒? 酒瓶在哪里? 他怎么可能一个人跑树林里喝酒?"

"不知道，都没问。"

"都没搞清楚是怎么死的，就把死亡证开了?"冯瑞阳大为惊异。

"都这么说，有谁会打死他呀?"

冯瑞阳观察这些人，觉得他们对这件事不是没有怀疑，而是认为人已经死了，再追究下去没有意义，都不愿意惹这麻烦，事不关己得过且过。拉丽萨的妈妈在悲痛之中，心里不是十分明白，可能脑子根本就没朝其他方面想。

冯瑞阳把拉丽萨拉到一边，跟她说了自己的疑问，提出了应该报案的建议，叫她和妈妈商量。拉丽萨犹豫了半天，在冯瑞阳的一再催促下才征询妈妈的意见。妈妈怔了一会儿，才点头同意。冯瑞阳给警察打电话，没说几句就被警察打断了。

"你说的那个尸体我都看了，单子开了，你们就可以下葬了。"

"我们怀疑是他杀，是起命案。"

"有根据吗? 有线索吗? 有嫌疑对象吗?"

"我们只是怀疑，这事应该你们调查呀。"

"没有任何根据，我们调查什么?"

"最起码你们应该看一下现场，查验一下尸体吧?"

"现场已经被雨水冲了，而且你们都搬动了，尸体都咬烂了，就是有痕迹也查不出来了。"

"那人就这么不明不白地死了?"

"你有证据，我们可以调查；没有证据，对不起，只能这样了。"说完电话就被挂断了。冯瑞阳一脸的沮丧，但他仍然坚持应该向上级警察局报案，可是没有人附和他，人们都沉默不语地躲开了。拉丽萨也说，算了吧，人已经死了，报不报案有什么用。说完她就继续照顾妈妈去了。民不举官不究，冯瑞阳摇摇头，只好作罢。

几个亲戚在给尸体清洗，穿新衣服。由于都是残肢，只能简单地擦洗一下，然后用衣服包裹起来了事。棺材也做好了，十分简易，薄木板可着人大小钉个箱子，做个盖，缠上黑布，里面放上白布，把穿好衣服的死者放在里面。在斯究巴残肢上脱下的破碎衣服里，冯瑞阳看到了一块琥珀。他拿起来一看，是一块糖色琥珀，重达五六十克，上面沾了死者的一滴血迹，那血迹散开的样子，像一朵红色的小花。冯瑞阳忽然心里抽动了一下，涌出了一股说不清的伤悲，眼睛也变得潮湿了。

冯瑞阳忙着来回买东西，准备晚上的饭。瓦夏和妹妹都哭成了泪人，也都忙忙碌碌干活做事。

晚餐人不少，与往常比，多了肃穆的气氛。虽然席间没有人落泪，却也都唏嘘地说了死者的种种好处，酒比平常也少喝了些。

第二天上午，外地的亲戚陆续到来，进门大家见面，都要哭几声落些泪，说些感伤的话。中午将死者下葬。从坟地回来，所有参与的人回家吃饭。吃完饭丧事也就办完了，除了几个外地的亲戚，本村的人都散了，过了一天外地的亲戚也都走了。

冯瑞阳和拉丽萨没有走。拉丽萨一直在做妈妈的工作，想让妈妈跟他们一起去基辅生活，可妈妈不去。妈妈说，虽然和斯究巴是半路夫妻，结婚后也有很多不快，但毕竟是从小的同学。现在瓦夏和妹妹还小，都在上学，她走了两个孩子没法生活，怎么也要过两年等两个孩了长大了能独立生活了再走。这样他们就帮助妈妈把家里清理了一下，调整了家里的生活安排，又待了两天才回家，临走之前又给妈妈留了一些钱。

回到基辅后，他们先去张斌那里接了孩子。葛丽娜这几天都是张斌接送，吃在餐馆，住在张斌家里，没有任何不适。见到妈妈爸爸自然十分欢喜，高高兴兴地回了家。

前两天陈先生就打过电话，说采购琥珀的钱已经汇过来了，叫冯瑞阳去银行查一下。转天冯瑞阳去市场之前先去银行查看，汇款已经到了。但还做不做琥珀生意呢，他却犹豫起来了，上次的周折，现在斯究巴不明不白的死亡，让他对这生意充满了忧虑。晚上他问拉丽萨琥珀的生意还做不做，拉丽萨说，当然做了，斯究巴死了，村里还有那么多人在挖琥珀，找他们采购不是一样吗？冯瑞阳想了想说，斯究巴刚死，过几天再过去做吧。拉丽萨点点头，觉得这样比较妥当。实际上冯瑞阳是想拖些日子看看再说。

这天下午，维达利克给冯瑞阳打来电话，说正在楼门口等他，请他出来。当时冯瑞阳还在市场，便叫维达利克多等一会儿，他马上开车回去。冯瑞阳自从上次和维达利克相认之后，知道维达利克会来找他，也知道两人会有来往，因为他不好拒绝。但他给自己定了一个原则，保持距离，来往不要过密，绝不介入到维达利克的黑社会事务中去。

冯瑞阳开车回来，见维达利克站在楼门口等，见面握手拥抱之后却吃了一惊！原来维达利克开来一辆奔驰车，要送给冯瑞阳，感谢他的救命之恩，弄得他哭笑不得。

这是一辆半旧的黑色奔驰400，全部高配，真皮座椅，电动调控。虽是旧车，估计也要三万美元，在市里大街上跑的车里面，绝对算得上高档了。冯瑞阳坚决不接受。两人一个要给一个不收，费了半天口舌，争执了很久，冯瑞阳还是不要，他不可能接受这样的礼物。维达利克退让了一步，说那就把汽车互换一下，把奔驰400留下，他开走冯瑞阳的奥迪车。冯瑞阳自然还是不同意，说了半天，最后弄得维达利克很不高兴。冯瑞阳又反过来劝他，说还有很多事情需要他的帮助，这些帮助比送汽车更重要。维达利克的情绪这才缓和，请冯瑞阳上车，开车一起去吃饭。

两个人去了当地的高档餐厅，维达利克叫了一桌子的菜。冯瑞阳原想拉他去张斌的餐馆，省点钱还吃得顺口，又怕驳了他的面子，也就客随主便了。维达利克先是举杯，郑重地感谢冯瑞阳的救命之恩，碰杯之后，说起了过去的事情。他被冯瑞阳救了之后，在医院治疗了两个月，出院之后又回老家恢复了两个月，然后他开始复仇。那些打他，准备把他打死的人，都以为他死了，没有任何防备。他出其不意，把他们全部除掉了，以后逐渐地混到了现在的地位。

冯瑞阳听到这里心里一哆嗦。维达利克没有说具体做了什么，但冯瑞阳听得出来，他救了一个维达利克，可能因此让另外几个人丧了命。在维达利克说完自己的故事之后，冯瑞阳提出了自己的问题。

“我想问你一下，上次那个绑架案是怎么回事？”

维达利克微笑着推托说：“事情已经过去了，对你和你的朋友就像是没有发生一样，对吧？谈这些做什么。”

冯瑞阳马上明白了这牵扯到黑帮的内部运作，包括不能让外人知道的案底，他不便透露。

“好！那就不问了。”

“你放心！今后不会有人侵犯到你，包括你的朋友。这点我可以向你保证。”

冯瑞阳想了想说：“你真是做琥珀生意的吗？”

他笑了笑说：“我，当然不是。”

“那你和做琥珀的有联系、有朋友吗？”

“朋友倒是有，也有联系。你问这个干什么？有什么事吗？”

冯瑞阳稍作犹豫后说：“有件事情不知道可不可以跟你讲？”

“你讲吧，需要我帮助的我一定帮。”

冯瑞阳诉说了正在做的琥珀生意和遇到的困境，最后说：“如果你认识他们，能不能请他们疏通一下，该给的钱我给，就是别为难我，找我的麻烦。”

“就这事啊？那问题不大。你等我消息吧。”维达利克很有把握地说道。

冯瑞阳端详着维达利克，心里十分诧异。他讲话有板有眼，不慌不忙，做派也是规规矩矩，看不出来是个黑帮头子，而且懂情讲义，让冯瑞阳对他有了好感。两个人吃喝、聊天到尽兴，然后维达利克开车把冯瑞阳送回了家。

几天后的上午，太阳已经升到半空的时候，维达利克开着黑色的奔驰400载着冯瑞阳行驶在朝向西北的路上，去那森林覆盖的琥珀产地，履行他对冯瑞阳的承诺。这辆奔驰车真不错，在这不大平坦的道路上开到一百三四十迈，感觉不到快，非常平稳。维达利克开着车还说：“多好的车，给你，你不要。”

冯瑞阳笑笑没有答话。让冯瑞阳十分惊奇的还有维达利克无视交警，见到交警拦车，他根本不停，反而加速开了过去。也怪，交警探头看看车尾，也不开车追，就放过去了。只有一次他停了一下车，也是落下车窗，喊了几嗓子就开车走了。冯瑞阳问："这是怎么回事？"

他笑笑说："他们认识这车。"冯瑞阳想了想明白了，肯定是车牌号码特殊，好车加上特殊号码，交警知道拦也白拦，捞不到钱，自然就不找这麻烦了。

维达利克先开车去了A州的首府城市，他要去拜会一位黑道的老前辈，到那儿见个面就出来，不会耽误时间的。他说，到了别人的地盘，要按人家的规矩办。奔驰车穿城而过，冯瑞阳看着这个城市比基辅冷清很多，街上的建筑只有教堂装修很新，光鲜夺目，其他建筑都显得老旧失修，新的建筑几乎看不到。车开到城边一栋房子的高墙大门外停下，维达利克叫冯瑞阳下车和他一起进去。

冯瑞阳下车，看这院子十分气派，红砖高墙，高大的红漆铁门，墙外有一米多高的修剪得很好的松墙，院门里外都有透光的塑料瓦的高棚，高墙上可看到里面楼房的尖顶，从外面看整个建筑很新，而且建筑的做工十分精细。维达利克到院门前按了门铃，里面有人打开了大门上的小窗，维达利克报上自己的名号，过了一会儿，大门打开，维达利克把车开进了院里。

开门的是位约五十岁的男人，他朝院中的楼房摆了摆手，示意让他们进屋。这院里更加亮眼，靠墙的车棚里，一溜停着三辆车，一辆宝马740，一辆悍马，一辆奔驰G级吉普。院里有白石砌的亭子和铁架的凉棚，草坪花坛，果树葡萄架，布置得规整又绿意盎然，如花园一般。还有一个泳池，只是秋季天气渐凉，水已经被抽干。房子看上去很新，两层正房一层阁楼，房子造型别致，尖顶高耸，装修做工都很精细。这是冯瑞阳在这个国家进入的第二所高档住房，另一所就是他的老师尤里家。但老师的房子小，这里院大房子大，比老师家还要铺张很多。

进入室内，冯瑞阳看里面，更觉得富丽堂皇，水晶吊灯，实木雕刻门，手织地毯，各种装饰和家具摆设，全部是高档产品，极尽铺陈。客厅里面的长沙发上坐着一位五十多岁的男人，冯瑞阳定睛一看，不禁怔住了，原来这人正是在桑拿房见过的，和奥列格的哥哥在一起的黑社会老大。看来他已经从监狱出来了。

维达利克上前恭敬地和坐着的他握握手，递上礼物——高档红茶和伏特加。老大也认出了冯瑞阳，握手的时候说："哦！我们见过。"

冯瑞阳礼貌地点了点头。维达利克倒觉得奇怪了，看看冯瑞阳，但没有说话。两个人坐下后，维达利克和这位老大聊了一会儿，二人便起身告辞了。

开车上路之后，冯瑞阳说了上次和这位老大在桑拿房见面的缘由。维达利克点点头说："哦！是这样。"他想了想又说："他入狱这么多年，黑道上变化很大，现在实际上没什么人听他的，但表面上都给他面子。协调什么事，他行。"

"没想到他真的出狱了。"

"假释。"

"他花了不少钱吧？"

"那是肯定的，不过，他有的是钱。"

中午过后，他们到了拉丽萨家所在村庄。维达利克从未来过这里，按冯瑞阳指的路，他们先开车到了拉丽萨家。冯瑞阳把拉丽萨买的两袋食物给她妈妈送过去，问候一下，然后他们再去找黑帮。他们两个人进到黑帮住的房子里，见到的还是那个与冯瑞阳打过交道的黑帮头日。维达利克和他认识，两人见面握手拥抱，表面看关系还不错。黑帮头子见到冯瑞阳时怔了一下，像是出乎意料。维达利克给他们做了介绍，然后拉黑帮头目到一边说话，把要办的事情都说清楚。

冯瑞阳与这黑帮头目见面心里可是真别扭，上次满脸刁蛮，浑不讲理的表现还历历在目，而且极有可能他就是杀害斯究巴的背后主使，这让冯瑞阳心里痛恨不已。现在他却要和这种穷凶极恶的绑匪合作做生意，心里一阵难过。不过现在这个黑帮头目和以前可是两个模样，脸上一团和气。他和维达利克说完话，过来和冯瑞阳握了握手，挂着难得一见的微笑，对生意上的事拍着胸脯满口应承下来，说维达利克的朋友就是他的朋友，冯瑞阳以后要琥珀可以直接找他，他给安排并保证让冯瑞阳满意。

然后他们在那简陋而且有些杂乱的房子里坐下，商定走货的具体安排。黑帮头目说了目前情况的一些变化，现在周边的道路上常有警察查车，所以现在交货都在A州的首府，客户一般都在旅馆饭店等，不到这里来，这样要付一些运费，运费比一般的货要高些，因为要给警察提好处，警察给安排时间和通道放行。

冯瑞阳觉得这倒是好事，省去了许多麻烦，也不用担心路上出事了，只是提出能不能在基辅交货，另外，他想到这里亲自选货，把货定好，然后在基辅交货。黑帮头子一口答应了。他们又确定了付款方式。黑帮头子说，一般都要先付款，老客户也要先交一部分预付款，然后在交货时，把款结清。维达利克摆摆手说，预付款就算了，交货时付款就行了，由他做担保。那黑帮头子稍犹豫了一下，就点头答应了。冯瑞阳心里乐了，这样既省事又安全，免得提心吊胆带着那么多现金到处跑了。他表示了感谢，然后，他们定好了这次走货的量和质量要求，以及验货的时间。事情谈完，他们开车直接回基辅。在车里，维达利克问道：“你看这样还行吧？”

“太好了，只要他们能说到做到。”

“我和他们说好了，你的事就是我的事。估计后面他们不会为难你的，放心吧！”

冯瑞阳再次向维达利克道谢。他们到市内时天已经黑下来了。维达利克准备拉冯瑞阳一起去餐馆吃饭。因为拉丽萨上班，葛丽娜一个人在家，冯瑞阳推托了，让维达利克直接把他送到家。

两周后，按照约定的时间，冯瑞阳开车过去验货。拉丽萨想看妈妈，就带着孩子一起跟了过来。来之前，维达利克打了电话，问需不需要派两人陪着过去。冯瑞阳觉得没有带钱，没什么危险，就婉拒了。他们出来得早，天还没亮就出发了，为的是在那里选货的时间充裕一些。路上很顺利，跑的趟次多了，也知道交警常待的位置，提前把速度降下来，没有被交警拦车，也省了时间，上午他们就到了。冯瑞阳把拉丽萨她们送到家，就开车来到黑帮住的房子。

那黑帮头目见到冯瑞阳，没有了上次的笑容，但还是一脸和气，握手后就把冯瑞阳拉到堆放琥珀的房间。房间里面摆满了琥珀，用铁桶、塑料桶和编织袋装着，按块的大小进行了分类，并用纸条标明了价格。看来他们按上次谈好的要求做了准备，这让冯瑞阳很是满意。

冯瑞阳坐到屋里开始选货，黑帮头目叫来一个人帮忙并记账。由于经过初选分类，也因为货太多时间有限，冯瑞阳选得比较快，只拣出了极个别品质差的，所以下午就把货选完确定下来。然后他们一起按块的大小装进编织袋，上秤称出分量，再按大小不同的价格计算出这批琥珀的总金额，把装琥珀的袋子封好，今天的工作就完成了。冯瑞阳和黑帮头子讲好运费，定好大致交易时间，就开车接上拉丽萨和孩子返回基辅了。

三天后货到了，是用一辆面包车拉过来的。冯瑞阳叫车直接开到库房，装进集装箱。他打开几个袋子验了一下货，没有发现问题，当即把已经准备好的钱付了。事情办得比他想象的还要顺利，下面就是通关运输了。

冯瑞阳给艾丽夏打了电话，约她到张斌的餐馆见面。艾丽夏准时到了，冯瑞阳把琥珀的体积、重量和包装情况，还有收货地点、单位都报给了她，然后问道："还需要我做什么吗？"

"什么都不需要，过两三天我通知你去送货，你把货给运输公司就完了。"

"我什么都不用管了？"

"对呀！哦，运费得你去交。算了吧，我给你垫上算了。完事以后我把单子给你，你再把钱给我。"艾丽夏干脆利落，处理业务显得十分熟练。冯瑞阳要了饭菜，她说还有事，匆匆吃了饭就走了。

两天后，运输公司拉来一个集装箱到库房，把琥珀全部装箱拉走了。

几天后，艾丽夏约冯瑞阳见面，还是约在张斌的餐馆。吃喝谈笑之余，艾丽夏把运单交给冯瑞阳。冯瑞阳把运费和用信封装着的一沓美元，递给了她。她笑了笑，道了句谢，点都没点就放进了包里。

冯瑞阳还准备了五千美元装在信封里，打算给维达利克。冯瑞阳把维达利克也约到了张斌的餐馆。张斌给他们让进了包间，亲自炒了几个菜，又陪他们喝了两杯酒，然后才去忙后厨的事。维达利克第一次吃中餐，品尝以后赞不绝口。几杯酒下肚以后，冯瑞阳把装钱的信封在餐桌上推给了维达利克。维达利克打开信封一看是美元，诧异地问："这是干什么？"

"这批琥珀出关上船了，生意顺利做完了，是你帮忙做的，该给你的。"

维达利克把信封推还给冯瑞阳，淡淡地笑了笑说："你的钱我不要。"

他们连喝了几杯酒，维达利克有些动情，讲起了自己的身世："你救我那年我十八岁。我的生身父亲在我十岁的时候去世了。两年后母亲改嫁了，继父是个建筑工人。开始两年还好，家庭关系虽然生疏，但生活还算平稳……"

他缓缓地讲述着自己的故事，边讲边喝酒。后来他继父所在的公司倒闭解散了，继父只能打些短工，收入很不稳定，母亲也失业了，生活变得拮据，家庭关系也变得紧张。他和继父发生了几次冲突，在最后的冲突中，继父把他赶出了家门，那年他十五岁。他在学校一直是好学生，各门功课都是五分。他因此辍学只身来到基辅，他想打工挣钱，找不到工作，只能在街头上混，就这样结识了黑社会的人，走上了这条道路。这时冯瑞阳插嘴问道："后来你妈妈和继父怎么样了？"

他喝了杯酒，叹口气说："妈妈得病死了，继父成了酒鬼。这是几年后我才知道的。"这时他心情显得沉痛，缓了一会儿他继续讲了下去。那天他在河边被打，那帮人是准备将他打死的，他自己也认为必死无疑了。后来他缓过点神来，迷迷糊糊地觉得有人在挪动他的身体，当时受伤很重，说不出话来，浑身疼痛难忍，一动都不能动……

他说："我感到你背起了我，我尽量睁开眼，看到你背着我艰难地朝树丛外面走，我明白了你是在救我。我不知道你是谁，你怎么会知道我躺在这么难找的地方？你的长相不像我们国家的人，相貌不是平时见到的，我的神志不是十分清醒，我真以为你是神，你是耶稣，或是耶稣派来的人……"

他沉浸在回忆之中，轻轻地笑了笑，又喝了一杯酒，继续说："我看到你费力地爬上了公路，听到你的喘息声，感受到你的心跳和你身体的热量……后来，看到你拦车，拦了很多车都没有人停车，有几辆车停下了，司机看我浑身是血，又把车开走了。这时我感受到你已经筋疲力尽，但你没有放弃我。后来一辆面包车停下了。没有人帮你，你费尽全力把我弄上车，把我抱在怀里。这时我真的感到，我得救了，是你把我从死神手里抢了回来。我哭了，我一直生活在冷漠的人情里，又刚刚遭受到最残酷的打击。你让我头一次感到人的慈善温暖，还有依靠和信任。当时我心里的感觉，到现在我还记着，以后也不会忘。后来，你把我送进医院，也是你一个人，费尽了力气把我搬下车，还给司机付了钱，我都记着。到了医院里面却找不到你了，我用眼睛到处找你，你消失不见了。所以我心里就认为，你是专门救我而来，你是耶稣，或是耶稣派来的人。”

维达利克讲完，脸上挂着笑容，眼中潮湿，看着冯瑞阳。两人四目相对，沉默了一会儿。冯瑞阳把装钱的信封收了回来。

第二十三章　琥珀，在财富和艺术之间

冯瑞阳拿起自己刚抛光好的琥珀作品欣赏着，这是一只金珀龙杯。独特的造型，典雅隽永，有尊贵的气势。云龙的浮雕，雕刻精细，线条流畅，龙身饱满，形神兼备，动感十足，非常生动。杯把挂有一串连环，杯形，图案，浮雕，十分协调，给人以丰富的艺术感觉。杯的内壁圆滑，把外壁上的雕刻映衬得非常清晰，还给以人灵动的惊奇。琥珀的材质上等，金黄的色泽，宝光内蕴，剔透莹秀。整个作品十分精美。

冯瑞阳观察得很细，试图挑出毛病，好做进一步的完善，看了很久，没有挑出一处不好的地方。他淡淡地却是满意地笑了，离开工作台，把龙杯小心地放置在墙边写字台上。

这是在安老师潘家园琥珀艺坊里面的操作间，冯瑞阳是两周前回到北京的。他的琥珀生意在几方参与下十分顺利，在香港的陈先生接到货后，他又立刻发了一批。货发出后，他就回北京了。他是为安老师的料源回来的。安先生一直为料发愁，没有好的琥珀料，再好的雕刻家也做不出好作品，琥珀制品需求越来越大，光靠冯瑞阳回国带几块满足不了，而国内又很难找到又大又好的料。冯瑞阳就想让香港的陈先生给安老师供料，正好陈先生到北京来办事，他也回到了北京，安排陈先生和安老师见了面，谈妥由陈先生按安老师的要求长期提供琥珀，价格按成本价算。安老师自然很高兴。他们的这种师徒关系，陈先生也不会有什么意见，况且供货量只占冯瑞阳发给陈先生的货的很小一部分。

冯瑞阳这次回来还办了一件大事，帮助父母买了一套两居室的楼房，在东南二环和三环之间，地理位置不错，各方面都便利，房子的格局也好，宽敞明亮。他出了二十万元，姐姐也出了几万元，剩下的是父母的积蓄。市里腾出的平房，由于毗邻好学校，姐姐准备带着孩子住，上学方便。姐姐还怕冯瑞阳不高兴，特地跟他说："等你回国，我再把房子给你。"他却笑笑说："不了，房子就是你们的了。我回来再买房。"他的确不是妄言，照现在生意的势头，用不了一年，在三环以里买套房子不成问题。

这两件事办完，冯瑞阳就一头扎进制作间里，专心地做起活来。他选料、切料、打坯、粗雕、细雕、抛光全部工序都是自己做，一周的时间做了一只龙杯，还有几个挂坠。挂坠也雕得十分精美，和龙杯一起摆在桌子上。安老师拿起这几件作品，逐一仔细地看过，没有评说又放回桌上。他看着冯瑞阳说："明天就走了？"

"嗯。想趁着冬天地冻之前再发一批琥珀。"

"哦！好吧，今天晚上我请你吃饭，给你送行。"

"老师，还是我来吧，怎么好让您破费。"

"我来吧。想吃什么？"

"都行。"

"那就吃涮肉吧，天儿凉下来了。"

师徒二人打车去了东来顺，点上铜锅，摆上羊肉片、白菜、豆腐，又要了一瓶二锅头，热气腾腾地吃着涮肉，喝着酒，聊着天。安老师举了举酒杯说："你给我解决了大问题，还给我省了钱，在国内拿到这么理想价格的料是根本不可能的。我得谢谢你。"

"这是应该的。"

安老师喝了一大口二锅头，辣得咧了一下嘴，吃了一口冒着热气的羊肉。

"你在国外平时喝什么酒呀？"

"喝伏特加。"

"哎呀！那酒我喝不惯。"

“开始我也喝不惯，喝几次就好了。”

两个人边吃边聊着。

“怎么样？最近你的生意不错?”

“是，就是琥珀生意不错，也是今年才开始的，做了几次还可以。过去那么多年生意都不行。”

“琥珀的价格一直在涨，这个生意有前景，还会更好的。你的眼光不错，做这个生意选对了。”

“也是机缘巧合。”

“对自己的将来是怎么考虑的?”

“将来肯定是要回国的。不过现在想挣些钱，回国不管做什么总要有经济基础。”

“是啊，你现在生意的条件挺难得的，机会也好，应该把握住。”

“我也是这么想的。”

“不过，钱挣得差不多了，还是应该回归到艺术创作上来。虽然你现在一直兼顾着，毕竟还是在生意上耗费了很大精力，分了不少心。要想在艺术上达到一定高度，还是要专心的。”

“是。”

“你是块搞艺术的材料，是能够出成就的人。当然你现在的水平还不行，还要有一定时间的锤炼。我的那两个徒弟，学习的时间比你长多了，手艺也比你强很多，但就是匠气，没有你这样的艺术感觉，才气比你差远了。”

冯瑞阳点着头。他感觉安老师看重他，对他寄予了很大希望，也感受到了老师对他的关心。

冯瑞阳回到乌克兰又迅速地发了一批货，和前两次一样极其顺利。以后地就上冻了，多数的采掘活动停止了，他的琥珀生意暂时告一段落，只能来年开春再做了。

然后，冯瑞阳兑现对拉丽萨的承诺——在市里买套房子。他开车拉着拉丽萨看了十多处房子，选中了一套拉丽萨最中意的，花一万多美元买了一套两居室的楼房，挂的是拉丽萨的名字。房子买好后，做了当地住宅标准的一般装修，买了成套家具，属于他们自己的新家就落成了。

拉丽萨买了她喜欢的厨卫用具、被褥窗帘和房间的装饰物。她自己动手把房间装饰得美好温馨，打扫得干干净净。她整天泡在房间里，左瞧瞧右看看，欣赏着新家的各个方面，沉浸在莫大的喜悦中，还给了冯瑞阳无数个吻。

搬进新家那天，张斌特地开车带着老婆孩子，带来一桌炒好的菜，给他们“温居”。两家人在一起，吃喝说笑了一个晚上。

几天后，巴格丹给冯瑞阳打来电话，说维克多接了一件琥珀画的活，叫他去帮忙。正好第二天市场休息，冯瑞阳一早就过去了，到了维克多的工作室，维克多不在，只有巴格丹一人在，他说维克多拿琥珀原料去了。

巴格丹自从和冯瑞阳认识以后，就开始学习汉语。冯瑞阳回国还给他带来了汉语教科书和口语磁带教材。每次冯瑞阳过来，他都要请教一些问题，跟冯瑞阳学一阵子汉语。他要考大学了，准备上外语学院，主修汉语。

过了一会儿，维克多回来了，手里拎着一个老式的绿色帆布挎包。他把包放到工作台上打开，取出里面用报纸包着的三四十块大小不等的琥珀，放在台子上又挨个拿起来看了看。冯瑞阳听维克多说过，琥珀画厂倒闭前，一直发不出工资来，厂里就把琥珀画的成品交给职工去卖，卖出钱来发工资。工厂倒闭时，厂里有很多琥珀原料，那时琥珀原石太便宜了，抵账都没人要，也卖不出去，就都分给职工抵了欠的工资。维克多现在作琥珀画用的琥珀原料全都是当时厂里分的。

维克多让冯瑞阳看了样画，讲了现在要作的这幅画的制作方式。画很简单，是耶稣的肖像画。但制作跟以往不同，全部用大块的琥珀拼装镶嵌而成，用琥珀不同的天然颜色，拼出肖像画和底色来，再把肖像雕刻成浮雕。这幅画的制作难度非常大，而且费工费料。一般的琥珀画都是用琥珀的碎末和小碎块，这幅画要全部用大料整料，还要做到无缝拼装，工艺之精细可想而知。维克多讲，这幅作品是琥珀画里最难做也是最珍贵的。这幅画是一位富商定制的，给的价格很高。维克多没说具体的价格，但冯瑞阳从他既兴奋又严肃的神情可以看出，这可能是他这么多年来接的价格最高的活了。

维克多点上一支烟，在吞云吐雾中，给冯瑞阳讲了这幅琥珀画的制作工序、工艺要求和制作要点。讲完他开始工作，招呼着冯瑞阳和巴格丹一起帮忙，把他刚拿回来的琥珀块和屋里原有的琥珀块集中起来，放在水盆里清洗。他则作底板把底画勾勒出来。然后对琥珀做一个整体规划，确定琥珀块的具体位置，再对琥珀进行切割打磨。这是非常细致的工作，也相当费时，他们没做多少一天就过去了。

晚上，冯瑞阳依然陪维克多喝酒。维克多说这幅画要用比较长的时间，叫冯瑞阳最好每天都来，所有的工序都操作一下，就能掌握了。他家里大块的琥珀不够了，颜色也缺，准备到琥珀画厂过去的同事那里找一些过来。不久，酒喝多了，维克多的情绪又变得高亢，话也多了。他说了他过去创作的很多优秀的作品，一件件讲述给冯瑞阳听，说得眉飞色舞，兴高采烈。他曾经有几幅琥珀画被国家领导人作为国礼送给外国元首，还有几幅画收藏在国家艺术博物馆，那是他毕生的骄傲。这些话他至少跟冯瑞阳说过三四次了，每次说到这些，他都满脸荣光，豪气地干杯喝酒。然后，他又开始发牢骚，这也是每次酒喝到一定程度后的固定栏目，这次是看到电视里政客的演讲有感而发。

“老是说过去社会主义不好，过去老百姓吃肉。现在呢？每天的钱得盘算着是买茶叶还是买白糖。什么自由民主？老百姓肚子都吃不饱，还吹呢！全是骗子！……”

在维克多喝酒发泄心中苦闷的时候，冯瑞阳看到书柜里有一块琥珀以前没有看到过，便开门取了出来，拿在手里看着。这是一块金珀，样子像一块三面的卵石，一面已经磨开，其他两面带着皮子。他从磨开的一面往里看，金黄清澈，晶莹剔透，令他惊奇的是，里面有一朵小白花——刚刚绽开花瓣还没有完全展开的小花，花朵的下面有枝条还有两片绿色的小叶片，真是奇妙！

“这是植物琥珀，里面有花，我清理琥珀时发现的。”维克多说道。

冯瑞阳皱了皱眉，端起酒杯一口将酒喝干。他想起了从斯究巴破衣服堆里发现的那颗琥珀，和琥珀上花朵形状的血迹。

这天，冯瑞阳正在维克多的工作室里切削琥珀。维克多从外面回来。他是去厂里和过去同事那里找琥珀，无果而归。他坐在椅子上，黑着脸嘟囔着："这琥珀一有人买，工厂里的琥珀就全都被偷走了。同事手里的琥珀也全都卖了。"

冯瑞阳想家里还有不少琥珀，是发货时留下的，准备自己练手用的。第二天，他把琥珀给维克多送了过来。

维克多在削磨一块块的琥珀。他要把拼装的琥珀削磨得严丝合缝，这是一项很精细的工作，他要按照画的线条和琥珀的面进行拼装组合，又要考虑颜色的变化，包括背景颜色的渐变，要非常细致，而且十分耗时。他对冯瑞阳拿来的琥珀很满意，价格上也觉得便宜，不过，囊中羞涩，一时拿不出钱来。他搓着手难为情地说："我暂时手里没有这么多钱，要等画完成客户付款后才能付给你。"

"没关系！这是我发货时留的，您用吧，钱我不要。"冯瑞阳忙摆手说道。

这以后，冯瑞阳每天或是上午或是下午都来这里，一边学习一边在维克多的指导下干活。在画的拼装工作完成之后，维克多开始肖像的雕刻，大面的粗雕下来，再逐层进行细处的雕琢。冯瑞阳一直仔细地观察，一边配合着打下手。他觉得维克多的雕工有的地方粗糙了些，一些地方的处理有值得商榷的地方，就大胆地提出了自己的建议。维克多一听，觉得在理，问道："你学过雕刻？"

"回国的时候，跟一位老师在学。"

维克多把座位让出，把电刀交到他的手上，让他尝试着做。冯瑞阳小心翼翼地在一个局部往细处做了一些修改。维克多看了称赞说不错，便放手让他去做。

当天晚上两个人喝酒时，维克多评判说，他们的雕刻和中国的风格不太一样，他认为，冯瑞阳的雕刻非常精细，只是有些拘谨，不太熟练。

两个多月后，这幅耶稣像的琥珀画终于完成了。他们把这幅画立在工作台上，长久地端详着。整幅画晶莹润泽，华贵典雅；肖像色泽华润，鲜明生动，神采奕奕；局部细处，莹润剔透，宝光含蕴，雕工自然流畅，准确细腻，非常精美。看着看着，冯瑞阳心里一动，耶稣的肖像让他想起了维达利克，想起了他曾经说过的话。

冯瑞阳回家找了一块蜜蜡，雕了一个耶稣肖像的挂坠，送给了维达利克。维达利克拿在手里，看了半天，十分喜欢。他有些惊奇地问："是你雕的？"

"是，专门为你做的。"

"你真够棒的，会作画，还会雕刻！"

冯瑞阳思忖了一下说："我送你这个礼物，意思是……"他是想说希望维达利克能约束自己，别再伤人作案了，将来最好能够改弦更张，做正经生意。他又怕维达利克接受不了，话说得犹犹豫豫，吞吞吐吐。

维达利克打断了他的话，说道："我明白你的意思，谢谢！"说完他把耶稣像的琥珀挂坠挂在了胸前。

第二十四章　颜色革命中的人们

传说太阳神阿波罗之子法厄同请求父亲让他驾驭由野马拖驶的太阳战车。开始一切顺利，但是野马突然疯狂起来，太阳战车冲到了地球上，底座开始着火，产生了火山。整个陆地变得炙热，森林开始燃烧，陆地被烤干。

宙斯为了拯救地球，用闪电将法厄同射死。法厄同的尸体坠入了厄里达诺斯河。水仙女将他的遗体从河里托起，安葬在了河边。

法厄同的三个妹妹下凡来寻找他的坟墓，找到墓地后，发誓要生生世世守候在他的身边。她们在墓地日夜哭泣，身体慢慢地生出根来，长出了树皮，手臂变成了树枝，最终三位公主变成了大树。她们的泪水依然不断地流着，泪水在阳光下变得坚硬，化作了晶莹剔透的琥珀。

——欧洲关于琥珀的传说

乌克兰闹起颜色革命来了！事件缘于总统选举。想当总统的人多，说好了谁得票超过一半谁当选，结果唱票后没有一个人够数，还得再选。再选就没那么多人了，头拨得票少的都淘汰出局，剩下得票高的A和B两个候选人一对一对决，玩法也简单，谁得票多谁当选。三个星期后再投票，唱票结果A候选人得票多，B候选人得票少，A候选人当选。A候选人志得意满，兴高采烈地宣布获胜。没料到B候选人不认账，牌桌一翻说你出老千耍赖，得票多全是舞弊弄出来的。他站起来振臂一呼，乌泱乌泱的人上街游行了，这下热闹大了。一百万人涌进了市中心的独立广场，人山人海，声势浩大。不仅人多，搞得还花哨，一人一条黄色围巾，别一条黄色丝带，到处飘扬着黄色旗子，广场上就像一片黄色的海洋，浪潮滚滚，波澜壮阔，真有顺之者昌逆之者亡的架势。口号也好，除了反对腐败贪污、选举舞弊以外，还有民主、自由、人权、公民社会。口号正义而且犀利无比，所向披靡，反对他们就是反对民主，那还了得！他们不是待一天就走，抗议一下就回家了，而是安营扎寨，搭了一片帐篷，就在广场住下了。平常这个国家的人性情温和，而且讲理明白，搞起革命来就全变样了，倔得很，不达目的誓不罢休！大冬天的多受罪呀！可他们也有辙，将大汽油桶里面填上大块的木柴点起火来，那火旺的，熊熊大火冲天而起，黑夜看着广场，一堆堆的火焰，给这革命运动增加了热烈的气氛。很多人还把家里的天然气罐和灶搬到了帐篷，做开水沏茶、沏咖啡，当地人每天不喝热茶热咖啡，简直受不了，再做点简单的饭食，别让身体这革命的本钱受损。只是这么多人，方便的事没法解决，所以这广场的气味一直不太好。

冯瑞阳是局外人，对这事没什么政治立场，也过去看了看，看个新鲜，留下亲历者的印象，说不定将来作画用得着。拉丽萨有些情绪，她支持B候选人，自然对选举结果感到愤怒。但她没有上街游行，没有参与到革命大潮中去，每天还是去饭店拉琴，还好，饭店的生意没受太大影响。阿乐桑娜正好相反，据说A候选人比较亲俄，又是东部她家乡的人，所以，从宣布选举结果那天起，她腰杆都直了，嘴一直咧着笑个不停，对这些上街愤怒的人群还有一种胜利者的扬扬得意。

最高兴的就是张斌，他的盒饭卖火了，不是一般的火，有多少卖多少，抢啊！光团体预订都满足不了。他雇三十多人做饭，把小餐馆的散客停了，大餐厅停了一半，全力做盒饭。为送饭买了一辆面包车，忙不过来，又租用了三辆面包车，从早跑到晚地送饭。每天食材都成吨地买，每天收的钱在住房里堆成了山，点不过来，也没法点，只好把钱塞进编织袋里拉到银行，给银行些小费让银行点。他自己也忙得不可开交，每天只睡两三个小时。冯瑞阳去看他，他连说话的工夫都没有，指着大盆里的菜说："没工夫陪你，自己拿盘子盛点菜，柜子里有酒，拿着去楼上自己喝。"冯瑞阳看帮不上什么忙，也别添乱了，就走了。

在群众上街游行后没几天，尤里老师给冯瑞阳打来电话，约他晚上到一个小咖啡馆见面。冯瑞阳先到，要了咖啡，坐下来等。不一会儿，尤里老师就到了。今天尤里和往常不大一样，匆匆而来，神色慌张。他坐下来问道："你有没有什么安全的地方？我有些东西要存放。"

"什么东西？有多少？"

"有三四箱吧，纸箱。"他用手比画了一下，大致是半立方米大小。

"放家里吧，我那里铁门铁栅栏非常结实，安全没有问题。"

尤里用小勺搅动着咖啡，沉思了一会儿，又问："还有其他地方吗？"

"那就放我库房。"

"库房？"

"对！集装箱的库房，那里安全，有围墙，有持枪警卫。"

尤里想了想，喝了口咖啡，点点头，起身说："走，去看看。"

"现在关门了，明天吧。"

"没关系，从外面看看也行。"他执意要去。

冯瑞阳心里纳闷，什么事情这么着急，一晚上都等不及，可没说什么，开车拉着他去了库房。到了库房大门，尤里没有下车，从车里往外看了看，又让冯瑞阳开车沿库房外墙走了半圈，然后让他开车走了。他在车里点头说："行，就放在这里吧，你和任何人都不要讲。"

冯瑞阳点头答应着，可心里犯嘀咕，存什么东西搞得这么神秘。尤里下车时，叫冯瑞阳第二天早一点儿到他家里来把东西拉走。再次郑重地嘱咐了一遍：跟谁也不要说！

第二天早晨，天还没有完全亮，冯瑞阳就开车到尤里老师家了，按了门铃，开门的却是尤里本人，不是往常的佣人。尤里探出头来，环视大街上，没有发现异常情况，才打开大门让冯瑞阳把车开进院里，旋即把门关上。冯瑞阳把车停好，下车来看院里和房子里像是只有尤里一个人。尤里招手叫冯瑞阳跟他到房子的一层门厅，门厅里面摆了四个方纸箱，纸箱里面装满了东西，已经用胶带缠满打封，还用行李绳捆了十字。尤里招呼冯瑞阳一起抬箱子，冯瑞阳过去上手一抬，沉得很，忙调整了一下身体，两人一起用力才把箱子抬起来，费力地挪着步抬着箱子到外面装上车，再往返三次，把箱子全抬了出来。箱子大，四个箱子后备箱装不下，冯瑞阳把车后座放了下来，才勉强塞进车里，然后开车出门。尤里坐上车，两人一起开车上路。驶到库房，库房刚开大门，直接把车开到集装箱门前停下。冯瑞阳打开集装箱门，两人一起把四个纸箱抬进集装箱里面。尤里反身关上箱门，两人一起把集装箱里面装服装的纸箱和编织袋搬开，把这四个纸箱放在最里面，再把装货物的纸箱堆在外面。把这些事情做完，尤里直起腰来看了看，拍拍手上的灰尘，放心地点了点头。

冯瑞阳憋了很久，终于鼓足勇气问道："老师，这箱子里面装的什么？"

尤里瞥了一眼关着的箱门，低声说："画，都很名贵。"

两个人出了集装箱关上箱门，冯瑞阳锁上三把锁和一个暗锁。尤里用手动了动锁头，问道："这集装箱的钥匙有几把？"

"有两套，一套我带在身上，另一套在家里。要不把这套钥匙给您？"

尤里想了想说："不用，只是钥匙千万不要给别人。"

"放心！不会的。"

两个人上车，冯瑞阳开车送尤里去上班。在车上尤里忧郁地说："现在形势非常不好，我要做最坏的准备，放在家里不行，亲戚朋友家我不放心，送到外地，路上也不安全，想了半天只有放在你这里了。第一呢，对你，我最放心；再有呢，就是出事了，没人会怀疑放在你这里。"

冯瑞阳点点头，说："你放心！我不会让任何人知道的，也不会让任何人进集装箱的。"

尤里点点头说："只要没人知道，不会有人怀疑藏在这里的。"

汽车行驶在靠近广场的街道上，看到许多举着旗子的人，尤里忧心忡忡地说："现在形势瞬息万变，什么情况都可能发生，我到单位照个面就赶紧走，家里也不能待。"

“有事就给我打电话，我来接您。”

尤里又想了想说：“哎！我要去你那儿住方便吗？”

“方便呀。”

“好！我可能要去你那里住几天，去的话，我给你打电话，你来接我。”

汽车到了机关大楼前，尤里把大衣的衣领竖起来，把头上戴的剪绒帽子往下压了压，才下车，下车后快步跨进了楼门。

冯瑞阳开车直接去了市场。这革命闹的对他的生意没什么影响，反而促进了棉服的销售，今年冬季的服装比往年卖得都好，搞得冯瑞阳还挺忙。自拉丽萨参加工作以后，他们就雇用了一个人卖货，是个三十多岁的当地妇女。冯瑞阳到市场，她早已等候在集装箱外，赶紧开门卖货。

这一天冯瑞阳的心里像长了草一样，一直踏实不下来，脑子里想的全是这几个箱子，这些箱子会不会被人发现？会不会被盗丢失？会不会意外出事？等等。这一天反复去了几次库房，开箱门看里面有没有异常，检查锁头有没有损坏。下午关门回家之前也是到库房检查了一遍才走。不仅如此，夜里还受噩梦的困扰，不是梦见库房失火把集装箱烧了，就是梦见成千上万的革命群众把库房的集装箱砸了，把里面的纸箱子抢了，里面的油画还有美元撒了一地，人们在疯抢……这一宿因为噩梦惊醒了几次，出了一身冷汗。

连续几天，他都是这个样子——担惊受怕，胡思乱想，噩梦缠身，搞得成天紧张兮兮，魔怔了似的。他开始密切地关注局势的变化，不像过去看热闹了，害怕出现骚乱暴动，出现打砸哄抢事件。他去找了张斌两次，想说说这件事，可一见面就让张斌给搪了回来，弄得他闷闷不乐。几天下来，他像生了病一样，身体疲惫，无精打采，又十分敏感，一惊一乍的。

这天晚上，他实在憋闷得受不了了，又去找张斌，一见面张斌还是那套，他急了，朝张斌喊道：“我有事跟你说！”

张斌吓了一跳，忙问：“出什么事了？”

他气哼哼地说：“没出什么事！就是有话跟你说。”

“那好，你先拿着菜和酒到楼上去，一个人先喝着，等我一会儿。我把这儿的事干完就上去，好吗？”张斌说完又忙活去了。

冯瑞阳拿着酒菜到了楼上房间，在桌子上摆好了菜和酒杯，等着张斌完事上来。他打开了电视，调到广场革命运动的直播台，看当前的群众运动情况。大晚上形势比较平稳，广场上人也比白天少，不像白天群情激愤，讲演吼叫，冲击政府大楼，和警察对峙，场面火爆。现在都在烤火取暖，人在帐篷里喝着咖啡，或者吃着盒饭。

过了一会儿，张斌拎一瓶酒上来了，拿饭盒装了几个菜，摆到桌上，抱歉地说道："兄弟，实在对不起！忙死我了。来来，咱们喝。"

两个人坐下，上来先干了一杯酒。张斌问道："什么事这么急？"

冯瑞阳叹了口气，把这几天闹心的事一五一十地说了。

张斌听了也十分惊愕，说道："是吗？四箱装的都是画？"

"他就那么一说，我看应该有画，但肯定还有其他值钱的东西，而且可能有不少钱。"

"钱？什么钱？"

"肯定是美元。谁会存当地的钱，老贬值，越存越不值钱。当地钱他就不藏了，藏它干吗？"

"是是，我这现在一天也能卖出至少一箱钱来，不过净是格里夫纳零钱。四个箱子里会有多少美元呢？"

"具体多少谁知道呀？肯定不少呀！"

"他哪来的这么多钱？"

"我就知道他卖画挣钱，其他的就不知道了。"

"卖画也挣不了这么多钱呀？再有，卖画挣的钱干吗要藏起来？"

"是啊！咳！他的钱哪来的咱不管，关键是别放我这里呀，这不是给我找麻烦吗？这么多钱，要是出点儿事，我哪担待得起呀！"

"他可能是怕暴乱，把他家抢了。可他怎么不放在亲戚家呀？"

"肯定是不愿意让亲戚知道，也有可能是怕人查他，亲戚家不保险。所以放我这儿，怎么查也查不到我这里呀。"

"有道理，谁也不会想到他会把钱藏在你这里。虽然你是他的学生，毕竟是外国人。尤里这人脑子够用，想得够绝的。"

两个人边说边喝酒，一会儿一瓶酒喝光了，又打开一瓶继续喝。

“这么多钱在我这儿放着，快给我弄出病来了，我现在觉都睡不好，天天做噩梦，烦死我了。”

“不过库房那儿还是最安全的，这么多年没出过什么事。”

“那里面放的是货，出不了什么事。要是有人发现有钱，不出事才怪呢。比抢银行可好抢多了，那几个警卫两条破霰弹枪，根本不顶事，而且抢银行也抢不了这么多钱呀？这个国家的人现在都穷疯了，多少人玩儿命也敢干。特别是现在，警察全上广场镇压群众去了，这些日子你没看吗？大街上交警都见不着了。”

“可是放别处更不行了。”

“要不愁死我了。”

“你跟拉丽萨说了吗？”

“我哪敢跟她说呀！她没心眼儿，再跟别人说露了，那不坏事了吗。”

“不过现在也只能这样了，你别让任何人进库房，别让其他人知道就行了。”

“你有什么好主意没有？有地方藏吗？”

“哎哟！我这哪有地方？人这么杂，非出事不可呀！而且我忙得脚丫子朝天了，哪顾得上这个呀！”

“愁死我！”

“你当时果断回绝他就好了，给自己弄这麻烦。”

“谁知道是钱呀！”

“就这样吧！别折腾了，挪地方再挪出事来，本来没人知道，一搬家倒让人知道了。”

两个人把两瓶酒都喝光了，冯瑞阳还想喝，说：“我去拿几瓶啤酒喝。”他到餐馆取了几瓶啤酒上来，坐到椅子上打开了一瓶啤酒，却看到张斌已经趴在桌子上睡着了。他靠近看了看，不像是喝多了，平时两人喝酒每人一瓶不算什么。他知道张斌是累的。冯瑞阳不禁自责起来，真不应该为了自己的困扰占用他的时间，便把他抱到了床上，悄悄地走了。

这天傍晚，尤里打电话叫冯瑞阳开车去接他。冯瑞阳估计他可能会到家里住，开车先把葛丽娜送到张斌家，打电话叫拉丽萨下班后也直接去张斌家，让她们今晚在那里住。然后才去接尤里。

尤里站在他们约定好的路边，用围巾遮住脸。冯瑞阳的车停靠过来后，他迅速地打开车门，钻进车里，还透过车窗张望有没有人注意他。车行驶在路上，他也不停地看有没有人跟踪。直到进了家门，尤里才松了一口气，坐下来平定一下惶恐的心情。冯瑞阳做好了饭菜，请他去吃饭。他吃了不少饭菜，喝了一杯葡萄酒。他说话很少，没有多余的话，显得心情沉重。饭后他们坐在沙发上看电视，电视中播放的是广场上的群众集会的场面。冯瑞阳试图和他聊天，他只是简单地回应几句，就不往下聊了。尤里又坐了一会儿就去洗澡休息了。第二天早晨，冯瑞阳开车又把他送到了机关大楼。

革命运动依然风起云涌般地持续并高潮不断，披挂着黄色围巾和丝带的英勇的民众，在和军警不断的冲突中抒发着革命情怀。帐篷被军警拆了，民众又迅速搭起一片，倔强地表现着不达目的誓不罢休的革命意志。终于他们的革命露出了胜利的迹象，美国政府和西方国家的政府宣布不承认乌克兰的选举结果了。

冯瑞阳依然在困扰中生活，心里就像装了一块沉重的石头，小心翼翼地给他的老师守护着这几个箱子，每天都在遭受不堪重负的精神折磨。还好，一直没有发现令他心惊胆战的风吹草动，每天夜里噩梦中的情景现实中也没有出现。尤里老师没有再来家里住，也没有打电话询问过。

这天，维克多打来电话，叫冯瑞阳过去一趟。冯瑞阳到了那里才知道，维克多那幅耶稣的琥珀画交付了客户，钱也结回来了。维克多把当时买琥珀原料冯瑞阳垫的钱还给他，冯瑞阳推托说不要了。他却坚持要给。估计维克多这幅画赚了不少钱，他打开抽屉拿钱时，冯瑞阳看见抽屉里有不少美元。他还准备了酒和菜，特地请冯瑞阳喝酒吃饭。冯瑞阳没见到巴格丹，问道：“巴格丹上学去了？”

维克多道：“到广场闹革命去了。”

两个人坐下来喝酒聊天，看着电视。电视里播放的是广场革命运动的实况。今天广场的情况与以往不同，自美国人欧洲人宣布不承认选举结果之后，乌克兰最高法院也宣布选举结果无效，并决定重新进行选举。革命运动达到了预期目的，取得了胜利，广场上民众从群情激愤地示威抗议转为欢欣热烈地庆祝胜利，人声鼎沸，黄旗招展，欢声雷动。人一点儿都不见少，不是胜利了就是回家去了，还都在广场上凑热闹，帐篷没拆，还搭起了高台，安上了音响，政治人物、群众领袖轮番上台讲演。这些领袖人物的演讲慷慨激昂，他们无一不振臂高呼：这是人民的胜利！民主的胜利！宣称这是人民追求自由，捍卫民主和公民社会的胜利。他们的演讲获得了震耳欲聋的欢呼声。

不过这时候冯瑞阳却听到了一声清脆的“呸”声，这是维克多看着电视发出的声响，显然他和广场上一百多万兴高采烈的民众的情绪相反。当然他还有喝了几杯酒以后的高论，“真不要脸！这也叫民主？美国人说不承认，这边法院就判了重选。还民主的胜利？直接由美国人任命就得了，搞什么选举！这还叫民主的胜利！真不要脸！”

“那到底有没有舞弊啊？”冯瑞阳小心地问道。

“咳！全舞弊，两边都舞弊，谁都别说谁！”

“你投票了吗？”

“我才不去投呢。”

“A候选人和B候选人你支持谁？”

维克多喝了一杯酒，满脸鄙夷地说：“我谁都不支持，没一个是好东西！”他指了指电视屏幕上演讲的人说：“他们都是富人，而且都是超级富翁。我们国家没有钱，老百姓没有钱，钱全在这几个人手里。这几个富人都有自己的政党，我们国家的政治实际上就是这几个富人的政党在争权夺利，而且背后还都有外国老板。他们管这个叫民主。”

“这广场上得有一百多万人啊！”

“老百姓对社会不满，希望改变，这些政客就利用老百姓的情绪，都是骗子。老百姓受骗上当，然后失望。回回都是这样嘛！可老百姓有什么辙呀，一次次地受骗而已。”

冯瑞阳原以为维克多不过是因为生活境遇不好发发怨气，没想到他对政治还挺有看法的。冯瑞阳突然发现尤里出现在电视屏幕上，在那广场高台上讲演。他讲的内容还是那套，民主自由公平正义这些话语，可他口才卓越，外形帅气，演说更加具有煽动性，获得了台下雷鸣般的欢呼声。

维克多看着尤里鼻子都气歪了，起身上前把电视关了，坐下闷头喝了一杯酒，气愤地说："见风使舵，厚颜无耻！全都是没有操守的不要脸的政治骗子！"

冯瑞阳心里却高兴起来，尤里在这里出现，说明大局已经定了，说明他安全了，这就意味着钱快取走了。冯瑞阳心里顿觉轻松了许多，仰头干了一杯酒。维克多喝着酒，依然喋喋不休地发泄着心中的不满："我们国家就像上了一辆不该上的车，关键是这车没有司机，横冲直撞地不知道驶向何方，败吧！直到把国家败光！"

他最后一句话说得十分沉重："转制到现在，我们国家的人每一天都生活在痛苦中！"

冯瑞阳没有和维克多讨论这些政治问题的兴趣，他惦记的是自己心里沉重的问题。他想如果自己的判断正确的话，尤里可能很快就会和他联系，取走那几个箱子。

冯瑞阳判断得没错，第二天下午尤里就打来电话，叫他在库房等。他到库房不久，尤里就到了。尤里是自己开车来的，他把汽车尾部靠近集装箱停好，就进集装箱和冯瑞阳一起搬开外面的服装箱子，把那最里面的四个箱子刨了出来，搬到集装箱门口。他仔细查看了四个纸箱的胶带，确认没有问题后，才微笑着朝冯瑞阳点了下头。冯瑞阳心里很是不快，看他那那样子好像是不放心，看看封条有没有动过，里面的东西有没有被偷拿走，便说："我从没有动过箱子。"

尤里笑笑拍了拍冯瑞阳的肩，说："我知道，谢谢！"

"现在局势没有问题了？"冯瑞阳问道。

"大局应该已经定了，估计不会变了。"

两个人一起把箱子搬到尤里的车上，关好车门。尤里握着冯瑞阳的手再次道谢，又问道：“哎！你琥珀生意怎么不做呀?”

冯瑞阳答道：“冬天地冻了，没法挖，得等开春了。”

“哦！好，等开春继续做。”尤里说完，开车走了。

冯瑞阳看着他的车驶出了库房大门，长出了一口气，如释重负，心情变得轻松，回到集装箱里收拾货物去了。

第二十五章　消失的爱人

美丽的女神芙莱雅喜爱首饰，她与帅气的奥多结了婚，生了两个可爱的女儿。一天芙莱雅独自沿着阿斯歌德国界散步，这是和妖精之乡交界的地方，她看到有四个侏儒正在制作一条精美的项链，忍不住停下来欣赏。侏儒告诉她这是用有太阳般光芒的宝石做成的，非常珍贵。

芙莱雅太喜欢这条项链了，她想要据为己有，便对侏儒说："我从没有见过这么漂亮的项链，你们把项链卖给我，我用我最喜爱的银饰和你们交换。"

侏儒告诉她所有的银饰都不够换这条珍贵的项链。芙莱雅坚持要买这条项链，便问道："那世界上有什么宝物可以换取它呢？"

侏儒回答道："这宝贝就是你的爱，你要和我们每个人结婚，并共度一天一夜，那么这条项链就是你的了。"

女神芙莱雅已经被这条神奇的项链所迷惑，她居然答应了侏儒的要求，做出了这愚蠢的行为。在四个日夜过去之后，她怀着羞耻的心情回到了自己的宫殿，把这条珍贵的项链藏了起来。

有个专门挑拨是非的洛基，知道了在妖精之乡发生的这场交易并告诉了奥多。洛基还在芙莱雅熟睡之际偷走了那条项链，并把项链作为证据交给了奥多。奥多把项链丢到一边，离开了这里去遥远的地方游历。芙莱雅第二天早上醒来，发现心爱的项链和丈夫都不见了。

芙莱雅哭泣着找到诸神之父欧丁忏悔，仁慈的欧丁原谅了芙莱雅的罪恶，但要求她进行苦修。欧丁从洛基那里拿回项链让芙莱雅戴上，命令她永远不能取下来，戴着它去寻找自己失去的爱——寻找丈夫奥多。

芙莱雅流着泪在海边徘徊，她的泪珠掉到地上变成金色的石头，被海潮带进大海化成了美丽的琥珀。

——欧洲关于琥珀的传说

每一个琥珀的传说故事都是那么凄美动人。

一天晚上，冯瑞阳接到了一个奇怪的电话，来电话的人是娜斯佳，就是拉丽萨的女友，那位和拉丽萨过去的男朋友结婚并去意大利定居的黑头发黑眼睛的漂亮姑娘。

她先问道："吉玛，是你吗?"

冯瑞阳辨出了是熟悉的声音，答道："是我，你是谁?"

"我是娜斯佳，你还记得我吗?"

声音对上号了，冯瑞阳觉得她的语调过于低沉，不似过去印象中的她言语里充满喜悦，便问道："当然记得，你不是结婚去意大利定居了吗?"

她沉吟了一下才说："我回来了。"

"哦！那你回来了?"

她没有回答，反问道："你还和拉丽萨在一起吗?"

"是啊。"

"你告诉拉丽萨，马里诺就是一个骗子，别让拉丽萨再理他。"

"马里诺是谁?"

"就是和我分手的那个人，也是拉丽萨过去的男朋友。"

冯瑞阳听出了这话语中的含义，不禁愕然，忙问："你这是什么意思?"

她沉默着，没有讲话。

冯瑞阳觉得揪心，急切地问：“这是怎么回事？”

她把电话挂了。

冯瑞阳呼唤着，见对方挂了电话，马上又拨了回去，可娜斯佳不接。冯瑞阳再拨，她仍然不接。冯瑞阳的心情沉重起来。娜斯佳的电话突如其来，听起来有些暧昧，又有些藏头露尾的吞吞吐吐，说了一半的话，但这一半话所透露出的信息，给了他猜想那一半话的足够依据和想象的空间。事关拉丽萨，触碰的又是让他隐隐作痛的内容，所以他急切地思索起来，要把那一半的话推断出来，把事情搞清楚。

与娜斯佳结婚的那个意大利人马里诺曾是拉丽萨的男朋友，马里诺抛弃了拉丽萨和娜斯佳结了婚，这件事冯瑞阳知道。现在，他们离了婚，按娜斯佳的说法，是马里诺欺骗了她，马里诺是个骗子。关键是这句话，“别让拉丽萨再理他。”话中的意思似乎是说拉丽萨跟马里诺有来往，而且现在还在来往，这是冯瑞阳最揪心的。

娜斯佳给他来电话的目的，是让他劝阻拉丽萨不要和马里诺来往。娜斯佳是什么意思？她是想和马里诺复合，怕拉丽萨插足干扰？不对，她愤恨地把马里诺称为骗子，显然没有复合的意思。倒像是用她的亲身经历通过冯瑞阳告诫拉丽萨，别再重蹈她的覆辙。如果是这样，说明了什么？说明她了解到，拉丽萨不仅和马里诺有来往，而且来往密切，有再续前缘、重归于好的趋向。想到这里，冯瑞阳的心骤然紧张起来。

如果是这样的话，他怎么没有察觉？拉丽萨从没有跟他表示过什么，也没有表现出异常，每天晚上去饭店上班，白天在家，也没有在外面过夜。这让他觉得更可怕！这说明拉丽萨和前男友在秘密来往，一直在对他刻意隐瞒。如果这事属实的话，足以让他的精神崩溃！

显然，冯瑞阳不愿意承认这是事实，他让自己冷静下来，并对拉丽萨近期生活中的动态细节进行推敲，再来形成让他自己信服的结论。不过他思来想去，却发现疑点越来越多。的确，拉丽萨没有在外过夜的记录，但近期下班回来很晚，冯瑞阳要开车去接她，她不让，说饭店有车送。冯瑞阳白天不在家，对拉丽萨在不在家，他并不确切地知道，从来没有留心过。他还想到，最近一段时间由于拉丽萨回家晚，说身体累了，倒头就睡，两人一直没有亲热，过去他一直认为拉丽萨确实累了身体不适，现在想来是不是她在刻意躲避。如果是这样的话，说明她的感情确实发生了变化。

冯瑞阳的心情越来越沉重，他坐不住了，看看表，已经很晚了，拉丽萨还没有回来。他看葛丽娜已经睡熟，便起身穿衣出门，站到楼口街道旁，张望着拉丽萨回来的方向。等了很久没见拉丽萨归来的身影，他想要不开车去饭店看看，便朝停车的地方走去，到了车前又犹豫了。他拿不准娜斯佳的消息是否可靠，如果是真的，他可能会看到最不愿意看到的情景，想到可能会看到拉丽萨和前男友在一起的一幕，他的心脏"砰砰"乱跳，那将是极其尴尬的场面，如何应对，他还没有思想准备。如果拉丽萨一切如常，没有出格的行为，他又怕给拉丽萨留下他内心猥琐的印象。纠结了一会儿，他还是开车出发了，因为他不愿意受骗，不愿意受骗的日子哪怕多延续一天。他开车沿着拉丽萨回家的路线走着，集中精力搜寻路上和对面行驶的车里可能出现的拉丽萨的身影。虽然时间已经快要入午夜了，市中心街道上车还是不少，街道上的灯光可以看清不多的行人，他开着车边搜寻边思索着万一遇到尴尬的场面将如何处理。他的头脑中首先冒出来的是理直气壮地冲上去，问清情况后将那男的暴打一顿，然后再说后面的事。但想一想也就罢了，他真不愿意这辈子留下让人耻笑的话柄，这不是什么光彩的英勇作为，倒是一件想想都觉难堪的事情。他一路上没有什么发现，开车到了拉丽萨工作的饭店，饭店已然门庭冷落。他下车来到饭店门口，门口的服务员拦住他说已经下班了。他朝饭店里望了望，大厅里只剩两三桌的顾客，仅有少数服务员在等这些顾客用餐，乐队早已不见了踪迹。他问门口的服务员：乐队什么时候走的？服务员说：早就下班走了。他没有再问话，转身走了，他觉得娜斯佳的消息得到了证实。冯瑞阳开车直接回了家。

拉丽萨确实在背地里和前男友在一起，冯瑞阳十分愤怒，火气直冲他的脑际，他觉得头晕，有些不能自持。他甚至不愿意多想细想，觉得事情太过龌龊，怕自己无法忍受。但他知道拉丽萨会回家的，只是不知道要晚到几时，因为葛丽娜在家，女儿可是她的生命。

冯瑞阳开门进了家，出乎他的意料，拉丽萨已到家。拉丽萨翻着眼睛问他："你这么晚干什么去了？"

冯瑞阳一时怔住了，看着自己再熟悉不过的美丽清纯的面庞，冷静了下来，心想也许刚才错怪她了，事情未必如自己想象的那样，便说道："我去饭店接你了，你怎么回来这么晚？"

"你去饭店接我了？"拉丽萨诧异地瞪大眼睛反问道。

"对！你下班以后干什么去了？"

"我……"拉丽萨吐了一个字就没有再说下去，她的目光暗了下来，避开冯瑞阳直视的目光。

冯瑞阳看出了拉丽萨的心虚，共同生活了几年，他了解拉丽萨是一个从不说谎的人，这下他心里明白了。他觉得已经无须遮掩了，便直截了当地说："今天娜斯佳给我打来电话，告诉我你和前男友在一起。"

"她怎么会这样？"拉丽萨怨恨地说道。

冯瑞阳坐了下来，他觉得腿有些发软，脑袋开始眩晕，只是怒火不知不觉削减了许多，他明白他面临的将是一个痛苦的时刻，但这又是必须面对的局面。他尽量让自己的语气平静，"告诉我，发生了什么事情？"

拉丽萨也侧身坐在了房间另一侧桌子边的椅子上，低着头，没有讲话。冯瑞阳没有继续追问。良久，拉丽萨抬起头，却没有面向冯瑞阳，声音有些低沉地说："对不起！我再想想，再跟你说，好吗？"

"我想知道发生了什么事情，你应该告诉我。"冯瑞阳不明白她为什么要拖延。

"我知道，我会告诉你的，明天吧。"拉丽萨坚持自己的想法，她央求着。

冯瑞阳不得不同意，说："那好吧。"

两个人睡下了，拉丽萨睡到里间卧室的床上，冯瑞阳睡到了客厅的长沙发上。其实两个人很久都没有睡着，他们都听到了对方反复翻身坐起的动静。冯瑞阳的心依然焦灼，虽然对拉丽萨背地里和前男友来往的事情已经确认，但对他们来往到了什么程度，有什么打算，是再续前缘重归于好还是一时滥情，他在胡乱猜测。但不论是什么状态，大概结局都不外乎分手，这让他的心情痛苦不堪。

冯瑞阳隐约听到拉丽萨轻微的抽泣声，这让冯瑞阳再度冷静下来。他倾听着里间卧室拉丽萨的动静，感觉她仿佛在难以抉择的纠结中痛苦地思索；或是为自己的错误追悔莫及而伤感。冯瑞阳有些心乱，他厘不清拉丽萨的心思，虽然因抽泣声多少减轻了对拉丽萨的怨恨，但他对他们之间的关系将要发生变化却更加确定。一宿，两个人都处于痛苦的煎熬中。

早晨，他们把葛丽娜送上学回来，便开始了伴随着内心伤痛的谈话。其实事情并不复杂，只是拉丽萨无尽无休地解释自己的心路过程，使谈话变得冗长，谈到葛丽娜放学还没有谈完。应拉丽萨的要求，不要让葛丽娜知道，所以他们把谈话延续到了第二天。晚上吃饭睡觉，在孩子面前好像什么事情都没有发生。的确，拉丽萨前男友马里诺找她来了。她向冯瑞阳解释，就是那个抛弃了她，又和她最好的女朋友结婚的意大利人。她说，曾经跟冯瑞阳说过这个人和这段恋情。那是一个她上班的晚上，她拉了一首小提琴独奏之后，马里诺悄没声地出现在她的眼前，捧着一束鲜花来给她献花。拉丽萨当时大吃一惊！真想把花扔掉，狠狠地呵斥马里诺，但顾忌身在演奏台上，处于大庭广众之下，她不能冒失，只好收下花，却狠狠地瞪了马里诺一眼。她下台就把花扔到了过道墙角，跟乐队请了假，到更衣室换装准备回家。就在她走出饭店大门后，马里诺在迎面拦住了她。这时拉丽萨已经无所顾忌，她愤怒地斥责马里诺的无情无义，背叛她且无耻地和她的女友结婚，倾泻着几年前聚集在心里的积怨，然后不听马里诺的辩解，甩手打车离开了。上车以后她觉得非常解气，心里轻松了许多。

这以后，拉丽萨觉得马里诺不会再来了，可没想到过了两天他又来了，还是向拉丽萨献花，在门口拦住拉丽萨纠缠。拉丽萨和上次一样，扔掉他的花，呵斥他的虚伪欺骗和薄情寡义，然后打车走人。但没过几天马里诺又来了，仍然风度翩翩微笑着献花，态度诚恳地试图和拉丽萨谈话和解。这次拉丽萨心软了，不知是被马里诺的坚持打动了，还是她本人也旧情复燃，她同意和马里诺到附近的咖啡馆谈话，而且这以后又谈了几次。

对于他们的谈话内容，拉丽萨只是概要地做了介绍，裁剪掉了情感的色彩和枝叶，应该是顾忌冯瑞阳的感受。马里诺首先向拉丽萨做了诚恳的道歉，他说他受了娜斯佳的引诱和蒙蔽，一时糊涂做出了错误的选择，追悔莫及！在和娜斯佳一起生活以后，他认识到娜斯佳不是他所爱的人，而且娜斯佳继续欺骗他，还做了不应该做的错事，他无法容忍，所以他们分开了。分开后他立即来找拉丽萨，一是认错道歉，说明当年的真相，请求拉丽萨的原谅。二是他认识到他爱的是拉丽萨，他来找回他的真爱，想和拉丽萨重归于好，再续前缘。

第一次谈话，拉丽萨无动于衷。但是在马里诺接二连三的语言攻势下，拉丽萨逐渐相信了他的话，当然还相信了他的心。

冯瑞阳知道拉丽萨在此处删去了很多内容，这里面应该有很多爱的语言煽情，或许还有肢体的情感宣泄，否则拉丽萨不会这么快就缴械就范的。冯瑞阳听得心里一阵阵隐隐作痛。拉丽萨说这以后她产生了动摇。她坦然地向冯瑞阳承认，她倾慕西方，向往欧洲国家的生活，她一直有一个欧洲梦。马里诺承诺他们结婚后就去他的国家生活，她不久就会有欧洲国家的身份，这对她有着很大的吸引力。另外她还有一个音乐梦，希望能够登上音乐会的演奏殿堂，成为一名音乐家，这是她的人生理想，而马里诺有条件答应帮助她实现这个人生梦想。这对于她做出接受马里诺的选择有着巨大的推动力。

另一方面，她又对冯瑞阳难以割舍。说到这里，拉丽萨抬眼看了冯瑞阳一眼，她那原本红肿的眼睛含满了泪水。她说她知道也一直能感受到冯瑞阳对她的爱，而且在她陷入困境的时候帮助了她，给了她无忧无虑的生活。长期以来，他们两人真心相爱，真心诚意地在一起生活。选择离开冯瑞阳，她不仅觉得对不起冯瑞阳，也觉得良心难安，感情上不能接受。所以这一段时间，她一直在取舍之间犹豫不决，在情感的纠结和理性的选择上纠缠不清，苦苦挣扎。拉丽萨在叙述这一段话时，应该没有删节，她很动情，泪水一直淌个不停。

冯瑞阳听到拉丽萨对他的情感评价，和对他们共同生活的诉说，相信那是拉丽萨的真心话。冯瑞阳听着也是热潮不断地从心底上涌，几次险些掉出眼泪，但还是忍住了。冯瑞阳仔细分析拉丽萨的话感觉还是有些水分，她实际上对冯瑞阳在爱情上一直有所保留，否则早就提议结婚了，她知道提结婚冯瑞阳不会反对，只是在近期她才流露出要结婚的想法。冯瑞阳现在想来，可能是觉得欧洲梦、音乐梦没有指望了，才产生了结婚的想法。现在欧洲梦、音乐梦又回来了，拉丽萨的心思又活泛了，在梦想和现实之间选择上了，当然还是结婚，不过换对象了。想到这里，冯瑞阳有些伤心。

拉丽萨在这时又吐露了一个她藏在心底的秘密。她擦了擦眼泪，抬眼看了看冯瑞阳才说，马里诺是葛丽娜的生身父亲。对于这个消息，冯瑞阳并不觉得惊讶，因为他从未觉得这个事情多么重要。他明白拉丽萨说这事的意思，选择马里诺，不仅开启了欧洲梦、音乐梦的通道，还能让他们回归到一个自然完整的家庭。这让冯瑞阳更伤心，他一直把葛丽娜当作自己的女儿，投入了全部的情感和精力，现在他居然成了外人，抵不上一个浪荡了一宿从没有担负过一天责任的所谓生身父亲。他真是无法接受。

说到这里他们当天的谈话结束了。拉丽萨匆忙整理掉脸上的泪痕，去接孩子。葛丽娜一进门，就叫着“爸爸”扑到冯瑞阳的怀里，把脸蛋凑过来让他亲。他没有回应葛丽娜的叫声，这是他第一次没有回应孩子“爸爸”的叫声。他亲了孩子的脸蛋，却也是第一次没有了过去亲昵的感觉。这时泪水潮湿了他的眼睛，他觉得心痛。晚饭时他喝了酒，饭后他抽着烟独自一人去楼下遛弯，他在屋里实在压抑得受不了，太难受了，必须到外面透透气。遛弯时他什么都没想，他实在不愿意去想，他觉得生活突然间失去了意义，他觉得他处在噩梦里，想与不想都没有意义。

冯瑞阳实际上对拉丽萨的爱情也有所保留，两个人有不少的激情肆意，但缺少长时间缠绵的亲密无间。早晨从睡眠中醒来第一眼看到枕边的拉丽萨，常有陌生的感觉，产生“这是我老婆吗”的疑问。不知道是缺少交流还是两人本来就缺少深入交流的愿望，两人之间的情感从没达到心心相印的程度。虽然他们的关系一直很平稳，即使拉丽萨提出结婚，他不会反对，但他也没有主动做出改善现状的努力，所以他们没有跨过轻而易举就可以进入的门槛，进入婚姻的殿堂。而且两个人长期处于这种状态，冯瑞阳也经常产生厌倦的情绪。当然这些他们关系中的负面因素在目前他的思潮中被淹没了，被他自然地忽略了。

晚上，冯瑞阳躺在沙发上，仍然不愿意多想，只是睡不着觉，思绪自然地组合排列出来。事情其实已经很明白，拉丽萨说在选择中犹豫，在取舍中挣扎，实际上已经做出了决定，只是面对冯瑞阳时有些良心上的不安，感情上有些不舍有些纠结而已，内心也确实不愿意伤害他，想尽量给他一些感情上的安慰。拉丽萨经过反复思考，考虑得已经十分成熟，已不可能挽回了。而且这是她的理性选择，要去实现人生的理想，并不是简单的感情出轨。对她进行指摘和批评也不恰当，每个人都有选择生活的权利。事情已经到了这个地步，即便用他们之间的感情，用这么多年的情分揪住她不放，他们也不会回到过去那几年彼此相爱的关系中，还会平添许多怨恨，落下一生的埋怨，何必呢？冯瑞阳没有别的选择，只有听其自然了。只是可怜他自己，这么多年的倾心相爱，这么多年的一心一意，到头来只剩下一场空。爱情居然这么脆弱，不堪一阵风，经不住一阵雨，不过是镜中花、水中月而已，想想伤心，想想心酸，悲情罢了。眼泪一直在他的眼眶里打转，但他叮嘱自己，不要哭，不许哭！

事情已然至此，伤悲又有什么用，想不开也必须面对，谁让你选择了爱情，不如洒脱一些，别那么心重，坦然地面对分手。冯瑞阳想通了，他知道该怎么办了，只是他没有管住自己的眼泪，一滴一滴地顺着脸颊滑落下来……

在第二天的谈话中，冯瑞阳表明了自己的态度，让拉丽萨如释重负，以后的谈话就变得不那么凝重，通畅多了。拉丽萨明确了和冯瑞阳分手，去追寻自己梦想的决定。当然她说的时候依然充满愧疚，心情沉重，泪眼模糊。冯瑞阳相信她不是装的，切断这么多年感情的联结不是那么容易，这让冯瑞阳多少有些安慰。在冯瑞阳表达了尊重她的选择以后，她谈起话来又吞吞吐吐。冯瑞阳思忖了一下，恍然明白，她这是想谈财产分割问题了。这几天净纠缠在感情上面，冯瑞阳对这事想都没有想过，一点儿思想准备都没有，现在想来，事已至此，好人做到底，她要多少，只要不过分，全部满足。冯瑞阳见她一直不好意思提财产分割，便说：“这里现金和银行存款一共有四万美元，还有这套房子，你要多少，讲吧。”

拉丽萨沉吟了一下说：“我想要这套房子。”她解释说，她和马里诺暂时不带葛丽娜去意大利，她准备把妈妈接过来，带葛丽娜在这里居住。她又不好意思地说：“吉玛，能不能你搬走，让妈妈和葛丽娜住在这里？”她又解释说：“葛丽娜一直把你当作亲爸爸，她对你的感情特别深，这孩子性情烈，要是知道了这件事，她肯定不干。要慢慢地告诉她。如果我们搬走的话，她马上就知道是怎么回事的。我怕她闹，来找你。”

“好吧！这套房归你，另外再给你两万美元，可以了吧？”

拉丽萨惊讶地睁开满是泪花的双眼，摇手说：“不不！太多了！”她想了一会儿不好意思地说：“给我一万吧，多了我不要，真的不要。”

冯瑞阳想到和拉丽萨最初认识时她退还二百美元的事，了解她的性情，也就没有再让。两个人就这样把所有的事都说定了。

搬家那天，冯瑞阳要取下墙上那幅《拉小提琴的姑娘》油画时，被拉丽萨拦住了，不让拿走。在冯瑞阳走出房门前回身环顾那洒满爱的回忆的房间时，拉丽萨流着眼泪过来和他拥抱告别，说道：“吉玛，对不起！真的对不起！我爱你！我真的爱你！原谅我……”冯瑞阳没有说话，脸上甚至没有表情，也没有流泪。

这也是他最后一次接葛丽娜放学回家。他在商店买了孩子爱吃的所有食品。葛丽娜上车看见这些食品后高兴地问：“爸爸，为什么给我买这么多好吃的？”

“爸爸要去中国做生意，有一段时间不在家，怕你没有东西吃。”

“谢谢爸爸！”她抱着冯瑞阳的脸颊亲了亲。

车到了楼门口，冯瑞阳叫葛丽娜自己上楼，孩子拎着两大塑料袋食品进了楼门，回过头来叫：“爸爸！早点儿回家，晚上教我画画。”

这时，坐在车里的冯瑞阳眼泪“哗”的一下流了下来。可能是常年生活在一起那种父女之间的亲人的感情已经深入到他的内心，也可能是和拉丽萨分手的情感聚集到了最后，一声揪心的呼唤打开了情感发泄的闸门。他赶紧开车走了。

他们就这样分手了。当冯瑞阳住进新租的房子的时候，他突然觉得，生活已经改变了模样，甚至有了天塌地陷的感觉。一种强烈的孤独感扫过他的心头，让他打了一个寒战。虽然被抛弃的印记仍然刻在他的心上，让他耿耿于怀，但对终日环绕的温馨氛围和爱的感觉的怀念，却充满了他的脑际。失恋的滋味真难受，他流泪了，长长串串的泪珠落了下来……

生活的变化有时候突如其来，让人想象不到，也把握不了，这又让他产生了一种恐惧感。他喝酒，不停地喝，直喝到躺倒就睡着了。

早晨，他一觉醒来，睁开眼，再次意识到生活已经改天换地。他用冷水洗了脸，定定神，想着如何安排改变了的生活。这时他突然想起一件事情，想起了娜斯佳打的那个电话，娜斯佳说："你告诉拉丽萨，马里诺就是一个骗子，别让拉丽萨再理他。"这分明就在告诫拉丽萨，别再步她的后尘，上当受骗！冯瑞阳埋怨自己，这几天净纠缠分手的事，怎么把这事给忘了。

冯瑞阳拿手机拨娜斯佳的电话，想核实一下，但电话停机了。

冯瑞阳想还是应该跟拉丽萨谈谈，提醒她一下，便拨了拉丽萨的电话。电话通了，拉丽萨的声音传了过来，听声音情绪不错。冯瑞阳说了提醒她要防备受骗的话，她却笑了，说："你不了解真实的情况。马里诺把事情都和我说开了，是娜斯佳欺骗了他，还做了很多坏事。谢谢你的提醒，你放心吧！"

冯瑞阳放下电话，明白提醒已经没有用了，拉丽萨的心已经飞走了，拉不回来了。冯瑞阳这时想起了一句话，他忘了是在哪本书里读到的：聪明人听说前方有个坑，会躲开这个坑不让自己摔倒；不聪明的人非要在这坑栽倒，摔得头破血流，才明白原来这里真有个坑。他想，但愿这句话的含意别在拉丽萨的身上兑现。

冯瑞阳的心情没有好转，反而愈加不堪，在这空寂的房子里实在待不下去，他准备到张斌那里，正好张斌来电话叫他过去。他没跟张斌说和拉丽萨分手的事，觉得和哥儿们说这事寒碜。

冯瑞阳到餐馆时，张斌正忙着，不仅他自己手底下忙，还急赤白脸地呵斥着雇用的人忙着。抬头看见冯瑞阳，也是急匆匆地说了句："来了，我找你有事，先到那儿等我。"

这时是下午，饭点已过，餐馆里没有客人，冯瑞阳到靠里面的餐桌边坐下，自己倒了杯茶喝着。不大工夫，张斌过来坐下，还是一脸的火急，仰头喝了一杯水，看着冯瑞阳说："我找你过来……"话说了一半，突然意识到冯瑞阳的变化，诧异地问："怎么了你？几天没见瘦成这样了？病了？"

"啊……没病，是……"冯瑞阳的话又被张斌打断了。

"哦！没病就好。我找你来有急事。我妈病了，上午我姐给我打的电话，昨天急救车送进医院，现在正在医院抢救，已经下了病危通知书。我刚买的机票，明天一早直飞北京。从现在开始，我这儿所有的事就交给你了。"

张斌话说得很快，冯瑞阳一直想插嘴都没有插上，听到他说的最后的话，觉得意外，迟疑地问了一句："交给我？"

不料这句话把张斌惹急了，他瞪着眼朝冯瑞阳吼了起来："怎么？这个忙不帮是吗？我妈病了！对我来说这是比天都大的事！怕耽误你自己的生意是吧？没关系！这一段时间两个餐厅的利润全归你！行了吧！"

冯瑞阳忙摆着手解释说："不不！我不是这个意思，我怎么能要你的钱呢？帮忙，肯定帮忙！可是你未必让我主事呀？阿乐桑娜不是在吗？"

张斌眼睛一瞪又吼了起来："什么？阿乐桑娜能不过去吗？她是我媳妇，我妈病了，她不去伺候谁伺候！我怎么对她父母的！"

"原来是这样，行行！我听你的安排。"

"老丈母娘帮我照看孩子，生意的事就交给你了。来，现在我给你交代。"

说干就干，张斌带着冯瑞阳走了两个餐馆，事无巨细地把事情全部做了交代，一直到半夜才完。两人这才坐下来吃饭，端起酒杯，张斌的泪就下来了。

"我真怕我妈有个好歹，咳……我这赚钱还有什么意思啊！"

"伯母才六十多岁，还年轻，应该能挺过来。医院怕出事，家属埋怨，经常是没到那个地步就发病危通知书。”

“但愿吧！”

“阿乐桑娜呢？”

“她妈刚过来，她把孩子的事都安排好了，收拾明天带的东西呢。”他仰头喝了一杯酒，又说：“我媳妇不错，我让她过去伺候，痛快地就答应了。我妈要是还清醒，看着这么漂亮的儿媳妇端屎端尿地伺候，一高兴，说不定病就好了。”

“那老太太肯定高兴啊。”

“她要是给我妈伺候好了，过了这关，我天天给她跪着都行！”

冯瑞阳劝张斌抓紧时间睡一会儿，把他送到楼上房间。冯瑞阳自己懒得走了，就在餐厅里搭了个床，睡了。第二天一早，他开车把张斌和阿乐桑娜送到机场。望着他们两人匆匆走进候机楼的背影，他的心里陡生了一股羡慕。张斌和阿乐桑娜的爱情一开始就在一个规范的框架内运行，他们知道爱情中的底线在哪里，道德的规范是什么，他们知道应该做什么，不能做什么。

他们走后，冯瑞阳管理起了两个餐馆，可是忙开了。从清早五点钟开始，一直忙到半夜，没有一点儿闲工夫。开始真是抓瞎，缺东少西，方方面面都有事，忙得他四脚朝天，到处救急。再加上警察、黑道、税务、卫检成天来捣乱，缠得他做不了事，急得他没了辙，打电话把维达利克叫了过来，让他专门对付这帮人，好把自己解放出来。冯瑞阳不让维达利克来硬的，不得罪人，陪这帮人喝酒吃饭，让他们别一天到晚缠着他要钱就行。几天之后，冯瑞阳各方面情况都熟悉了，虽然还是忙，但按部就班，比较从容了。这样也好，冯瑞阳每天睁眼忙事，闭眼睡觉，忘了他生活上的改天换地，没工夫琢磨失恋的滋味了。

一个多月之后，张斌夫妇回来了。他妈妈在医院坚持了一个月，最终没能救过来，过世了。他进门看餐馆井井有条，看见冯瑞阳后先道了谢。

晚上，两个人在打烊后收拾好的小餐厅里，酒杯一举，叙说着分别后两个人各自的经历。

张斌连干了几杯伏特加，说道：“别说，这伏特加喝顺口了，这一个多月没闻这味儿，还真想。”他说起了妈妈，立马淌下两行泪水，“我对不起我妈，如果我守在老妈身边，可能我妈不会得这病，得了也能及时治，我不孝啊！”

“别自责了！你是孝子，别人不知道，我还不知道吗？病这东西很难说。”

“亏了阿乐桑娜，服侍着我妈，天天亲妈似的叫着，每天给我妈擦身子，端屎端尿，替我尽了孝，我这才好受点儿。”

“是吗？那可是真不错呀！难得！”

“我妈临死前，说话费劲着呢，强硬着跟我说，‘你的媳妇好啊，这辈子好好待人家。’”

这时，阿乐桑娜打开餐厅门，看看他们的状态，怕他们喝多了。张斌招手叫阿乐桑娜进来，让她坐在旁边的椅子上，继续对冯瑞阳说道：“我妈虽然没有医治过来，但走得舒心，这得感谢阿乐桑娜！”说完，他站起身，把腿一曲，朝阿乐桑娜直直地跪了下去，说道：“媳妇，我给你行个大礼，谢谢了！”

他这一跪，把阿乐桑娜和冯瑞阳吓了一跳，忙起身去拉他。他还不干，推开他们的手，非要多跪一会儿。阿乐桑娜臊得脸通红，笑着继续拉他，说道：“当着别人，你干什么？”

张斌用俄语说道：“我就是要当着人给你下跪。”

阿乐桑娜笑着呵斥他说：“你喝多了！起来！不许喝了！”使劲拉他起来，拉着他上楼去了。

餐厅里只剩下冯瑞阳一个人。他想着刚才那一幕，觉得有趣，又淡淡地笑了笑，坐下来举杯把酒喝干。他想想无事可做，又倒上一杯酒，端起杯正要喝，突然想起明天就该卸任回自己的家了，失落感一下袭上他的心头。这一个多月来忘掉的一切重新浮上他的脑际，伤感和孤独像病毒一样迅速感染他的身心。他打了一个寒战，手一抖，杯中的酒洒落到桌上……

第二十六章　琥珀屋里诞生的爱情

这是一只刚刚抛光完成的雕刻摆件，高和宽约为十四五厘米，扁平状，蜜蜡材质，刻画的是一对青年男女接吻的形象。这件作品结构上非常大胆，只截取了接吻男女的头像，并占据了雕件的绝大部分。头像是用写实手法，以浮雕形式呈现的。俊男靓女，神情专注地热吻，感情表现得十分纯粹，浓情爱意，激情似火。脸部的雕刻精准细腻，逼真传神，很有感染力。两个人头部浮雕侧后的部分雕有草丛和树木，正好琥珀在这里黄色加重并有些透，颜色与头部有了变化，这样不仅把头像放置在自然环境里，还让作品有了层次感。上面有个圆形的地方十分通透，这里雕了两人穿结婚礼服手捧鲜花在婚礼中的形象，仿佛是两人接吻时的遐想，使作品在内容上有了纵深感。整个作品布局奇特，情感表现强烈，琥珀的光泽和颜色变化美化了作品，使作品光艳动人。

这是冯瑞阳刚完成的作品，他仔细地审视之后感觉很满意，他把这个作品命名为《吻》。

这是在潘家园附近的十里河，安先生第二门店里的制作间，在这里干活的还有安先生的两个徒弟，这俩人跟安先生几年了，既是徒弟也是员工。他们把该学的都学会了，全套的活也都拿下来了，手艺纯熟，雕出来的东西很细，也漂亮。但按安先生的说法，做出来的东西像电脑雕刻，缺少灵气，欠缺艺术感。安先生说这艺术感他教不了，“师傅领进门，修行在个人。”让他们干着活，自己慢慢修行。现在这俩人都在案前雕着活。还有两个雇工，一个人正在使用那几台机器优化、切料、磨圆、抛光、打孔，做手链。另一个人在给他们打下手，切料打坯。

冯瑞阳是一周前从乌克兰回来的，自己一个人待着实在伤心难受，心里总是过不了这道坎。他在市场上雇了个人卖货，让张斌照应着点儿，收拾收拾就回北京来了，到了北京就奔安老师这里。当天晚上，安老师留他一起吃饭，两杯二锅头下肚，安老师问道："你有什么事吧？"

冯瑞阳支吾着说："没……没什么事。"

安先生盯着他看了看，又问："有什么不顺心的事吧？"

冯瑞阳低下了头，心里暗暗吃惊，想：这老头儿眼真毒，怎么看出来的。

安老师没再追问，又喝了两杯酒，突兀地说了句："三十好几了，要拿得起放得下。"

冯瑞阳点着头，听完这话觉得心里宽敞了许多。安老师吃了几口饭，撂下碗，把杯中酒喝了，抹了把嘴，说："明儿去十里河做活去，别净想那些没用的。人这辈子都一样，什么事都可能碰上，这点儿事要是还想不开，这辈子还能干成什么事？"

冯瑞阳点头答应着，心想这安老师眼光神了，就好像知道他的事一样。安老师的话在理，谁没失恋过呀，离婚的都多得是，都这么过不去就别活了，还谈什么事业？不过冯瑞阳心里也不舒服，自打拜了安先生为师以后，这老头儿对他的态度变了。过去安先生对他和蔼可亲，说话别提多和气了，还总是夸他，现在不仅话少了，还老是板着脸子。特别是这次回来，安先生就没给过他好脸，好像看他不顺眼。

第二天一早，冯瑞阳到了十里河门店。安先生已经在店里等他了，拿着几张设计图，是不同图案的雕刻摆件草图，交给他，让他做。安先生说："你虽然在我身边的时间不多，但也学习几年了，这次做几个摆件，算是你的毕业作品。这几张草图，是我给你的建议，在创作中自己去领悟和把握，不必局限，可以放开，好好做，把你的水平表现出来。也不用考虑费不费料。"安先生交代完就走了，让冯瑞阳自己放手去做。

冯瑞阳先认真地研究了老师的草图。老师的几个设计有一些新的表现方式，但基本还是传统的构图造型和寓意。他是可以很好地完成的。但又觉得这些设计过于拘谨和概念化，没有从中发现独特的艺术感。他思忖良久，既然老师说了让他放手去做，表现出自己的水平来，不如做自己有感觉的，对这几个设计做大胆的改变。他觉得应该请示一下安先生，就给安先生打了电话，刚说了两句就被安先生打断了："你自己看着办，认为好就做，用不着跟我说。"老师既然这么说了，冯瑞阳就按自己的想法放手做了。

三天以后，冯瑞阳完成了这件作品《吻》。安老师的原设计是"百年好合"，冯瑞阳把原设计中男女结婚的主体形象缩小放在透的金珀部分，作为《吻》中主体形象寓意上的联系。这件作品做完，冯瑞阳本想让老师看看再做第二件，但安老师没有过来，他索性又按自己的想法做了。老师的设计是文人吟诗的雕件，风格雅致。冯瑞阳并没有深究其中的典故，觉得太淡，还是没有感觉。他想起中学时曾临摹过屈原的画，根据料重新做了构思，雕了屈原的形象，仍然是写实手法浮雕形式，在造型上与传统的屈原形象有很大区别，突出了屈原的悲情。他给作品取名为《问天》。

冯瑞阳接着又做了第三件作品。老师的草图是恬静的田野风光，有马儿在吃草。冯瑞阳对马有过观摩，画过不少马的素描和油画，对马的了解非常精准。他便改做了几匹马奔跑的造型，头马前半身是立体，后半身是浮雕，后面几匹马是浮雕，表现了群马奔过来的形象，马刻画得身姿矫健，动感十足。他给这个雕件取名为《奔腾》。

当他做完第三个作品时，安老师过来了。老师把这三件作品看了半天，又盯着冯瑞阳看，看得冯瑞阳心里直打鼓，问道："老师，行吗？"

安老师皱着眉头问道："你心里情绪那么大吗？"

冯瑞阳一时语塞，不知如何回答。

"这几件作品都是用最强烈的方式在表达情感。"

冯瑞阳垂下头，说："老师，我重新做。"

"不用了。"安老师说道。

当天晚上，安老师要冯瑞阳到附近饭馆买几个菜，一起吃饭。冯瑞阳在工作间把饭菜摆在桌子上，倒了两杯二锅头，把一杯端给安老师。安老师用手拦住了酒杯，说："不喝了，你喝吧。"

冯瑞阳这时才发现安先生的脸色不好，十分憔悴，便问道："您不舒服？病了？"

安先生点点头，说："有点儿不舒服。"

"到医院看了吗？"

"看了，没什么大事，吃点儿药，休息几天就好了。"

冯瑞阳看安先生不喝酒，他就把倒好的两杯酒喝了，没再继续喝。安老师沉默着没有讲话，吃了几口饭，才缓缓地说起了冯瑞阳刚做成的雕件："你的这几个作品不错。不仅是不错，应该说做得很好。结构大胆，造型奇特，让人耳目一新。人物的表情神态，人体和马的透视比例，都表现得非常精准，说明你油画和雕塑的基础扎实，运用西方写实的手法，使琥珀雕件的形式手法更加多样和丰富。几个作品的立意明确，感情充沛，艺术表现上也非常突出。刀法很好，刀走得精准流畅，艺术感很强，表现得细腻生动。这几件作品水平不错，应该说超出在我这里的毕业水平了。"

安老师说到这里停住了，喝了口茶水，沉吟片刻，话锋一转说："但这几件活我不喜欢，你还没有从我这里出徒毕业。"

冯瑞阳听老师前面对他的评价心中欣喜，这句话却出乎他意料，立刻洗耳恭听。

老师继续说道："琥珀饰品世界各国都有，还有用琥珀作画，做装饰品的，但琥珀雕刻摆件只有中国有，是我们中国传统的艺术品。琥珀雕件有很多讲究。首先要美，美要符合中国人的审美情趣，体现中国文化的特点，还要巧妙地结合琥珀这种宝石的特点，雕出来的东西让人看着喜欢，看着舒服。在题材内容上'画分三科'，要符合中国的艺术观念，寓意要祥瑞吉利。人们把摆件放在案头，放在家里每天看着，或是抒发情怀，或是寄托梦想，或是陶冶情操，要感觉非常美好。在艺术表现上讲究意境，注重神似，要含蓄耐看。"

老师的话说到这里又停住了，他的身体显得衰弱，说得累了，想喝水。

冯瑞阳忙给老师续上热水。老师喝了几口茶水，继续说道："你对琥珀雕刻摆件无论从内容到形式上的中国文化内涵缺少了解，缺少领悟。你的作品完全是不同的路数。我不反对你的做法，也不贬低你的水平。你很有才气，做事执着努力，我很喜欢，也为有你这样的学生感到欣慰。但你在我这里学习，不只学的是技能，主要学的是艺术。你没有在我这里学到应该掌握的东西，我很遗憾。"

冯瑞阳低着头说："老师！我知道了。我重新做。"

"不用了！这不是一天两天能做到的事。每次在我的指导下，你都能按我的要求顺利地完成，只要让你放开自由发挥，你就找不到感觉了，就奔写实的路子去了，说明你脑子里没有。这不是一两天就能改变的。"

"老师！我知道了。我会努力的。"

老师郑重地说："你听好！记住了！老师最大的心愿是，你要把中国琥珀雕刻艺术传承好，发扬光大！什么时候你做到了这一步，你就出徒毕业了。"

"老师！我记住了！"

安先生又喝了几口茶水，问道："你是怎么打算的？"

"您问哪方面？"

"生意呀，生活打算怎么安排，是继续在国外呢，还是回国？"

"国外市场上的生意不打算做了，其实早就不应该做了。当时是因为没有考上国内的研究生，又没有找到跟画画有关的工作才做的生意。后来因为一些事情绊着，就这么拖了下来。"

"明白，能理解。"安先生点点头。

"也不打算在那里了，回国来。"

"那你的琥珀生意也不做了吗？"

"还不想放弃，朋友也不会答应我放弃的。做的时候过去，不耽误。"

"回国后有什么安排吗？"

"还没有。现在国内的形势和我毕业回国时完全不一样了。当时画画的找不到工作，画也不值钱。现在我的那些画画的同学工作都不错，画画也能挣钱了。”

安老师沉吟了一下，问道：“有没有到我这里做的想法？”

“老师要我过来，我肯定愿意了。”

“打算什么时间回来？”

“国外还有不少货，市场集装箱也要处理，回去把这些事情处理完就回国来。”

安先生追问道：“说定了？”

“定了！”冯瑞阳坚定地点头说。

安老师拿起酒瓶，将两只酒杯倒满酒，举起酒杯说：“来！给你送行。”

冯瑞阳迟疑道：“老师！身体不舒服，就别喝了。”

安老师说：“就喝这一杯。记住老师的话，记住老师对你的期待。”

“老师！我记住了。我一定不辜负您的期望。”

师徒二人一起把酒干了。

几天以后，冯瑞阳返回了乌克兰。到了那里，他没犹豫也没耽误，抓紧时间清理，做离开的准备。他把应季的货能在市场卖的，降价做了处理。过季的货，他找来几个常拿他货的客户，低价打包给了他们，用了一个多月把货处理完了。然后把集装箱和库房做了转让。家里还有很多这些年作的画，他把要保留的，打包装箱准备运回国内；已经画好的画，拿到市里画市上给人代卖，卖了让张斌帮忙过来结钱。当然，几位老师朋友他都去拜望，道别。

在处理这些事情的同时，多数空余时间冯瑞阳都是在维克多那里作琥珀画。维克多听冯瑞阳说要回国，端酒杯的手颤抖了一下，洒出了几滴酒，脸上立刻阴郁起来。冯瑞阳赶紧解释说：“我还要来这里做生意，每年少说要来四五次。来的时候，我继续到您这里来学画。”

维克多苦笑了一下，没有讲话。他虽然只有五十多岁，但身体状态要衰老许多，也可能是喝酒喝的，眼花还迷糊，手也微微颤抖不大听使唤，而且越来越明显。长期以来，冯瑞阳一直和他一起作画，慢慢地他对冯瑞阳产生了依赖，而且也只有冯瑞阳陪他喝酒，听他讲话，缓解了他的孤独感，精神上也对冯瑞阳有了依赖。所以他对冯瑞阳的离开十分不舍。最舍不得他离开的自然是张斌了，老是叫冯瑞阳过去喝酒，劝他不让他走。

“你现在不是挺好的吗？有人给你发货，不下本钱。还有琥珀生意，多好啊！关系、路子、黑道、白道都蹚开了，回北京你干什么去呀！不就是为这个女的吗？有什么呀？我给你找，这国家别的没有，就是漂亮姑娘多，明儿我就给你弄一个排过来，你挑。”

冯瑞阳一笑了之。张斌看劝不动他，酒喝着喝着，两串眼泪下来了。

“走！你走吧！我除了我妈死，掉眼泪，这辈子就没为别人掉过眼泪，你走吧！咱们俩就到这儿了，掰了！”

说是说，冯瑞阳走的时候，还是张斌开车送他到机场。不过到了机场张斌没有下车，摆摆手直接开车走了。冯瑞阳估计他是怕控制不住，在大庭广众之下掉下眼泪。

在冯瑞阳回国之前，安先生来电话说，俄罗斯已经把琥珀屋按原貌修复，开放参观了，他要去看看，希望冯瑞阳陪他去。安先生和冯瑞阳约好了时间，就定在琥珀屋里面见面。所以，冯瑞阳没有直接回北京，而是坐飞机去了俄罗斯的圣彼得堡。

冯瑞阳终于见到了憧憬已久的琥珀屋。在这之前他只见过书中关于琥珀屋的文字描述和插图，知道琥珀屋失踪了，没想到还能亲眼看到琥珀屋。长久以来，他对琥珀屋有过无数次的想象，当他进入琥珀屋的时候，立刻沐浴在了明媚的光色里，晶莹、璀璨、华丽、辉煌这些词汇所形容的东西强力地攻占了他的视觉，甚至他身体的全部感觉，他这才知道他的想象力是多么贫乏。

冯瑞阳绝对想象不到琥珀屋是这样的铺张，整个房屋的墙壁全部用大块的琥珀拼装而成，还有许多贵重的宝石镶嵌。铺陈了全部琥珀的丰富颜色，色彩斑斓；聚集了所有不同品类的琥珀晶体，璀璨多姿。这是华丽加华丽的繁复叠加，这是美好加美好的累积堆砌，是琥珀用最奢侈的艺术排列组合出来的最辉煌最华丽的世界。琥珀屋让他惊讶，震撼，窒息！

冯瑞阳学习创作琥珀画和琥珀雕刻，用人工的技艺和琥珀的晶体光色结合创作出了精美的艺术品，但那只是一件。他作画，用画笔和颜料把自然和人体的美压缩进画幅里，但那只是画框中的一个平面。琥珀屋不同，这不是一个平面的光芒，而是立体的辉煌的环绕，这不是一束光、一颗宝石的美丽，而是无数的光、无数宝石色彩的聚集。就像无数的月亮悬挂你的四周，就像所有的星星聚合在一起把你围住。亏了是琥珀，它的光泽柔和，它的宝光内蕴，它的色彩温和，若是别的光芒四射的宝石，人的视觉感觉不知道能否承受，即便是琥珀，仍然华丽得令人炫目，美到让人窒息。

这琥珀屋美到极致，除了拼接镶嵌，用琥珀的晶莹色泽展示宝石的天然美色外，还有雕刻，用琥珀的不同颜色和雕刻构成许多精美的立体图形。其中顶端有飞翔的小天使的立体人物雕像，是用几块白琥珀拼接在一起，然后再雕刻，体形大，雕刻细致，栩栩如生。

这琥珀屋还给他精神上的震撼。作为一名自诩在视觉上发现美和表现美的画者，在这里他发现他想象的贫乏，不敢想也想不到还有如此铺陈、极尽奢华、美轮美奂的琥珀世界。

他觉得他的思想精神有了焕然一新的感觉，有一种开窍的释然，或是一种感悟的升华。对自己的思绪他可能还没有厘清，他没想厘清也没有时间厘清，但他感觉到了，作为一个发现美表现美的画者，对美有了更加开放的态度和没有界限的想象空间。

在琥珀屋，冯瑞阳没有找到安先生。在参观的人群中，他只看到了一个二十多岁的女子，像是中国人。冯瑞阳之所以注意到这个人，是因为在参观的人群中，只有这名女子和他在琥珀屋里待的时间最长，自从进来就没有出去过。两个人都沉浸在这美丽灿烂的琥珀世界里，全神贯注地观赏着这满堂的晶莹光色的细细微微，探究着这巧夺天工的制作，有两次在观看琥珀墙面的走动中两人差点撞到，打了个照面。第一次相互谦让了一下，没有讲话。第二次，两人对视彼此微笑着点了一下头。

这个姑娘有着引人注意的漂亮面容，明亮的眼睛，白净清秀的脸庞。但让冯瑞阳感兴趣的是，这位姑娘有着与众不同的特质，她有画家的眼神，穿戴做派散发出艺术的气息。冯瑞阳注意到，她是一个人来参观的，没有同伴。一个年轻中国女子单独旅游，这在俄罗斯和独联体十分少见。冯瑞阳心里产生了想和这姑娘说话的冲动。

在第三次两个人照面时，冯瑞阳和这个姑娘打了招呼，他微笑着问了声好，然后问："中国人？"

姑娘打量了他一下，矜持地轻点了一下头。冯瑞阳察觉到姑娘虽然没有说话，面容冷静，但对他态度是友好的，便继续问道："在俄罗斯工作还是来旅游？"

"听说琥珀屋重建了，特地来看看。"姑娘终于说话了。

"你是北京人？"冯瑞阳听出了她的口音。

姑娘轻点了一下头，脸上有些笑意，说："你也是北京人？"

"是啊，没听出来吗？没想到在这里碰到老乡。"

他们有一瞥之下的好感，而北京老乡又让他们有了亲近感。

"你呢？是在俄罗斯工作？"

"不是，过去在乌克兰工作。我也是专门来看琥珀屋的。"

"哦！你也是专门来看琥珀屋的？"

"是的，过去对琥珀屋和它的失踪之谜就非常感兴趣，听说重建了，特地来看看。"

两个人低声地聊着，他们都有谈下去的兴致，又都有在琥珀屋明媚的光色映照下形成的兴奋心情和要表达的冲动。

"看来你对琥珀屋非常了解，中国人知道琥珀屋的不多。"姑娘的谈兴越来越高。

"琥珀屋的存在是世界奇迹之一，它的失踪又是世界之谜。我也是在乌克兰读书时了解到的。没想到俄罗斯把它复原了。"

"你对这琥珀屋感觉怎么样？"

"名不虚传！比想象中要好很多，震撼！辉煌、灿烂，无以复加，无可比拟！或者叫无与伦比！"

姑娘点着头，对冯瑞阳的赞叹表示认同，说道："是的，太漂亮了！太漂亮了！过去以为是用琥珀和其他的金银宝石做镶嵌点缀，没想到全部用琥珀拼装镶嵌。”

“而且全部用的是大块优质的琥珀，不知道制成后是六吨还是整个用了六吨料，耗料的比率会非常高。”

姑娘点着头，说道：“是太铺张了，看着让人心疼。我们中国都是用单块琥珀，根据原石的大小和形状，极尽心思去巧构，尽量把料都用上，然后再精雕细刻，制成精美的艺术品。”

“你看上面的人物立体雕刻，都是用大块的白琥珀粘接在一起，形成坯后再进行雕刻。”

“这是欧洲传统建筑风格的雕刻。”

这时两个人不约而同注视着对方，他们对对方有了新的发现。

“你懂雕刻？”

“我正在学习琥珀雕刻。你也懂雕刻？”冯瑞阳反问道。

“是的，这是我的专业，我在欧洲留学学的就是这些。过去在国内也学过琥珀雕刻。”

他们注视着对方，心里都有了一个惊喜，在彼此都欣赏的外貌中居然还有这么难得的共同兴趣。他们的心里都涌起了情感的波浪，相互对视的眼睛虽然都十分含蓄，但显然目光中萌发出情感的触角，泄露了自己内心的喜悦，也窥见到了对方心灵窗户中电流的闪光。

他们一起观赏那琥珀屋展示出的美丽的方方面面，继续聊天，聊琥珀屋，聊琥珀，聊雕刻。他们聊得十分投缘，不仅产生相互间心灵相通的默契，还有一种倾诉的痛快。他们明白一见钟情的感觉已然在他们的心里产生，同时还有机缘巧合的欣喜。他们一直看到闭馆，才恋恋不舍地离开琥珀屋。出了那皇家的宫殿，两人仍然依依不舍，在快要分手的时候，冯瑞阳问道：“你是一个人来的俄罗斯吗？”

“是的。你呢？”

“我现在也是一个人。我们可以认识一下吗？”

“当然可以！我叫安琪。”姑娘大方地报了自己的名字。她听到冯瑞阳的名字后，评论了一下说："瑞阳，你的名字挺阳光的。你说现在是一个人是什么意思？"

"原来我是和我的老师约好一起来看琥珀屋的，琥珀屋重建和开放还是老师告诉我的，但今天没有见到老师。有可能他有什么事情耽误了，我想明天应该能见到他吧？"

"哦！原来是这样。"

"你不会俄语，来俄罗斯非常不方便吧？"

"非常不方便。"安琪摇摇头说，"俄罗斯人会英语的不多，出租车司机也都不会英语，也没有英语标识，餐馆也没有英语菜单，走路吃饭都不方便。"

"你住的地方怎么样？"

"贵，非常贵，比欧洲还贵。而且条件不怎么样。"

冯瑞阳灵机一动说："那你还不如换到我住的旅馆呢？我住的旅馆便宜，条件都差不多。"

"可以吗？我的钱都已经交了。"

"没关系，我和他们说，走！"冯瑞阳不由分说，在街边打了辆出租车，拉着安琪上了车。

路上安琪怀疑这事办不成，已经傍晚了，旅馆怎么可能同意退全款呢？没想到到了旅馆，冯瑞阳找到俄罗斯大妈型的前台负责人，用俄语谈了一会儿，俄罗斯大妈居然把钱给退了。两个人高兴地到房间取了安琪的拉杆箱走了。安琪诧异地问道："你都跟她怎么说的，她真的把钱给退了？"

"我就说我们白天没住，夜里也不住，为什么要收钱？俄罗斯人一般都很讲理，只是多数时间他们十分教条。"

他们打了车，去了冯瑞阳住的旅馆，登记住宿，价钱便宜了很多。安琪对冯瑞阳表示了感谢。安顿好之后，两个人一起去附近的咖啡馆吃饭。在餐桌边两人面对面坐下，冯瑞阳笑着问："有翻译了，想吃什么？"

安琪也是笑吟吟地说："我们AA制？"

"一听就是在欧洲留过学的，我们中国男人要脸。"冯瑞阳幽默地说道。

两人相视笑了。他们点了喜欢的饭菜，还要了一瓶格鲁吉亚红酒，两人喝着红酒，吃着饭菜，不停地聊着天。他们的脸上洋溢着两人相处的愉悦神情。他们聊琥珀，聊他们所有感兴趣的话题，没完没了地聊着，不时还发出会意的浅笑，直聊到咖啡馆关门——他们是最后走出的客人。

到了旅馆，他们约好明天继续一同去琥珀屋，便道了晚安，各自进房间休息。第二天早晨，他们一起再次去了琥珀屋，继续参观，感受那聚集了琥珀丰富的光泽的辉煌，欣赏那集合了琥珀全部色彩的斑斓美丽，体会那无数星辰环绕的震撼。冯瑞阳还是没有见到安先生。

中午，冯瑞阳想往北京打个电话，问问安先生是什么时间出来的，怎么还没到。他和安琪说了自己的想法，安琪说正要给北京家里打个电话。他们就出了琥珀屋，去了电话局。安琪先到电话间打电话，她打完出来，冯瑞阳再进去打电话。他拨通了安先生家里的电话，没有人接。他又试着拨了安先生的手机，没想到手机通了。

"老师，我是冯瑞阳。您怎么还在北京，没有到俄罗斯来?"

"是啊！我有些事情给耽误了，没有去成。"

"哟！那您不过来了?"

"我过不去了。琥珀屋看了吗?"

"看了。"

"感觉怎么样?"

"非常好！不虚此行，超出了来之前的想象，老师您应该来看看。这样，我在这里等您几天，您过来吧。"

"我现在过不去了。你看完琥珀屋，不要着急回来，玩一玩，转一转。另外碰见合适的女孩子，要抓住，要追求，岁数不小了。"

"哦！知道了。"

放下电话，冯瑞阳心里觉得奇怪，这老头儿真神了，就好像知道现在他身边有让他心动的女孩子一样。出了电话间，冯瑞阳摊开双手对安琪说："我的老师不来了。"

他没有注意到，安琪的脸上浅浅地红了一下。他们一起到咖啡馆吃午饭。冯瑞阳问安琪接下来还有什么打算。安琪说没有什么打算。冯瑞阳便邀请她一起游历俄罗斯。安琪矜持了一会儿，脸红了，轻轻地点了点头。她明白接受这个邀请意味着什么。

冯瑞阳自是心花怒放，他知道当他们一起登上去莫斯科的火车时，他们感情的列车也开上了那通往未来的轨道。他们游莫斯科，逛红场，品俄式大餐，聊着他们以往在国外的见闻，聊着他们青少年时期在北京的各种趣事，聊着各自的家庭，聊着各种没完没了的话题。然后，他们登上了横穿西伯利亚的火车，在漫长的旅程中饱览俄罗斯那广袤的田野，浓密的森林和连绵的山脉。这时，他们的手牵在了一起，他们的身体依偎在了一起。他们谈事业，谈人生，谈爱情。

他们在伊尔库茨克下了火车，去贝加尔湖游览，准备在那里小住，脱开人生的轨迹，摆脱世俗的桎梏，让自己彻底放松，把他们的身体、精神、爱情融进那自然纯净的美丽山水里。早晨，他们在岸边依偎在一起，在冉冉升起的朝阳中，诉说着爱的海誓山盟。白天，他们张开双臂在湖水边奔跑，欣赏着纯净的湖水泛起的水晶般的波浪，徜徉在湖畔宛若仙境的无限风景中。傍晚，在落日时分，他们接吻，把浓情蜜意写在满天的彩霞中。晚上，他们不假思索地推开了房中的隔断，在那传统的原生态的木屋里，毫不犹豫地把对方拥进自己的身体，尽情地享受那激情燃烧的美好感受。

冯瑞阳经历过爱的创伤，但他不知道安琪也有和他类似的经历。安琪在留学期间，受到一位比利时硕士生的狂热追求，安琪在犹豫一段时间之后，接受了他的爱，但在经历了一段短期的狂躁的爱的交流之后，又经历了感情冷落的失望和分手的痛苦。他们两个人都在爱情上受过委屈，都在感情蓬勃时期没能尽兴戛然而止。遇到中意的对象，投缘的伴侣，感情就像开了闸的洪水，自然而然喷涌而出，还源源不断。他们不吝啬爱，只是希望献出爱的同时，也享受真诚的回报。他们都有和外国人谈过恋爱的经历，和西方人恋爱开始简单，能很快很热烈地推向高峰，但这之后你就拿不准了，不知道他（她）的真实想法，不清楚他（她）以后的事情如何处理。还常在睡醒之后，对身边的他（她）有陌生的感觉。

冯瑞阳和安琪有相见恨晚的感觉，好像他们早就相知，他们相互信任，知道自己在对方的心里，知道自己的情感得到了对方的全力回报，所以他们也放心未来。就在这贝加尔湖畔，他们订了婚，并且决定回北京就结婚。他们还确定了一个共同奋斗的人生目标，他们要建一间琥珀屋，属于他们的琥珀屋。

他们高高兴兴地回到北京，迎接他们的却是晴天霹雳！安琪的父亲癌症晚期已经身在医院。他们慌张地跑到医院，安琪流着眼泪扑到躺在病床上的爸爸身上，急切地询问爸爸的身体状况。冯瑞阳这时也吃了一惊，原来安琪的父亲就是自己的雕刻老师安先生！

冯瑞阳这时明白了，原来这琥珀屋的爱情是安先生布的局。老师看中了冯瑞阳，想让他和自己的女儿结百年之好，却又不愿意以老师之尊和父亲之严撮合他们，所以给他们安排了一个自由恋爱的机会，让他们一见钟情，自然地发展恋爱关系。老师真是高人，说明他对自己的学生和女儿都非常了解，早就知道他们两人会按自己的安排自动上道。

让冯瑞阳感动的还有，这是老师知道自己得了绝症不久于人世所做的安排。安先生招手让冯瑞阳靠近一些，眼中充满了慈爱。安先生从旁边站着的妻子手里接过三本红皮烫金的证书，打开给冯瑞阳看，说道："你这次雕刻的《吻》《问天》《奔腾》，都获国家奖了，一个一等奖，两个三等奖。"

冯瑞阳接过证书，打开来看，心想：老师虽然不喜欢他的作品风格，还是给他报名参赛，爱徒心切。他感动得泪水抑制不住地流了出来，抽泣着说："老师！谢谢您！"

安先生说："这些对你将来业务大师的评定会有帮助。但我的话不要忘了，你还没出徒呢！"

"老师！我铭记在心。"

安先生嗔怪道："怎么？还叫我老师吗？"

安琪赶紧过来拽了冯瑞阳一下，两个人牵着手，并排站在安先生的病床边，冯瑞阳羞涩地叫了一声："爸爸！"

安先生说："我把闺女托付给你了！我不会看错的，相信你这辈子会待她好的。"

“爸爸！您放心！”

“爸爸！您净瞎想什么呀？您的病能好，且活呢。”

安先生看上去十分虚弱，他干笑了一下说：“但愿吧，我能活下去也是你们的福气。你们站好，我还有话说。”

两个人在老人面前站好。安先生缓了缓气力说道：“还有一件事托付给你们俩，把琥珀雕刻技艺传承下去，把‘琥珀艺坊’发扬光大。”

两个人点头答应着。安先生这时满意地闭上眼睛，他显得十分疲惫，他累了，放下心休息了。没有多久，安先生便去世了。

冯瑞阳和安琪接手了“琥珀艺坊”的运营，改名为“阳琪琥珀艺坊”。

半年以后，冯瑞阳和安琪结了婚。

第二十七章　从泥洼里冒出来的太阳

冯瑞阳自从回北京与安琪结婚，共同经营琥珀艺坊后，每年还会去几次乌克兰，给陈先生和自己进琥珀原料。他每次去都要拜访老朋友——尤里老师和奥列格。尤里在颜色革命后卸任了部长，两年后到一个州当了副州长，还做了四年的驻外大使，后来又做了国会议员。冯瑞阳每次都会到维克多那里和他一起作琥珀画，还收购维克多的一些琥珀画到中国来卖，做推广。每次还都是维达利克给他联系琥珀货源，艾丽夏出具出口手续、包办运输通关。每次过来他都住在张斌家里，他没有找过也没有见到过拉丽萨，还有葛丽娜。

冯瑞阳最后一次去乌克兰是三年前，对于他来说，那是一次痛苦的经历。先是维克多病了，是肝癌，发现时就是晚期了，住进了医院。是巴格丹告诉冯瑞阳这个消息的。巴格丹大学毕业以后，来到北京语言大学进修汉语，快毕业了。他是在北京给冯瑞阳打的电话。冯瑞阳正好要去乌克兰进货，机票都买好了。得到这个消息后，他改变了行程，第二天就和巴格丹一起坐飞机赶到了乌克兰。

他们下了飞机就直奔医院，在特护病房见到了躺在病床上的维克多。维克多的脸有些肿胀，胸腹部鼓起，已经没有气力坐起来了，脸上是病痛中挣扎的痛苦表情。他看到他们的到来，特别是看到冯瑞阳，眼睛中闪现出欣慰的神情，点了点头，费力地轻声说道："谢谢你，能赶来看我！"

维克多的妹妹从莫斯科过来，这几天一直在医院看护他，对他们讲了病情。她满眼泪花抽噎着说："已经扩散了，医生说已经没有办法医治了，可能就这几天了。"

维克多看来已经知道自己到了生命的尽头。他的脸上虽然满是痛苦的印记，眼睛里却流露出泰然的神情，他的枕边放着妻子达妮娅的照片。

这里医院危重病人全部由医护人员看护，不允许家属陪床，只要求家属在门外等候。当天夜里巴格丹守在这里。冯瑞阳走的时候握着维克多的手说："我明天再来看你。我先不走了，等你病好了我再回中国。"

维克多的眼睛湿润了，微微点了点头。当天夜里维克多就去世了。

冯瑞阳问："他临走前说什么了？"

巴格丹摇摇头说："什么都没有说。"

维克多的妹妹伤感地说："说了，他一定说了。前几天他每天都拿着达妮娅的照片说，我们很快就要到一起了。"

冯瑞阳听了这话眼睛又湿润了。冯瑞阳参加完葬礼，道别的时候，维克多的妹妹叫住了他，说："维克多有遗嘱。他留下的琥珀画全部赠送给你。"

巴格丹问道："我爸爸还说什么了？"

"只有这么一句遗嘱。"

冯瑞阳的眼里再次涌出了泪水。维克多遗留在家里的和商店没有卖出的琥珀画一共十幅。冯瑞阳觉得自己全部拿走不太合适，就叫维克多妹妹和巴格丹各挑几幅留作纪念。他们两人各挑了两幅，余下的六幅就全部归他所有了。

冯瑞阳眼中含着眼泪把这几幅画摆开，维克多老师弥留之际想着他，感念他多年的陪伴，把自己最珍贵的遗产留给了他，让他深深地感动。这些画都是维克多作品中比较好的，一般的便宜的作品都卖出去了，这些档次较高的作品由于价格贵，没有卖出去，现在都留给了他。他一幅幅地看着，每一幅都非常精美，显示出大师级的艺术水平和精湛技艺。但是也有缺憾，作品缺少充沛的情感力量和强烈的艺术感染力，细节的处理也有些呆板，少了些生动和精妙的艺术灵感。这也不足为怪，这些都是维克多近几年的作品，爱人不幸去世，痛失所爱，心神丢失，画魂不在。另外生活困顿，精神压抑，这些都会影响艺术家的创作心理，反映到他们的作品上，这是令人惋惜的。

下面冯瑞阳就开始办进货的事。

这几年走货，冯瑞阳不到产地去了，由于大家都熟悉，渠道也固定，他都是在基辅接货、验货、付款、发货。但这次他准备亲自去一趟产地。因为他准备创作的一些作品需要大块的、颜色还要对的琥珀，所以他要到琥珀产地亲自去挑料。张斌劝他不要去，说听来餐馆吃饭的中国大使馆的人说，最近有两起中国人带着钱去产地收琥珀，一去不回地失踪了，到现在连尸首都没找到。张斌说："现在琥珀价格涨起来了，黑道都争着做这生意，经常为争地盘打起来，去那里太危险了，还是在这城里订货交货，安全。"

可冯瑞阳知道这样拿不到想要的好料。他就给维达利克打电话，让他联系好，并开车一起过去。维达利克对冯瑞阳还是有求必应，并没有因冯瑞阳回国发展而有所变化。他联系好货源之后，就去接冯瑞阳了，这次带着司机开了辆宝马X5，他陪冯瑞阳坐在后座上。

这几年维达利克也逐渐转型做了不少生意，黑道生意并未完全脱身但减少了很多，据他自己说打打杀杀犯案的事不做了。他在乌克兰和俄罗斯之间做一些酒类生意，有时也代人去欧洲进过货。还去中国进过游戏机和通信设备，是冯瑞阳接待的他，帮他办的。那次冯瑞阳还抽出几天时间陪他在北京玩了个遍。

这次车行驶在路上，冯瑞阳明显地感觉与过去有了很大的不同。在接近拉丽萨家乡时，看到警察查车，特别是进入森林中的道路后，竟然看到许多身穿防弹服持枪的特警在巡查，从林区中出来的车全部被仔细检查，就像是反恐战争的封锁线。这让冯瑞阳觉得紧张，问道："哟！这是干什么？这么多警察，还全副武装，要打仗？"

"查琥珀。"

"现在查得这么严？"

维达利克点头说："现在和以前不一样了，查得严了。"

"那这个生意还能做吗？"

维达利克不屑地撇了下嘴说:“这不过是摆摆样子，每天查一两块琥珀，动用这么多警察，演戏一样。”

“是吗?”

“这生意要是断了，他们到哪里挣钱去呀?”维达利克朝车外的警察瞥了一眼，继续说:“他们这么一搞，生意反倒越来越火了。”

“那是为什么?”

“他们实际上倒保障琥珀的外运了。另外，多了分钱的，肯定要多生产才能够分的，所以产量更大了。”

“你们国家为什么不像波兰、丹麦和其他琥珀生产国一样，建立正规的国家管理的琥珀产销渠道呢?”

“好几次有人在国会提案立法，都没通过。”

“为什么?”

维达利克笑着说:“很简单，这样他们个人就都没钱挣了。现在这个琥珀生意表面是说黑道控制下老百姓盗采，实际上老百姓才拿几个钱?黑帮也只拿一部分，大部分钱是当地官员、警察和政府部门的官员拿去了。如果都纳入国家正常管理，政府官员就都没有钱了，所以他们不可能让立法通过。”

冯瑞阳摇着头，慨叹地说:“怎么会是这样呢?”

维达利克却哈哈笑了起来，拍拍冯瑞阳的腿说:“我们这里的部长、州长、政府官员，还有那些议员办什么事，想的都是‘我’有没有利益,‘我’能不能挣钱，其他的都不在他们考虑范围之内。即使对国家老百姓再好的事，他们个人没有利益，捞不到钱，他们也不会干的。”冯瑞阳感叹地摇了摇头。

他们这次去的是拉丽萨家所在村庄，考虑的是那里人熟，挑料方便些。汽车经过一段林中的破旧的路就到了冯瑞阳熟悉的村庄。村庄仍然深陷在葱绿的树木里。只是多年没有来这里，冯瑞阳发现村庄新了许多，很多房子都翻新改造了，门窗墙壁房顶都采用了新的材料，房子显得现代了。但道路没有什么改善，村庄还是原来的模样，车行在村庄里，没有碰见什么人，村里和过去一样很冷清。

他们的车还是照原路开到黑帮的据点，那个偌大的简易的仓库式的房间，还是过去的样子。接待他们的还是原来那个黑帮头目，仍然胡子拉碴，没经过修饰，显得苍老了一些，头上毛发多了些白色。冯瑞阳搞不明白，几年过去了，他在黑帮里面没有升迁，还在基层干着。他还认得冯瑞阳，并不热情，但友好地握手打招呼。

他知道他们的来意，打开里间的门，让他们去挑货。里面堆放的琥珀原石不多，只有几个桶装了多半桶。他说：定货等货的人多，存不住货，这些货都是今天现找的。冯瑞阳挑了一些大块的琥珀出来，里面琥珀少，没用多长时间。他和维达利克商量，想到琥珀的挖掘现场去看看，多找一些。维达利克和那黑帮头子说了，他没有反对，指了指方向，叫他们去了。

他们开车出了村庄，朝森林深处走去。都是坎坷不平的土路，两边的土地上到处是挖掘过琥珀的痕迹，坑坑洼洼的，已经长出了荒草。路过拉丽萨家的田地，也满是坑洼，早已荒废。车走了很远，没有见到挖掘琥珀的人群，看来村庄周边的地方都已经挖遍了。他们的车又走了一段路，终于看到了挖琥珀的人，他们找地方把车停下，下车来看这琥珀的挖掘现场，那场面让冯瑞阳震惊不已！

挖掘现场跟过去完全不同，场面十分浩大，有几百人甚至上千人，三五人一组地挖掘。他们的挖掘方法也不是过去用工具深掘，干挖，而是采用水冲的方式，这样就形成了成片的泥塘水洼，散布在森林边缘几公里长的宽泛土地上。

这是让人震撼的场面！在那森林边缘的地方，横躺着一些粗大的树干，露出沾满泥土爪般的丑陋的树根，原来这到处泛起泥浆的沼泽，是砍伐树木扩展形成的，是侵蚀了绿色森林和草地的结果；仿佛大地被撕去了皮肤，裸露着丑陋不堪的疮痍和灰色的脓水般颜色；就像大自然生机盎然的绿色肌体上感染的溃疡，而且还在继续流淌感染扩大……

这是令人战栗的场面！当然，这只是冯瑞阳观望后的内心感受。维达利克的感觉完全不同，他看到这场面很是兴奋，觉得十分有意思，拉了冯瑞阳凑到几个人正在干活的水坑边，看他们做活儿。

这些人先用铁锹挖一个浅坑，然后用一架柴油机带动的高压水泵从附近的水渠里抽水，加压将水输送到软管中。软管前面是水枪，水枪上绑着一支长长的木杆，人站在坑边手持木杆用水枪朝坑底喷水。水枪喷出的水十分强劲，能把坑里很深的土冲击成泥浆翻上来，很快将这个坑变成了一个泥塘。琥珀的密度重于清水，但不知为什么却轻于这里的泥水，原本埋在土里的琥珀就漂了上来，有人在长杆上绑着网兜，把漂在泥水上的琥珀捞上来。

冯瑞阳看现场还有用消防车和卡车上拉的水罐进行冲水作业的。乌克兰人工作向来慢吞吞地按部就班，这琥珀的开采现场可颠覆了冯瑞阳对乌克兰人工作的印象。这里的人们工作节奏快，架势大，几近疯狂。

附近这些采琥珀的人冯瑞阳都没见过，不像是这个村庄的人。他躲开水洼，挑干的地方朝里面走去，想找找村里的熟人。

他走了很久，看了十几组人，才看到一个过去在拉丽萨家喝过酒的村里人，正带着几个家人冲水采琥珀。他过去打个招呼，那人还认识他，指着前面说:“瓦夏在那里。”

冯瑞阳顺着这人指的方向走了过去。瓦夏认出了他，先和他打招呼，停下手里的活，过来和他握手。冯瑞阳这才辨认出瓦夏，这么多年过去了，瓦夏变化很大，已经从少年成长为成年人了。他的妹妹也在这里，已经是二十来岁的大姑娘了，冯瑞阳根本没有认出来。冯瑞阳指着采掘现场，问道:“怎么这么多人挖呀？而且都不是本地人。”

“现在不管哪儿的人，买票就可以挖。”

“买票?”

“就是给黑社会交钱。”

“现在怎么用水冲着挖呀?”

“这样快，收获多。每天买票七百美元，照过去那样挖，挖不了多少，全得赔。”

“你是说每天都要交七百美元?”

“是啊，不然不让挖，我们一起。”他指了指妹妹和其他两个同伴。

“那你们还能挣到钱吗?”

“一般都能挣到，挣不到的时候少。”

冯瑞阳看他们正在忙，不好耽误他们的时间，和瓦夏说好请他帮忙收集大料后，就走了。瓦夏朝他们的背影喊着，叫他们晚上到家里吃饭。冯瑞阳想今天肯定走不了了，和维达利克商量一下就答应了。

晚上，冯瑞阳他们到了瓦夏家里才知道，瓦夏已经结婚，妻子是位长得不错又朴实能干的姑娘，他们还生有一个两岁男孩。瓦夏的妹妹还没有出嫁，跟他们住在一起。瓦夏现在已经没有过去的影子，俨然成了大老爷们，一家之主。家里的房子是翻盖过的，家具电器都是全新的，也很齐全，生活看起来不错。不用问，这肯定是挖琥珀挣的钱。

瓦夏把当天挖的琥珀，还有收集来的大块琥珀全交给了冯瑞阳。冯瑞阳当即上秤把钱付了。瓦夏的妻子把饭菜做好摆上了桌子，菜还都是传统那些菜，酒依旧是伏特加。

他们边喝酒边聊着。瓦夏说拉丽萨自结婚去欧洲以后就没有回来过，拉丽萨的妈妈回来过很多次，还带着葛丽娜一起回来过。两年前妈妈去世了，瓦夏他们去参加了葬礼，见到了拉丽萨。她已经从意大利回来了，现在居住在基辅。瓦夏对于现在的生活十分满意，他们这穷乡僻壤，过去温饱都成问题，采挖琥珀改变了他们的生活，村庄里的人都富起来了。他们喝了两瓶酒就没有再喝，当晚冯瑞阳他们就住在这里了。

第二天，冯瑞阳他们又去了采挖现场。今天他和维达利克就在现场穿插到处看，看到哪里捞上来大块的琥珀，当时就付款收上来，放到车上。就这样大半天下来，收上来的大块琥珀装了五个大编织袋。收获了这么多又大又好的琥珀，大大地超过了他们的预期，冯瑞阳非常高兴。

正当他们收拾准备开车走人时，却出事了！他们听到远处有人高声喊叫，引起一阵喧嚣。转头望去，好像瓦夏那里有人落水了，几人正在拼命施救。冯瑞阳大吃一惊，和维达利克忙跑了过去。当他们跑到的时候，人已经被救了上来，平躺在水塘边，瓦夏正伏着身子做人工呼吸。

落水的是瓦夏的妹妹。原来她站在水塘边拿着长杆的网兜抄子在捞浮上水面的琥珀，塘边的土地被水侵蚀坍塌，她陷进了泥塘里，泥浆立刻把她淹没了。瓦夏和两个同伴用长杆捞，捞不上来，几个帮忙的人搬来了一截树干扔进水里，瓦夏和一个同伴跳进泥水里，一只手抱住树干，一只手将妹妹捞起，送到水塘边，由岸上的人拽了上来。但人已经没有了呼吸，瓦夏赶紧做人工呼吸，做了很久，人还是没有抢救过来。

有人喊："赶紧送医院！"

没有人回应，这里离医院有十几公里，去医院已经没有意义了。一个同伴继续做人工呼吸……瓦夏一屁股坐在泥地上，累得气喘吁吁。他傻了一般，呆呆地看着眼前的妹妹，一会儿几滴泪水从他的眼睛中滚落出来，再一会儿满脸泪水……妹妹已经没了，人们放弃了抢救。

瓦夏把导致妹妹落水的长杆网兜用木棍捞了上来，抄了里面是一颗硕大的扁平型的琥珀。他拿起这颗琥珀，举在空中对着太阳看着，琥珀发出了太阳的光芒……

乌克兰人把琥珀叫太阳石。

瓦夏的泪水再次喷涌出来，他喉咙里怪叫了一声，然后，他哭出了声……这场景深深地刺激了冯瑞阳……

冯瑞阳得到了他从事琥珀生意以来最大的一块琥珀，这块琥珀足足有五千克重。这是冯瑞阳最后一次从乌克兰进琥珀，从那以后，他就再没有去过乌克兰。

第二十八章　颜色革命浪潮下的琥珀生意

这是冯瑞阳三年后再次来乌克兰，十多个小时的飞行终于到了，飞机追着太阳飞，这一天显得格外长，到基辅已经晚上了。接他的还是张斌，坐进汽车上了路，他问："我住哪儿？"

张斌说："住我那儿。"

"你那里有老婆孩子方便吗？"

"没事，今天就我一个人。"

"哦！那行。他们去哪儿了？"

"去东部了。"

冯瑞阳见张斌情绪不高，闷闷不乐的，也不爱说话，不知道因为什么。他们到了张斌的住房，张斌将早已准备好的菜下锅里炒了，摆上桌来，倒上伏特加，两人开始吃喝起来。

冯瑞阳看房间里很乱，好像是要搬家的样子，便问道："你这儿怎么这么乱呢？搬家呢？"

张斌喝了杯酒，叹了口气说："确实搬家，整个搬走了。"

冯瑞阳十分诧异，问道："全搬走？餐馆呢？不干了？我还以为现在广场又闹革命，你又卖上盒饭了呢，生意又好了，忙得不可开交呢。"

张斌叹了口气，这才说了事情的原委。这几年乌克兰反俄罗斯的情绪越来越强，越来越表面化。阿乐桑娜是俄罗斯人，开餐馆以后陆续认识了一些基辅的俄罗斯人，来餐馆就餐的俄罗斯人也越来越多，有时候还接待一些俄罗斯人的团体聚会。这次颜色革命主要特征之一就是反俄，其间俄罗斯人的团体也组织了一些反对游行。这期间，张斌的餐馆接待了几次俄罗斯人团体的聚会，这些聚会实际上是这些团体利用这个场所召开的游行准备会或者叫对策研讨会，就吃一顿份饭便餐。由于在白天，不影响晚上餐馆的生意，张斌就答应了。他只注意到了经济效益的因素，却没有考虑到政治因素。

反俄团体注意到了这里的聚会，他们在餐馆里面和外面与俄罗斯人团体发生了一些言语冲突，然后他们招来了大批人员，包围了餐馆示威，和俄罗斯人团体在餐馆的内外互相叫阵对骂。张斌慌忙报警，警察全调到广场上对付上百万的群情激愤的革命群众去了，哪顾得上管这里的事，来了几个警察根本不起作用。双方的叫骂逐渐激化，最后对峙演化成冲突，语言的喧嚣示威变成了激烈的暴力武斗。

先是街上的群众用大棒子把餐馆的门窗全都砸烂了，抄起砖头石块朝里面一通砸。餐馆里的俄罗斯人团体抓了盘碗杯瓶往外面的人群里扔，又把餐馆里的桌椅全部分解，变成棍棒拿在手里，就在餐馆和大街的交界处，棍棒乱舞，石块翻飞……最后的结果不难想象，十几个人重伤住进了医院，大街上一片战后的残破，连人行道上的地砖都被扒了。餐馆就更惨了，全被砸烂了，除了刀叉几乎没一件整东西了。

更让张斌惶恐的是，餐馆还被乌克兰的革命群众记入了黑名单，餐馆被砸成这样了，还有人去餐馆不依不饶地声讨。革命群众知道了他们还有一个小餐馆，一群人过来捣乱。吓得他们赶紧关张，躲起来连面都不敢露了。

眼见基辅不能待了，他们决定去阿乐桑娜的老家，那里俄罗斯族人扎堆，具多数优势地位，房价也便宜。他们把基辅的房子卖了，又拿出一些积蓄，在那里买了一套楼房，又盘下了一个餐馆，准备继续干。这儿大正在搬家，大餐馆没有东西可搬了，房东还对他们提出赔偿要求。他们肯定不同意，是革命运动造成的损失，又不是他们砸的。房东向法院提出了诉讼，等着看法院怎么判吧。因为冯瑞阳过来，张斌特地放下工作从东部来接他，这套住房距房租到期还有几个月，所以可以让冯瑞阳住。

冯瑞阳听到张斌的叙述十分震惊，他待了十几年的乌克兰几乎让他不认识了，眼下这颜色革命可不像国内电视新闻轻描淡写介绍的那样，没想到深入到了底层，还这么暴烈。他说道：“过去觉得乌克兰人的素质挺高的，上次颜色革命也没有这么暴力呀。过去两派政治立场不同，也就是相互争吵叫骂，都很理性，没有暴力武斗，现在怎么都这样了？”

“现在不一样了，现在这人点火就着，火气大得很。而且有好多年轻人现在是什么‘新纳粹’，信仰希特勒，喜欢暴力。”

“社会越来越倒回去了，文明倒退。”

“这个国家，你不知道他们要干什么，欧盟给他们的条件那么苛刻，他们居然会同意。俄罗斯对他们的帮助最大，他们国家有一二百万人在俄罗斯打工挣钱，他们却反俄。咱们中国搞民族团结，他们这儿搞民族分裂。咱们搞不清楚他们怎么想的。”张斌喝着酒，抱怨着。

“咱们刚留学那阵，说独立了，民主宪政了，就长期稳定了，就发展了，现在反倒没完没了地闹上革命了。”

“二十多年了，建设不搞，经济不搞，老百姓不管不顾，净闹这个。”

“东部那边怎么样？”

“也闹腾，不过那边有时有晌地闹，集会两个小时就散了，不像这边天天闹，夜以继日地闹。另外那边是亲俄的闹，跟这边相反。”

“那就先停停，看看形势再说，不行就回国待些日子去。”

“阿乐桑娜非要过去，不过那边比这里平静，俄罗斯人在那边不受挤对，不吃亏。别说，老婆孩子都闹着要去中国，可回国干什么呀？我妈不在了，虽说有房子住，可北京现在是高消费，这一大家子人，不挣钱光花钱，我这点儿钱哪够呀。还得有个生意。”

“那边生意怎么样？”

“那边比这里还穷，但房子买了，是自己的，经营上没什么成本，就是多挣少挣的事。”

“你怎么不早告诉我呀？”

“就这几天发生的。事情都这样了，我告诉你，除了让你替我着急，还能做什么。”

“行！等我办完了事，去你的新餐馆看看。”

“我给维达利克打过电话，他去波兰了，这两天就回来。他让我代他向你问好，说回来后陪你。”

第二天，张斌把房子钥匙交给冯瑞阳，他开车去了东部，忙他的事情去了。当天上午，冯瑞阳就和尤里老师见了面，约在一个僻静的咖啡馆，一起见面的还有艾丽夏。他们热情地拥抱问好后，就立即把话题转到这次琥珀的拍卖上面。尤里问艾丽夏：“已经登报公示了吧？”

艾丽夏答道：“登了，就一小块版面，没人注意。”

“日期呢？”

“都登报了。”

尤里又问冯瑞阳：“你这边准备得怎么样？”

冯瑞阳从包里拿出文件夹，取出陈先生香港公司的所有法律文件的原件、复印件和证明文件以及委托书。尤里点着头看着，问道：“还没有翻译？”

“嗯。”

“你带他翻译一下。”尤里对艾丽夏接着说道，“在报名之前，先和奥列格见个面，具体的事安排好了再报名。”

艾丽夏点头答应着。

“您看这事不会有什么岔子吧？”冯瑞阳谨慎地问道。

“不会。这事由奥列格负责，奥列格当了副部长，你知道吧？”

“我不知道，很久没有见他了。是他负责，那好。”

“你放心，这事范围很小，都在掌握之中。”尤里胸有成竹地说。

“现在这个局势，您怎么判断？”

“估计现执政者要下台，这是普遍的看法，所以现在很多事都在抓紧办。”

“但我看新闻里，现总统还是挺强硬，而且也有不少支持者。”冯瑞阳说道。

“执政者肯定想保住位子，因为下台就意味着进监狱，没有其他的路。

但强硬是表面的，背后也想妥协，关键要看美国和西方的态度。”尤里用洞悉的口吻和轻松的态度诠释着当前的局势。

他们简单地吃了些糕点，就离开咖啡馆分头办事了。艾丽夏带冯瑞阳先去政府认证的翻译所，做了加急的翻译。然后给奥列格打电话约见面，奥列格没有让他们去办公室，而是约在咖啡馆见面。冯瑞阳和艾丽夏先到，要了啤酒边喝边聊。冯瑞阳回国以后每次到乌克兰进琥珀都是艾丽夏办理通关运输，常见面，二人关系一直十分融洽，所以聊起天来没有什么忌讳。她说：“现在政府机关全都人心惶惶，都在想办法捞钱，为自己找后路。”

“你认为政府会很快倒台吗？”冯瑞阳感觉到这里面的风险。

“快倒不会，哪那么容易呀，他们肯定要坚持。”

“不会对我们现在的事有影响吧？”冯瑞阳怕拍卖的事做了一半，政府倒台了，可就不好办了。

“不会，你放心，我们很快把事情办完，钱打过来以后，我马上把货给你发了。”

不久，奥列格到了，他是一个人来的。冯瑞阳很久没有见奥列格了，发现他老了不少，也是五十多岁的人了，比过去胖了些，官僚气也明显了很多。不过见了冯瑞阳和艾丽夏倒没有了官样，笑着拥抱问好，和以前一样。他们要了啤酒和沙拉，喝着啤酒谈着事。奥列格先问道：“他们把事情都和你说了吧？”

冯瑞阳说：“都说了。”他拿出文件递给奥列格。

奥列格看了冯瑞阳的所有文件后点头说：“没有问题。”冯瑞阳问道：“一共有多少货？”

“有几吨，大概五吨吧，都是这几年海关扣的和各地方缴获的。具体数目到时候告诉你。”

“东西怎么样？”

“全是好东西，跟你过去进的琥珀一样啊，拍卖前让你看货。你放心，我能坑你吗？这次不仅让你拿到好货，还让你拿得便宜。我们是最好的朋友嘛！”

“拍卖，你能有把握拍到我手里吗？”

“那不是我掌握的吗？”

“我还是没弄明白，拍卖不是透明的吗？你怎么保证到我手里？”冯瑞阳还在刨根问底。

“这你不用管了，到时候你就按我说的做就行了。你就告诉我，钱备好了没有？”

“钱准备好了，全部美元，不会有问题的。”

“那就行了，其他的你不用担心。明天你们去报名，别提我，面上的事该怎么办就怎么办。”他对艾丽夏和冯瑞阳说道。

三人喝着啤酒又聊起了别的事情。冯瑞阳又问起了现在的革命形势和发展前景。奥列格和尤里的看法相反，他说：“政府怎么可能倒台？这是选举出来的政府，我们是民主社会。你不同意他，反对他，可以在下次改选时不投他的票，但你不能让一个合法政府在任期内下台。你别看广场上闹，没用。”

冯瑞阳觉得奥列格的话是特意说给他听的，好让他安心。但奥列格的话也有几分道理，他还真觉得安心不少。

第二天，艾丽夏和冯瑞阳去办公室报名，接待他们的是一个不到三十岁的年轻女公务员。这公务员耷拉着脸了，态度冷漠，这在乌克兰的公务系统中倒是司空见惯。她看了冯瑞阳带的所有文件，没挑出什么毛病，认为他们符合条件，同意了他们参加竞拍的申请。她收好文件，拿出一纸通告递给冯瑞阳，指着通告上的主要事项又做了说明。

“你们的保证金按时交到这个银行账户，保证金不到账，取消你们参与竞拍的资格。如果竞拍不成功，保证金退还；竞拍成功，在规定的时间内款没有到账，保证金不退。……货物是整体拍卖，不分割。……竞拍成功，款按时到账后，会给你们提供这批琥珀的全部合法文件……”

两个人点头答应着，拿上文件收据和通告就走了，出门就分手了。冯瑞阳给陈先生打电话，把情况向他作了汇报，要他把保证金从香港直接汇过来。

事情办完，冯瑞阳要去解决梦的困惑。梦中的人物对他而言早已是割断的过去，他虽然对拉丽萨的离去有纠结，但也有解脱的轻松。从情理上讲，他仁至义尽，没有亏欠，心里早已平复，已经久远的人物不应该再牵动他的思念，搅动他的心境，他不明白为什么总做这样的梦？他去寻找这个答案。

冯瑞阳打车直接去了那个十年前买的，分手时留给拉丽萨的楼房。开门的却不是拉丽萨，而是一位乌克兰的中年胖女人。她对冯瑞阳说，她是几年前从拉丽萨手里买的房。至于拉丽萨的去处和联系方式，她耸了耸肩表示不知道。他只好试着用拉丽萨过去的电话号码联系，电话不通。他又给娜斯佳打电话，还是不通。最后他联系上了瓦夏，可瓦夏对拉丽萨的现状一无所知。他没有办法联系上拉丽萨，只好作罢，想着还要受噩梦引起的思绪的困扰，烦恼但又无奈。

冯瑞阳于是给张斌打了电话，问清地址，坐上长途汽车，去东部找他了。张斌的新餐馆，面积有四百多平方米，由于盘下时装修还比较新，他只进行了小的改造和简单的修补，又添置了一些餐具设备，就准备开业了。张斌讲，这里比较穷，高档装修没有用。由于这里没有中餐馆，所以准备中餐和俄餐都经营。他对这里的经营前景十分看好。他说，这座城市人口多，餐馆少而且价格高，如果价格定得适当的话，来餐馆就餐的人不会少。

张斌在生意上还有一些其他考虑，阿乐桑娜的家乡离城市不到三十公里，开车用不了多长时间，那里是农村，院子很大，种菜的话，足够供应餐馆。另外那里地也便宜，他准备买几公顷地，盖暖棚雇人种菜。这里菜少价格贵，肯定是不错的生意。

张斌买的房子也不错，一套四室一厅住着舒适也方便。三个孩子一人一间。冯瑞阳过去的时候，房子已经装修完，家具也都置办齐全，已经入住了。装修比较简单，符合当地的水准。冯瑞阳给他们结婚时作的那幅琥珀画挂在大厅最显眼的位置。张斌指着画说："怎么样？这画挂在这里行吧？这画一挂，这屋子都提气。"

张斌的三个孩子都大了，大闺女十年制学校快毕业了，小女儿也快七岁了。两个闺女一个儿子，个个长得漂亮，脸上虽然都有张斌五官的一些特征，但都恰到好处。三个孩子汉语都好，一口的北京话，比在乌克兰的许多中国人的普通话说得还纯正。张斌对这几个孩子很宠爱，不管什么时候只要看到孩子，脸上立刻绽开了笑容。他和冯瑞阳喝着酒指着孩子说："大闺女学校快毕业了，我都联系好了，去北京上大学。这俩孩子也一样，毕业后全都去北京上大学，将来都留在中国工作。我都跟他们说好了，将来全找中国人结婚。"

冯瑞阳笑着说："结婚的事，你得看孩子自己的选择。"

张斌喝了杯酒，说："可以自己选择呀！中国人多得是，选择去吧。哎！你那儿怎么样？有动静没有？得抓紧了。"

"刚怀上。"

"嘿！这大喜事呀！你怎么不告诉我呀？"

"没几天的事。"

"祝贺你啊！这事咱们得干一杯！"

两个人碰杯干了一杯酒。张斌还说了他以后的打算："阿乐桑娜还有这三个孩子最大的愿望就是去中国生活，这几年我抓紧挣钱，北京有房子，再攒足了钱，在北京开个饭馆，这样就能满足他们的愿望了。"

餐馆开业那天，请了当地官面上的人物和认识的人吃了一顿，来的人不少。餐馆的门脸披红挂彩，还放了鞭炮，搞得非常热闹。冯瑞阳在张斌那里待了几天，白天忙活筹备餐馆开业，晚上一起喝酒聊天。到餐馆开业的第二天冯瑞阳才走。

奥列格给冯瑞阳打来电话，说保证金收到了，拍卖的日期临近了，有些流程上的事要谈一下。冯瑞阳到了基辅，两人就约到咖啡馆见面，喝着啤酒，谈着拍卖的事情。奥列格介绍了目前的情况，一共有四家公司参与这次竞拍，除了冯瑞阳之外，还有一家日本公司，一家韩国公司，一家波兰公司。

冯瑞阳追问怎么保证他能竞拍成功。奥列格笑了笑，说道："很简单，这三家公司都是长期从乌克兰进口琥珀原石，对收购价格非常了解，参加竞拍就是图便宜，高于收购价他们都不会要，最后你报的价格最高，当然琥珀就是你的了。"

冯瑞阳皱起了眉头，说道："我怎么越听越糊涂，合着我用高于收购价的价格竞拍琥珀？不是说便宜吗？"

奥列格又笑了，问冯瑞阳："决定琥珀价格的是什么？"

"块的大小。"

奥列格点了这么一句，就含笑不语了。冯瑞阳明白了，琥珀的大小会导致价格差异，同样一吨货，能有几倍十几倍甚至更大的价差，奥列格他们是在这上面做文章。奥列格接着说："有件事你要帮我做，我要一部分美元现金。"

"多少？"

"二百万。"

冯瑞阳明白了，这批琥珀账上肯定只有重量记录，不可能有价值记录。奥列格，当然不会是他一个人，有可能是利用这个灰色空间搞些事情。他还明白奥列格为什么这个时候才和他说明这事，保证金交了他现在想退也退不成了。

冯瑞阳思考了一下说："这么多美元现金，可能不太好办。这样，我马上给我的香港合作伙伴打电话，然后答复你。"

两个人离开咖啡馆分开后，冯瑞阳给陈先生打了电话，把事情跟他说清楚，看他怎么决定。陈先生听了反倒高兴地说道："太好了！这就对了。之前我总是担心这事没有把握，现在我放心了。兄弟，你这关系太牛了，你出马搞定！这事咱们成了，这批琥珀是我们的了。不过二百万美元现金可能有点困难。这样，你等我电话，我尽量办。"

听了陈先生的话，冯瑞阳也就放心了，确实一切都是按程序办的，合规合法，何必多想。不久陈先生来电话说，二百万美元现金没有问题。冯瑞阳给奥列格打电话转述了陈先生的意思。

拍卖会如期举办，进展得非常顺利，竞拍只用了十几分钟时间就结束了。和奥列格预计的一样，叫到一定价位，三家公司就放弃了，冯瑞阳按他们预计的那样，拍得了这批琥珀。当即，冯瑞阳就给陈先生打了电话，告诉他这个好消息，并叮嘱快办汇款和现金的事，免得事久生变。陈先生闻讯大喜，说第二天即办汇款，至于现金，他准备亲自坐飞机带过来。

第二天，陈先生打来电话说，款已经汇出，二百万美元现金他带过去。另外他从电视上得知这里革命闹得很厉害，城市十分混乱，怕有危险，要冯瑞阳找警察到机场接他，武装护卫一下。

冯瑞阳给奥列格打电话，说了汇款的事和陈先生的要求。奥列格说他亲自和冯瑞阳去机场接陈先生，一切由他安排。接陈先生那天，奥列格开了两辆越野车，带了几个持霰弹枪的警卫，接上冯瑞阳一起到机场。飞机落地之后，奥列格通知机场让陈先生走贵宾通道，他们在贵宾休息室接到陈先生，给陈先生的护照盖了入境章后，一起从贵宾出口坐上汽车，出发上了路。

冯瑞阳、奥列格和陈先生坐在前车，警卫在后车。车上陈先生把装着现金的手提箱交给了奥列格。奥列格打开箱子，清点了一下数目，就把箱子合上了，对冯瑞阳说："汇款都已经收到了，明天装集装箱运货。快办。"越野车把冯瑞阳和陈先生送到住处就离开走了。

第二天，冯瑞阳和陈先生一起看货装箱，奥列格派了一辆车和四个保安持霰弹枪护卫。陈先生和冯瑞阳进库房查看那装在编织袋和纸箱里面的琥珀，大块的比例很高，拿起几块看看，都是品质不错的波罗的海琥珀，两个人顿时心花怒放。

琥珀全部顺利地通关起运，冯瑞阳和陈先生的心踏实了，精神上也彻底放松了，晚上就一起到基辅的夜店去玩。

第二十九章　琥珀是泪变成的

古希腊传说，太阳神阿波罗的儿子私自驾太阳车出行而遇难。他的母亲和妹妹闻讯后抱头痛哭了四个月，最后妹妹变成了白杨树，而她的眼泪变成了晶莹的琥珀。北欧传说，海的女儿在途中丢失了心爱的项链，她一路哭泣回到家中，洒在海中的泪珠变成了珍贵的琥珀。波罗的海传说，琥珀是由天使的眼泪滴落在海中形成的。在一个夜深人静的晚上，美丽善良的天使飞翔在波罗的海的岸边，看到一群骑士在欺辱被俘虏的寡妇和孤儿，于是流下了同情的眼泪。由于她过度悲伤忘记了返回天堂的时间，第二天太阳升起的时候，蜡制的天使化作了一滴滴蜡油滴落到了波罗的海中，形成了琥珀。

基辅的夜店是非常有名的，美女众多，性感表演，丰富多彩。维达利克曾多次邀冯瑞阳去夜店玩，冯瑞阳只去过两次。他对夜店兴趣不大，觉得太闹，快速闪动的声色画面，疯狂的喧嚣和音乐节奏，让他心跳过速。他觉得这些只会给人的感官带来低级刺激，而没有丝毫的艺术享受。当然他的看法和绝大多数人相反，在这里看色情表演的人比在画廊里欣赏画的人可是多多了，而且一掷千金，兴趣盎然。正好维达利克从波兰回来，带他们一起去夜店。在这之前，陈先生已经和维达利克见过一次面，冯瑞阳也把过去事情的来龙去脉都说了，陈先生惊叹之后，和维达利克握手，一笑泯恩仇。

这夜店的老板可真给维达利克面子，亲自在门口迎接他们，并且给他们留了最好的位置。老板彬彬有礼地引他们进大厅，请他们入座后才离开。他们落座后，服务生给他们端来了几种酒和佐酒的干鲜果品，摆放在桌子上。他们三人喝着酒，观赏着大厅的表演和热闹。舞台上正在进行钢管舞表演，舞女在直立的钢管上上下翻飞。长长的T台上穿着比基尼别着号牌的美女在进行带有挑逗性的肢体展示和舞蹈。大厅里几乎坐满了人。长长的T台两侧和钢管舞台周边也都站满了人，朝上面的女人伸长了手，高声喊叫着。多彩的旋转球灯把整个大厅晃动得色彩缤纷，震耳欲聋的音乐和人的喊叫喧嚣几乎废掉了耳朵的功能，只能用眼睛看和用心感受这光怪陆离的梦幻般世界。

服务生过来问他们三人是否需要叫小姐作陪。维达利克说稍等一会儿再要。他可能是看那成排别着号牌的姑娘在T台上还没有走完，想再挑选一下。舞台上表演钢管舞的舞女跳得非常专业，不时做出高难动作，引来阵阵喝彩和赤裸裸叫喊。舞女并没有全裸，可能是还没到高峰时间。

T台上的小姐们穿着高跟鞋跳着简单的性感舞蹈，展示自己的腰肢美体，还和台下的人进行言语交流和肢体互动。维达利克叫过来服务生，点了三个小姐过来……

钢管舞表演换成了男舞者，舞男只穿紧绷的尼龙三角裤，身体健美，做着简单的舞蹈动作，引发座位上的女客人大声尖叫。三位热情奔放的比基尼小姐来到他们的餐桌，陈先生和维达利克各搂一个，展开了亲昵的互动，看来他们对这样的环境很熟悉，也非常享受这种服务。冯瑞阳则十分拘谨，仅和小姐喝酒谈笑而已。

钢管舞舞台上又换成了女舞者的表演。这次表演的人在钢管上的旋转，引发了下面兴奋的呐喊，下场之前，她捡起了更多扔到台上的纸币。这时，一位女郎拉着小提琴走上台来，大厅的嘈杂声遮盖住了琴声，只是从她全神贯注的神态和她拉动的琴弓感受到那音乐的存在，或是在喧闹声低潮时偶尔听到琴弦的律动。这位女提琴手的穿戴也很有特色，她头上戴一顶软壳的船长帽，身上穿着海魂衫一样的乳罩般大小的蓝条背心和三角短裤。除了这点遮盖外就没有其他了，坦然地显露出她优美的腰肢和雪白的肌肤。这位拉小提琴的女郎看上去比其他小姐年龄大一些，在容貌上也未必突出，却别有韵味，特别是散发着其他美女没有的艺术气息。这位女郎一出现，冯瑞阳就认出了她，他大吃一惊，差点惊掉了下巴!!

这个拉小提琴的女郎就是拉丽萨！陈先生和维达利克也都认出了她，同样感到惊讶！冯瑞阳惊得目瞪口呆，脸色惨白。他想起了来乌克兰之前做的噩梦。

台上的拉丽萨专注地拉着小提琴，随着乐曲的节奏扭动着腰肢。台下的人们呼喊着让她脱去衣服，她不为所动，继续她的表演。拉丽萨只是很短的过场表演，也是店里特意的节目安排，同是演出，呈现不同的风情，满足不同客人的口味。

果然，拉丽萨博得了客人的喜爱，她刚下台，就有人要她过去拉琴。服务员引导她走过去的时候，又被另一个服务员截住带走了，害得这位服务员直向客人道歉。拉丽萨跟在服务员的后面来到一桌客人面前，意外地看到了冯瑞阳那惨白的脸和盯住她的眼睛，她大吃一惊！扭头打算走开，正撞到她后面夜店老板的身上。老板做了个请的手势，要拉丽萨去客人身边。拉丽萨低头走到冯瑞阳的身旁，极其尴尬地伫立着。

两个人都不会想到他们会在这样的场合见面，这对冯瑞阳和拉丽萨思想上的震撼和冲击是巨大的。“你好!”冯瑞阳简单地问了声好。

自从拉丽萨的形象成为他噩梦的主角之后，他就产生了和拉丽萨见面的冲动，但他没有想到现实是这样的安排，仿佛在梦境中，只是换了一个从没设想过的场景。这场景不仅让他痛心，还带给他火辣辣的羞耻感。“你好！你想要听什么曲子?”拉丽萨依然低着头，声音有些低，但平静地说道。

“不用，请坐吧。”冯瑞阳示意她坐到桌边的空椅上，刚才坐在这椅子上的小姐已经离开了。陈先生和维达利克也都松开怀里的女伴，坐到椅子上喝酒聊天。

拉丽萨稍作迟疑，坐到了椅子上，下意识地用手拽了一下胸前的背心，想遮掩一下半露的乳房。

“我们很久没见了。”冯瑞阳不知道说什么好，冒出这么一句，语气有些低沉。

“啊……是……我到这里工作是提琴手，老板非要我穿成这样。”拉丽萨在尽力掩饰自己工作的性质。

冯瑞阳倒是看得清楚，拉丽萨除了相貌和那把小提琴以外，其他全变了，即使那神情专注的拉琴也和过去完全不同，纯粹是装模作样的表演，和音乐没有什么关系。

“想和我聊一聊吗?”冯瑞阳试探着问道。

“当然。”拉丽萨抬起眼皮，看了冯瑞阳一眼。她的眼睛里透露出一汪深情，让冯瑞阳看到了过去的影子。

“那好，你把衣服换了，我们出去找个地方聊。你放心，我会和老板说的。”

拉丽萨站起欠了个身，就离开换衣服去了。约拉丽萨出去，是冯瑞阳突然冒出来的想法。拉丽萨以这样的身份和穿着谈话，他觉得难堪，也是对拉丽萨的不尊重。自己过去的女朋友以这样的面目出现在他的朋友面前，他也觉得丢脸。他的确想和拉丽萨谈一谈，想给几次搅扰他的噩梦所形成的心理暗示一个回答，摆脱那噩梦造成的沉重心情。其实今天他看到的情景也像做梦一样，而且心情比噩梦醒来时还要沉重。两个人就在附近找了个咖啡馆，要了咖啡和点心，坐下来聊天。

“你从意大利回来了?”冯瑞阳问完就后悔了，这不是废话吗，明摆着吗，拉丽萨现在的情况不过是娜斯佳的重复而已，在乌克兰有这样受骗经历的女子不知道有多少。他怪自己当初没能想办法拦住她，不过他也明白当时他是拦不住的。

“嗯。”拉丽萨只是简单地做了回应，显然她也不愿意提那惨痛的经历。

“那年我们分手后，我就回中国了。”

“我知道。”

“你知道?”

“我回乌克兰后找过你，你已经不在市场了。我在画市上看到了你的画，卖画的人告诉我的。”

“另外，我已经结婚了。”

“我也知道。”拉丽萨说话的声音很低，让人听着心酸。

“你也知道?”

“是的。我回来以后到阿乐桑娜餐馆打听你的消息，在那里听到的。”

在冯瑞阳的脑海里出现了这样衔接的画面，拉丽萨回乌克兰后，到处找他，去市场，去画廊，去张斌的餐馆……

这让冯瑞阳又找回了过去的感觉，回味起了过去的情感，也有一丝欣慰。

“三年前我去你的老家了，见到了瓦夏。非常不幸，就在那天，瓦夏的妹妹在捞琥珀的时候掉到水塘里淹死了。”

“是的！我知道。”拉丽萨的眼睛湿润了，继而掉下两串泪珠，但她没有再说什么。

“那天瓦夏还谈到了你的妈妈带葛丽娜曾经回去过几次，葛丽娜现在怎么样了?”

“妈妈五年前得病去世了，葛丽娜在基辅上大学。”她又掉了几滴眼泪，但没有哭出声。

“对不起！让你伤心了。”

“没事，我已经习惯了。”拉丽萨用纸巾擦拭了一下眼泪。

“你现在住在哪里?”冯瑞阳换了一个话题。

“在市里，租的房子。”

“和葛丽娜一起住?”

“她在学校住，很少回家。”

冯瑞阳觉得对拉丽萨现在的状况已经了解了，包括她没有说的内容，虽然她的境遇着实有些凄惨，倒也不至于像噩梦中那样危难吓人。冯瑞阳不想谈下去了，他不想缠绵下去，搞得像旧情复发似的，他没这想法。况且拉丽萨已经不是过去的拉丽萨了，那个河边拉小提琴的姑娘，那个背着小提琴的姑娘远去的背影已经消散了。

两个人又聊了一会儿，冯瑞阳提出送拉丽萨回家。他们打了一辆出租车，先到拉丽萨的家，车停在路边。拉丽萨下车，打开车门，问道：“可不可以上来坐一会儿?”

冯瑞阳犹豫了一下，下了车，跟着拉丽萨上了楼。对于冯瑞阳能够接受邀请，拉丽萨显得有些高兴。这是一间普通的一居室，冯瑞阳进门一眼就从居室敞开的门看到了那幅《拉小提琴的姑娘》油画挂在墙上。他的心里一动，涌出一股热潮。因为这幅画不是临时挂上的，而是长期就在这里挂着。他脱鞋进屋，又看到床头柜上一个小提琴的立件小摆设上挂着他送的那枚拉丽萨拉琴的琥珀挂坠。这让他心里又是一热。

拉丽萨请冯瑞阳落座后，就去厨房沏咖啡了。冯瑞阳环视了一下室内环境，家具很简单，是乌克兰普通家庭的样子，看不到有男人居住的痕迹。除了画和挂坠以外也没有他们共同生活的其他印记，只是屋里的气味是他所熟悉的。他仍能感觉到拉丽萨对他们的共同生活以及对他的怀念。

拉丽萨把沏好的咖啡端到了桌上，就坐到了桌子另一边，安静地坐着没有讲话。冯瑞阳看她的脸上有了一些岁月的痕迹，但没有改变依然美丽的容颜，这让过去他们共同生活的很多甜蜜回忆涌入了他的脑海……两个人都没有说话，但他们都能感到，沉默中怀旧的情绪在这房间里弥漫，他们都熟悉的昔日的感情在彼此的心中涌动。这也引起冯瑞阳的警惕，他不可能让旧情重燃，这是绝不允许的，他也承担不了这爱情的责任。

沉默了一会儿，拉丽萨说道：“我真没想到这辈子还能见到你，过去非常对不起！现在回忆起来，我们共同生活的日子，是我人生中最幸福的时光。”她开始说得十分平静，后来眼泪滴落下来。

冯瑞阳尽量让自己冷静，说道：“过去的已经过去了。”

拉丽萨点了点头，继续说：“从意大利回来，我身无分文，非常困难，没有人帮助我，我到处找你，找不到了，那时候我后悔极了。我只能自己到处找工作，后来妈妈也去世了，只剩下我一个人带着葛丽娜，没有办法，只能到那样的地方去拉琴，挣得多一些。”她情绪一直十分平静，但眼泪也不停地滴下。

冯瑞阳想，两个人再这样谈下去的话，自己恐怕会忍不住动情，真要冲动起来，会出事的。如果办了不该办的事，答应了不该答应的承诺，以后可是没法交代。他想要结束谈话走人。

“这些过去的事情就不要再提了，已经过去这么长时间了，我们的生活都已经改变，已经无法挽回了。”他掏出身上带的两千美元，放在桌上，“这些钱你拿着，我的电话号码也给你留下，有什么困难，给我打电话，我会尽量帮你。”

拉丽萨没有推辞，收下了钱，道了句“谢谢!”

冯瑞阳起身告辞，却被拉丽萨叫住:“你等等！我有话要说。”

他只好又坐了下来。“有件事情你要帮帮我，是葛丽娜的事。我们两人分手后，葛丽娜一直不原谅我，一直到现在还不原谅。她和你感情非常好，特别爱你，一直把你当作亲生父亲。我们分手后她天天哭，到处找你，到现在还在忌恨我，很少回家，也不听我的话。她在外面跟很多激进的青年在一起，我很不放心，怕她出事。你能不能帮我和她谈谈，让她好好在学校上学，经常回家，如果不妨碍你现在的生活，帮帮她。算我求你了。”

冯瑞阳对这事不假思索就答应了，他对葛丽娜的父女亲情，从没泯灭，也一直惦念着她。他问了葛丽娜的电话和大学的地址，就起身告辞了。拉丽萨没有出来送他，他穿好鞋正准备出门时，从里屋传出了小提琴的琴声，乐曲正是那首《我可爱温柔的野兽》。他在门前伫立着，倾听着那拨动他心弦的小提琴曲，他的眼睛潮湿了，眼泪在他的眼眶里打转……他听了一会儿，默默地打开门，悄悄地走出去把门关上，慢慢地走下楼梯，那曲《我可爱温柔的野兽》一直在楼道中回旋……

第二天，冯瑞阳给葛丽娜打电话，或是不通或是没人接。他就去了葛丽娜的学校，在学校到处打听，找到了葛丽娜的班级和宿舍，但都没有葛丽娜的身影，问她的同学，说她可能在广场上。

冯瑞阳已经买了第二天的机票，春节马上就要到了，他不可能改期，没有时间了。他直接打车到独立广场去找。广场上到处支着帐篷，竖着各式各样的旗子，拉着抗议标语，还有讲演搭的台子，以及取暖烧柴用的汽油桶和各种障碍物。这里和警方发生过几次冲突，犹如战后一般非常杂乱。今天参加抗议示威的人不是特别多，人们聚集在帐篷里外，场面也比较平静。自去年11月因和欧盟联系国的协议没签中止，造成的抗议示威已经持续了两个多月，这里警察曾进行过驱逐清场，但随后又被示威者占领，数次与警察发生大规模的冲突，造成不少人员受伤，甚至一些人的死亡。这里一直保持着抗议示威的状态，只是规模有大有小，就如潮涨潮落。

冯瑞阳到广场四处寻找，到帐篷里面、在人群中搜寻葛丽娜的人影。他一直没有找到葛丽娜，却也了解到这广场上的许多事情。广场上的帐篷是由不同的党派和政治团体占据着，虽然主流是抗议政府中止和欧盟的协议，主体也是几个亲欧的大党组织。但也有不同意见的团体，政治主张差异很大，五花八门，甚至还有极端民族主义、新纳粹这样的激进团体。各个帐篷除了抗议示威以外，也都在宣传自己党派和团体的政治主张。

演讲台是聚集人最多的地方。冯瑞阳惊讶地发现老师尤里正在台上演讲。他的演说依然那么慷慨激昂，十分煽情，引起台下的人群阵阵呼喊，讲的依然是民主自由公民社会融入欧洲那套。

更让冯瑞阳惊讶的还有台上居然有欧洲议会的议员和西欧国家的外交部部长等高官，也公开对推翻政府的运动表示支持。这阵容足够豪华，足以颠覆人们对群众运动的认知。这些耳熟能详在电视中常见的国内国外超级大人物的讲话，几乎每句话都引起群众的热烈呼应，激起人们不怕牺牲的战斗情绪。冯瑞阳作为一名局外人身在其中，都能感觉到顺之者昌、逆之者亡的巨大力量。

冯瑞阳在台下人群最集中的地方搜寻，没有发现葛丽娜。他离开演讲台，环顾广场，看主要的地方都走到了，便到角落再去走走看看。在广场最角落的地方有一个小帐篷，冯瑞阳往里探头一看，迎面看到了一面带有镰刀斧头图案的红旗，他知道这是共产党的旗帜，他想葛丽娜不会在这里，于是转身出来。不料里面一个人却叫住了他。

“吉玛!”

他定睛一看，是巴格丹，两个人热情地握手拥抱问好。还是三年前巴格丹在北京语言大学毕业回国前他们二人在北京聚了一下。巴格丹在北京留学时两人常见面，冯瑞阳在巴格丹留学期间曾给予他不少资助，只是这三年没有联系。冯瑞阳看巴格丹的变化很大，虽然不到三十岁，但已经很老成了。

冯瑞阳问道:“你怎么在这里?”

“我已经参加共产党了。”

“哦!”冯瑞阳在国外对于共产党员和具有共产党政治倾向的人总有一种亲近感和尊重，因为他们不是在为利益讲话和奋斗，而是关注最底层的民众，有舍己为公的精神。他问道:“你还作琥珀画吗?”

“还作。”

“我还想和你合作作琥珀画，在中国推广呢。”

“可以呀!”

“我们可以好好谈一谈。”

“现在吗？我们再约个时间吧。”

“好。”

冯瑞阳问道:“我以为你在中国留学，毕业后会选择和中国相关的工作呢。”

“是的，当初和我一起在中国留学的同学现在都留在那边工作了，或是在两个国家之间做生意。”

“你怎么搞上政治了?”

巴格丹用眼睛示意了一下外面广场，说:“在我们国家全民搞政治，天天年年搞政治、变着颜色地革命，不搞政治行吗?”

“你们这儿这么多政党，这么多政治主张，谁也不服谁，斗来斗去的什么时候是个头啊。”冯瑞阳摇头叹息道。

巴格丹说:“你别看这么多政党，这么多的政治主张，真理没有，真相没有，这是我加入共产党的原因。我要把历史的真相告诉人民，我也要把当今世界的真相告诉人民。现在的舆论完全是颠倒的，是谎言。”

冯瑞阳没有想到巴格丹现在这么成熟，这么有思想，而且具有正义感和勇气。

巴格丹说道:“苏联解体，十五个国家成了独立国家，完全模仿西方体制，二十多年了，没有一个国家包括东欧国家比过去社会主义时期发展得好。可是我们这里的舆论却更加否定过去的社会主义了，更赞扬现在的体制了，这不完全颠倒了吗？”

巴格丹站起身，带着愤慨的情绪继续说道：“我们这里叫民主社会，是民选政府，可是我们这里的领导人却没一个为老百姓办事的。我到中国留学才知道，世界上中国发展是最好的。中国不仅获得奇迹般的现代化成就，还让近十亿人口脱贫，几乎快是两个欧洲的人口，很快要全部人口脱贫，世界上只有中国在扎扎实实做扶贫工作，也只有中国能够做到十几亿人口的全民富裕。我们呢？二十多年从没有贫困人口到现在百分之八十的贫困人口。我要把这些真相告诉乌克兰人民，不要再受谎言的欺骗。”

听着巴格丹的讲演，冯瑞阳颇觉遗憾，因为没有人听。他的话不能在演讲台上面对成千上万的民众讲。他们的帐篷在广场是最小的，在角落里无人理会，外面也没有什么旗帜宣传标语和音响设备，只是放一些传单，和那边人多势众、声势浩大、山呼海啸般的场面有太大的反差。

冯瑞阳看天色将晚，向巴格丹告辞。出帐篷时看到了捐款箱，掏出二百美元塞了进去。他朝广场看了看突然意识到什么，回身对巴格丹说：“你可要注意安全呀！别去人多的地方，别和人发生争执。”巴格丹点头答应着。

冯瑞阳又环顾一下广场，知道今天不可能找到葛丽娜了。他又想，其实碰到葛丽娜可能都认不出了，毕竟过去这么多年了，葛丽娜已经十八岁了，变化应该不小。他明天就要回北京了，只能下次过来再找她了。冯瑞阳在回住处的路上给拉丽萨打了电话，说明了情况，道了再见。第二天就和陈先生一起返回中国了。

第三十章　春节快乐

冯瑞阳回到北京，就临近春节了。他回家的第一件事是陪安琪做定期的孕检。安琪怀孕六个月了，肚子已经鼓得很大了。大家都说，比七个月还显大，弄得安琪直埋怨，说吃得太好了。的确，她说得不错，因为她的身体也胖了许多。她的身子重了，行动不方便，上下车或是上下楼梯需要有人搀扶，老公公开车去有些不方便了，就改由冯瑞阳开车陪同了。当然，两个妈妈每次都是一定要来的。

不过今天安琪的妈妈没有来，原因是早晨出门前接到妹妹也就是安琪二姨的电话，说嘟嘟病了。原来是二姨给狗喂了鸡腿，狗嘴让鸡骨头给扎了，当时没有注意，两天后发炎溃疡了，狗嘴里烂出了一个洞，身体也开始发热了。妈妈着急了，埋怨道："我早就嘱咐过你，喂鸡脯肉，不能给鸡骨头吃。"

二姨一听这话就不乐意了，说："谁知道你们家的狗这么多娇贵，鸡腿还不能吃。你说现在怎么办吧？"

"怎么办？赶紧去医院啊！"

"我马上要上班去了，谁带它去医院？"二姨退休不久又被单位返聘了。

"我这要陪安琪去医院检查也没有时间呀！"

"那就过两天再说。"

"那怎么行！那好吧，我中午过去带它看病。"妈妈挂断电话，心里还是惦记着狗，焦急不安。

安琪看妈妈这个样子就说："妈，您现在就带嘟嘟看病去吧。有他和我婆婆去就行了。"这样就只有冯瑞阳和他妈妈陪着安琪来医院了。

现在的北京和过去不同了，过去春节期间是北京市里最热闹的时候。人们放假了，外地上学工作的也都回家过节，家里、院里、大街上人比平日里多，也热闹。现在不一样了，市里的暂住人口全都回老家过节，这些年在北京工作安家的新北京人也都回老家探亲，北京一下少了快一千万人，所以春节期间北京反倒冷清了。路上没车，一路畅通。连平日整天人满为患的医院，都见不到几个病人了。唯一在人数上没有变化的只有产科，因为都是定点定期来检查的孕妇。

冯瑞阳在医院"男人止步"的牌子前，把安琪的胳膊交到妈妈手里，由妈妈搀扶着安琪进去检查。还是那位比安琪大不了几岁，说话别提多和气的女大夫给做检查。她开了单子，做常规的几项化验。妈妈扶着安琪串了几个科室把检查做完，再到女大夫这里做检查。女大夫细心地询问了很多问题，又嘱咐了一些注意事项。检查完她们出来，冯瑞阳搀过安琪的胳膊，问道："检查得怎么样？""一切都好，全都正常。"安琪泰然地答道。"那就好。"

冯瑞阳把她扶上汽车，开车回家。他们刚进家门，安琪就接到妈妈的电话。妈妈要安琪回自己的家，也就是他们那套两居室旧房子去住，最近一段时间安琪一直住在妈妈这里。安琪问道："为什么呀？"

"我带着嘟嘟刚看病回来，身上脏，我怕带回家影响你。"

"您带嘟嘟回家啦？"

"不，我还是送你姨那里。"

"嘟嘟不回来，您回来怕什么？"

"那也不行！另外，这几天我要每天带嘟嘟去医院上药，你先不要回来住了。"

"哟！后天就三十了，您不跟我们一起过年了？"

"我回家洗了，消毒，然后去你们那里过年。"

安琪挂断电话。冯瑞阳和妈妈收拾了一下，打包好要带走的东西，扶着安琪去了他们的房子。他们的房子最近发生了很大的变化，装修没有动，但打扫得干干净净，家具做了调整，淘汰了一些，又添置了一些。由于老人不允许安琪和孩子到新装修的房子里去住，孩子出生后肯定要在这里生活一段时间。所以安琪是按照迎接孩子出生进行布置的，专门辟出了一间婴儿房，摆上婴儿床、柜和齐全的婴儿用具用品，最引人注目也是最为独特的是这屋里装饰布置了很多琥珀制品。墙上挂了两幅琥珀画，是安琪亲自绘的底画，提出的制作要求，冯瑞阳带着徒弟制作的。一幅是两个男女儿童的卡通画，一幅是两只小马的卡通画，都憨萌可掬。因为孩子属马，所以做了马的卡通。柜上还摆着两个琥珀雕刻摆件，一件是冯瑞阳和安琪并排在一起的卡通头像，形态夸张，幽默有趣，这件是安琪设计，冯瑞阳亲手雕刻的。另一件是一只卡通马，也是安琪设计，交由徒弟完成的。在婴儿床上还吊挂了很多琥珀的挂坠，都是立体雕刻，全是安琪从店里挑来的，都是可爱喜人的雕刻造型，颜色也十分丰富。这么多琥珀艺术品的装扮使这房间有了些琥珀屋的感觉。

在婴儿房里布置琥珀，安琪是很有深意的。琥珀质轻温润，对身体有益处，又有辟邪、平安、美好、圆满的寓意。琥珀宝光含蕴，色彩丰富，有太阳的光泽。让孩子一出生就沐浴在明媚温暖的阳光里，置身于晶莹绚丽、美好柔和、如梦如幻的光色世界中，在感受幸福的同时还能培养孩子的艺术气质。安琪对于家里的装饰布置已经基本就绪。她是怕怀孕后期行动不便所以提前做了。

这时，妈妈做好了饭，摆上了餐桌。安琪妈妈回家洗了澡换了衣服也过来了。四个人一起上餐桌吃饭。虽然是一起吃，但是各吃各的。安琪吃的是按每日的食谱单给她做的。他们一边吃一边商量过春节的事。

往年三十冯瑞阳和安琪都是把两边老家儿聚在一起过，但今年情况不同。冯瑞阳的姐姐每年三十都是在姐夫家里过，但今年姐姐的公公婆婆由闺女带着，去澳大利亚看望在那里留学的外孙女，顺便旅游，春节不在北京，所以姐姐姐夫带着孩子年三十也要过来。另外，潘家园和十里河门店有三名员工值班，没有回老家过年，冯瑞阳准备让他们也都来家里过除夕。这样的话人就多了，在这房子肯定不行，装不下，就是装得下，两位老妈也不干，这么多人带着病菌来，对孕妇太不利了。冯瑞阳就提出到新房去吃年夜饭。他解释说：新房子装修用的都是环保材料，而且已经晾了几个月，况且安琪只去吃个饭，顶多待一个小时，不会有问题的。两位妈妈讨论了一下也就同意了。

这样他们就开始筹备三十的年夜饭。这类事情冯瑞阳和安琪全部不管，由三位老人承担了。冯瑞阳的爸爸负责采购，两位妈妈都是做菜高手，收拾房间准备菜肴，一天的时间全部就绪，就等炒菜上桌了。

冯瑞阳他们的新房更是令人眼前一亮。房子大，装修高档，家具和灯具都十分豪华，但最吸引人眼球的还是这一屋子的琥珀。这套房子一共挂了五幅琥珀画。有两幅是维克多赠送给他的六幅中的两幅，一幅是人物风景，一幅是纯风景，都是乌克兰风光，是冯瑞阳喜欢的异域风情，两幅画都非常精美。其他三幅，一幅是故宫角楼，一幅是北海琼岛白塔，还有一幅是天坛祈年殿。这三幅画与准备放在琥珀屋的那三幅画都是相同景物，只是画的处理略有差异，而且这三幅画的主要部分是冯瑞阳做的，其他部分是徒弟做的，做法上略简了一些，但仍然是收藏级别的佳作。屋里的桌上柜里还摆着很多琥珀雕刻摆件，题材广泛但都是精品。这些琥珀艺术品宝光四射，把房间装饰得富丽堂皇。但这可不是土豪式的浮华，而是在尊贵典雅中让人感受到浓郁的文化氛围，在宝石的晶莹美色里面体验艺术的光辉。

傍晚，最先进门的是冯瑞阳姐姐一家，一进门就被这房间的奢华所震撼，惊呼：“太漂亮了！”串着几个房间参观。然后就冲着弟弟发牢骚：“这么多年了，我家里就挂了你一幅琥珀画，还是那么小的一幅，你再给我作一幅，让我们家也漂亮漂亮。”

冯瑞阳忙点头答应：“行行！我做，你要什么画？”

“北海的！这是咱们小时候生活的地方。就这个好！”

“好好！一个月之内，做好我给你送过去。”

妈妈听见了从厨房出来，阻拦说：“什么就行行了，这画贵着呢，好几十万，贵的都上百万，几百万。你说要就要啊？”

“哎呀妈呀！您就向着您儿子，我就是说说。”姐姐笑着改口说。

"他这料都不是白来的，现在琥珀多贵呀！"

"那他不会给我做个便宜点儿的。"

冯瑞阳忙说道："行行！妈您别管，我给我姐做个便宜点儿的。"

冯瑞阳掏出一个红包，给姐姐的女儿，也就是他的外甥女。外甥女今年考上了浙江大学，放寒假回家过春节。

外甥女推开他的红包说："舅舅！我不要红包。"

"嘿！过年怎么不要红包？"

"我要琥珀挂坠。"

"店里有的是，过完年自己拿去。"

"我不要店里的，我要你给我雕一个有我头像的。"

"行！我给你挑块好蜜蜡，过完节就给你雕，让你上学时带走。红包也拿着。"

外甥女接过红包，说："雕得一定要像我啊！"

"你放心！不仅像你，还一定漂亮。"

冯瑞阳妈妈把干鲜果盘摆上，嘟囔了一句："一块好蜜蜡加上雕工，也得一万多！你舅舅这年礼可够重的啊！"

外孙女接过姥姥给的红包，说："我知道！谢谢姥姥！"

过一会儿，冯瑞阳的爸爸进了屋，手里握着一个不大的水晶奖杯，放到茶几上。外孙女拿起奖杯问道："姥爷！这是什么？"

"这是姥爷的奖杯。"姥爷十分高兴的样子。

外孙女读着奖杯上的字："姥爷，您得的是一等奖！您真够棒的！"

姥爷听这话更高兴了，递给外孙女一个红包。冯瑞阳的父亲喜欢摄影，刚上班时三年学徒，每个月只挣十几二十几块钱。可他用三年时间愣是省出钱来买了一部135照相机，还买了一辆飞鸽牌自行车。以后又买了一架简易的放大机。他的工作是开车，一辈子没换过单位，没换过工种。就一个爱好，照相，但由于没有条件，也就是业余玩玩。可退休以后不同了，他花三万块钱买了照相机和配套镜头配件，又报了老年大学摄影班，学起了专业摄影。冯瑞阳给他买车以后，他就经常带着老伴自驾游到处摄影去了。这次是社区举办迎新春摄影比赛，他提交了作品，被评了一等奖。前两天颁的奖，他特地今天上午去取了放在车上，这时候拿上来在家人面前显摆显摆。

冯瑞阳的姐姐拿起奖杯，说："就这么个小玻璃玩意儿？哪儿的奖，哦，社区的呀！"

老爸听这话不乐意了，说："这是水晶的！什么玻璃呀？社区的怎么了？就咱们这个社区少说也有二十万人口吧？"

妈妈过来往桌子上摆餐具，说："就跟乡镇一样，或者是小县城。"

老爸更不爱听了，说："县城能比吗？咱们这小区净是高级知识分子，专业搞摄影的多。能评上一等奖，你当容易呢？"

妈妈一撇嘴说："就给几个跳广场舞老太太照了几张照片，算什么呀？谁不会照呀？"

老爸有些急了，说："你什么都不懂，这是艺术，这是抓拍，瞬间艺术。"

"你儿子、儿媳妇弄出一件东西来，就值几十万，几百万，最高的上千万，那叫艺术，那是能耐。你这照片五块钱，你卖卖试试，有人要吗？"

这话把老爸气坏了，气哼哼指着老伴说："你就跟我抬杠吧！过年你都不让我痛快了！"

这时候，冯瑞阳的三个员工进门来，朝屋里人挨个作揖拜年。两个老妈开始端菜上桌。冯瑞阳把安琪接了过来。大家在餐桌旁围坐，话题自然都集中在安琪的怀孕上。

两位老妈把菜炒完，摆满了一桌子，全是老北京的过年菜。有梅菜扣肉、米粉肉、红烧肉、烤牛肉、葱爆羊肉、清炖羊肉、京酱肉丝、干炸带鱼、清蒸鳜鱼、红烧黄花鱼、油焖大虾、葱烧海参、炖鸡肉，还有四个凉菜，最后的压轴菜是四喜丸子。

两位老妈就座，大家喝酒互道祝福，热情地说着吉祥话。年夜饭是人们最不吝啬好话的时候，这时候没有拌嘴，没有不吉利的话，无论长辈和儿女，还有三位员工，大家高兴地罗列着每个人过去一年的好事，诉说着新年愿望。席间手机的提示声此起彼伏，一直不间断，都是亲戚朋友的拜年微信。大家在吃喝说话的同时，不停地收发微信，传递着春节美好的祝愿。

这一年是冯瑞阳和安琪事业丰收的年份，来年的喜事又在餐桌边摆着，肚子里装着。家兴业旺，他们的事业和大家相关，他们的喜事，同样是大家的期盼。他们自然成了话题的中心，大家称赞他们的成就，夸奖他们给家庭赢得了尊贵、带来了荣耀，预祝孩子的顺利出生和家庭的圆满。

过去的一年大家都有满意的收获，每个人又都对来年充满期待。其实不仅是期待，他们相信肯定会实现，就像已然孕育在腹中的胎儿，这种乐观和自信洋溢在每个人的脸上，洋溢在他们的话语里。

从乌克兰回来，冯瑞阳的心变净了，对于手头正在创作和准备创作的作品还产生了一些新的感觉，创作的欲望变得强烈。春节过后，他带着两个徒弟就全身心地投入到创作中去了。他要在结婚纪念日前把为琥珀屋准备的作品全部完成。

他指导着两个徒弟做其他作品，他自己雕刻那件龙的大件。他做这件作品，倾心尽力，专心致志，创作中一直怀有饱满的热情，一气呵成，两个星期打造完成，抛光后把成品摆放到桌上欣赏。他觉得这件作品把他脑子里的东西表现出来了，把他创作的灵感和飞扬的想象，转化成具体的艺术形象，完美无缺。他满意地笑了。

两个徒弟看着也是赞叹不已。最主要的，他觉得这件作品无论从内容到形式都凝结了他多年对中国绘画雕刻艺术和技艺研磨的累积，是他运用中国传统琥珀雕刻技艺又融合新的时代内涵的典范作品。这件作品还有这么多年创作的一系列琥珀雕刻作品是他在践行对安老师的承诺。他没有忘记老师临终前对他的嘱托，把中国的传统技艺传承下去，发扬光大。他是以这件作品回报恩师对他的期待。他觉得安老师看到这件作品会满意，会欣慰，会高兴的。老师会对他说，可以出徒，可以毕业了。

然后，他再接再厉和一个徒弟一起制作《琥珀，美人鱼的传说》。做这件作品不太顺利。他作底画时就找不到感觉，反复修改，在定型镶嵌和雕刻时也犹豫，只好先把脸部抛开，做身体的其他方面，想着在做的过程中，逐渐找准感觉。他要求一定要把人物的情感心理准确细腻地表现出来，而不是概念化类型化的表现。待把画的其他部分做完，他还是没有找到感觉，对脸部细节的处理仍没有把握。他想和安琪探讨一下，但考虑安琪的身体情况，又打消了这个念头。他想这种高档琥珀画人物没有动人的表现力的话显然是不允许的，决定放一放以后再完成，至于琥珀屋，可以做其他题材的作品顶替。

春节过后一个月，陈先生从香港把冯瑞阳的那份货发了过来。冯瑞阳交税提货，然后亲自验货整理，分类码放。货多而且品类颜色十分丰富，他花了几天时间才整理码放整齐。冯瑞阳见到这么多又大品质又好的琥珀，那本就活跃的心像被点燃一样亢奋起来，创作的热情空前高涨。

他发现自己创作的想法发生了变化。这是一个飞速变化的时代，新的事物层出不穷，美好的画面和形象在他的眼前不断地涌现。过去他的创作动力是要实现人生的目标，展现个人艺术的成就。现在他不仅要在艺术上达到一定的高度，更主要的是要表现时代的新的题材和内容，创作出具有时代特征的让人耳目一新的形象和作品。他相信琥珀屋落成后，他会迎来创作的又一个高峰。

第三十一章　我们的琥珀屋

琥珀屋落成了！早晨，冯瑞阳开车把安琪接来，搀扶着她来到琥珀屋。今天是他们结婚十周年纪念日，他们没有邀请其他人，他们要不受干扰地好好地欣赏自己的作品，欣赏属于他们自己的琥珀屋。

他们进屋后把门关上，打开灯。屋里四壁生辉，那悬挂在墙壁上和摆在展柜里的琥珀艺术品琳琅满目，繁华绚丽，灿烂辉煌。他们感受到了绚丽扑面的眩晕，他们感受到了辉煌冲击的震撼，这正是他们当年进入俄罗斯琥珀屋的感觉。

他们相视开心地笑了，笑容中充满了骄傲与自豪。他们的琥珀屋达到了俄罗斯琥珀屋带给他们同等级的感受，他们的感受是真切的。他们感到光彩夺目，并且这光彩不可抵御地穿透他们的身体，让他们的脑际心房满是明媚的光亮。他们感到绚丽的围绕，并且侵入他们的体内，让他们身体所有细胞都充满愉悦。

他们的琥珀屋不是徒有虚名。

这是他们的成功！奇迹般的成就！这将永远嵌入他们的人生之中。

他们的琥珀屋虽然不像俄罗斯琥珀屋那样铺张奢侈，把琥珀镶满房屋的整个墙壁，用琥珀那富有的色彩和莹润的光泽，把房屋装饰得富丽华贵，但他们把琥珀丰富的颜色、晶莹的光泽转化成多姿多彩的艺术形象，这屋里的每件作品都那么精美，熠熠生辉。这是一个琥珀艺术品的展室，一个琥珀的艺术殿堂。

他们有和俄罗斯琥珀屋比较的优势，他们觉得他们的琥珀屋更值得欣赏和品味。他们的琥珀屋有让他们骄傲的资本，他们的琥珀屋汇集的每件作品各具特色，都是巧妙构思精心打造，把琥珀的光华美丽运用到极致的艺术精品。

他们在获得房间的整体感受，并觉得满意之后，开始逐一欣赏展示的作品。

在北京和香港展出的琥珀画全部挂在墙上，是琥珀画的主要组成。除此之外还有十多幅作品。其中两幅是裸体人物画。一幅是圣女和小天使，圣女赤裸着身体斜坐在林中长满野花的草地上，四个小天使围绕在她身边。另一幅是白人裸女斜躺在家中的卧榻上。这两幅画的环境是用琥珀粉末和碎块粘贴拼装，人体是用大块琥珀粘接镶嵌再雕刻制成，呈现浮雕的效果。

有两幅是乌克兰的风景画。一幅是基辅穿城而过的河流和沿岸的建筑景物。另一幅是很具有乌克兰西北部地貌特点的野外风景，画中有湖泊、沼泽、森林和木屋。冯瑞阳曾向安琪介绍过这幅画，说他们进的琥珀都是这个地区出产的。这两幅画是冯瑞阳根据他在乌克兰的写生创作的油画，用琥珀碎末和不同大小的琥珀碎块粘贴而成。

有两幅动物画，一幅是几匹枣红色骏马奔腾的画面，另一幅是几只草原狼的形象。两幅画都是用不同颜色的琥珀碎末涂抹而成，制作非常精细，栩栩如生，动感十足。

有两幅中国人物画，一幅是少女的近景画，另一幅是京剧刀马旦形象。还有几幅国内著名景点的风景画和静态花卉。所有画作工艺制作精美，晶莹华丽，美轮美奂。

冯瑞阳和安琪一件挨着一件地欣赏，不落掉任何一件作品。他们回忆创作这些作品的立意、构图以及艺术上的追求和在制作过程中遇到的问题。他们聊着创作这些作品时的种种趣事，他们的不同看法、争议和最后的妥协，那些不能忘怀的经历。

冯瑞阳是学油画出身，在写实主义的师承和影响下学习琥珀雕刻。安琪则一直接受象征画派的教育。两人的琥珀雕刻技艺虽然是一个师傅教的，但创作思路有很大不同，在创作中总是各有想法，争执和各持己见经常发生。他们有些画是象征的表现，那肯定是冯瑞阳妥协的结果；有些画是写实的风格，那一定是安琪甩手不管成就的。这样也好，两人相得益彰，使他们的作品呈现出多样的画法和风格而丰富多彩。所以每一幅画都有故事，都有说不完的回忆。

两个人看过琥珀画，再浏览琥珀雕件。摆在展示柜里的琥珀雕刻摆件，较之琥珀画更加丰富多样，摆满了三面墙，身处其间，让人油然产生一种激动，一种兴奋。

摆在最显要位置的是那件龙的大件。这是件高三十八厘米、宽二十二厘米的扁平型立体雕刻，雕了一条盘旋向上腾云的龙。龙首魁梧，双眼凸起，有藐视宇内、蔑视四海的神威气概，张嘴吐舌有气吞山河之势。鼻两侧长曲须、下颚疏须、头上疏发，向四外曲张，怒发冲天。龙身雄伟，身上纹路饱满，张扬着力量。龙爪粗壮，刚劲锋利。龙身盘曲向上有行海驾云的雄姿，张牙舞爪有叱咤风云的威猛。龙身有云纹缭绕，龙头前有龙珠火红。雕件布局构图严谨，龙的形象有内在的宽阔和外在的大气，显得比既有尺寸放大了很多。雕件的雕刻工艺精湛，非常巧妙地利用了琥珀内含颜色的变化。龙头、龙身、云纹、龙珠呈现出不同的颜色和晶体效果，雕件宏伟壮观，光彩四溢。

陈列的所有雕刻摆件作品中，人物雕刻占其中一大部分。有中国的历史名人，孔子、老子、屈原、李白、杜甫、陶渊明、秦始皇、岳飞、文天祥、三国人物，几乎囊括了中国历史各方面的著名人物。还有神话传说人物、佛教人物和文学作品中的人物形象。当代人物也是人物雕刻的一部分，有穿着民族服饰歌舞的姑娘，恋爱中的青年男女，裸体美女，丰收的农民，欢乐的儿童和幸福的老人。在人物雕刻的表现方式上也是多种多样，有立体和浮雕造型，还有刻线造型。有些作品用西方写实手法，形象真实生动，这在中国的宝石雕刻中是少见的。多数作品还是中国传统的表现方式，用象征夸张的手法，突出鲜明的人物性格和神情状态，都是极具想象、艺术性很高的形象创作，有很强的感染力。这些作品中还有安老师的几件琥珀雕刻作品，都是获奖作品，是他们保留下来的。其中《八仙人物》是老师最杰出的作品之一。冯瑞阳记得这块大的蜜蜡料是他在乌克兰发现，然后买下来，亲自给老师带回来的。老师在这块长二十厘米、高十二厘米的蜜蜡上，以山石树木海水为背景，刻画了各具特色、形象鲜明的八仙人物，栩栩如生，显示出高超的人物塑造和精湛的雕刻技艺，是难得的艺术珍品。

陈列的作品中，有大量的花鸟虫鱼、猛禽走兽、山水景物的雕刻作品。这些作品大多是传统题材，也是宝石雕刻作品常见的内容，但这里每件作品中的形象都给人新奇的发现，给人独特的艺术感受，看不到模仿的痕迹，没有流俗的处理。因为这些作品都是他们亲自对自然对象的观摩，然后提炼、创作出来的艺术形象。这些作品仍然显示出不同的创作风格。其中有些写实的比较大的雕件，雄鹰在山岗上展翅欲飞，骏马在草原上奔腾，猎豹伸展矫健的身姿追捕猎物等一系列作品是用西方写实手法的立体雕刻。作品刻画了动物的动态瞬间，形象健美，逼真生动。还有一些也是写实的小件，蝈蝈、鹦鹉、小鸟等都鲜活灵动，有趣可爱。这类题材多数还是传统的表现方法，取材广泛，创作手段更为丰富。在形象刻画上以凸显神态情韵为特点，夸张传神，气韵生动，神形兼备。还有一些山水风景的雕刻，继承了传统的美术观念，讲究布局，创制意境，诗意盎然，给人美好的艺术享受。

这里面所有的雕件都是雕刻精巧的艺术精品，又都是和琥珀完美结合的宝石艺术品。这些作品都根据琥珀自身特点进行构思，运用琥珀晶体的透、不透、半透和丰富的颜色构图布局，巧妙地利用琥珀内涵、颜色的变化和特点进行形象创作。每件作品都有令人赞叹的独特构思，又有让人叫绝的和琥珀光色特点的精妙结合，相得益彰，形色相映。作品多姿多彩，美不胜收。

他们浏览着这些璀璨多姿、琳琅满目的作品，满怀喜悦，谈论着这些作品的话题。冯瑞阳这时更加真切地感受到了他们的成功。他完成了他预期的人生目标，实现了他的梦想，他的理想，感觉达到了人生的顶点。他也完成了对安琪的承诺。安琪的心情和他是一样的。虽然他们两人在北京和香港的展销会上都在众人瞩目下登台，那时应该更有成功的感觉，但那时心里事太多，总想着展销会的具体工作，没有静下心来享受那巨大的成功的感觉。现在他们没有任何杂务的干扰，静心享受着成功带给他们的快慰。

他们用很长时间欣赏屋里的全部作品，在每个作品前面驻足欣赏议论，仿佛在履行一个仪式。这个仪式结束后，他们站在屋子中央，沐浴在琥珀的色泽和艺术的光辉中，脸上洋溢着幸福的明媚。他们由衷地赞叹道：

“真的太好了!”

“确实！无论是整体给人感觉上的冲击，还是每件作品的艺术品质都非常好。”

“每一件作品我们都努力做到了最好。”

“我们做到了！真的很完美！真的!”

“比我们过去想象的还要好!”

“是的！超出了我们的预期。”

“就是!”

“我们终于……终于完成了!”

“为这一天我们付出的太多了。”

“值得！真的值了!”

他们沉浸在用琥珀的晶体所创造的艺术殿堂中，感受着那琳琅满目的艺术品散发出的美的信息。这时他们的心情非常轻松，还有一种解脱的感觉。那是一种卸下负担的轻松，一种艰苦的历程终于抵达终点的解脱。

“这琥珀屋要是能一直保存着该多好啊!”

“可是有的作品已经被很多朋友提前预订了，有的朋友几年前就订了。”

“舍不得！真舍不得拆开卖了。”

“不行，我和所有的朋友说说，不卖了，都推了!”冯瑞阳故意说。

“那怎么行！都答应了，怎么能说话不算数呢？将来就没脸见面了。”

“就是！那就把人都得罪光了，生意都没法做了。”

“这么多年做的，费了这么多心思，费了这么多功夫，搞起来了，一下又都卖了。咳!”

“咱们展览一段时间，半年或者三个月以后再卖。”

“咳！早晚也是卖，卖吧。”安琪的嘴角露出一丝苦涩和无奈。

冯瑞阳宽慰她说："没关系！我们再继续做。"

安琪惊讶地瞪大了眼睛，说："继续做？做到现在这个程度？重新再来一次？想想我都怕。"

冯瑞阳却是热情十足，信心满满。他说："我觉得我们在艺术上思想上和经验上都更加成熟了，正是出好作品的时候，脑子也有好多创作的想法。我相信我们会再次迎来创作高峰的。你先把孩子生下来，带两年孩子。我先干着，卖出去的，我会创作出更好的作品补齐，让咱们的琥珀屋一直保持着。"

他们观赏着琥珀屋，沐浴在多彩的阳光里。他们手挽着手，脸上笑意盎然，他们感受到了人生的美满。当天下午，他们通知所有朋友前来参观琥珀屋，洽谈他们预订的作品。

从第二天开始，他们的朋友们、老主顾们，还有听到这消息的人们，络绎不绝来到琥珀屋参观。所有来参观的人无不被琥珀屋的富丽辉煌所震撼，为这些琥珀艺术品的灿烂精美而兴奋。参加过琥珀画展销会的人都说，给他们的感觉要比展销会强烈很多。

老朋友们和老主顾们早就把一些作品揽到自己的名下，这次又加订了一些。其他人也纷纷订下喜欢的作品。除了老师的一些作品留作纪念不出售，他们的作品几天时间被订购一半以上。冯瑞阳和安琪事先和购买的人说好，一个月过后再把作品提走。

香港的陈先生很快就到了。他一进琥珀屋就大呼："太美了！太美了！"他一眼就看见了那件龙的雕刻，端详良久，赞叹不已，拉过冯瑞阳说："这件我收藏了，我买了，你必须答应我。"

冯瑞阳笑着回答说："老陈，这件可不行！这件我不卖！"

"你答应别人了？"

"谁也没有答应，这件我打算长期保存在这里。这琥珀屋总得有几件拿得出手的东西呀！"

"那行。咱们说好，坚决不卖，卖只能卖给我。这我倒放心了，先在这里放着，过两年我再和你商量。"

陈先生观摩了一圈后对冯瑞阳说："应该保留下来！应该保留下来！作为琥珀艺术馆，这在中国可是独一份。这个品质，在世界上我也没有见到过！"

冯瑞阳摇摇头说："作品全部保留下来，这很难做到了。很多作品早就订出去了，保留到现在已经不容易了。"

陈先生点点头说："能理解。毕竟我们是做经营的。"

冯瑞阳继续说："不过会把琥珀屋保留下来，我们会不断地往里面补充新作品。"

"那就好，不仅保留了琥珀屋，还总有翻新，这更好了。"

陈先生指着那幅《琥珀，瑰异的中国传说》琥珀画说："大明星没来？"

"去南方拍外景了，下星期回来。"

"这幅画他还要不要？"

"要啊！来了几个电话了，叮嘱我半天。我说呀，你就把这幅画让给他吧！你在这屋里再挑一两幅别的，不满意的话，我按你的要求专门给你做一幅。"

陈先生不情愿地摇摇头说："好吧！我们是做琥珀的，比他接触好东西的机会多。就给他吧。"

陈先生又看了一圈后对冯瑞阳说："这里缺了一幅琥珀画。"

冯瑞阳有些诧异，问道."缺了一幅琥珀画？缺哪幅？"

"《琥珀，美人鱼的传说》。"

"哦！做了大部分了，想把脸部做得更细腻一些，正在找感觉，不久会做完的。"

"你和我描述过，大海，朝霞，白琥珀雕刻的裸体美人鱼凄楚动人。这幅画肯定很美，而且你作这幅画十分用心，我要这幅，提前跟你订下了。"

"好！说定了。"

几天后，那位男明星来了，进屋就被这满堂的辉煌震撼住了。他逐个欣赏四壁的琥珀艺术品，口中不停地赞叹，转了一圈后拉来冯瑞阳指着那龙的雕件问道："这件龙雕出手没有？"

"没有……"

"这件我要了！"

"不是，这件我不卖。是这样，这琥珀屋大家都说好，我想长期保持着，总得有几件艺术价值高的东西撑着不是？"

明星点头评论着："我见过的龙可是多了，你这龙雕得可太好了！与众不同！与众不同！你看这龙身龙爪多饱满，多有力量。龙头魁伟，神气十足。这身形神态，不怒自威，唯我独尊，神威霸气。而且这是一条祥龙啊！你看这龙，威猛而不凶狠，龙珠和云纹搭配得也好，再加上琥珀华美的光色，让人感受到一派祥瑞之气。这要是摆家里，每天看一眼，这一天的心气都不一样。搁谁家谁家旺，摆在哪个公司哪个公司发财。我告诉你，你不卖，我不说什么，你要卖，只能卖给我，我提前跟你订了啊！"

他又指着那幅《琥珀，瑰异的中国传说》说："这个怎么样？我可是要定了。"

"这件是您的了，我已经和老陈说好了。"

他点着头，赞叹说："这琥珀屋是应该保存着，效果太好了！说实在话，我都不舍得拿走了，不舍得给拆开。"

"老师，没事，我继续创作，再给补上。"

男明星在屋中转着，兴趣盎然地观赏着满屋的琥珀艺术品，口中不停地叨念："太漂亮了！太漂亮了！"

他站在屋子中央兴奋地对冯瑞阳和身边的朋友说："盛世之作！都是盛世之作！"

男明星感叹着反复说："盛世之作！你们两口子能坚持着做成这事，可够不容易的，本身就是盛世之举，这琥珀屋就是盛世之作。"他指点着四壁的作品继续说："再看你们的作品，每个形象所有细节都透着一种昂扬的精神，这全是盛世之作。咱们就看这龙的大件，漂亮，美感十足咱先不说。你首先感觉这龙威武，神气，气势磅礴。你再看这龙的细节，处处让你感受到饱满的精神、充沛的力量。这就是盛世之龙！晚清民国的龙全都蔫头耷脑，透着一种衰落，不能说那些作品艺术水平不高，不能说艺术家的造诣不够，是时代的局限。艺术品都是时代精神的投射，盛世的龙和衰落时期的龙就是不一样！”

明星的话，说得屋里的人们频频点头。冯瑞阳听着也是十分开心，心想，这明星不愧是大艺术家，看得懂作品，懂艺术。

明星接着说：“再看人物作品，表情神态各异，个性突出，表现得非常细腻生动，每个人物的精气神都出来了，透出那种洒脱乐观、积极进取的精神。这都是盛世之作啊！你看这两幅画，这是你乌克兰老师的画？这里也有人物，但面无表情，不仅显得呆板，还让人觉得迷茫或者忧郁。你老师的风景画也是，画应该说不错，画面够美，做得也精致，但就是给人沉寂落寞的感觉。你看，你的这几幅风景画，跟你老师的景致差不多，但生机盎然，给人的感觉完全不同。你看你的这些花鸟虫鱼都活灵活现，特别突出生命力，积极面对生活的神态。这就是不同的社会状态和时代的精神在艺术家创作中的反映。这个没辙，艺术家再牛，也逃不出时代的影响，都反映在你的作品里了。”

明星当着冯瑞阳和几个朋友对艺术品发表了一番评论，想了想又问冯瑞阳：“这样展览几天，这些作品就都卖出去了？”

“大部分都订出去了，有的是几年前订的。”

明星摇摇头说：“可惜了。这样吧，我找个摄影师来，非常好的摄影师，把这里所有的展品都拍下来。搞一个画册，再搞一个电视片。东西保存不下来，咱们把影像保存下来。你放心，版权是你的，怎么处理你决定。”

冯瑞阳原本也有这想法，准备自己搞，但肯定不如专业摄影师做得好，所以当即答应道：“那太好了！您看该多少钱，我付。”

“这不是从商业上考虑，而是从文化角度考虑。也就付点工费，没有多少钱。你放心！咱们这点儿面子还是有。”

没过几天，明星就带着摄影师来了——一位国内著名的摄影师。几人一起做了个规划。第二天摄影师带了三个助手，架上摄像机和灯光设备开始拍摄。他们非常专业，设备齐全，拍摄手段丰富，用三天时间完成拍摄。三个星期以后，一部全面记录琥珀屋作品的电视片和一部精美的画册就制作出来了。

冯瑞阳拿回家和安琪一起观看，非常满意，特别是电视片，既反映了琥珀屋的整体效果，又突出了一些重要作品的艺术特点和美感，多少弥补了他们这么多作品即将被人拿走的惋惜。

第三十二章　炸飞的生命

琥珀屋展览了一个月后，顾客收藏家陆续取走他们订购的展品。这时候，一个爆炸性的消息让冯瑞阳大吃一惊。

今天上午，张斌的姐姐突然接到张斌从国外打来的电话，电话里张斌一反常态，非常阴郁地说："今天，我老婆孩子都被炸死了……姐……从今天起……你没有我这个弟弟了。"说完电话就挂了。姐姐把电话打过去，张斌已经关机了，无论怎么打也打不通了。张斌的姐姐吓得慌了神，给冯瑞阳打来电话，求他想办法联系张斌，问问发生了什么事，一定要叫张斌回国来。

张斌姐姐的电话把冯瑞阳吓得瘫坐在椅子上，这可是天大的事啊！搁谁都无法承受，这会要了张斌的命的！冯瑞阳一直关注着乌克兰的局势。春节前他回国后，独立广场的示威演化成暴力冲突，死了几十个人。然后经历了总统出逃、政府垮台等一系列事件。之后，俄罗斯族人占多数的东部要求独立，从而爆发了东部战争。他判断，张斌应该是受这场战争的影响。

接电话时，冯瑞阳正在镶嵌那美人鱼身体的琥珀。他放下手里的活，哆哆嗦嗦地拿着手机拨打乌克兰张斌的电话。他打了几次都是关机状态。他叫打下手的徒弟给他倒了杯水，一口气喝了半杯，他让自己镇定下来，想想该怎么办。他想，找在乌克兰的朋友联系张斌，可这些朋友都在基辅和阿萨德，他们也都是通过手机联系，如果张斌手机关机，他们也联系不上，没用。

他翻看手机里的电话号码，看到了中国驻乌克兰大使馆领事部的电话号码，便拨了过去。电话通了，他说了张斌的情况。领事部接电话的人说，没有接到相关信息，他们会按电话号码尽量联系，有情况会通报家属。

放下电话，冯瑞阳想不出联系上张斌的办法，心急如焚！他再一想，何必在这里干着急，干脆亲自去乌克兰找张斌。他还有乌克兰的多次往返签证，便当即订了后天的航班机票。

冯瑞阳这时心已经乱了，哪还有心思作画，他向徒弟交代了一下，要徒弟继续作画，又去向两位师兄安排工作，做走的准备。这时候，张斌的姐姐过来找冯瑞阳了，一脸惊慌地求他想办法联系张斌，劝他回国来。听说冯瑞阳订了后天的机票去乌克兰专门找张斌，姐姐感动得热泪盈眶，嘴上不断地道谢，央求冯瑞阳无论如何拉张斌回国。

冯瑞阳回家跟安琪说明情况。安琪的预产期在两周后，他估计一周就可以返回，不会错过妻子的生产，家里有两个老妈还有老爸悉心看护，他还可以调一两个女员工过来帮忙照看，确保万无一失。所以他没觉得安琪会不同意他去。

不料却遭到安琪的强烈反对。安琪反对不是因为自己即将生产，而是怪冯瑞阳这样做太冒险了，那里在打仗，这么危险怎么能前往呢？让他不要去，还是想办法先联系上张斌，问清楚情况再说，这样较为稳妥。冯瑞阳解释说："现在是联系不上，在这里坐等不是办法。出了这么大的事，再找不到他会出大事的，那就什么都晚了。"

"关键是那里在打仗，有危险！你不能不管不顾，为了救他，把自己搭上！"

"我和张斌是跟亲兄弟一样的哥们儿，我不能见死不救！我跟你讲，如果换我是这个情况，张斌也会毫不犹豫地来到我的身边，所以我必须这样做。"

安琪听到这话反而更生气了，高声说道："哟！我马上要生了，你可以不管，去救你的哥们儿？正常情况下，去就去吧。可现在那里在打仗！你老婆马上就生孩子了，你不能不考虑我们吧？"

冯瑞阳满脑子都是张斌的事，没注意到安琪的感受和担忧，现在才察觉到自己讲话的不妥，马上安慰安琪说：“你和我们将要出生的孩子永远是第一位，对我是最重要的。但目前能找到张斌的只有我一个人，我不去张斌就全完了。”

“但这对你同样是危险的！那里在打仗！”

“我到乌克兰会看情况的，我不会去送死，这请你放心。我到乌克兰以后，会想办法联系他，再托人去找他，不会冒险上战场的。”

安琪的情绪稍微稳定些，说道：“你自己看着办，你这一走，我这心就揪起来了。你心里要有我和孩子，就别去危险的地方。”

“放心，我心里有谱。另外，无论找得到找不到张斌，我都会在你预产期前赶回来。”

冯瑞阳还嘱咐安琪不要和爸妈说他去乌克兰的真正原因，就说生意上有事必须过去。冯瑞阳走的时候，安琪的眼圈红了，嘱咐他说：“到那里以后，随时给我打电话，别忘了我无时无刻不在惦记你。不要去危险的地方，一定要先保证自己的安全。”

冯瑞阳再次做了保证后就急匆匆地出发了。冯瑞阳一路还算顺利，只是飞机晚点了四个小时，半夜到的基辅，他先找宾馆住下了。第二天早晨醒来后，他就不停地给张斌打电话，一直都是关机。他又电话联系了所有认识的在乌克兰做生意的中国人，没有人知道张斌的情况。他给维达利克打电话，也是关机。晚上，他又分别给尤里和奥列格打了电话，询问了政局和东部的战况。他没有提张斌的事，知道在当前形势下他们帮不上忙。就这样，他打了一天的电话，一无所获，心里焦躁起来，心想实在联系不上就自己过去。

第二天早晨，冯瑞阳先给安琪和张斌的姐姐打电话说了一下情况，也询问了安琪的身体状况。然后他出门打听东部的交通状况，跑了一圈才打听清楚，所有的交通都已中断，飞机停航，火车停驶，连中巴车都停了。他又去找出租车，出租车也不去。晚上冯瑞阳回到旅馆，一天一无所获，心情更加焦躁。他再给维达利克打电话，想让维达利克帮他找辆车跑一趟，可维达利克还是关机。两天就这样过去了。

第三天早晨，冯瑞阳还是先给安琪和张斌的姐姐打电话。这成了他每天早晨要做的第一件事。然后给维达利克打电话仍旧关机中。这时他想起了巴格丹，想让巴格丹找辆车陪他跑一趟。他拨通了电话，接电话的却不是巴格丹，而是一个女人，自称是巴格丹的妻子。她说："他病了。"说话的语气非常阴沉。冯瑞阳知道巴格丹结婚了，但没有见过他的妻子。

冯瑞阳听出巴格丹可能病得很重，试探地问道："他可以接电话吗？"

"不能。"

"他得了什么病？"

对方没有回答。

"好，我去看看他。他是在医院还是在家里？"

"家里。"

冯瑞阳立刻打车去了巴格丹家，就是过去维克多的工作室兼住房，巴格丹结婚以后就住在这里。房子现在已经变了样，没有了过去的橱窗，完全成了住宅模样。给他开门的是个不到三十岁的当地女人，长相平常但很周正，脸色忧郁，见到冯瑞阳眼圈就红了，显然她知道冯瑞阳是谁，跟巴格丹是什么关系。她把冯瑞阳带进里屋巴格丹的病榻前。巴格丹平躺着，身上盖着被子，只露出头脸，身体一动不动，就像死人一样毫无生气，只是眼睛睁着，见到冯瑞阳也没有什么反应。

冯瑞阳没想到他病得这么严重，大吃一惊，叫道："巴格丹！巴格丹！是我！我来看你了。"

巴格丹似乎听到了叫声，眼睛迟滞地看着冯瑞阳，眼神没有一丝波动，没有讲话，脸上也没有任何表情。冯瑞阳转头问巴格丹的妻子："这是怎么回事？"他的妻子抽泣着没有回答。

冯瑞阳再看巴格丹，他的额头有一条明显的延伸到发际的伤痕，左边脸颊上也有一处伤痕，两处伤痕都有缝合的痕迹，还没完全消肿，脸有些变形。冯瑞阳看到这些，心里明白了，巴格丹是被人打伤的。冯瑞阳的心像被刀刺了一样痛，一股热流浸湿了他的眼窝。巴格丹的妻子到外间讲述了他的病情。冯瑞阳估计得不错，他确实是被打伤的。在广场上，一帮革命群众不问青红皂白砸了他们的帐篷，打里面的人。当时帐篷里有两个人，一个被打死一个重伤，重伤的就是巴格丹，其实跟死也差不多了。他脑部严重受损，造成失忆失语，眼睛能睁开但可能也看不见了，身上还有多处骨折，住了两个月医院，最近刚刚回家。

“医院怎么说，怎么治疗？还能恢复吗？”

她悲观地摇了摇头，然后补充说道：“是公立医院。”

在独联体各国，公立医院与私立医院、外资医院的医疗水平差距很大，而民办医院或外资医院收费太高，一般人看不起。巴格丹妻子的意思是医院水平差，医疗结论有可能不准确，也有因为没有钱进不了好医院的意思。从另一个房间出来一位中年妇女，抱着一个婴儿。巴格丹的妻子给冯瑞阳介绍，这是她的妈妈和他们的孩子。

冯瑞阳上前看了看，是个男孩，孩子白皮肤浅蓝的眼睛，胖胖的很可爱，一岁多，还不会说话。冯瑞阳掏出一千美元交给巴格丹的妻子，说道：“这个钱你拿着。我有急事先走，四五天以后回来。回来以后，我们一起带他去最好的医院看，想办法把他治好。”

巴格丹的妻子没有推辞，接过了钱，把冯瑞阳送出了门外。冯瑞阳走在街上，想着巴格丹这么年轻遭此不测，心里难过得暗暗流泪，走出很远才打车，这才回了旅馆。

下午，冯瑞阳终于联系上了维达利克。原来维达利克在国外今天才回来。他听了冯瑞阳的想法后，答应一会儿过来找他。傍晚，维达利克开车过来，拉了冯瑞阳去餐馆吃饭。他带了一个司机介绍给冯瑞阳，次日一早这位司机开车带冯瑞阳去东部。

司机是个三十来岁的当地人，叫安德烈，人高马大，看样子很沉稳，他就在东部出生长大，这两年才到基辅打工，在维达利克的公司里当司机。曾经在基辅和东部之间跑过车，所以他对东部各方面情况非常熟悉。吃饭时，司机介绍说：“那边的战况现在呈僵持状态，比较激烈的战斗主要集中在几个地点上。公共交通已经完全中断，自己开车绕过几个仗打得激烈的地点是可以过去的。”维达利克最后抱歉地说：“我最近实在太忙，不能陪你过去了。”

“不用你去，这就帮了我的大忙了。另外车和司机我付钱。”

“那倒不用，我的车，我的人，你付什么钱?”维达利克摇手笑着说道。

第二天清晨天还没亮，冯瑞阳和安德烈就出发了，开的是奔驰E320吉普。他们在街边加油站给汽车加满了油，买了饮用水和食物，就出了基辅城区，沿着公路直奔东部。汽车刚上路时，路上没有什么异常，往来的汽车也不少，感觉不到前方有战争发生。开出两三百公里后，可以看到路上有军车的车队，再往前走又发现有轮式装甲车队行驶在路上，这让冯瑞阳感觉到了战争，精神上有些紧张。不过安德烈说这里离爆发战争的地点还很远，摆着手让冯瑞阳放松心情。

安德烈说两个月前，战争开始的时候，也是战况激烈的时候，他来过一趟，到家里把老婆孩子接到了基辅，现在他的父母兄弟仍然在东部，他这次过来如果时间允许准备去家里看看父母。据他讲，交战地点的战况是非常激烈的，死伤很严重，死伤的人数比官方报道的人数多很多。另外战场不像人们想象的那样，两军在州的边界成线性对峙，仗打得有些乱，有些坦克装甲车还有士兵深入到东部里面，所以有些不是前线的地方也发生了战斗。另外东部边界并没有封锁，汽车是可以绕开战场进入到里面的。

下午汽车越来越靠近东部，路上各种军事车辆也越来越多，民用车辆越来越少。安德烈车将车速放慢，见到对面有轿车开过来，就把车停在路中央从车门探出头，问对面车的司机前方的情况。就这样走一段问一下前方的情况再走，在接近东部边界的地方，路上几乎没有车辆了，路边还有几辆装甲车和其他车辆被打毁的残骸。这时，他们隐约听到了前方传来隆隆的炮声，他们知道战争就在离他们不远的前方。冯瑞阳现在不是紧张，而是恐惧了。

安德烈把车停了下来，他下车站在路上，看了看周围环境和方位。这时两个方向各有几辆乌克兰军队的军车开了过来，要在他们这里错车，他高声问前方的情况，车上的士兵朝他摇摇手，指了指他们来的方向，意思是前面不能去，掉头回去。安德烈上了车，把车又朝前开了一段，拐进了右边的一条小路，他准备绕行。

安德烈开车沿着狭窄的小路走着，路是柏油路面，但年久失修，路况不好。但车况好又是越野车，所以开得并不慢。汽车穿过了几个村庄，村庄里人很少，可能都逃难离开了，或是躲在家里不出来。只要在村庄里碰到人，安德烈都要问一下周边的情况，再选择要走的路。他们一直能听到远处的炮声，尽量绕开响炮的地方走。安德烈现在的神态和上午开车时截然不同，眼观六路耳听八方，全神贯注地开着车，也显得十分紧张。他们的汽车在这样的路上周周折折地走了几十公里，穿过几个村庄之后，听不到炮声了。可这时天色已经暗下来了，走夜路，他们十分担忧，怕不明情况误入战区，也怕被武装警戒人员误判打黑枪。他们驶进了前面的村庄，停在一个环境安全的地方，就在车里忍了一宿。

第二天一早，他们继续开车上路，和前一天下午一样在小路上周周折折地绕行。刚出发不久，冯瑞阳就接到了爸爸的电话，说他们已经把安琪送到医院住院了，叫他快点儿回来。并且指责他，媳妇生孩子怎么能不在呢？冯瑞阳赶紧给安琪打电话，问情况怎么样。安琪的情绪倒还平稳，平静地说道："身体还没有反应，爸妈他们怕来不及，医院也安排了床位，就住进来了。你什么时候回来？"

冯瑞阳道了歉，说还要耽误几天。安琪说："我住在医院，你可以放心。晚回来几天没关系，主要是你要注意安全。"

冯瑞阳听了安琪的话，安心了很多，也提振了精神，想着尽快找到张斌，把他拉回来。自己快点回到北京，回到安琪身边，迎接孩子的出生。

他们继续穿过一些村庄，发现村庄里都有一些房屋被炮火击中的废墟，越往东边走被毁坏的房屋越多。而且村镇多了许多武装人员，服装比较乱，有的穿绿色的军便服和迷彩服，有的穿普通民装，年龄从十几岁到五六十岁都有，拿着AK-47冲锋枪，或者火箭筒。这些武装人员有的在房顶上警戒，有的在路边戒备，经常拦住他们的车检查，不过看看护照，检查没有携带武器，听安德烈说是东部人，也就放他们过去了。安德烈说，这些都是东部的民间武装，基本上都是俄罗斯族人。

他们又辗转了一百多公里，终于在下午到了东部一个州的首府，也就是冯瑞阳曾经来过的，张斌餐馆和住房所在的那座城市。他们进入这座城市，街上随处可见战争的痕迹，有被炮火击毁的房屋，还有车辆的残骸，街区中几乎没有人和车的往来走动，城市中弥漫着死一般令人恐怖的空寂。冯瑞阳看得胆战心惊，虽然这时候没有枪炮声，没有战斗发生，仍让他感觉到危机四伏的恐慌。

安德烈说:“这里现在没有大规模的战斗，但会有冷炮打来，有时候还有坦克和装甲车突击进来，在大街上跑，打几炮就又跑了。现在这里的老百姓能跑的都跑了，没有跑的也不敢在家里住，都住在地下室。”

冯瑞阳凭记忆，找到了张斌的餐馆。餐馆已经关门停业，门窗不仅锁了还用木板把玻璃窗钉死。他们下车上前，从门窗的缝隙往里看，里面很暗，依稀可以看到歪倒的桌椅，看样子已经停业一段时间了。

他们开车离开餐馆，去找张斌买的那套住房。那房子离这里不远，开车几分钟就到了。他们在车上就看到那路边的楼上有一个巨大的黑洞，下车后他们向楼上望去，看清楚了这黑洞是炮弹击中楼房爆炸形成的，爆炸引起强烈的震动，整栋楼的玻璃窗都被震碎，现在居住在这栋楼的住户都是用木板或纸糊在窗户上。而被炸毁的房间正是张斌的住房！两个多月前冯瑞阳在这房子里住了几天，他很肯定。张斌姐姐的消息得到了证实，张斌的房子真的被炸毁。他们走到近处看，楼梯和墙壁都已经破裂，墙皮完全脱落，到处是渣土。他们小心地爬上楼梯，上到了四层被炸毁的房间。冯瑞阳从被炸毁的门口朝房子里面看去，那情景让他感到震撼！毛骨悚然！

冯瑞阳探身环顾房间，房间完全被炸毁，屋里的隔断全部被炸塌，家具电器摆设没有了踪影，全部成了碎屑，上下层和两边邻居的房间也都有损坏，墙壁被炸出了几个大洞，墙皮完全脱落，墙面满是裂缝，屋里都是炸黑的痕迹，让人感受到炮弹爆炸的强大的摧毁力。冯瑞阳眼前浮现出当时炮弹击中房间爆炸时的景象，在惊天动地的爆炸声和爆烈的火光中，房间里所有的物件瞬间化为灰烬，也包括居住在房间里的人。他没有看到人体的残肢碎块，却看到很多地方有殷红的血迹。现场血腥残酷，他看得头皮发麻，脊背发凉，感受到极大的恐惧！

他们在地下室找到楼房里的居民，打听爆炸的死伤情况和张斌的下落。

居民告诉冯瑞阳，除了中国男人外，家里的人当时全在房子里，都被炸了，阿乐桑娜和两个女儿当时被炸死，阿乐桑娜的妈妈和儿子被炸伤，伤得非常重，被抬走了，不知道后来是死是活，现在不知道他们去了什么地方。

这时天黑下来了，两个人坐到车上，吃着事先带的食物和水，考虑到哪里去找张斌。冯瑞阳想象着爆炸后的情形，判断张斌可能的走向。当时张斌一定是外出，逃过了爆炸。他听到爆炸声，回来看到了爆炸现场，悲痛欲绝。他先忍着悲痛，用手机叫来救护车把负重伤的岳母和儿子救出，送到医院抢救，再回来捡拾收集起妻女的残肢碎块，找地方安葬。然后，他应该是回到医院全力救治岳母和儿子。

两个人决定去市里的医院找，吃过饭立即开车去医院。安德烈对这里很熟，很快就跑遍了市里的医院。他们没有在医院找到张斌和他重伤的家人。医院的人说，由于处在战争期间，保证不了安全，医院对伤病员只救治不留院，所以医院现在没有住院的伤病员。

冯瑞阳这时想到了阿乐桑娜小镇上的家，张斌他们可能在那里，即便不在，阿乐桑娜的弟弟妹妹也可能知道张斌他们的去向。冯瑞阳没有去过小镇，但知道小镇的名字。他向安德烈说了自己的想法。他们决定次日一早开车过去。他们还是在车里过夜。夜里，警察和武装人员几次来查车，查验了护照，检查汽车发现没有武器后就走了。

夜里冯瑞阳睡不着，一直到天快亮了才迷糊一会儿。他一直想着那居民楼上面目狰狞的黑洞，那可怕的被炸毁的房间，不由自主，排解不开。张斌引以为傲、深爱着的妻子女儿，顷刻间粉身碎骨；他生命中最为看重的幸福家庭，瞬间烟消云散，这对于张斌来说太残酷了。这是他死都不愿意看到的情景，他已经生不如死。更为残酷的是在这样的心情下，他还要看护伤重的岳母，救治生死线上挣扎的孩子。来之前冯瑞阳没有想到事情这么严重这么复杂，现在他感觉到了这次任务的难度。

早晨，冯瑞阳先给安琪打了电话，安琪还是没有要生产的动静。然后他们开车上路，穿城而过。整个城市倒是没有经历大规模战争，并没有大面积的毁坏。汽车出了城行驶在公路上，常碰到武装人员和各种军用车辆，不时听到不远处的阵阵枪炮声。没用多长时间他们就到了小镇，小镇上也有被炮火炸毁的房子，看来这里也经历了战火。他们打听了一下便找到了阿乐桑娜家的院房。

阿乐桑娜家的房子完好无损，里面有人住，他们叫门，从房子里出来的是阿乐桑娜的妹妹。她认识冯瑞阳，连忙开门请他们进屋。阿乐桑娜的妹妹请他们坐下，给他们奉上茶水后，向冯瑞阳哭诉了发生的惨案。那天早晨，张斌开车去菜市场给餐馆进食材，出门不久，一发炮弹击中了房子，在房间内爆炸，当场炸死了阿乐桑娜和两个女儿。儿子住的房间距离炮弹的爆炸点远，没有被炸死。阿乐桑娜的妈妈当时在卫生间，有几面墙壁挡着，也没有被炸死。但两个人伤得很重，至今仍然生命垂危。阿乐桑娜的妹妹一直哭，边哭边说。由于医院不留住院，他们只好把两人接到家里，由家人每天看护换药打针。张斌现在出去买药了。

冯瑞阳对事情的想象得到了证实，证实的惨剧比想象给冯瑞阳的打击还要大。悲痛碾压过他的身体，他感到阵阵抽搐，泪水一直在眼眶中打转，但找到了张斌他也心安了许多。他环视了一下房间，这房子很大，中间是大厅，周边有几个小房间。屋里很乱，到处乱放着很多东西，弥漫着很浓的药味，又混合着难闻的腐臭的气息。厅里家用电器都齐全，但没有电都停用了。在冰箱旁边竖着一支AK-47冲锋枪。

阿乐桑娜的妹妹引冯瑞阳去两个房间，看病床上躺着的一老一少两个重伤员。阿乐桑娜的母亲头部受伤很重，一直处于昏迷中，头上缠满纱布，身上多处骨折，下身已经瘫痪。张斌的儿子伤得更重，炸掉了一只胳膊和一条腿，炸瞎了一只眼睛，虽然已经苏醒过来，但伤得太重，多数时间仍处于昏迷中。两个人状况太惨，太残酷了！冯瑞阳看得心惊胆战，毛骨悚然，不忍看，不敢看，腹中有股力量向上涌，他想吐，便转身来到了院子里，呼吸了新鲜空气，抑制住了吐，但眼泪却涌了出来。

这时，安德烈提出回家看一下父母，他家离这里有几十公里，第二天就回来。冯瑞阳答应了。

安德烈开车刚走，阿乐桑娜妹妹的丈夫从院外进来，手里提着土豆、面包和牛奶。两人之前见过面，他把手里的东西交给妻子后，在屋里陪冯瑞阳说话。现在他们为了看护伤员都住在这里。阿乐桑娜的弟弟已经成家，也住在这里。弟媳带着孩子回娘家住了，那里更安全一些。妹夫大概介绍了这里的战况。战斗主要集中在二三十公里外的机场，那里一直在打，战况非常激烈。离小镇不远的地方前不久也发生过激烈的战斗。小镇虽然没有展开过战斗，但有几次炮弹打来，炸毁了几栋房子，炸死了十几个人。并且常有冷枪打来，也打死过人。小镇上大部分妇女和儿童跑到安全的地区或是到俄罗斯逃难去了，剩下的都是男人和老人看家。他带冯瑞阳到张斌的房间看了看，里面都是普通家居用的东西，让冯瑞阳震撼的是迎面墙上挂着的张斌和阿乐桑娜结婚时他亲手作的琥珀画，已经被炸成残片了，只是他们两人脸的部分还完好。在这琥珀画上面挂着的是张斌和阿东桑娜结婚时冯瑞阳给他们雕的有两人头像的心形蜜蜡挂坠。见到这两样东西，冯瑞阳的眼泪立刻涌了出来。

张斌回来了，是和阿乐桑娜的弟弟一起回来的。两人提着很多药品和纱布等治疗用的消耗品进了房门。张斌看到屋里的冯瑞阳，怔住了，呆立着没有动。张斌变了，变得冯瑞阳几乎认不出来了。他消瘦了很多，消瘦不仅改变了他的身形，也改变了他的相貌。他的脸庞变长，瘦骨嶙峋，加上胡子拉碴，神情沉重，使他的神色阴森凝重，又迟滞漠然。他的头发已经灰白，年龄不到五十岁，仿佛已经六十多岁，身体也变得难以负重般的含胸驼背，看上去显得苍老衰弱。冯瑞阳一阵心酸，叫了一声“兄弟”，上前握住了他的手。两人四目相对，沉默中眼里都涌满了泪水。

“你……你找到这里来了?!”他的语调似有些感动，也有兄弟相逢的欣慰，但让冯瑞阳感觉更深的是，张斌仿佛遭受重击后造成脑震荡一般，神志显得迟缓。阿乐桑娜的弟弟把手里的东西放到桌上，把身上背着的枪也竖在冰箱旁边，过来和冯瑞阳握手问好。冯瑞阳看了看并排靠着的两支枪，心想，阿乐桑娜的妹夫和弟弟可能加入了武装组织，但也可能备枪是战乱地区护家自卫用的。

张斌把药品放到桌上，对阿乐桑娜的妹妹说:“等了很久，药品才买到。

我怕以后没有了，多买了些，可是买太多，人家又不卖。”他说话絮絮叨叨，不仅外表让人感觉他的衰老，甚至让人感觉他的脑筋已然有些迟钝和呆痴。

张斌让冯瑞阳坐下。他们几个人拿起脸盆清水和纱布药品进里屋给伤员擦洗换药。他们先进的是妈妈屋，妈妈由于骨折，打了好几处石膏，几个人一起动手，把妈妈臀部下的尿不湿撤掉，擦洗后换上新的，再打开纱布，给几处外伤换药，再缠上纱布。最后阿乐桑娜的妹妹上手打针，从臀部注射。整个过程他们的妈妈一直处于昏迷状态。做完他们又一起到张斌儿子的房间，同样的程序，但在打开被炸断的胳膊和腿的创面上发现有腐肉，他们用消过毒的手术剪和棉签小心翼翼地清除。冯瑞阳在门口看到这血淋淋的一幕，立刻头晕目眩，腹中翻涌。他赶忙向门外跑去，刚跑两步，就听到身后房间里一声凄厉的嘶叫，这叫声惊天地泣鬼神！这是孩子疼醒了的叫声，这撕心裂肺的叫声刺激得冯瑞阳精神崩溃，心抖跳，浑身乱颤。他跑到门口来不及出门，就冲着门外呕吐起来。孩子只叫了一声就没有再叫，想必又昏迷过去了。冯瑞阳半天才缓过神来，不敢回忆那扎心的叫声，不敢想那残酷的画面，这才稳住了情绪。他出门把地上的呕吐物收拾干净。

冯瑞阳收拾完回到大厅，他们也治疗整理完，出了孩子的房间。冯瑞阳见张斌脸色煞白，浑身颤抖，好像不能自持要摔倒的样子，忙上前将他一把抱住。冯瑞阳抱着张斌，感受到他身体的颤抖，感受到他的心碎，精神的溃散。冯瑞阳控制自己不哭，他怕这样会加重张斌的伤痛，可还是控制不住，眼泪流满了脸颊。张斌的眼泪也默默地流淌。

许久，冯瑞阳待张斌的情绪稍微平稳后，把他扶到沙发上坐下。阿乐桑娜的妹妹拿了牛奶去给两个伤员喂食，大厅里只剩下他们两人。冯瑞阳拿出纸巾给张斌，让他擦去泪水，见他神情呆痴，沉默不语，想劝慰他，却不知道说什么好。想了想才轻声说：“你姐姐不知道你的情况，很着急，找的我。你也不给我打电话，手机又关机，我着急，就过来了。”

他的反应仍然迟钝，缓了会儿才面无表情地说：“来干吗呢？关上手机，就是不想和你通话，不想让你过来。”

“这怎么可能？我肯定得过来！”

他没再说话，一阵沉默。阿乐桑娜的妹妹把饭菜和伏特加摆放在桌子上，让冯瑞阳和张斌在大厅吃饭，他们三人则在厨房吃。冯瑞阳感觉屋里太压抑，气味又不好，见外面虽然已经日落但天还很亮，也不冷，便提议到院子里去吃。张斌点了一下头。他们把桌椅搬到院里，饭菜重新摆上，坐在桌边，酒倒上，冯瑞阳端起酒杯还是不知说什么好，只好说："来，咱们哥儿俩又见面了。"这话听起来有些沉重，也有点心酸。

张斌稍微咧了下嘴，苦笑了一下，两个人碰杯。冯瑞阳一口把酒干了。张斌看着酒杯，沉默了许久才把酒干了。冯瑞阳看着他，想劝慰他从悲伤中摆脱，可又怕他想起死去的妻子女儿，忆起那悲惨的画面，反而让他更悲伤了；又想鼓励他重建生活的希望，可他的状况和孩子的伤情，实在看不到向好的希望；又想传达他姐姐让他回国的话，可眼见现在的情况他离不开，回不了国。冯瑞阳想了想，试探地问道："我们能不能一起想想办法，把孩子接到中国去治疗？"

他苦笑了一下，摇了摇头，点上一支烟说："做不到。我们的全部证件都被炸毁了，现在这形势补护照办不到，没有证件，哪里都去不了。再说，孩子这个情况，根本动不了地方。"

又是一阵沉默，冯瑞阳也点上一支烟，抽了一口说："我们是兄弟，不管发生什么事，我们共同面对。我带的钱不多，明天我打电话，北京汇钱不方便，我让老陈从香港汇钱过来。"

"不用了，钱都有。也用不着。"

"你是不是跟你姐姐通个电话，她很着急。"

"不了，说什么？电话里也说不清楚。你回去把情况跟她说了就完了。"

两个人一起喝了一杯酒，冯瑞阳看他现在的情绪比较平稳，便劝慰道："我知道你心里难受，赶上这事，谁都受不了。希望你能从悲痛中解脱出来，看得开一些，毕竟还要救孩子，你也还有半辈子呢！"

张斌自己干了一杯酒，默默地抽了会儿烟，低沉地说："当时……我的精神完全垮了。他们的命在我心里比自己的命重……我宁愿死十次，也不愿意他们的命受损！……我当时都不想活了……也不是不想活，是精神全完了……垮了……活不下去了……想随她们一起去了。"这时他哭了，哭得越来越痛，边哭边继续说："……她们娘儿仨身体全碎了……只有儿子身体还在……我抱住了他，他的头上身上都是血……我以为他也死了……就在这个时候，我感受到了他的心跳。我一下清醒了！……我知道儿子还活着……就是这个心跳让我活了下来。因为我知道孩子活得了活不了，全靠我了，所以我必须活着，把我的儿子救活……虽然他伤得不成样子，但我还是要让他活下去……"说完，他已经泪流满面。

冯瑞阳也控制不住地流泪，这巨大的悲痛他这个外人听着都无法承受，何况亲历这一切的张斌。他们说不下去了，没的可说，不想再说什么了，也不想喝酒了，简单地吃了点饭，就进屋睡觉了。张斌在孩子的房间睡，就在孩子的床边地毯上铺上被褥睡，便于随时照顾孩子。冯瑞阳住在张斌的房间。

冯瑞阳躺在床上根本睡不着。没有电，房间点燃了蜡烛。他看着墙壁上残破的张斌和阿乐桑娜的画像以及那两枚琥珀挂坠，回忆起和他们夫妇的交往，百感交集；想到这骇人听闻的惨剧，悲痛难忍，泪水止不住地流淌着……冯瑞阳想：现在怎么办？让张斌回国，这事暂时做不到。给他什么帮助呢？也想不出能帮他做什么。想想还是在这里陪他几天，看看能帮他做些什么事情，即使帮不上什么忙，陪陪他，也会给他的内心增加一些力量。

早晨，冯瑞阳起来后就到院里给安琪打电话，没有打通。他立刻紧张起来，马上给妈妈打电话。妈妈说医院不让产妇在病房用手机，安琪现在还没有生产的动静，还在等。妈妈埋怨冯瑞阳不该这时候出差，要他尽快回来。

张斌起来后，和阿乐桑娜的妹妹几个人一起给妈妈和孩子换尿不湿，吃药打针，喂食牛奶和水。他们发现孩子体温不降，还在高烧，商量去镇医院请医生到家里来看看。张斌和妻弟开车去请医生，冯瑞阳也上了车。张斌的妻弟穿着军用绿色作训服开着车，把AK-47冲锋枪放在座位旁边。镇医院不远，就一公里。他们把车停在医院外，一起进医院去请医生。这个医院就一栋二层小楼，里面等候看病的人不少，可能是医生少，并未满员工作，所以等候时间有点长。他们先到窗口预约，再去诊疗室找医生确认。他们央求了医生几句，又偷偷地塞给医生几张当地的纸币。这四十多岁道貌岸然的男医生才答应，但要等医院候诊的人看完再去。张斌三人看医院里面人多，便到车里去等。

他们三人下车抽烟，冯瑞阳看着街面上，有三五成群穿着不同颜色军用作训服的武装人员来回走动着，并不十分紧张，但也给这里笼罩上了战争气氛。有武装人员押着一队俘虏从他们眼前走过。这队俘虏有几十人，大多是年轻人，都被解除了武装，没有捆绑。旁边有人说，这是昨天俘虏的青年志愿兵营。

冯瑞阳看这队俘虏和负责押送的武装人员两方穿的作训服是一样的，是乌克兰军队的制式服装，但两方人员都没有佩戴徽章军衔标志，这应该都不是正规军队。他看到俘虏中还有几个女人，都很年轻，挺引人注目的。他发现走过他眼前的一个女人正在盯着他看，这引起了他的注意，他猛然觉得这姑娘长得像葛丽娜！

这女俘虏显然已经认出了他，在他前面转身冲了过来，叫了一声："吉玛！爸爸！"

冯瑞阳大吃一惊，也叫道："葛丽娜！"当他认出葛丽娜的瞬间，热血冲上他的脑际，浑身膨胀起一股不可抑制的力量，立刻冲上去不顾一切地要把葛丽娜拉进怀里。负责押送的武装人员不知道发生了什么事，冲了过来，用枪托隔开了拥在一起的冯瑞阳和葛丽娜。

"你负伤了！伤得怎么样？"冯瑞阳看葛丽娜头上和肩上缠着绷带，脸上还有血迹，急切地问道。他虽然和葛丽娜很久没有见面，他们之间也没有血缘关系，但他和葛丽娜的亲情竟然还那么牢固，对葛丽娜的受伤还那样揪心。葛丽娜的脸涨红了，眼睛里闪着泪花，刚要讲话，被押送人员吼道："不许讲话！"转头问冯瑞阳："你是什么人？"

冯瑞阳瞪起眼睛吼道："我是她的爸爸！她负伤了！"

张斌和妻弟一起过来，上前和负责押送的人解释。负责押送的人员这才允许他们说话，招手让其他人先走，他留下来看守这个女俘虏。

"告诉我，伤得怎么样？"冯瑞阳把葛丽娜拉过来，询问她的伤情。

葛丽娜靠在冯瑞阳的怀里，泪眼汪汪，一脸的惶恐，说道："已经包扎处理了。"

冯瑞阳在抱葛丽娜的时候，感觉到她身体的颤抖，意识到她的惶恐。冯瑞阳问："你怎么在这里?"

葛丽娜说道："我参加了青年志愿兵营，过来打仗。你为什么会在这里?"

冯瑞阳说："我来找人，你不要管我。你妈妈知道你到这里参战了吗?"

"不知道！我很久没有见到她了。"

"你一个女孩子打什么仗啊? 我一月份到你的学校还有广场上找你，没有找到。"

葛丽娜成串的眼泪滴落下来。

"别怕！孩子！爸爸在这里，会救你出来的!"冯瑞阳把葛丽娜抱在怀里拍了拍。

负责押送的人员见俘虏的队伍已经走完，过来分开他们，叫葛丽娜跟上队尾。

冯瑞阳朝负责押送的人员吼道："她负伤了！你们要给她看伤!"

负责押送的人员也朝冯瑞阳吼叫："知道!"

冯瑞阳朝葛丽娜的背影喊道："别怕！葛丽娜，爸爸在这里！不要怕！我会救你出来的!"

葛丽娜跟上俘虏的队伍走远了。冯瑞阳把张斌的妻弟拽到身旁，火急火燎地说："你得想办法，把葛丽娜给我救出来。"

张斌和妻弟商量了一下，张斌和车留在这里等医生，妻弟和冯瑞阳一起去看看俘虏被关押在什么地方，找找关系。他们两个人跟在俘虏队伍的后面，看到俘虏全部被押送到了村子的学校里，张斌的妻弟向冯瑞阳要了盒中国烟，单独进学校去打听。

约莫过了半个小时，张斌的妻弟才从学校里出来，对冯瑞阳说："碰巧了，看押这队俘虏的人跟我认识。放人他做不到，没这个权力。商量了一下，这些战俘还没有进行身份核实，也就是说，人数还没有最后确定，今天夜里他私下里把葛丽娜放了，就是别让人知道。”

“太好了！他没提什么要求？”

“要点钱是肯定的，不多，二百美元。”

“这没问题。我们现在做什么？”

“我们现在回家，夜里再过来。”

两个人一起步行回了家，到家时张斌还没有回来。中午安德烈开车回来了，对冯瑞阳说，他的家离战场远，没有受到战争太大的影响。

过了中午，张斌才开车载着医生和一个护士回到家里，然后家里便忙碌起来。医生和护士的治疗主要是清理创面。冯瑞阳留在大厅里没敢看。孩子仍然被疼醒，发出了撕心裂肺的叫声！冯瑞阳虽然有心理准备，心脏还是猛地抖动，剧烈地刺痛，眼泪也不由自主地涌了出来。治疗完，他们又给了医生一些钱，张斌的妻弟开车送医生和护士回去。张斌这时才从屋里出来，还是昨天那样的失魂落魄，浑身颤抖。冯瑞阳扶他坐下，许久他才缓过神来。两个人沉默了很久，才说起了下面的安排。

“夜里接上葛丽娜，就直接开车走吧。”张斌低沉地说道。

冯瑞阳也是语调沉重：“就这么走了？我不放心你！”

张斌沉默了一阵后说：“赶上了，就这样了。别惦记我了。”

“这怎么可能！这样，我们都想办法，把孩子和你接回国。”

张斌摇了摇头，说：“咳！这里一时半会儿不会好转的。别想了。”

“别把事情看死，会有变化的。我们一起想办法。”

又是长时间的沉默。

“别管我了。你快有自己的孩子了，事业上又那么忙，好好把家庭照顾好，把事业做好就行了。我也就这样了，别费心了。”

“你把手机开机，我们能随时联系，我会想办法的，把你们一起接回国去。”

后边两个人就没再说什么。夜里两点多钟，张斌和妻弟开一辆车，冯瑞阳和安德烈开他们的车一起来到学校附近，把车停在隐蔽的地方。然后张斌的妻弟一个人进了学校。约莫过了一个小时，学校的门开了，妻弟拉着葛丽娜悄悄从门缝中出来，来到汽车旁。冯瑞阳打开车的后门，把葛丽娜一把拉上车，搂着她坐在后座上。冯瑞阳仍然能感到她身体的颤抖，拍着她的肩膀悄声说："好了，没事了，我们这就回基辅找妈妈。"

张斌和妻弟的车在前面引路，安德烈开车跟在后面，两辆车前后开出了镇子。中间有武装人员拦车检查，张斌的妻弟打了招呼就放行了。两辆车又行驶了十多公里，才停下来。这时天已经蒙蒙亮了。

张斌和冯瑞阳下车道别。张斌指着前方的路说："前面没有多远就是州首府了，现在看还安全，赶紧走吧。"

冯瑞阳眼眶涌满了泪水，张斌的眼睛也潮红了。"等着我！无论碰到什么，别放弃！别灰心！我一定想办法把你和孩子接回国去！"

"快走吧，战局随时都有变化。到了州首府还要去医院给孩子看一下伤。"

两个人彼此相视，没有再说话，却泪流满面……

第三十三章　琥珀，美人鱼的眼泪

女神尤拉是聪明美丽的美人鱼，卡斯图是一位年轻勇敢的渔夫。卡斯图在尤拉女神的海域撒网捕鱼，尤拉派人阻止，以免破坏海洋的平静。但渔夫并没有停止，尤拉亲自去阻止他，在尤拉见到英俊的渔夫后，她爱上了卡斯图并把他带到了自己的宫殿。

雷神听说女神尤拉和一个凡人相爱了，非常愤怒，他用雷电摧毁了尤拉的宫殿，杀死了卡斯图，用铁链把尤拉锁在宫殿的废墟中。

美人鱼尤拉为逝去的爱人伤心流泪，流出的眼泪落入大海，化作了琥珀。

——立陶宛关于琥珀的传说

冯瑞阳的琥珀画《琥珀，美人鱼的传说》就源于这个传说。这幅画是他的倾心之作，因为总是找不到感觉，至今还没有完成。但今天他在葛丽娜这里找到了那美人鱼的感觉。

葛丽娜自上了车就靠在冯瑞阳的怀里，逐渐地身体不抖了，不那么惶恐害怕了，但情绪并不稳定，一直哭泣。冯瑞阳低声和她说着话，安慰她，平复她的情绪。慢慢地，她说了参加青年志愿兵营的缘由和过程。

葛丽娜刚上大学，就结识了一个男朋友。男朋友比她大三岁，是大学里的高年级同学，她非常崇拜她的男朋友。男朋友在大学生中非常活跃，组织社团，参加政治活动，是大学里面的学生领袖。他政治立场十分激进，积极参加广场革命，在东部战争爆发后，又和其他人发起建立青年志愿兵营，开赴前线参加战斗。葛丽娜一直追随她的男朋友，也参加了军事组织。就在前几天的战斗中她的男朋友被打死了，就死在她的怀里。

说到她男朋友的死，葛丽娜非常伤心，泪水涟涟。她说："当时他在我的前面，一颗炮弹飞来，在前面炸开，把他炸飞了，落到了我眼前。我也被炸伤了，但我离得远，伤得不重。我抱起他来，他浑身是血，看了我一眼，话都没说一句就死了。"说到这里，她虽然没有失声痛哭，却也哭得有气无力，悲伤让她的身心都衰弱到了极点。

太残酷了！她目睹了恋人年轻生命遭到最残暴的毁灭，对一个十八岁的女孩子太残酷了！冯瑞阳听着都觉得恐怖，心里都承受不了，她一个单纯的女孩子怎么能承受得了？冯瑞阳赶紧打断她的话，安慰她，岔开话题不让她再想。

冯瑞阳就是在这谈话间，就是在葛丽娜哭泣悲伤的脸上，感受到了美人鱼的内心情感，看到了美人鱼的眉眼表情。他心里有了那美人鱼面容的画稿，想了想，还把作品的名字改成了《琥珀，美人鱼的眼泪》。

路上的情况并不像张斌估计的那样，他们在离城市不远的地方忽然听到前方有零星持续的枪声。他们把车停下，向对面驶来的汽车打听情况，车上的司机说前方有战斗，路上不安全。安德烈只好开车绕行，绕了很远，走走停停，快中午才到城市。汽车直接去了医院。还好，虽然处在战争之中，但医院还正常运行。据医院的人讲，由于有人道援助，医药物资倒还充足。医院也没有要什么复杂的手续，登个记，医生就给治疗了。医生看了葛丽娜的伤，说是炮弹炸伤的，肩上和胳膊上皮开肉绽的，流了不少血，伤得比较重，头上的伤在侧面，伤得不重，如果在正面，可能就没命了。医生对伤口做了处理、缝合，给开了消炎药。

看完伤之后，他们上了车。这时已经是下午，他们商量了一下，决定继续出发，如果路上安全就一直开回基辅，晚一些也没有关系。如果路上不顺利，就找个安全的地方过夜，第二天白天再走。决定之后，他们就出发了。他们开车出城走了一段路之后，觉得形势有了变化，他们前两天来的路上涌过来装甲车辆和许多武装人员，还能听到前方有枪炮声。安德烈在车上几次探出头打听，得知战局向这边发展了。他们商量，想先返回城里，又觉得城里也不安全，还怕明天出城都困难，只好再向离枪炮声远一些的地方绕路。

冯瑞阳和安德烈对于这种情况都变得紧张，也有些着急。葛丽娜仍然沉浸在哀伤中，她还在哭，向冯瑞阳诉说着心中的悲痛她呜呜地哭着。“我们的国家为什么有这么多的苦难?！我们的民族为什么这么不幸?！……”她满腔的悲愤聚集在心里，排解不掉，化作了流淌不停的泪水。

冯瑞阳一直在劝解她：“不想这些啊，你还小，还是个孩子，这些国家大事，我们不懂，也管不了。”

“就是没有人为国家着想，都在争权夺利搞内斗，我们的国家才衰败到这个地步。”

“你先不要管这些事，你妈妈一直惦记着你，这次回到基辅，哪里都不要去，好好和你妈妈在一起。”

葛丽娜没有说话。这时，冯瑞阳的手机响了。是妈妈打来的，急切地告诉他，安琪进产房了，然后就是一通埋怨：为什么这时候出差？为什么还不回来？这时候你怎么可以不在？……

冯瑞阳急忙打断妈妈的话：“您告诉我，现在安琪怎么样了？”

“现在情况还可以，但大夫说了，高龄产妇随时可能出现问题。你能不能马上坐飞机回来?”

“妈妈！我现在坐飞机回去也来不及了。您和我爸多费心，另外随时给我打电话。”

这个电话让冯瑞阳的心更乱了。他们一直在开车兜圈子绕行，始终没躲开枪炮声，只是枪炮声比刚才小了很多。因为他们不可能向相反的方向走，他们只是选择离战场远一些的道路行驶。但时间也在找路绕行中消耗掉了，到了傍晚他们也没有绕过战场，走上回基辅的大路。眼看天色暗下来了，他们知道着急也没有用，安全是最重要的，商量了一下，准备在下一个村庄找个安全的地方过夜。说来也怪，他们路过不少村庄，但下一个村庄行驶了很久才远远地看见。他们走的路不是主要公路，是乡间的小路，路况很差，开不快，只有他们一辆汽车行驶在路上。离村庄不远了，他们发现路上有了变化，路上有炸毁的装甲车和其他军车的残骸，路面上有弹坑，周边的地上和树木有被熏黑的痕迹。这些都表明不久前这里发生过战斗。

看到路上这情况，安德烈不由得放慢了车速，他们变得紧张起来，看前方的村庄很安静，没察觉有什么异常，四周也没有什么动静。是继续前行还是掉头回走，他们犹豫起来。就在这时，突然从村庄的方向射来一排子弹，子弹全部击打在他们汽车的前脸，车的挡风玻璃被打穿爆碎，随后枪声才传过来。汽车被打得突然失控，歪斜着冲向路边，撞到了树上，停住了。他们被这突如其来的袭击惊到了，又被车里的剧烈震荡颠簸给撞晕了。及至汽车撞树熄火停住，冯瑞阳才把惊恐万状的葛丽娜搂住按在后座上，掩在自己身后，压低身体观察枪弹射来的方向，以防再有枪弹袭来。他观察了片刻，没发现有子弹继续飞来，却发现葛丽娜的腿被子弹打中。血浸湿了她的裤子，顺裤腿滴了下来。这让冯瑞阳大吃一惊，忙掀开裤腿检查，见腿上有一个枪洞在向外冒血，子弹已经穿了出去，不知道伤到骨头没有。他想给包扎，找不到合适的布，看到葛丽娜头上的纱布包扎得比较厚，便解下来一半，用牙咬住撕开，用这纱布把腿缠起来止住血。他又问葛丽娜还有没有其他的伤。葛丽娜惊吓得脸色惨白，身体颤抖着说不出话来。他忙察看葛丽娜的身体，发现没有其他受伤的地方。这时冯瑞阳忽然意识到驾驶座上的安德烈一直没有动静，他叫了一声，安德烈没有回应。他探头一看，大惊失色，只见安德烈歪倒在座位上一动不动，胸前满是鲜血，已经死了，是前胸中弹，一声没吭当时就死了。

巨大的恐惧朝冯瑞阳袭来，寒透了他的身心，令他身体颤抖不已；同时深深的悲痛也掠过他的心头，让他心脏痉挛，绞痛难忍。一条鲜活的生命瞬间被战火吞噬，太残酷了！而安德烈又是为他办事丧失生命的，这让他怎么承受得了。泪水一下子涌了出来，他叫着安德烈的名字哭出了声。他又不敢声张，甚至不敢直起身体在前座露头，怕被开枪的人发现，再来一梭子子弹。好在天越来越暗了，他和葛丽娜压低身体躲在后座上，打算再坚持一会儿，等天完全黑下来再想办法逃脱。

冯瑞阳默默地掉着眼泪，他抑制住自己的悲痛，不敢在葛丽娜面前哭出声来。他的手一直搂着葛丽娜，感受得到她身体的颤抖，知道她恐惧得要命。冯瑞阳明白，她身上有伤，精神又处在崩溃边缘，必须给她安慰，给她力量，不能让她垮了。也怪，当冯瑞阳想到葛丽娜，他的恐惧就减轻很多，当他意识到对葛丽娜的责任，想到他女儿的生命现在要完全依靠他救活的时候，他的力量就增强了许多，他的眼泪也止住了。他在心里默默地念叨着："安德烈，是我对不起你！给你揽了这么个差事，让你把命撂这了。兄弟，我没办法为你收尸，不能让你走得舒服点儿，也没法安葬，对不起！将来我会照顾你的父母和爱人孩子的，你放心。"他念叨完这些话，心里也踏实了一些。

这时冯瑞阳还想到了正在产房里待产的妻子，于是掏出手机接通了妈妈的电话，问安琪的情况。妈妈说还没有生出来，大家都在等。妈妈显得有些着急，又埋怨他这紧要的时候不在。

冯瑞阳的心又变得纷乱和焦急，不过现在必须集中精力逃出这鬼地方。天基本上黑下来了，冯瑞阳决定立即走，朝来的方向走，离战场远一些，到安全的地方先给葛丽娜看伤，再想回基辅的办法。毫无疑问，这是非常难完成的任务，路远，葛丽娜腿上受伤无法走动，需要背着她走。天黑，隐藏了人的行动，但也加重了恐怖的氛围。葛丽娜更是恐惧得厉害。冯瑞阳拉住她准备背她走的时候，她哭着拒绝了。

"我们去哪里呀！我觉得到处都有枪口对着我们。他们为什么要开枪打我们？"

"这里离战场近，他们可能误以为我们是敌人，乱开的枪，可能不是特意打我们的。这就是战争，不像人们想得那么简单。"

"我的腿被打伤了，我走不动了……我会死在这里了。"她呜呜地哭了起来。

冯瑞阳给她检查了一下腿伤，血止住了，好像没有伤到骨头。他安慰葛丽娜说："爸爸背你走，爸爸不会让你死的，别哭！有爸爸在，不会有事的。"他让葛丽娜把那枚戴在脖子上的琥珀小天使雕件从衣服里掏出来，叫她拿在手里，说道："你小时候，长得和小天使一模一样，现在长得也和天使一样漂亮，上帝不会让这么漂亮这么善良的天使死的。走，我们走。”

冯瑞阳把葛丽娜扶起来，自己先下车，然后把她背在背上，向着他们来的路上走去。他开始走得很快。他知道路很远，想要在体力好的时候多走一些，也想快一点儿离开这个危险的地方。走出一段路之后，他逐渐感到了背负的沉重和腿脚的乏力，喘息也越来越重。他知道还没有走太远，体力也还旺盛，便继续走下去，只是放慢了脚步。葛丽娜在他的背上很乖，用那只没有受伤的手搂住他，身体紧贴在他的背上，只是偶尔还掉眼泪，泪水滴落在他的脖子上。

周边很静，只是从远处偶尔传来隆隆的炮声。冯瑞阳一直在路上走着，他知道这样走有些绕远，但来的时候走过。他不敢走田野中的土路，虽然这时候是初春，土地上的植物刚刚生长，并没有碍眼的东西，但毕竟是黑夜，还是怕自己迷路。他断断续续地和葛丽娜聊聊天，来稳定她的情绪。

冯瑞阳谈到了几个月前在基辅和拉丽萨的见面，说拉丽萨对葛丽娜的惦念，还有他去学校和广场找葛丽娜的事情。他说：“妈妈非常惦念你，我们现在回到城里，到医院治好你的伤，就赶紧回基辅到妈妈身边。”葛丽娜安静地听着，默默地流眼泪。

冯瑞阳终于累得走不动了，他找了路边一棵树，看了看四外漆黑一团，寂静无声，便把葛丽娜放在树下，他们两人坐在地上背靠树干休息。冯瑞阳擦着汗喘息着，葛丽娜把头歪靠在冯瑞阳的胸前。冯瑞阳的喘息平稳了一些后，掏出手机再给妈妈打电话。妈妈说：“还没有生出来。急死人了！”然后又是斥责冯瑞阳的缺席。

冯瑞阳焦躁不宁。他不停地安慰自己，会顺利的！安琪虽然是高龄产妇，但孕期一直平稳，没有出现过问题，应该会顺利生产的。他尽量让情绪稳定下来，现在的情况不允许他走心松懈。他问葛丽娜的伤怎么样了，葛丽娜说没有加重。

夜风吹来，有些寒冷，冯瑞阳走得浑身流汗，但葛丽娜直打冷战，他脱下了自己半大的风衣裹在葛丽娜身上。葛丽娜仿佛还像小时候那样，依偎在爸爸的怀抱里，神情安静缓缓地说道：“爸爸！过去我爱你，小的时候，我特别崇拜你。你长得帅，在我见过的中国人里是最帅的。你什么都那么出色，会画画，会雕刻，会作琥珀画，做生意赚很多钱，所有人都说你好，我为你骄傲。你也特别疼爱我，方方面面都对我特别好，我也为有你这样的父亲感到幸福。”葛丽娜说得十分平静，可眼泪一直滴滴答答。

冯瑞阳不想让她多说话，动感情影响她的伤情，说：“不说了，我们抓紧时间赶路。”他检查了一下葛丽娜的伤，看包扎的纱布上没有鲜血继续渗出，再度背起了葛丽娜继续赶路。

葛丽娜没有再讲话，乖乖地趴伏在爸爸的背上。冯瑞阳休息了一会儿，减轻了疲劳，继续步履坚定地向前走去。他心里惦念着妻子的生产，知道妻子正在经历巨大痛苦的分娩过程，而且现在并不顺利。他心脏紧抽，焦躁难安。但他也知道现在他和葛丽娜的处境，同样是生死攸关，不敢有丝毫的懈怠。他走了一段时间后，看到路边不远的地方亮着微弱的灯光，那是一个村庄，行走的路上有条岔路通向那村庄。冯瑞阳稍作思考就放弃了去那村庄的想法，因为不知道那里是否安全。又走了一段路之后，他找了一棵树再次把葛丽娜放下，坐下来休息。他坐下后先检查了一下葛丽娜的腿伤，他见血已经止住，便把勒得很紧的止血纱布松开一些，让血液流通，另外又看了看伤处，感觉没有伤到骨头，心里踏实了些。

冯瑞阳趁这时间又给妈妈打电话，得到的还是焦急的回答：“急死人了！还没生出来！”

冯瑞阳的心一下了提到了嗓了眼，心里念叨着：“安琪坚持！坚持！千万千万坚持住！”他不由自主地浑身紧绷，咬紧牙关。葛丽娜察觉到冯瑞阳身体和表情的极度紧张，问道：“爸爸！有事？”

冯瑞阳马上放松自己的神经，咧了咧嘴，装作没事的样子，说道：“没事，是生意上的事，没什么。”

葛丽娜又开始了她长久埋藏在心里的话，边说边掉眼泪：“你和妈妈分开时，我一点儿都不知道，我知道的时候就再也找不到你了。这对于我来说是不可想象的，你怎么可能离开我呢？我怎么可能离开你呢？这对于我来说，像天塌下来一样，我不知道我离开爸爸会怎么活。后来我知道这是妈妈的错，从此我不理妈妈。但我也怨恨你，你怎么可能永远离开这么爱你的女儿呢？……从此我什么都不相信。直到我遇到了他……可他……”说到这里她哽咽了。

冯瑞阳理解葛丽娜的心情。对于孩子，爸爸妈妈就是天地，爸爸一下子没了，就像天塌下来一样，对孩子的打击是难以承受的。对于女儿来讲，爸爸还是守护神，是女儿的安全港和走向社会的依靠。有爸爸的支持和爱护，女儿活得才硬气，信心十足。

“葛丽娜，过去是爸爸不好，但爸爸离开你同样伤心了很久。爸爸爱你，过去是这样，现在依然爱你。爸爸答应你，不会离开你了。来，我们继续走，快些治好你的伤。如果妈妈同意，爸爸带你去中国留学。”冯瑞阳尽量提振葛丽娜的精神。

冯瑞阳背起葛丽娜继续走着。他惦念着几千公里外苦苦拼争的妻子，心里一直默默地祈祷。他累了，两臂酸痛，双腿乏力，走不长的一段路就要休息一会儿，路过村庄也不敢进，绕过去。有前车之鉴，他格外小心。能不能活着出去，他不知道，但他没有选择，这是他们唯一的活路。正在他走得十分吃力的时候，他的手机响了。他忙把葛丽娜放在地上靠树坐下，从衣袋里掏出手机，是妈妈打来的。他拿起电话就问：“生了吗？”

“没有！医生说现在安琪的情况顺产很困难，也危险，要进行剖宫产，你同意吗？”

“同意！听医生的！”

“是要签字的，你看你不在！”

“你们替我签！”

“医生问，如果有危险是保大人还是保孩子？”

“保大人！”

这消息几乎让冯瑞阳晕厥，他扶着树镇定了一会儿，靠着树瘫坐在地上。他觉得自己心慌，浑身瘫软无力，精神体力几近崩溃。他想哭，他尽力地控制住了。他知道他帮不上安琪的忙，他知道他无能为力，他只有默默地祈祷，盼着母子平安。

冯瑞阳镇定了一下，他知道不能停，葛丽娜的伤再晚就危险了。他鼓了鼓气，把葛丽娜背起来，扶着树干费了很大的力气才站立起来。他真的累了，累得没有力气，两腿迈不开步伐，头晕，两眼冒金星。他扶着树缓了缓神，然后踉跄着走起来。

"爸爸！你累了，放下我吧。"葛丽娜哭了，泪珠成串地掉下来。

"爸爸没事！爸爸一定要救你出去！爸爸有力气，一定要救你！"冯瑞阳似乎感受到了葛丽娜的心跳，他想到了张斌感受到儿子心跳的反应。这时他也有了相同的感受，他是他肩上背着的年轻生命活下去的唯一希望，他是女儿唯一的依靠，顿时他的身体增添了力量，他走得虽然踉跄，却坚定。

在天快亮的时候，他终于走不动了。他把葛丽娜放下，他也瘫倒在地上。他们还没有走出田野，没有看到城市，不知道还要走多远才能得救。他应该继续走，他必须继续走，可他筋疲力尽走不动了。手机又响了，冯瑞阳掏出手机接听，还是妈妈打来的。

"生了！手术很成功！是儿子！七斤三两。母子平安！"

冯瑞阳的泪水一下子涌了出来，说："谢谢！谢谢安琪！谢谢你们大家！"通完话，他的泪水依然流淌，畅快地流淌。他的心情也随着泪水的倾泻舒畅起来。

葛丽娜惶恐地问道："爸爸，你怎么了？"

冯瑞阳脸上露出了笑容，说道："爸爸是高兴。"他仰望天空，蓝天上已经飘起了红色的云朵。他仿佛看到了儿子的笑靥和安琪粲然的笑脸。他的身体又充溢起一股力量，精神也振奋起来。他站起身，背起葛丽娜，继续向他认定的方向走去。

这时太阳升起，红彤彤地染红了大地，也照亮前方的道路。他觉得朝阳的颜色真好看，那是琥珀的颜色，眼前那明晃晃的道路分明是琥珀铺成的……他恍惚地觉得走在琥珀铺成的大道上，前方隐约可以看到的也是琥珀颜色的城市……

2018年4月修改